麦克尤恩的小说创作及其伦理价值研究

尚必武 著

Ian McEwan

北京大学出版社
PEKING UNIVERSITY PRESS

图书在版编目 (CIP) 数据

麦克尤恩的小说创作及其伦理价值研究 / 尚必武著. — 北京：北京大学出版社，2023. 9
（文学论丛）
ISBN 978-7-301-34513-9

Ⅰ. ①麦… Ⅱ. ①尚… Ⅲ. ①麦克尤恩 – 小说研究 Ⅳ. ①I561.074

中国国家版本馆CIP数据核字 (2023) 第187390号

书　　名	麦克尤恩的小说创作及其伦理价值研究 MAIKEYOUEN DE XIAOSHUO CHUANGZUO JI QI LUNLI JIAZHI YANJIU
著作责任者	尚必武　著
责任编辑	吴宇森
标准书号	ISBN 978-7-301-34513-9
出版发行	北京大学出版社
地　　址	北京市海淀区成府路 205 号　100871
网　　址	http://www.pup.cn　新浪微博：@ 北京大学出版社
电子邮箱	编辑部 pupwaiwen@pup.cn　总编室 zpup@pup.cn
电　　话	邮购部 010-62752015 发行部 010-62750672 编辑部 010-62759634
印 刷 者	北京虎彩文化传播有限公司
经 销 者	新华书店
	730毫米 ×1020 毫米　16 开本　18.5印张　294千字 2023 年 9 月第 1 版　2023 年 9 月第 1 次印刷
定　　价	88.00 元

目 录

导　论

第一节　麦克尤恩生平及创作

在《理解伊恩·麦克尤恩》(*Understanding Ian McEwan*,2002)一书中,戴维·马尔科姆(David Malcolm)指出,麦克尤恩的家庭背景"与文学一点儿都不沾边"①。伊恩·麦克尤恩(Ian McEwan),全名伊恩·拉塞尔·麦克尤恩(Ian Russell McEwan),1948 年 6 月 21 日出生在英国汉普郡的军事小镇奥尔德肖特。母亲罗斯·莉莲·瓦奥莱特(Rose Lilian Violet)是奥尔德肖特当地的一名已婚妇女,育有一双儿女,其夫在第二次世界大战中不幸遇难。30 岁那年,她嫁给了当时在奥尔德肖特服役的戴维·麦克尤恩(David McEwan),也就是麦克尤恩的父亲。其父从军只是因为他在老家格拉斯哥失业了。麦克尤恩对其父母的描述是,父亲"英俊帅气"而"具有控制欲",母亲"非常温柔"却"极易暴躁"。② 麦克尤恩早年随父亲生活在新加坡、德国、利比亚,11 岁时独自一人返回英国读书。1 年后,麦克尤恩的父亲得到升职,才举家返回英国。回忆起这段在国外漂泊的经历,麦克尤恩指出:"旅行将你放置在一个作家的位置上——你不断地穿过各种情景,而又不需要真地为它们承担任何责任。"③

回国后,麦克尤恩在伍尔弗斯顿·霍尔(Woolverstone Hall)寄宿学校读书。在中学读书阶段,麦克尤恩表现平平。他后来自己回忆说:"我是一个很一般的学生","在 30 个同学中,我总是排第 26 名或第 21 名"。④但此时他开

① David Malcolm, *Understanding Ian McEwan*, Columbia: University of South Carolina Press, 2002, p. 1.

② Ryan Roberts, ed., *Conversations with Ian McEwan*, Jackson: University Press of Mississippi, 2010, p. 3.

③ Ibid., p. 21.

④ Ibid., p. 6.

始对浪漫主义诗歌和英国现代小说产生了浓厚的兴趣,大量阅读了济慈、雪莱等人的作品。中学毕业后,麦克尤恩进入刚建立不久的苏塞克斯大学主修英文和法文。他坦言:"苏塞克斯是个让我失望的地方。"[①]值得注意的是,早在大学的时候,麦克尤恩就展现出文学野心,不仅大量阅读了艾丽丝·默多克和威廉·戈尔丁的作品,甚至还帮助英国广播公司(BBC)把托马斯·曼的一部短篇小说改编成了电视剧。多年后,麦克尤恩坦言"自己想做作家的欲望实际上要早于这个素材"[②]。1970年,麦克尤恩本科毕业后进入东英吉利亚大学(University of East Anglia)攻读硕士学位。她是马尔科姆·布拉德布里(Malcolm Bradbury)和安格斯·威尔逊(Angus Wilson)所执教的创意写作班的第一个学员,后来在创意写作班受教的还有日裔英籍作家石黑一雄(Kazuo Ishiguro)。读研期间,麦克尤恩阅读了大量的现实主义文学作品,分别来自诺曼·梅勒、弗拉迪米尔·纳博科夫、弗朗茨·卡夫卡等,为其后来的文学创作提供了丰富的养料。尤其是纳博科夫,麦克尤恩的很多作品中都有他的影子,如《蝴蝶》("Butterflies")、《赎罪》(*Atonement*)等。在东英吉利亚大学,麦克尤恩差不多一个月写一篇短篇小说。其间,他一共创作了大约25部短篇小说。毕业后,这些作品中较为不错的8篇被收录进短篇小说集《最初的爱情,最后的仪式》(*First Love,Last Rites*,1975)出版。

1972年,时年24岁的麦克尤恩在《新美国评论》(*New American Review*)杂志发表处女作《家庭制造》("Homemade")。塞克尔和沃伯格(Secker and Warburg)出版社邀请麦克尤恩将他的第一部短篇小说《家庭制造》扩充成长篇作品。遗憾的是,他后来没有将这一设想付诸实践。不过,麦克尤恩的文学创作之路并没有因此停下脚步。4年后,麦克尤恩凭借短篇小说集《最初的爱情,最后的仪式》一举获得"毛姆文学奖",成功跻身英国文坛。对于自己第一部作品集的出版,麦克尤恩自己都说:"我非常惊讶(I was rather innocently surprised)。"[③]随后,麦克尤恩笔耕不辍,佳作不断,好评如潮。迄今为止,麦克尤恩一共出版了《最初的爱情,最后的仪式》(1975)、《床笫之间》(*In Between the Sheets*,1978)两部短篇小说集;《水泥花园》(*The*

---

① Ryan Roberts,ed.,*Conversations with Ian McEwan*,p. 9.

② Ibid.,p. 10.

③ Ibid.,p. 15.

Cement Garden, 1978)、《陌生人的慰藉》(*The Comfort of Strangers*, 1981)、《时间中的孩子》(*The Child in Time*, 1987)、《无辜者》(*The Innocent*, 1990)、《黑犬》(*Black Dogs*, 1992)、《爱无可忍》(*Enduring Love*, 1997)、《阿姆斯特丹》(*Amsterdam*, 1998)、《赎罪》(*Atonement*, 2001)、《星期六》(*Saturday*, 2005)、《在切瑟尔海滩上》(*On Chesil Beach*, 2007)、《日光》(*Solar*, 2010)、《甜牙》(*Sweet Tooth*, 2012)、《儿童法案》(*The Children Act*, 2014)、《果壳》(*Nutshell*, 2016)、《像我这样的机器》(*Machines Like Me*, 2019)、《蟑螂》(*The Cockroach*, 2019)、《课》(*Lessons*, 2022)等十七部长篇小说,以及儿童小说《露丝·白兰》(*Rose Blanche*, 1985)、《梦想家彼得》(*The Daydreamer*, 1994),戏剧《模仿的游戏》(*The Imitation Game*, 1981),音乐剧《我们或将死去?》(*or Shall We Die?*, 1983)、《为你》(*For You*, 2008),电影剧本《农夫的午餐》(*The Ploughman's Lunch*, 1985)、《酸甜》(*Sour Sweet*, 1988)、《好儿子》(*Good Son*, 1993)等。

英国当代青年作家扎蒂·史密斯(Zadie Smith)对麦克尤恩的评价是:"他的作品行文严谨细致,简洁有力;他关于性和性欲话题的辩才令人折服;他在把叙事领入科学的可能性上,步伐坚定;他的小说长短适宜;他笔下的句子从来都不会像我写的这句话一样,有这么多的分号。读他的作品时,我会被那些我从来都不会使用的隐喻、从来都不会构思的情节和从未有过的理念所打动。因为这些原因,我爱阅读他的作品,同时也因为像数以百万计的其他读者一样,我感觉他是一个靠得住的作家。"[①]可见,史密斯主要是从文体风格和创作笔法上对麦克尤恩做出了高度评价,但是就创作主题和题材而言,麦克尤恩的文学之路经历了从单一的阴暗主题到政治、科技、文化、历史等多重角度的变化。

因为早期作品中的陌生、性虐、乱伦等怪诞主题,麦克尤恩被评论界戏谑为"恐怖伊恩"(Ian Macabre)。麦克尤恩的前两部短篇小说集《最初的爱情,最后的仪式》《床笫之间》细致描绘了人类潜在的邪恶,死亡、乱伦、异化、孤独几乎成为麦克尤恩早期文学的标签。麦克尤恩此后出版的两部小说《水泥花园》《陌生人的慰藉》似乎又进一步加深了批评家们对他的刻板印象。在这两

---

① Ryan Roberts, ed., *Conversations with Ian McEwan*, p. 108.

部作品中,麦克尤恩不仅延续了先前的乱伦、死亡等主题,而且还加入了性虐、暴力等。麦克尤恩的书写和话题在引发批评、争议的同时,也开始逐渐获得主流评论的认可。

一部部新奇的作品见证了麦氏日益高涨的文学声名。1983 年,《格兰塔》(*Granta*)杂志将麦克尤恩列入"20 位英国最佳青年小说家",同时被列入的还有马丁·艾米斯(Martin Amis)、萨尔曼·拉什迪(Salman Rushdie)、朱利安·巴恩斯(Julian Barnes)、石黑一雄(Kazuo Ishiguro)、派特·巴克(Pat Barker)、威廉·博伊德(William Boyd)等。麦氏迄今已经被誉为英国文学界的"国民作家"(National Writer),是"英国皇家学会"会员、"莎士比亚勋章"(Shakespeare Medal)获得者。如前所述,他的第一部短篇小说集就拿下了"毛姆文学奖"。就英国文学最高奖项"布克奖"而言,麦克尤恩 6 次获得提名;除在 1998 年凭借《阿姆斯特丹》成功问鼎该奖之外,其他 5 次被提名的作品分别是《陌生人的慰藉》《黑犬》《赎罪》《星期六》《在切瑟尔海滩上》。此外,麦克尤恩的《时间中的孩子》获得"惠特布莱德年度小说奖"(Whitbread Novel of the Year Award)、《赎罪》获得"美国国家书评人奖"(National Book Critics Circle Award)。麦克尤恩积极参与各种活动,如女权主义运动、反文化运动和反核运动等。近年来,麦克尤恩也在各种公共场合发表对环境主义和宗教极端主义的看法与观点。由于对政治的积极介入,麦克尤恩还于 2011 年被以色列政府授予"耶路撒冷奖"(Jerusalem Prize)。

与其前期创作相比,麦克尤恩后期作品所探讨的主题更为丰富,广泛涉及宗教、文化、政治、认知、科技、环境等。用瑞安·罗伯茨(Ryan Roberts)的话来说:"曾经被认为是恐怖主题作家的麦克尤恩,现在已被经常描述为英格兰在世的最伟大作家。"[①]进入 21 世纪之后,麦克尤恩的文学声名更是大有上升态势。2006 年,老牌文学期刊《凯尼恩评论》授予麦克尤恩"文学成就奖"(The Kenyon Review Award for Literary Achievement)。《牛津英国文学百科全书》(2006)称他为"当代英国小说的主要声音",是"同时代英国作家中最优秀的"。[②] 2008 年,《泰晤士报》将麦克尤恩列为"1945 年以来最伟大的 50 位

① Ryan Roberts, ed., *Conversations with Ian McEwan*, p. x.

② Megan M. Quigley, "Ian McEwan," *The Oxford Encyclopedia of British Literature*, ed. David Scott Kastan, Oxford: Oxford University Press, 2006, p. 436.

英国作家”(The 50 Greatest British Writers Since 1945)之一,称其为“所有现代英国作家中,写作手法最为熟练的”(the most technically accomplished of all modern British writers)。[①] 近年来,麦克尤恩更是诺贝尔奖的夺冠热门。

《20世纪小说百科全书》(*The Encyclopedia of Twentieth-Century Fiction*, 2011)这样评价麦克尤恩:他“从早年作为怪诞和变态作家的声名中发迹”,到现在“确立了自己作为当今世界最著名的英语虚构散文家的地位,既在批评界赚得了良好口碑,又在商业上取得巨大成功”。[②] 毫不夸张地说,当今英国文坛若缺少了麦克尤恩,将会显得非常落寂与黯淡。尽管麦克尤恩在影视改编、音乐剧、戏剧等艺术领域都有所建树,但他最重要的身份应该还是小说家,而且是“英国在世的最好小说家”(the best living British novelist)。[③] 因此,本书研究内容以麦克尤恩的小说作品为主。

第二节 国外麦克尤恩研究的现状与趋势

20世纪70年代,还在东英吉利亚大学攻读硕士学位的麦克尤恩凭借短篇小说集《最初的爱情,最后的仪式》一举获得“毛姆文学奖”,成功跻身英国文坛。随后,麦克尤恩笔耕不辍,佳作不断,好评如潮。随着麦克尤恩文学声名的高涨,学界对其批评研究也日渐升温:从20世纪七八十年代的批评争议、20世纪90年代的高潮乍现,到进入21世纪之后的空前繁荣。

本节拟对近半个世纪,尤其是21世纪以来的国外麦克尤恩研究加以回顾、梳理。笔者主要从认知科学(心理学、神经科学)、叙事学、后现代理论、历史主义、传记批评、生态批评等六个层面概述21世纪国外关于麦克尤恩的研究成果,希图由此窥探西方学界在麦氏作品主题、情节、人物刻画、语体风格等方面的研究所取得的突破,同时指出西方学者在麦克尤恩批评产业上的不足与缺憾,以期对我国学者之于麦克尤恩研究有所启发,进而拓展麦氏未来

① Robert Winder, “Between the Acts,” *New Statesman*, September 17, 2001, p. 49.

② Lynn Wells, “Ian McEwan,” *The Encyclopedia of Twentieth-Century Fiction*, ed. Brian W. Shaffer, Malden: Wiley-Blackwell, 2011, p. 250.

③ Bruno M. Shah, “The Sin of Ian McEwan's Fictive Atonement: Reading His Later Novels,” *New Blackfriars*, Vol. 1025, No. 90, 2009, p. 38.

研究的空间。

20世纪七八十年代:最初的批评争议与鹊起的文学声名

20世纪七八十年代,麦克尤恩初露文学才华。这一时期不仅见证了麦克尤恩惊人的创作天赋、批评界的争议,更加见证了麦克尤恩日益高涨的文学声名。麦克尤恩在此期间创作了两部短篇小说集(《最初的爱情,最后的仪式》《床笫之间》),两部长篇小说(《陌生人的慰藉》《时间中的孩子》),三部电影剧本(《杰克·弗利的生日庆祝会》《农夫的午餐》《酸甜》),一部戏剧(《模仿的游戏》),一部儿童小说(《露丝·白兰》),一部歌剧(《我们或将死去?》)等多种类型的作品。

1972年,时年24岁的麦克尤恩在《新美国评论》杂志发表处女作《家庭制造》。3年后,麦克尤恩将硕士阶段的作品整理、结集出版,这便是麦氏的第一部短篇小说集《最初的爱情,最后的仪式》。收录在该集子中的8篇短篇小说无疑奠定了麦克尤恩后期创作的某些基调,或多或少地预示了其后期作品的很多论题,如乱伦、性虐、谋杀、女性主义等。约翰·梅勒斯(John Mellors)在《伦敦杂志》(*London Magazine*)上发表评论说:这是"一部融精彩与毁灭于一体的处女作,因为它融合了喜剧与怪诞,其情节荒谬却又符合逻辑,也因为小说的文体、细致的观察和怪诞的细节"①。《最初的爱情,最后的仪式》在美国出版后,得到了《党派评论》与《塞万尼评论》的肯定与好评。麦克尤恩也凭借该作品于翌年拿下了"毛姆文学奖"。当麦氏的第二部短篇小说集《床笫之间》出版的时候,这部作品同样得到了批评界的好评。譬如,埃尔米奥娜·李(Hermione Lee)在《新政治家》杂志上对《床笫之间》做出了积极的评论。她认为:"麦克尤恩是惊恐力量的大师,这种惊恐在这些关于失败和不宜的短篇小说中表现得最为强劲。麦克尤恩在叙事中奇怪地突然转向,翻倒进入那些无法控制的场景之中。"②不过,鉴于麦氏作品中频繁闪现的怪诞场景,这一时期研究者们戏称他为"恐怖伊恩",而麦氏所引起的争议也可想而知。1979年,BBC下令禁播改编自麦克尤恩短篇小说《立体几何》的同名电影,将麦克

① Peter Childs, *The Fiction of Ian McEwan*, Basingstoke: Palgrave Macmillan, 2006, p. 8.

② Hermione Lee, "Shock Horror," *New Statesman*, January 20, 1978, p. 86.

尤恩作品的争议性推至高潮。

麦克尤恩另外一部引起批评争议的作品当数《时间中的孩子》。杰克·斯莱(Jack Slay)认为它是麦克尤恩"最好的作品"(finest achievement)。[①]但是尼古拉斯·斯派斯(Nicholas Spice)在《伦敦书评》(*London Review of Books*)杂志上撰文指出:小说某些中心场景如斯蒂芬对时间的奇特经历"太过于精心设计了,愚蠢得有些明显,而且不是很有趣"[②]。他认为这部小说是"将非同寻常的创造力依附于一个并不突出的关于社会和哲学评价的计划,并在此基础上扩展"[③]。加布里埃莱·安南(Gabriele Annan)在《纽约书评》(*New York Review of Books*)上发表更为严厉的批评,她认为《时间中的孩子》是"一部非常愚蠢的小说"(rather a silly novel)[④]。

此外,麦克尤恩创作的电影剧本《农夫的午餐》也是引起较多争议的一部作品。托马斯·埃尔泽塞尔(Thomas Elsässer)对麦克尤恩的《农夫的午餐》提出了严厉的批评,认为该作品"缺乏复杂性",具有"圆滑的虚无主义"(glib nihilism)。[⑤] 但是《标准晚报》(*Evening Standard*)又于2008年授予《农夫的午餐》年度最佳电影奖。其他论者则避开是非曲直的锋芒,转而讨论作品的思想内涵,如迈克尔·莫里亚蒂(Michael Moriarty)通过援引罗兰·巴尔特的思想,研究了电影《农夫的午餐》"意识形态与文本愉悦之间的关系",对影片做了深入的政治分析。[⑥]

这一时期,还出现了关于麦克尤恩长篇小说的精彩评论。如戴维·桑普森(David Sampson)对《水泥花园》做了后结构主义阐释,将该小说视作一部颠覆传统阅读模式的文本;[⑦]克里斯托弗·里克斯(Christopher Ricks)阐述了在《陌生人的慰藉》中,罗斯金关于威尼斯的叙述对麦克尤恩的影响;[⑧]D. J. 泰勒(D. J. Taylor)研究了麦克尤恩在《时间中的孩子》一书中所表现出他对

---

① Jack Slay, Jr., *Ian McEwan*, New York: Twayne Publishers, 1996, p. 115.

② Nicholas Spice, "Thatchershaft," *London Review of Books*, October 1, 1987, p. 8.

③ Ibid., p. 9.

④ Gabriele Annan, "Worriers," *New York Review of Books*, February 4, 1988, p. 17.

⑤ Kiernan Ryan, *Ian McEwan*, Plymouth: Northcote House Publishers, 1994, p. 70.

⑥ Ibid., p. 71.

⑦ See Kiernan Ryan, *Ian McEwan*, p. 71.

⑧ Ibid.

女性和政治同情与小说之间的妥协;[①]J. R. 班克斯(J. R. Banks)梳理、论述了从《水泥花园》《模仿的游戏》至《陌生人的慰藉》中的"性"主题[②]。

1983年,英国知名文学杂志《格兰塔》将麦克尤恩列为20位最好的英国年轻小说家。在某种层面上,这反映了英国主流文学批评界对麦克尤恩的认可与期待。麦克尤恩创作的成熟期、转型期则是在20世纪90年代,这一时期也见证了国外麦克尤恩研究的第一个高潮。

20世纪90年代:高潮乍现时的批评荣光

20世纪90年代,麦克尤恩的创作迎来了一个高峰,他不仅创作了四部长篇小说(《无辜者》《黑犬》《爱无可忍》《阿姆斯特丹》),一部电影剧本(《好儿子》),一部儿童小说(《梦想家彼得》),而且最终在1998年问鼎英语文学最高奖项"布克奖"。在这一时期,国外的麦克尤恩研究也迎来了第一个高潮,其标志性成果是基尔南·瑞安(Kiernan Ryan)的《伊恩·麦克尤恩》(*Ian McEwan*,1994)和杰克·斯莱的《伊恩·麦克尤恩》(*Ian McEwan*,1996)。

瑞安将麦克尤恩的作品称为"让人不安的艺术"(The Art of Unease),并以时间顺序对麦氏的前期小说如《最初的爱情,最后的仪式》《床第之间》《水泥花园》《陌生人的慰藉》《时间中的孩子》《无辜者》,音乐剧《我们或将死去?》,电影剧本《农夫的午餐》,戏剧《模仿的游戏》等做了较为精细的文本分析,考辨了作品中的"性""暴力""谋杀""乱伦""政治""历史"等多重主题,认为麦克尤恩的写作"是不安艺术的冒险,是一种毁坏预想的艺术"。[③]

斯莱于1991年在美国田纳西大学完成博士学位,其学位论文的题目是《盛行的普通:伊恩·麦克尤恩小说中的社会与人际关系》("A Prevailing Ordinariness:Society and Interpersonal Relationships in the Fiction of Ian McEwan")。5年后,斯莱在其博士论文的基础上,出版专著《伊恩·麦克尤恩》。与瑞安略有不同的是,斯莱将麦克尤恩最早时期的作品称为"惊恐文学"(literature of shock),将其稍后出版的作品称为"更具社会意识的小说"(more

① See Kiernan Ryan,*Ian McEwan*,p. 71.

② Ibid.,p. 70.

③ Kiernan Ryan,*Ian McEwan*,p. 5.

socially conscious literature)。究其缘由,斯莱解释道:通过这一转型,麦克尤恩“更为精准地展示现代世界的混乱状态”①。由此出发,斯莱通过对《最初的爱情,最后的仪式》的分析,认为麦克尤恩已经在这部短篇小说集中引入了他的很多重点关注内容,尤其是那些试图建立和维持人际关系的主题。他指出:在这第一部小说集中,麦克尤恩所展示的关系大部分都是奇怪的、非同寻常的、让人吃惊的。但是较为敏锐的读者可以在惊恐的背后,读出更为病态的、可怕的景象,发掘麦克尤恩对当今世界的深刻理解。“他抓住了严重遍布现代社会的恐惧、不安和沮丧。”②在分析《床笫之间》《水泥花园》《陌生人的慰藉》《时间中的孩子》《无辜者》《黑犬》等作品时,斯莱把它们置于当代的历史创作语境,采用比较的方法,将麦克尤恩与同时代的作家如马丁·艾米斯、帕特里克·麦克格雷斯(Patrick McGrath)、司各特·布拉德菲尔德(Scott Bradfield)、布雷特·伊斯顿·埃利斯(Bret Easton Ellis)放置于同一考察层面,发掘他们创作的共性和差异,是相对厚重的麦克尤恩研究专论。

除上述两部论著外,这一时期还有许多其他可圈可点的研究问世。譬如,保罗·爱德华兹(Paul Edwards)在《伊恩·麦克尤恩的〈时间中的孩子〉的时间、浪漫主义、现代主义与中庸》(“Time, Romanticism, Modernism and Moderation in Ian McEwan's *The Child in Time*”,1995)一文中,审视了《时间中的孩子》对社会政治制度的批判,爱德华兹认为这一批判实际上可以被看作是对“儿童”与“成人”之间对立的批判,并以小说人物查尔斯·达克为例对该论点做了具体阐述。安琪拉·罗杰(Angela Roger)在《伊恩·麦克尤恩作品中的女性人物刻画》(“Ian McEwan's Portrayal of Women”,1996)一文中,对麦克尤恩作品中的女性人物形象做了详细的梳理和考察。罗杰认为,麦克尤恩笔下的女性人物与男性人物形成鲜明的对照,她们具有创造性、敏感性和神秘性等特质,在社会问题和性问题上遇到男性的无能或暴力时,她们通常表现得富有教养。朱迪斯·西伯亚(Judith Seaboyer)在题为《施虐狂要求的故事:伊恩·麦克尤恩的〈陌生人的慰藉〉》(“Sadism Demands a Story: Ian

① Jack Slay, Jr., *Ian McEwan*, p. x.

② Ibid., p. 34.

McEwan's *The Comfort of Strangers*",1999)的文章中,从弗洛伊德和拉康的精神分析视角出发,探讨了《陌生人的慰藉》中暴力的心理梦境,把主人公玛丽的无法言说看作她在经历恐怖事件后的"创伤性断裂"(traumatic breaking off)。

毋庸置疑,这一时期的麦克尤恩研究无论是在数量上还是在质量上都较之前有了长足的进步,但麦克尤恩研究的黄金时代则是进入21世纪之后。

21世纪前10年:黄金时代的多元批评

进入21世纪之后,麦克尤恩的文学声名如日中天,年逾花甲的麦氏赢来其文学创作的又一高峰,先后出版四部长篇小说(《赎罪》《星期六》《在切瑟尔海滩上》《日光》和一部音乐剧(《为你》)。特别是随着电影《立体几何》《爱无可忍》《赎罪》等的成功改编和在全球的热映,麦克尤恩更是名声大噪,其相关作品也一时洛阳纸贵。这一时期,西方学界的麦克尤恩研究迅速升温,迎来了第二个高潮:学者们运用认知科学(心理学、神经科学)、叙事学、后现代理论、历史主义、传记批评、生态批评等多种批评方法,在其作品的主题、情节、人物刻画、语体风格等方面取得了诸多重要研究成果,数量超过历年研究的总和。过去10年间,西方学界一共出版关于麦克尤恩的研究专著二十余部,发表论文百余篇,这些研究可以主要概述为如下六个方面:

其一,传记式批评。麦克尤恩特殊的生活经历引起了诸多读者和批评家的兴趣,他们不约而同地结合麦克尤恩的个人生活阅历来解读其作品。乔纳森·诺克斯(Jonathan Noakes)与玛格丽特·雷诺兹(Margaret Reynolds)在其合著的《伊恩·麦克尤恩》(*Ian McEwan*,2002)一书中,围绕《时间中的孩子》《爱无可忍》《赎罪》这三部作品的创作动机、创作过程、叙述结构、主题思想等,不仅对麦克尤恩本人做了访谈,而且还采用提问、比较、综合分析的方式对这三部作品的主题、语体风格、叙述技巧等的具体阐释提供了方法论指导。彼得·蔡尔兹(Peter Childs)主编的批评文集《伊恩·麦克尤恩的小说》(*The Fiction of Ian McEwan*,2006)对麦克尤恩的生平做了详细介绍,对其作品主题做了多视角分析。

其二,政治、意识形态批评。作为一名有着强烈政治敏感性的作家,政治、意识形态是麦克尤恩所关注的一个重要内容,这也部分地解释了为什么会有数量不少的批评家从这一角度出发来审视麦克尤恩的作品。戴维·詹姆斯(David James)在论文《"男孩走出去":迁移、视觉与伊恩·麦克尤恩近期作品对男性气质的绘制》("'A Boy Stepped Out': Migrancy, Visuality, and the Mapping of Masculinities in Later Fiction of Ian McEwan", 2003)中研究了麦克尤恩后期作品如《时间中的孩子》《赎罪》《无辜者》等中的男性气质。马丁·罗伊尔(Martin Ryle)在《病感失认,或政治无意识:伊恩·麦克尤恩〈星期六〉中的视域局限》("Anosognosia, or the Political Unconscious: Limits of Vision in Ian McEwan's *Saturday*", 2010)一文中,用"病感失认"的隐喻来分析小说人物如何拒绝认知,以稳定他们作为主体存在的连贯性知识。理查德·布朗(Richard Brown)在《伊恩·麦克尤恩〈星期六〉中的政治和日常生活中的归化与暗恐效果》("Politics, the Domestic and the Uncanny Effects of the Everyday in Ian McEwan's *Saturday*", 2008)一文中将麦克尤恩视作一个政治作家。布朗认为,《星期六》通过家庭生活来传递政治主题,用小说的力量探讨了心理情感和政治状态,用暗恐的政治效果来再现日常生活。

其三,认知科学(心理学、神经科学)研究。进入21世纪之后,认知科学为批评家们研究麦克尤恩作品开辟了一个重要视角。C. 伯恩斯(C. Byrnes)是西方第一位从心理学角度、以麦克尤恩作品为研究对象完成博士论文的学者。伯恩斯在《伊恩·麦克尤恩作品:一个心理动力学视角》(*The Work of Ian McEwan: A Psychodynamic Approach*, 2002)和《伊恩·麦克尤恩作品中的性与性欲望》(*Sex and Sexuality in Ian McEwan's Work*, 2004)两部著作中,从心理动力学视角出发对麦克尤恩的部分作品及其性主题做了深入探讨。奥尔加·科克斯·卡梅伦(Olga Cox Cameron)在《英式优雅的拉康式审视:对伊恩·麦克尤恩〈爱无可忍〉的几点反思》("A Lacanian Look at English Elegance: Some Reflections on Ian McEwan's *Enduring Love*", 2002)一文中,用拉康关于焦虑的理论来探讨《爱无可忍》中的"英式优雅"(English Elegance),尤其是作品中所体现的在无意识力量驱动下,当焦虑导致主体和客体之间差异消融时所引发的问题。苏珊·格林(Susan Green)在文章《意识与伊恩·麦克尤恩的〈星期六〉:"亨利知道了什么"》("Consciousness and Ian McEwan's *Saturday*: 'What

Henry Knows'", 2010)中用认知科学理论来考察作为元文本的小说《星期六》,结合人物刻画、聚焦和概念隐喻等审视了麦克尤恩对复杂的心理过程处理的探索,试图由此反思艺术与科学在帮助我们努力理解人类思维上的互补作用。格林在另一篇文章《"上面有黑洞和达尔文,几乎比恐龙还要大":思维与麦克尤恩的〈爱无可忍〉》("'Up There with Black Holes and Darwin, Almost Bigger than Dinosaurs': The Mind and McEwan's *Enduring Love*", 2011)中认为《爱无可忍》以高度集中的方式展示了人类解读他人心理的基本欲望。格林从认知科学的最新成果如"思维理论"(Theory of Mind)出发,试图读解人物如何根据可观察的行为来本能地或无意识地理解他人的心理。格林的研究意图与在此之前的另一位批评家德林·雷斯-琼斯(Deryn Rees-Jones)非常相近。雷斯-琼斯在《事实与手工艺品:诗歌、科学以及关于伊恩·麦克尤恩〈星期六〉的几点思考》("Fact and Artefact: Poetry, Science, and a Few Thoughts on Ian McEwan's *Saturday*", 2005)一文中,首先总结了马修·阿诺德和I. A. 理查兹关于科学与诗歌之间的差异的观点,并将此论点引入《星期六》的分析之中,认为麦克尤恩似乎是在暗示区分诗歌与科学的无益性。

其四,叙事学研究。作为文学研究的一门显学,叙事学为麦克尤恩研究提供了一个新的分析视角,很多学者从叙事学角度出发对其作品做出了颇有趣味的批评。查尔斯·富塞维尔(Charles Forceville)在《〈陌生人的慰藉〉中的阴谋:小说与电影中的叙述》("The Conspiracy in *The Comfort of Strangers*: Narration in the Novel and the Film", 2002)一文中,从跨媒介叙事学视角对比分析了《陌生人的慰藉》的小说文本和电影,试图发现其中的叙事模式,尤其是视角的模糊性所赋予两种叙述媒介的"不安效果"(disturbing effects)。克劳迪娅·申贝格(Claudia Schemberg)在《获得救赎:伊恩·麦克尤恩〈时间中的孩子〉〈黑犬〉〈爱无可忍〉〈赎罪〉中的故事讲述与自我概念》(*Achieving "At-one-ment": Storytelling and the Concept of the Self in Ian McEwan's* The Child in Time, Black Dogs, Enduring Love, *and* Atonement, 2004)一书中,对麦尤恩作品中的叙述策略和自我主题做了详细阐释。多米尼克·黑德(Dominic Head)在其著作《伊恩·麦克尤恩》(*Ian McEwan*, 2007)中,对麦克尤恩作品中的情节和人物做了细致的解读。艾伦·帕姆尔(Alan Palmer)在题为《伊恩·麦克尤恩〈爱无可忍〉中的疯癫归因》("Attributions of Madness in Ian McEwan's *En-*

during Love",2009)的文章中从认知叙事学的视角阐释了《爱无可忍》中杰德·帕里的疯癫病因。帕姆尔在提出了"叙事思维""归因理论""脑际间思维"等三个核心概念的基础上,认为小说人物乔并没有对杰德的疯癫病症做出错误的判断,但是作家麦克尤恩将卡拉丽莎对乔的不信任看作是可理解甚至是可原谅的,则是不正确的。詹姆斯·费伦(James Phelan)在《体验小说:判断、进程与修辞叙事理论》(*Experiencing Fiction: Judgments, Progression and Rhetorical Theory of Narrative*,2007)一书中从修辞叙事学的角度,对帕姆尔的研究做了回应。在考察《爱无可忍》中的叙事判断、叙事进程、文本动力、读者动力的基础上,费伦认为尽管自己和帕姆尔对这部作品的阐释存有差异,但两者之间具有一定的互补空间。费伦提出了三种类型的叙事判断,并将之运用于分析麦克尤恩的代表作《赎罪》之中,详细分析了该作品中的阐释判断、伦理判断和审美判断之间的交错和融合。

其五,历史主义研究。历史是麦克尤恩关注的一个重要命题,也是众多批评家研究麦克尤恩作品的一个重要出发点。戴维·马尔科姆在《理解伊恩·麦克尤恩》一书中,探讨了麦克尤恩小说中的"恶"(evil)、历史和科学方面的内容。他指出:麦克尤恩的作品中至少有四个批评家关注的论题:对女性的再现、理性与科学、道德视角、小说的碎片性等。安雅·穆勒-伍德(Anja Müller-Wood)和J. 卡特·伍德(J. Carter Wood)两位论者在《控制过去:伊恩·麦克尤恩〈黑犬〉中的历史、身份和暴力》("Bringing the Past to Heel: History, Identity and Violence in Ian McEwan's *Black Dogs*",2007)一文中,考察了《黑犬》中所蕴含的社会、历史、自我、身份等要素,同时指出:麦克尤恩支持个体对历史故事线条的需求,而且还为自冷战以来的反历史批评立场提供了"一种挑战性的反叙事"(a challenging counter-narrative)。彼得·马修斯(Peter Mathews)在《追随维多利亚人:麦克尤恩〈在切瑟尔海滩上〉中的历史拐点》("After the Victorians: The Historical Turning Point in McEwan's *On Chesil Beach*",2012)一文中认为,《在切瑟尔海滩上》不是对20世纪60年代性革命的肯定。事实上,麦克尤恩的性观念可以被追溯至维多利亚时期,马修斯在此基础上剖析了这一历史拐点所蕴含的道德寓意。

其六,后现代主义研究。最后,还有很多批评家将麦克尤恩纳入后现代主义文学阵营。布莱恩·芬尼(Brian Finney)在《现代小说研究》(*Modern Fic-*

tion Studies)上发表的文章中考察了《赎罪》中的“自我意识的叙事”,进而认为这部小说从头至尾就是关于“小说创作”(the making of fiction)的过程。同样考察《赎罪》中的“自我意识的叙事”的批评家还有戴维·K. 奥哈拉(David K. O' Hara)。奥哈拉在《“布里奥尼存在的理由”:伊恩·麦克尤恩〈赎罪〉中的元小说叙事伦理》(“Briony's Being for:Metafictional Narrative Ethics in Ian McEwan's *Atonement*”,2011)一文中认为,不应当将《赎罪》这类元小说与传统的意识形态形式相混淆,它不是通过毁掉“现实主义”的幻象来确定自身的虚构性,而是通过运用自我意识的叙事来重新确立作者、读者、文本和世界之间的“伦理情结”(ethical complex)。

特别值得一提的是,西方学者还围绕《爱无可忍》和《赎罪》两部作品,出版了数部研究专著或批评指南,其中较为重要的有简·吉布森(Jane Gibson)的《伊恩·麦克尤恩的〈爱无可忍〉:A Level 考试注解》(*Ian McEwan's* Enduring Love:*A Level Notes*,2003)、罗杰·克拉克(Roger Clark)与安迪·戈登(Andy Gordon)合著的《〈爱无可忍〉读者指南》(*Ian McEwan's* Enduring Love:*A Reader's Guide*,2004)、安妮·罗内(Anne Rooney)的《〈赎罪〉:A Level 考试约克注解》(Atonement:*York Notes for A Level*,2006)、彼得·蔡尔兹的《伊恩·麦克尤恩的〈爱无可忍〉》(*Ian McEwan's* Enduring Love,2007)、朱利·艾兰姆(Julie Ellam)的《伊恩·麦克尤恩的〈赎罪〉》(*Ian McEwan's* Atonement,2009)等。这不仅反映了《爱无可忍》和《赎罪》这两部作品自身的文学价值和批评界对它们的关注,同时也折射出西方学者之于麦克尤恩研究的深度。

这一期间,除上述成果之外,西方学界还有许多其他可圈可点的研究。例如,塞巴斯蒂安·格勒斯(Sebastian Groes)主编的《伊恩·麦克尤恩:当代批评视角》(*Ian McEwan:Contemporary Critical Perspectives*,2009)对麦克尤恩作品的现代性、超现实主义、时间观等做了多角度的阐述;林恩·韦尔斯(Lynn Wells)的《伊恩·麦克尤恩》(*Ian McEwan*,2010)对麦克尤恩后期作品中的创作技巧做了分析;瑞安·罗伯茨的《伊恩·麦克尤恩对话集》(*Conversations with Ian McEwan*,2010)收录了麦克尤恩的16篇访谈,广泛涉及身份、写作、政治、当代世界文学现状等话题,对进一步研究麦克尤恩作品的思想和艺术具有重要的参考价值。

近期趋势与走向:媒介·政治·伦理

2008年,英国《泰晤士报》将麦克尤恩评为"1945年来最伟大的50位英国作家"之一。进入21世纪的第二个十年以来,西方学界的麦克尤恩研究空前高涨。这些研究突出表现在四个方面:政治批评、媒介批评、伦理批评和情感研究。

首先,考察麦克尤恩的小说艺术与大众媒介之间的互动,尤其是考察麦克尤恩作品的电影改编成为近期麦克尤恩研究的一个重要动向。亚当·苏梅拉(Adam Sumera)对比分析了麦克尤恩的短篇小说《与橱中人的对话》与马里乌什·格热格泽克(Mariusz Grzegorzek)导演改编的同名电影,认为格热格泽克在电影中省略了儿子痛恨母亲的话语符号,使电影表现得非常完美,母亲主导的悲剧色彩也由此更为醒目。欧洲知名杂志《国际英语研究学刊》(*Anglistik*:*International Journal of English Studies*)2010年第2期还推出了由德国学者帕斯卡尔·尼克拉斯(Pascal Nicklas)主编的"伊恩·麦克尤恩与媒介"(Ian McEwan and the Media)的专辑,探讨了媒介与麦克尤恩小说之间的关系。具体说来,该专辑共包括11篇论文,分别讨论了麦克尤恩作品的媒介属性、电影《陌生人的慰藉》中的凝视、电影《时间中的孩子》《黑犬》《爱无可忍》中的影视技巧、小说《无辜者》中媒介化的柏林背景、《赎罪》的小说和电影中的视角、小说《日光》中的媒介化元素等多个论题。詹姆斯·希夫(James Schiff)重点考察了麦克尤恩的《赎罪》与迈克尔·坎宁安(Michael Cunningham)的小说《时时刻刻》(*The Hours*,1998)的电影改编。希夫认为,小说文本《赎罪》和《时时刻刻》都使用了元叙述的手法,蕴含丰富的文学典故(literary allusion),有浓厚的互文性色彩,这势必导致将它们改编成电影的困难,隐射了叙述者对写作和阅读的自我意识。事实上,电影在很大程度上丢失了两部作品的文学典故。尽管改编后电影背离了对原著的忠实性,但它们却让读者更深刻地理解原著中那些容易被忽视的东西,从而让读者从一种不同的视角来审视原著。在这种意义上而言,这两部小说的电影改编都是成功的。

其次,麦克尤恩作品中的伦理向度和政治问题成为西方学界近期研究的一个热点。帕斯卡尔·尼克拉斯主编的《伊恩·麦克尤恩:艺术与政治》(*Ian McEwan*:*Art and Politics*,2010)重点探讨了麦克尤恩作品中的艺术、伦理与政治之间的互动关系。该文集共收录了12篇论文,详细审视了艺术与政治所涉及的伦理要素与政治问题,如麦克尤恩早期作品的伦理维度、麦克尤恩笔下的那些谋杀犯所涉及的伦理问题、麦克尤恩21世纪以来作品中的伦理、麦克尤恩作品中的元叙述伦理、麦克尤恩作品中的恐怖意象与政治介入,以及麦克尤恩作品中的诗学政治等。劳拉·萨武·沃克(Laura Savu Walker)在《"权力的平衡":伊恩·麦克尤恩〈甜牙〉中双重间谍的潜在作者身份》("'A Balance of Power':The Covert Authorship of Ian McEwan's Double Agents in *Sweet Tooth*",2015)一文中,将《甜牙》放置于西方冷战的语境中,将小说主人公汤姆·哈雷的创作视为监视与反监视的权力博弈的表征。辛西娅·卡里耶(Cynthia Quarrie)在《"在解构开始之前":伊恩·麦克尤恩〈赎罪〉中后-帝国抑郁情绪的中断》("'Before the Destruction Began':Interrupting Post-Imperial Melancholia in Ian McEwan's *Atonement*",2015)一文中,重新解读了麦克尤恩的经典作品《赎罪》,认为该小说的元小说结尾实际上是对作品中"后-帝国抑郁情绪"的一种释然。

斯旺谢·穆勒(Swantje Möller)在《同危机达成妥协:伊恩·麦克尤恩小说中的错位与重新定位》(*Coming to Terms with Crisis:Disorientation and Reorientation in the Novels of Ian McEwan*,2011)中,将麦克尤恩的小说置于后现代创作语境,从列维纳斯的伦理观出发,考察了其作品的后现代性与伦理。雅尼娜·乌泰(Janine Utell)在《〈在切瑟尔海滩上〉与福特式的技法:互文性、亲密感与伦理阅读》("*On Chesil Beach* and Fordian Technique:Intertextuality,Intimacy,Ethical Reading",2016)一文中,试图将麦克尤恩的《在切瑟尔海滩上》与福特·马多克斯·福特(Ford Madox Ford)的《好兵》(*The Good Soldier*)作一对比解读,认为麦克尤恩从福特那里所借用的互文笔法促使读者对作品中所呈现的亲密感与认知论做出列维纳斯式的伦理解读。

当然,除从政治、伦理和媒介等角度出发来研究麦克尤恩之外,西方学界还有许多其他可圈可点的研究。比如,胡瓦·玛什(Huw Marsh)在《伊恩·麦克尤恩〈赎罪〉中叙事不可靠性与元再现,或为什么罗比可能是有罪的,为什么也没有人注意到这一点》("Narrative Unreliability and Metarepresentation in Ian McEwan's *Atonement*; or,Why Robbie Might be Guilty and Why Nobody Seems to Notice",2018)一文中,通过对《赎罪》中的不可靠叙述的分析,认为罗比或许真的涉嫌犯罪。[①] 同样从叙事学视角对麦克尤恩作品做出研究的,还有汉娜·科特尼(Hannah Courtney)对麦克尤恩小说中叙事时间与思维再现的分析[②],以及娜奥米·布斯(Naomi Booth)对麦克尤恩小说中"限制性叙述视角"(restricted view)的精细考察[③]。同时,值得关注的还有部分西方学者从情感角度对麦克尤恩作品的分析。比如,蒂姆·高蒂尔(Tim Gauthier)在《"选择你的同情":伊恩·麦克尤恩〈星期六〉中的特权、弱点与移情的限度》("'Selective in Your Mercies':Privilege,Vulnerability,and the Limits of Empathy in Ian McEwan's *Saturday*",2013)一文中,从朱迪斯·巴特勒关于"脆弱"和佳亚特里·斯皮瓦克关于"移情"的论点出发,考察了小说人物贝罗安医生在遭遇家庭危机时的举动,认为其身上的移情在很大程度上被其保护家人的愿望所覆盖,而同时他又努力维护自己的特权地位。雷切尔·霍兰德(Rachel Holland)在《现实检验:伊恩·麦克尤恩的理性小说》("Reality Check:Ian McEwan's Rational Fictions",2017)一文中,以《星期六》和《日光》两部作品为例,分析了文学现实主义与科学话语之间的内在链接。埃兰·奥多尔(Erin O'Dwyer)在《书写爱情与缺失:伊恩·麦克尤恩书信体小说〈赎罪〉的拉康式分析》("Of Letters,Love,and Lack:A Lacanian Analysis of Ian McEwan's Epistolary Novel *Atonement*",2016)一文中,根据拉康的"凝视理论"(gaze theory)分析了书信的归属与救赎之间的关系。劳拉·科隆比诺(Laura Colombino)在《身体、城市与全球:伊恩·麦克尤恩〈星期六〉中的灾难空间》("The Body,the City,the Global:Spaces of Catastrophe in Ian McEwan's *Saturday*",2017)一文中,认为身体书写是整部小说的框架,作品的身体再现构成了都市和全球外在空间的一个隐喻。

期待与展望:麦克尤恩研究的未来任务与方向

由上文可见,无论是在深度上还是在广度上,西方学界的麦克尤恩研究

---

① See Huw Marsh,"Narrative Unreliability and Metarepresentation in Ian McEwan's *Atonement*;or,Why Robbie Might be Guilty and Why Nobody Seems to Notice," *Textual Practice*,Vol. 32,No. 8,2018,pp. 1325-1343.

② See Hannah Courtney,"Narrative Temporality and Slowed Scene:The Interaction of Event and Thought Representation in Ian McEwan's Fiction," *Narrative*,Vol. 21,No. 2,May 2013,pp. 180-197.

③ See Naomi Booth,"Restricted View:The Problem of Perspective in the Novels of Ian McEwan," *Textual Practice*,Vol. 29,No. 5,2015,pp. 845-868.

都处于一个较高的水平。作为当今英国文坛举足轻重的人物，麦克尤恩创作手法繁复多元，叙述格调特立独行，主题思想深邃多元，无疑值得我们持续关注和深入研究。那么未来的麦克尤恩研究该何去何从，又有哪些方面可以突破，以期取得更大的研究成果？笔者以为，未来的麦克尤恩研究主要有如下几个方面值得挖掘：

第一，麦克尤恩作品的语料库研究有待开展。随着计算机革命的到来，语料库研究应运而生，也由此使得文学研究的实证方法成为可能。如何建构麦克尤恩作品的专门语料库，以及关于麦克尤恩作品翻译的平行语料库（如中英语料库、英法语料库、英韩语料库等），定可以为麦克尤恩研究打开新的局面。譬如，采用语料库方法来研究麦克尤恩的作品，可以从中发现麦克尤恩创作的一般模式、语体风格、创作转型、叙事进程等。

第二，麦克尤恩作品的生态批评有待拓荒。麦克尤恩是一位有着浓烈生态意识的作家，无论是早期的《最初的爱情，最后的仪式》《水泥花园》以及近期的《日光》等都或多或少地表现出他对生态的关注。这些生态景象的叙写折射了麦克尤恩对环境恶化的焦虑和对人类生存状态的忧思。从生态批评的角度切入麦克尤恩作品，考察其中的生态描写，发掘麦克尤恩潜藏在作品中的生态意识，无疑是一个非常有价值的研究课题，亟待开展。

第三，麦克尤恩作品的女性主义批评有待介入。女性、伦理和政治是麦克尤恩作品中三个最为常见的主题。同关于麦克尤恩作品的政治批评和伦理批评相比，麦克尤恩作品的女性主义批评无疑显得较为薄弱。如何采用女性主义批评方式，深入探讨麦克尤恩作品中的女性人物形象，审视她们的性别身份和生活境遇，透视麦克尤恩本人的女性主义思想，也是一个非常富有意义的课题，可以极大程度地填补麦克尤恩研究的某些缺失和批评遗憾。

第四，麦克尤恩评传有待撰写。麦克尤恩奇特的人生经历，标新立异的文学才华，别具一格的政治主张等都是学界津津乐道的话题。虽然学界已经有了部分关于麦克尤恩作品的传记批评，但是真正意义上的麦克尤恩评传尚未问世。作为世界文坛的一位大师级人物，麦克尤恩的评传无论对于普通读者，还是对于专业批评家，都具有重要的参照价值，势必可以将麦克尤恩研究推向深入。

第五，麦克尤恩研究的批评史有待书写。学术史是推动学术研究的重要基础和推动力。麦克尤恩的批评自20世纪70年代就已经开始,据粗略统计,迄今已经有两百多篇批评文章,二十余部专著,但是对这些研究的梳理分析的论文和专著并不多见。麦克尤恩研究的学术史的建构和书写可以把握麦克尤恩批评的脉络,发掘麦克尤恩研究的发展趋势,揭示麦克尤恩研究的某些不足,可以在某种程度上避免重复研究,有助于麦克尤恩研究的健康良性发展。

第六,麦克尤恩作品的跨国界视野有待拓展。麦克尤恩是英国文坛的国民作家,但他同时又获得了以色列政府颁发的“耶路撒冷奖”,这说明麦克尤恩的创作具有超越国界的性质,其作品所包含的内容和主题在某些方面反映了人类生存的共同问题。如何在全球化语境下,立足本国的文化、结合本国的实际情况来分析麦克尤恩,即以本土视角来审视麦克尤恩的作品,就具有了一定的意义。在世界文学的总体进程和文学全球化的浪潮中,本书所论述的麦克尤恩研究学术成果的取得均是西方学术视角下的产物,缺乏“异文化”的观照,尤其缺少中国学者的贡献,这自然向我国从事麦克尤恩研究的同行们提出了较高的要求。

第三节 麦克尤恩在中国的翻译与研究

自《外国文艺》杂志于1992年首次刊载麦克尤恩的短篇小说《临死的瞬间》以来,迄今为止这位英国文坛巨擘在中国已经“旅行”了三十多年的时间。2018年10月25日,麦克尤恩首次来到中国,出席了中国人民大学的“21大学生国际文学盛典”的颁奖仪式,发表了以“数字革命”为主题的演讲。随后一周,麦克尤恩在北京和上海两地与中国读者见面,并同当代中国作家李洱、格非[①]、小白、孙甘露就虚构写作等论题展开对话,成为2018年冬中国文坛的一件盛事。

本节旨在回顾梳理30年来国内学界之于麦克尤恩的翻译和研究,希图由此展呈麦克尤恩在我国的接受与批评轨迹,重点考察、分析我国学者在麦

① 参见伊恩·麦克尤恩、格非、李洱:《英汉之间:传媒、虚构与科幻——伊恩·麦克尤恩、格非、李洱对话录》,载《中国现代文学研究丛刊》,2018年第12期,第49—58页。

克尤恩作品翻译及其作品主题、叙述笔法、语体风格、理论视角等方面所取得的突破。在此基础上，笔者指出当下麦克尤恩研究的某些不足与缺憾，以期对我国未来的麦克尤恩研究有所启发，进一步拓展麦克尤恩作品的批评空间。

迟来的英伦风景：麦克尤恩作品的翻译

在为麦克尤恩的第一部短篇小说集《最初的爱情，最后的仪式》的中文版写序的时候，著名作家余华难掩心中的遗憾，不无感慨地说："中国的文学界和读者们以奇怪的沉默迎接了这位文学巨人。"①可以说，余华先生对麦克尤恩在国内研究现状的评价是非常中肯的。确实，与西方学界的麦克尤恩研究相比，国内学者对这位当代英国文坛要人的关注和研究不仅起步较晚，而且相关研究成果无论是在数量上还是在质量上都显得非常逊色。不仅在麦克尤恩的研究上如此，而且在麦克尤恩作品的翻译上也同样起步缓慢，因此用"沉默"来形容一段时间以来国内学界之于麦克尤恩的接受，并不为过。

20 世纪 90 年代之前，麦克尤恩作品在国内的翻译与研究完全处于空白状态。1992 年，上海译文出版社旗下的《外国文艺》杂志第 2 期刊发了麦克尤恩的短篇小说《临死的瞬间》（汪义群译，现译名《既仙即死》）。这是麦克尤恩作品首次登陆中国。在译者前言中，汪义群先生不仅对作者麦克尤恩做了简要介绍，而且还对该短篇小说做了较为中肯的批评。他认为：这部"作品揭示了一个充满占有欲的富人的变态行为，由于以第一人称叙述，因此对主人公的内心世界作了细致而深入的刻画"②。

此后，麦克尤恩作品开始缓慢进入国人的阅读视野。1998 年，《外国文学》杂志第 6 期刊载了麦克尤恩的两篇短篇小说：《两个片段：199—年 3 月》（"Two Fragments: March 199—"，1978；左晓岚译）和《周而复始》（"To and Fro"，1978；张继革译）。令人欣喜的是，进入 21 世纪之后，麦克尤恩的译介工作迅速升温。就文学期刊对麦克尤恩作品的译介而言，《外国文艺》用力最

---

① 余华：《伊恩·麦克尤恩后遗症》，伊恩·麦克尤恩：《最初的爱情，最后的仪式》，潘帕译，南京：南京大学出版社，2010 年，译序第 1 页。

② 伊·麦克尤恩：《临死的瞬间》，汪义群译，载《外国文艺》，1992 年第 2 期，第 55 页。

多。除在20世纪90年代刊载麦克尤恩的短篇小说《临死的瞬间》之外,21世纪伊始,《外国文艺》杂志第4期刊发了由杨向荣翻译的麦克尤恩的4篇短篇小说,分别是《立体几何》、《在被窝里》(现译名《床笫之间》)、《蝴蝶》以及《最初的爱情与最后的仪式》(现译名《最初的爱情,最后的仪式》)。2004年,《外国文艺》杂志将麦克尤恩的经典作品《赎罪》(郭国良译)分上、中、下三个部分,在该刊的第3期、第4期、第5期连载刊出。2006年,《外国文艺》第6期又刊载了麦克尤恩的第一部长篇小说《水泥花园》(裘德译)。此外,国内权威刊物《世界文学》杂志也加入推介麦克尤恩的行列之中。2005年,《世界文学》第5期刊载了麦克尤恩的5篇短篇小说:《关在橱窗里的人对话》(杨向荣译)、《夏季的最后一天》(杨向荣译)、《三月断章》(粟瑞莲译)、《色情作品》(任吉生译)、《一只被供养的猿猴的思考》(任吉生译)。

进入21世纪之后,麦克尤恩作品的翻译开始掀起热潮。一方面,期刊继续翻译麦克尤恩的短篇作品和长篇选段;另一方面,各大出版社开始竞相购买麦克尤恩作品的中文版权,接连推出译作。一时间,麦克尤恩成了中国文学翻译界的宠儿。2001年,译林出版社出版了《阿姆斯特丹》(王义国译)。2003年,该社又出版了《时间中的孩子》(何楚译)。2005年,上海译文出版社出版了《赎罪》(郭国良译)。2007年,新星出版社出版了《阿姆斯特丹》(丰俊功译)和《水泥花园》(冯涛译)。2008年,作家出版社出版了《星期六》(夏欣茁译)。同年,上海译文出版社出版了《在切瑟尔海滩上》(黄昱宁译)。2009年,南京大学出版社以英汉对照的形式出版了麦克尤恩的儿童小说《梦想家彼得》(孙仲旭译)。尤其是近几年来,国内对麦克尤恩作品的翻译达到高峰。2010年,南京大学出版社出版了麦克尤恩的第一部短篇小说集《最初的爱情,最后的仪式》(潘帕译);上海译文出版社出版了《只爱陌生人》(冯涛译,又译《陌生人的安慰》《陌生人的慰藉》)、《黑犬》(郭国良译)、《无辜者》(朱乃长译)、《床笫之间》(周丽华译)等4部作品。2011年,上海译文出版社重磅出击,一口气连续出版了《阿姆斯特丹》(冯涛译)、《水泥花园》(冯涛译)、《爱无可忍》(郭国良、郭贤路译)、《星期六》(夏欣茁译)等4部作品。2012年,译林出版社重新推出《时间中的孩子》的中译本(何楚译)。作为国内出版麦克尤恩中文作品最多的出版社,上海译文出版社在2012年不仅推出了《水泥花园》《只爱陌生人》《在切瑟尔海滩上》的中英双语版,而且还翻译出版了《日光》(黄昱宁译)。《外国文艺》杂志在2012年第6期以“聚焦”栏目的形式推出了麦克尤恩专题,不仅刊载了《巴黎评论》杂志在2002年对麦克尤恩的采访,而且还发表了麦氏早年的三篇短篇小说——《十字路口》(严春妹译)、《无题》(郭国良译)、《沉沉睡眠,浅浅睡人》(郭国良译)。2015年,上海译文出版社又推出了麦克尤恩的间谍小说《甜牙》(黄昱宁译)的中文版。2017年3月,麦克尤恩的《儿童法案》(郭国良译)也由上海译文出版社出版。2018年,为了配合麦克尤恩的中国行,上海译文出版社分别推出了麦氏的长篇小说《果壳》(郭国良译)和短篇小说《我的紫色芳香小说》(黄昱宁译)。

总体看来,麦克尤恩作品在国内的翻译虽然起步较晚,但势头猛进。尤其是近十年以来,麦克尤恩的小说作品基本都有了中文译本,其中还包括其在2016年出版的最新作品《果壳》和《我的紫色芳香小说》,从而使麦克尤恩的翻译越来越富有时代感。然而,国内在翻译麦克尤恩的作品时,基本上是以其小说为主,忽略了麦克尤恩所创作的其他类型的作品。作为一位有着多样创作才华的作家,麦克尤恩在儿童小说、戏剧、音乐剧等领域皆有建树。由此看来,麦克尤恩作品在国内的翻译还存在用力不均的现象,对其戏剧、电影剧本等的翻译有待加强。

从“冷遇”到“慢热”:麦克尤恩研究的初始阶段

同麦克尤恩作品的翻译相比,关于其作品的批评显得相对滞后和薄弱,颇有“冷遇”之嫌。一段时间以来,对于麦克尤恩的研究在很大程度上只限于其作品中文译者所写的前言后记式的阅读感悟和翻译体会。但这并不是说这位英国文坛名家没有走入我国学者的批评视野。20世纪90年代初,王佐良、周珏良两位教授在其主编的《英国二十世纪文学史》(1994)中就已经注意到了麦克尤恩。他们称麦克尤恩是“文坛新秀”,他“先以短篇小说著称”。在评析与麦克尤恩同时代的格雷厄姆·斯威夫特(Graham Swift)、罗斯·特里曼(Rose Tremain)、威廉·特弗雷(William Trevor)、埃玛·坦南特(Emma Jennant)等年轻作家的写作风格时,王、周两位教授写道:“这批新作家在作品中把梦幻、荒诞、黑色幽默和现实融为一体,创造一个虚虚实实、可笑又可悲的天地。”他们以麦克尤恩的长篇小说《陌生人的慰藉》为例,认为在该作品中,“梦幻转化为现实,现实又如同虚幻,使读者难以分清梦境和现实、真实与虚构"[1]。在当时的学术环境下,王、周两位教授能够关注到麦克尤恩,并对此作品做出如此精准的评价,充分体现了两位外国文学研究先哲敏锐的学术眼光,以及他们对当时英国文坛动态的准确把握和判断。

国内真正意义上的麦克尤恩研究始于蓝纯女士。1998 年,蓝纯在《外国文学》第 6 期发表了《伊恩 · 麦克尤恩其人其作》及《评〈陌生人的安慰〉》两篇论文。前者不仅对麦克尤恩的生平和创作历程进行了较为详细的介绍,而且还对麦克尤恩的创作特点与风格等进行了较为独到的阐释;文章认为麦克尤恩是当代英国作家中"最引人注目的几位之一,他的文风融合了无所顾忌和蓄意的简洁,在揭露我们自身和社会的弱点的同时,他的兴趣更多地放在人与人之间关系的操纵及由此而产生的性行为上。他将男女之间的关系视为整个社会的缩影,其间充斥着暴力与困惑,混乱与挣扎"[2]。后者对麦克尤恩的长篇小说《陌生人的慰藉》做了非常细致的文本分析,揭示了小说中畸形的男女关系。蓝纯认为:在《陌生人的慰藉》中"麦克尤恩力图说明这样一种畸形的两性关系的产生绝非偶然,正是我们这个等级森严的男权至尊的社会为它的产生提供了温床"。罗伯特和卡罗琳这两位小说人物"是这个罪恶社会的罪恶观念的必然产物"。[3]

进入 21 世纪之后,麦克尤恩似乎逐渐引起了国内学术界的关注。2000 年,陆建德研究员在《世界文学》杂志第 6 期发表了《"文明生活的本质"——读麦克尤恩的〈阿姆斯特丹〉》一文。在该文中,陆研究员高屋建瓴,对麦克尤恩的"布克奖"扛鼎之作《阿姆斯特丹》做了深入的文本分析,令人信服地阐述了小说人物之间你争我斗的权力游戏。陆先生尤其欣赏麦克尤恩的行文笔法,对此赞誉有加。他精辟地指出:"麦克尤恩的笔法极其洗练,读他的文字就像欣赏没有一点赘肉的健美运动员的肌体。作者极少描写人物的外表,他用简单的对话刻画人物的心理特征。正因为作者惜墨如金,读者在阅读过程中不能放过任何细节。就此而言《阿姆斯特丹》读来简直像侦探小说。"[4]

① 王佐良、周珏良主编:《英国二十世纪文学史》,北京:外语教学与研究出版社,1994 年,第 906 页。

② 蓝纯:《伊恩 · 麦克尤恩其人其作》,载《外国文学》,1998 年第 6 期,第 23 页。

③ 蓝纯:《评〈陌生人的安慰〉》,载《外国文学》,1998 年第 6 期,第 45 页。

④ 陆建德:《"文明生活的本质"——读麦克尤恩的〈阿姆斯特丹〉》,载《世界文学》,2000 年第 6 期,第 297 页。

论及《阿姆斯特丹》在学界所赚取的种种称誉，陆建德认为：其主要原因在于作者“麦克尤恩用精确、清晰的语言和字里行间生动的韵味给读者讲述了一个具有纪实品质的故事和男女之间的权力游戏”①。

同年，《外国文艺》不仅在其第4期再度刊出“伊恩·麦克尤恩小说选”专辑，而且译者还在前言中对麦克尤恩的短篇小说集《最初的爱情，最后的仪式》《床第之间》做了较为简洁得当的评点。译者杨向荣认为在这些早期作品中，麦克尤恩自由奇怪的想象力就已经初露端倪，小说的情节怪诞残忍，建构了一个充满颓废、不合时宜、反常、被人遗弃的世界，但是麦克尤恩“却用优美精确的语言来承载这些恶心恐怖然而又源自普通生活的题材，麦克尤恩的作品可以说是精确描述和黑色幽默相结合的产物”②。实际上，译者们对麦克尤恩作品所发表的前言后记式的批评也构成了国内麦克尤恩研究的一个独特部分，不乏真知灼见，为麦氏作品在国内的成功推介起到了重要的作用。譬如，唐建清在《时间中的孩子》中译本的序言中对麦克尤恩的这部重要作品做出了非常独到的批评。他认为，“时间中的孩子”这一命题表现了“麦克尤恩对时间的深刻理解：时间不仅是人对外部世界存在的一种理性把握，更是人的一种生命体验，或者说时间就是人的生命形式”。因此，“‘时间中的孩子’也就是‘时间中的生命’。孩子的丧失也就是生命的丧失。这种‘丧失’不仅是孩子的意外丢失和不应有的夭折，也包括成长过程中童真和快乐的丧失”。③

同样，裘德在《水泥花园》的译者前言中也对作品的情节做了较为详细的介绍和评点。针对麦克尤恩的创作题材和风格，他提出了自己独特的见解，认为“麦克尤恩穷三十年的时间不断地用他的作品重新定义着黑暗到底能有多么黑暗，不断地探索施-受虐狂、变态性爱以及超现实情节到底能走多远”。需要指出的是，尽管麦克尤恩“从来不惮于发掘骇人听闻的黑暗中心，从不忌讳所谓的变态和禁忌，但他当然不是一个廉价的恐怖批发商，他的文字简洁

① 陆建德：《“文明生活的本质”——读麦克尤恩的〈阿姆斯特丹〉》，载《世界文学》，2000年第6期，第300页。

② 伊·麦克尤恩：《伊恩·麦克尤恩小说选》，杨向荣译，载《外国文艺》，2000年第4期，第3页。

③ 唐建清：《我们丢失了什么？》，伊恩·麦克尤恩：《时间中的孩子》，何楚译，南京：译林出版社，2003年，译序第4—5页。

而且优雅,他对人的生存状态的洞察和深挖使他笔下经常是‘不洁’的题材具有了真正的人性深度”[①]。又如,《世界文学》杂志在刊载麦克尤恩的短篇小说时,对麦克尤恩的作品风格做了非常精当的批评,认为“伊恩·麦克尤恩的小说风格奇诡。作品大多涉及谋杀、乱伦、变性癖、同性恋等令人困扰的题材,不过,这些题材经过他清晰、冷静、准确的语言过滤,反而产生了一种奇异的艺术效果,好比解剖尸体的手术刀无比抒情地跳起慢板的舞蹈,让读者离开常态,感受着艺术化的手术过程给人带来的内心冲击力”。署名为啁啾的编者对麦克尤恩的语言赞赏不已,认为“麦克尤恩的语言犹如艺术品手工工场的说明书,精确而到位”。[②]

尽管我国的麦克尤恩研究起步较晚,且大都以前言后记或零散字纸的形式出现,但是经过诸如陆建德等国内有影响力的外国文学研究专家以及《世界文学》《外国文学》《外国文艺》等重要刊物的热情推介,麦克尤恩开始进入中国读者的视野,受到越来越多的批评关注,为下一个时期麦克尤恩研究热潮的到来奠定了基础。

“沉寂”过后的“热潮”:麦克尤恩研究的高涨

近年来,由于麦克尤恩作品中译本的大量出版,以及根据其作品改编的电影,特别是电影《赎罪》的热映,使得麦克尤恩在国内的关注程度迅速提升。实际上,《赎罪》也是国内研究最多的一部麦克尤恩作品。首先,该作品的元小说特征成为国内学者关注的一个焦点。譬如,丁建宁在《赎罪如何可能?——评伊恩·麦克尤恩的〈赎罪〉》(2004)一文中,不仅对作品做了简要介绍,同时指出《赎罪》是一部具有显著元小说特征的作品,元小说理论的运用贯穿始终。同样从元小说角度来解读《赎罪》的还有陈榕,她在《历史小说的原罪和救赎——解析麦克尤恩〈赎罪〉的元小说结尾》(2008)中指出:该小说是一部具有写实特点的历史小说,其元小说结尾既体现了麦克尤恩叙述历史、再现历史的努力,也反映了他对历史小说虚构本质的清醒认识,而麦克尤恩在小说中所采取的叙述策略契合了当代英美小说经历后现代主义洗礼后

① 伊恩·麦克尤恩:《水泥花园》,裘德译,载《外国文艺》,2006年第6期,第3、5页。
② 伊·麦克尤恩:《小说五篇》,杨向荣等译,载《世界文学》,2004年第5期,第5页。

的现实主义回潮。就元小说技巧而言，张和龙在《宏大而优美的心灵史诗——评伊恩·麦克尤恩的〈赎罪〉》(2008)中认为：《赎罪》与众多的“后现代”小说有着明显的不同，它并没有出现作者闯入叙事对人物评头论足的情状，也没有让叙述者对读者大谈虚构的过程；作者麦克尤恩借人物身份之便让虚构人物与现代作家进行对话，由此构成了对现代小说的表现形式、叙述视角和实验技巧的自觉反思。与上述三位论者不同的是，杜维平、高一琼在题为《麦克尤恩的自由国度——论〈赎罪〉的陌生化叙事结构》(2009)的文章中，考察了小说先被建构后被瓦解的陌生化叙事模式。他们认为：这一叙事模式使得小说显现出一种强烈的不确定性，需要读者不时地将先前对事件和人物做出的判断进行新的审视和修正。通过置读者于不断自我推翻和自我修正的实际体验中，小说得以在充分展现其陌生化美学意蕴的同时强化了读者对主人公及其自身的自我意识觉醒的认知力。此外，还有学者从叙事学和伦理批评的视角来考察《赎罪》。例如，邹涛在《叙事认知中的暴力与救赎——评麦克尤恩的〈赎罪〉》(2011)一文中，从“叙事认知暴力”这一概念出发，认为《赎罪》对这种暴力给予了深刻和具象化的呈现，从而揭示出进入虚构世界的危险是人类认知的普遍困境。曾艳钰在《“误读的焦虑”——麦克尤恩〈赎罪〉中的真实与误读的真实》(2013)一文中，认为这部小说交织着多层面的真实与误读的真实，而这些误读是由“隐含作者”引导、布里奥妮“误导”以及读者“认同”的结果，反映了麦克尤恩对误读的焦急与对误读的警示。宋艳芳、罗媛在《谁该赎罪？何以赎罪？——〈赎罪〉的伦理经纬》(2012)一文中，从伦理的视角出发，细致入微地探讨了谁该赎罪这一重要问题，尤其是考辨了文本内部的叙述者布里奥妮和文本外部的作者麦克尤恩之于赎罪的方式和努力，认为“《赎罪》的重心不是追究‘谁之过？’而是引起读者对自我之存在、自我之伦理意识的反思”①。

《时间中的孩子》也是国内批评界关注较多的一部作品，学者们从麦克尤恩创作转型的角度来审视这部作品。龙江在《心灵的孩子、神奇的时间——伊恩·麦克尤恩〈时间中的孩子〉解读》(2005)一文中认为：《时间中的孩子》

① 宋艳芳、罗媛：《谁该赎罪？何以赎罪？——〈赎罪〉的伦理经纬》，载《外国文学研究》，2012年第1期，第89页。

是麦克尤恩创作生涯的重要转折点，标志着他在小说艺术上臻于成熟，作品中反复出现的复杂的“孩子”与“时间”意象不仅巧妙地把各部分情节联结起来，同时也凸显了童年与成年之间的微妙关系以及找寻每个人心中的“孩子”的必要性。同样从创作转型角度来阐释这部作品的还有程心，她在《“‘时间中的孩子’和想象中的童年”——兼谈伊恩·麦克尤恩的转型》(2008)一文中指出：《时间中的孩子》以走失的孩子为线索，通过斯蒂芬、查尔斯和特尔玛影射浪漫文学、极权政治和自然科学对童年的不同构想，表明孩子既非文学家笔下完美的理想也非政治家手中统治的工具，而是人性的真实存在。就此，她得出结论：这部作品标志着麦克尤恩走出狭窄的自我空间，步入广阔的现代社会，进入创作的成熟期。与上述论者不同的是，舒奇志在《主体的欲望与迷思——解读伊恩·麦克尤恩的〈时间中的孩子〉》(2008)一文中，从拉康的镜像理论出发，详细考辨了作品中的孩子和时间两大重要意象，窥探小说围绕着追寻失却的童年本真这一主题。她认为，作品反映了处于象征域的成年人在寻求未曾被他者欲望所引诱的本真欲望与大写的他者相遇时所遭遇的迷思和尴尬，而时间是主体连接不同界域的介质。尽管也是讨论作品中的时间这一话题，但与舒奇志不同的是，吴兰香在《线性时间与女性时间——析伊恩·麦克尤恩小说〈时间中的孩子〉》(2012)一文中，以克里斯蒂娃的“女性时间”观为参照，分析了作品中的时间编排模式与叙述结构。①

此外，国内还有关于麦克尤恩其他作品的零星研究，散见于各类期刊。如张和龙在《成长的迷误——评麦克尤恩的长篇小说〈水泥花园〉》(2003)一文中，对《水泥花园》中人物的欲望和性意识加以解读，认为这部小说深刻透视了难以言说的青少年欲望世界，揭示了一个艰难而充满迷误的心理成长的界域，即性意识萌动后的悖谬与反常、无意识欲望的错乱与偏执、不稳定情感的变形和权力欲的膨胀等。邱枫在《男性气质与性别政治——解读伊恩·麦克尤恩的〈家庭制造〉》(2007)一文中，对麦克尤恩的短篇小说《家庭制造》中所隐含的男性气质问题进行了探讨。他认为这部短篇小说通过暴露主人公

---

① 参见吴兰香：《线性时间与女性时间——析伊恩·麦克尤恩小说〈时间中的孩子〉》，载《解放军外国语学院学报》，2012年第4期，第96—100页。

“我”的言行，对传统的霸权性男性气质和逻各斯中心主义进行挑战和颠覆，揭示了其对非主流男性及女性的压制，并在小说结尾促使读者反思这一理想化的男性气质的本质，以期建构新的男性气质体系。郭国良等人以译者的身份，在《新婚之夜的悲剧——读伊恩·麦克尤恩新作〈在切西尔[①]海滩上〉》(2007)和《“因坏情绪所累的文明”——评伊恩·麦克尤恩的〈黑狗〉[②]》(2010)两篇文章中，对麦克尤恩的小说《在切瑟尔海滩上》《黑犬》分别作了内容评介，起到了一定的导读作用。著名作家余华在《伊恩·麦克尤恩后遗症》(2010)一文中，对麦克尤恩的首部短篇小说集《最初的爱情，最后的仪式》发表了颇有深度的批评，提出“麦克尤恩后遗症”这一说法，即“麦克尤恩的这些短篇小说犹如锋利的刀片，阅读的过程就像是抚摸刀刃的过程，而且是用神经和情感去抚摸，然后发现自己的神经和情感上留下了永久的划痕”[③]。

让人眼前一亮的是，国内部分学者还尝试用新的批评方法来对麦克尤恩的作品展开解读，从而为麦克尤恩研究打开了新的维度。譬如，王悦在《镣铐中的舞蹈：伊恩·麦克尤恩的小说与不可靠叙述》(2013)一书中，从叙事学和符号学的角度对麦克尤恩小说中的不可靠叙述做了细致分析；黄一畅在《再现·变形·挪用：伊恩·麦克尤恩的创伤叙事嬗变》(2016)一书中，从创伤叙事的视角讨论了麦克尤恩小说的三种创伤叙事形式，即自我意识叙述、嵌套叙述结构和多重聚焦；罗媛在《移情视阈下的伊恩·麦克尤恩小说研究》(2017)一书中从移情角度对麦克尤恩小说做出了详细探讨。

作为一种新的批评方法，文学伦理学批评也为麦克尤恩研究提供了独特的分析视角。周艺在《自然和人性的较量——从文学伦理学视角解读〈日光〉》(2011)一文中，运用文学伦理学批评的方法，从性伦理、生态伦理和科技伦理这三个角度解读《日光》。通过梳理主人公彼尔德的家庭生活和工作经历这两条伦理线，她认为小说中的各种扭曲伦理现象反映了作者麦克尤恩对人性异化的思考，凸显了人性异化和环境恶化之间的张力。同样从文学伦理学批评视角出发研究麦克尤恩作品的还有尚必武。在《“让人不安的艺术”：麦克尤恩〈蝴蝶〉的文学伦理学解读》(2012)一文中，他以文学伦理学批评为

① 即切瑟尔。

② 即《黑犬》。

③ 余华：《伊恩·麦克尤恩后遗症》，伊恩·麦克尤恩：《最初的爱情，最后的仪式》，译序第2页。

研究视角，紧扣“恋童”“弑童”的伦理主线，通过解构伦理环境、伦理选择、伦理身份、伦理意识等若干伦理结，着力剖析了麦氏浸淫于作品深处的伦理图旨，即“通过书写极端的邪恶来承载对至善的向往，借助‘让人不安的艺术’来寄寓对崇高伦理道德的诉求”①。在另一篇文章《形式美学的道德旨归：麦克尤恩〈家庭制造〉的文学伦理学解读》(2013)中，尚必武认为麦克尤恩的处女作《家庭制造》是一则自我成长的道德警示。人物叙述者“我”以自豪夸张的语调，讲述了自己进入成人世界的惊恐故事，作品“在更大层面上投射了整个青少年群体在青春期的困惑、烦恼与迷惘以及他们可能潜在的道德滑坡和伦理缺失”②。在《〈甜牙〉：原谅的伦理与情感》(2013)中，尚必武重点考察了麦克尤恩新作《甜牙》中“原谅”行为所蕴含的伦理价值和情感元素，他认为情感使得作品中的小说人物置身于无所适从的伦理困境，由于受到伦理意识的约束和指引，小说人物的情感朝着理性的方向发展和升华，并最终促使他们做出了“假背叛，守真情”的伦理选择。在《成长的不能承受之轻：麦克尤恩〈水泥花园〉的伦理意识与伦理选择》(2014)中，尚必武分析小说人物杰克、朱莉、汤姆、苏在成长过程中所遇到的伦理问题及其蕴含的文学价值。他认为，在父母相继离世的伦理环境中，杰克家庭原本完整的伦理结构遭到破坏，他们兄妹失去了效仿的道德榜样，难以获得正确的伦理观念和构建自己的伦理规范。同时，由于杰克等人自身的人性因子受到兽性因子的抑制，导致其伦理意识无法产生，理性无法成熟，使得他们在确认伦理身份的过程中出现了身份错位，产生了乱伦意识，并最终导致了伦理混乱。③ 就麦克尤恩的《儿童法案》(2014)一书而言，尚必武认为在该作品中，麦克尤恩假借法律与宗教之间冲突的外衣，揭示人类妄图用偏执遏制温情、用理性压制情感给儿童福祉造成的侵害。小说通过菲奥娜法官对雷切尔、劳拉姐妹的监护权争夺案，马太、马克兄弟的连体手术分离案，尤其是耶和华见证人亚当·亨利的输血

① 尚必武：《“让人不安的艺术”：麦克尤恩〈蝴蝶〉的文学伦理学解读》，载《外语教学》，2012 年第 3 期，第 82 页。

② 尚必武：《形式美学的道德旨归：麦克尤恩〈家庭制造〉的文学伦理学解读》，载《江西社会科学》，2013 年第 2 期，第 84 页。

③ 参见尚必武：《成长的不能承受之轻：麦克尤恩〈水泥花园〉的伦理意识与伦理选择》，载《外语教学》，2014 年第 4 期，第 71—74 页。

案的处理,将读者注意力引至不同人群之于儿童福祉的理解。[①] 2018年,尚必武在《非自然叙事的伦理阐释——〈果壳〉的胎儿叙述者及其脑文本演绎》一文中,就麦克尤恩的新作《果壳》的非自然叙事特征做了精细的文本分析,重点讨论了作品中胎儿叙述者的非自然性,并结合文学伦理学批评的脑文本概念阐释了非自然叙事的文学教诲功能。[②]

此外,近期国内学界还发表了关于麦克尤恩其他作品的研究。例如,冯涛在《麦克尤恩"悬崖撒手",〈阿姆斯特丹〉破除"我执"》(2011)一文中,以《阿姆斯特丹》为例,讨论了麦克尤恩的创作转型。杨金才在《当代英国小说的核心主题与研究视角》(2009)一文中,以麦克尤恩的《爱无可忍》为例,指出麦克尤恩"是一位擅长自我反省的作家"[③]。他认为,该作品"将科学与虚构结合起来,一方面揭示了人类的贪婪与欲望无度的危险性,另一方面又强调科学可以增强人的知识,但排除不了人的欲望及其探索未知复杂性的需求"[④]。杨元在《"爱"因何"无可忍":评〈爱无可忍〉的理性主题》(2011)的文章中认为《爱无可忍》戏剧化地呈现了爱情与理性背离的主题,并借用理性与爱情这个显性主题含蓄地表达了作者的反宗教立场。刘春芳在《〈心理之城〉中的荒原后都市摹写》(2012)一文中,分析了麦克尤恩的短篇小说《心理之城》,认为该作品通过对四个人物的不同层级、不同侧面的心理现象的精准刻画,揭示了荒原后都市状貌和人性生态。罗媛在《〈黑犬〉"移情脆弱"主题论析》(2015)一文中,从移情角度对麦克尤恩的《黑犬》做了细致分析,认为人类应该在暴力中汲取教训、反思历史。郭先进在《个人的抑郁与文化的抑郁——〈黑犬〉的创伤叙事研究》(2017)中,从创伤叙事理论的角度解读了"黑犬"的形象,认为它是个人抑郁与文化抑郁的表征,是欧洲社会潜存的邪恶和暴力的来源。

引人侧目的是,国内学界在最近几年集中发表了多篇关于小说《星期六》

---

① 参见尚必武:《儿童福祉的意义探寻与守护方式:麦克尤恩新作〈儿童法案〉中的伦理身份与伦理选择》,载《外国文学研究》,2015年第3期,第53—63页。

② 参见尚必武:《非自然叙事的伦理阐释——〈果壳〉的胎儿叙述者及其脑文本演绎》,载《外国文学研究》,2018年第3期,第30—42页。

③ 杨金才:《当代英国小说的核心主题与研究视角》,载《外国文学》,2009年第6期,第57页。

④ 同上。

的评论文章,一时间使得该作品成为国内麦克尤恩研究界关注的一个焦点。李菊华在《论麦克尤恩〈星期六〉中的交往思想》(2013)一文中,从哈贝马斯的"交往行为理论"出发,审视了作者麦克尤恩对当代西方社会人与人之间冷漠的、工具性交往行为的批判。林莉在《论〈星期六〉的空间叙事策略》(2013)一文中,从当下流行的空间叙事理论解读了这部作品中的多层次的空间描写,凸显了后"9·11"时代人类的忧虑。与林莉相似,郭先进在《丰赡的文本 斑驳的史诗——小说〈星期六〉的空间化叙事研究》(2013)一文中从水平叙述轴和垂直叙述轴的角度讨论了该作品的空间化叙事艺术,认为小说通过叙事视角和空间场景的设置,再现了文本世界中的人物面相和人情世事。申圆、史志康在《伊恩·麦克尤恩小说〈星期六〉中的景观社会》(2013)一文中从"作为景观的建筑""作为景观的商品"和"作为景观的媒介"三个层面,分析了作品中复杂的都市映像。曲涛、孟健在《解读后"9·11"小说中的道德叙事——评伊恩·麦克尤恩小说〈星期六〉》(2013)一文中,将该小说纳入后"9·11"文学类型,从人与社会、人与他人、人与自我等关系维度解读了作品中的道德叙事。宋艳芳在《小说何为?——从麦克尤恩的〈星期六〉看小说的功能》(2013)中从"文化话语""伦理范式""预言方式"和"主观模式"四个层面讨论了小说的功能。耿潇在《〈星期六〉的哥特文类属性研究》(2014)中采取文类批评的研究方法,运用空间叙事理论,结合具体的文本细读,把该作品看作一部城市哥特小说,认为麦克尤恩充分利用这种文类的潜在政治功能表达了对当前世界政治风云变幻的看法。刘春芳在《〈星期六〉中的当代都市文化逻辑》(2016)一文中,阐释了作品中所呈现的都市文化的内涵和悖论。但汉松在《论麦克尤恩〈星期六〉中的"后9·11"式崇高》(2017)一文中,讨论了作品的后"9·11"式崇高及其对于反恐主义的批判。

特别值得一提的是,麦克尤恩还被写进了国内数部英国文学史著作。尤其是进入21世纪之后,麦克尤恩格外受到英国文学史撰写人员的注意。例如,高继海的《英国小说史》(2003),阮伟、徐文博、曹亚军的《20世纪英国文学史》(2004),侯维瑞、李维屏的《英国小说史》(2005),蒋承勇的《英国小说发展史》(2006),王佐良、周珏良的《英国20世纪文学史》(2006),王守仁、何宁的《20世纪英国文学史》(2006),王守仁、方杰的《英国文学简史》(2006),瞿世镜、任一鸣的《当代英国小说史》(2008),刘文荣的《当代英国小说史》

(2010)都用一定的篇幅对麦克尤恩的生平和作品做了简要介绍,其中不乏相当精彩的评论。瞿世镜、任一鸣两位学者对麦克尤恩更是赞誉有加,认为他的作品“清晰有力地描绘和说明了一些当代英国社会现象”,是“可读性和艺术性完美结合的典范”。[①] 将麦克尤恩写进文学史,无疑反映出国内主流学术界对这位当代英国作家艺术成就的认可。

麦克尤恩研究的未来任务与方向

总体上看,我国的麦克尤恩研究既不能和国外对麦克尤恩的研究与重视相提并论,也与广大中国读者对麦克尤恩的喜爱很不相符。现有的成果不仅数量较少,而且还存在一些明显的不足之处,如研究对象过于集中、重复研究的现象比较严重;研究盲点较多、分析视角狭窄;缺乏系统性、整体性的研究成果等。为了进一步推进新时期我国的麦克尤恩研究,使之取得更为丰硕的成果,笔者不揣浅陋,提出如下五条路径作为建设性参考。

第一,扩大作品研究范畴,提升研究的整体性、系统性。现有研究成果主要集中在《赎罪》《时间中的孩子》等部分小说作品,而麦克尤恩作为当今英国文坛的多面手,其创作的其他类型的文学作品尚未引起足够的重视。譬如,儿童小说《露丝 · 白兰》《梦想家彼得》,戏剧《模仿的游戏》,电影剧本《农夫的午餐》《酸甜》《好儿子》等作为麦克尤恩艺术创作的重要组成部分,还未进入我国学者的学术视野。未来的麦克尤恩研究不仅需要考察麦克尤恩的长篇小说、短篇小说,而且需要将其创作的其他类型作品纳入考量范畴,有机地建构麦克尤恩创作的各类作品之间的文学生态链,在整体性和系统性的双重层面上提高我国麦克尤恩研究的学术层次。

第二,开辟新的研究视角,深化研究内涵。就研究视角而言,现有研究成果大都聚焦于麦克尤恩作品中的成长主题、时间元素、后现代叙述手法、伦理道德等论题,而忽略了麦克尤恩作品中的许多其他内容,如女性主义、历史书写、政治意识、心理再现、科技命题以及生态关怀等,批评视域狭窄,理论深度不足。若要使麦克尤恩研究在纵深上有所突破,就需要在研究视角和批评方法上开辟新的进路。学者们不妨在细读文本的基础上,适当借鉴、援引女性

① 瞿世镜、任一鸣:《当代英国小说史》,上海:上海译文出版社,2008 年,第 325、332 页。

主义批评、新历史主义、叙事学、生态批评、认知科学等多种批评理论,从多维视角深入发掘麦克尤恩作品中蕴藏的思想内涵,展呈麦克尤恩精妙绝伦的艺术手法,由此进一步拓展麦克尤恩的批评视域。

第三,考察麦克尤恩作品与媒介传播之间的关系。作为学术界和普通读者同时首肯的作家,麦克尤恩的成功与媒介传播有着密切的关系,而且其自身的文学作品也经常成为电影改编的对象。迄今为止,麦克尤恩共有9部小说被改编成电影,分别是《夏季的最后一天》(1984)、《陌生人的慰藉》(1990)、《水泥花园》(1993)、《无辜者》(1993)、《立体几何》(2002)、《爱无可忍》(2004)、《赎罪》(2007)、《儿童法案》(2017)、《在切瑟尔海滩上》(2018)等。但是,"实际上,麦克尤恩对电影介入的范围要远比这个大,而且也暗示了作家介入电影世界的其他方式"[①]。麦克尤恩本人精通艺术,还撰写了两部音乐剧、三部电影剧本。在媒介传播时代,探究麦克尤恩的作品原著与电影改编、麦克尤恩的小说创作与其他艺术形式之间的互通关系,势必有助于深化麦克尤恩研究的深度,同时也利于洞悉麦克尤恩的媒介艺术观。

第四,拓展研究麦克尤恩及其作品与其他作家、作品的比较研究。在麦克尤恩写作生涯中,既有其个人的创作突破与革新,同时也有他对英国文学创作传统的继承。在英国文学的创作传统和变革语境下辨析麦克尤恩与同时代的作家如马丁·艾米斯、朱利安·巴恩斯,其前辈作家如英国的爱丽丝·默多克,德国的托马斯·曼,奥地利的弗朗茨·卡夫卡,美国的约翰·厄普代克、诺曼·梅勒、弗拉迪米尔·纳博科夫等人之间在作品主题和文体风格上的异同,有利于考察麦克尤恩的创作思想及其嬗变。

第五,翻译和引进国外麦克尤恩的批评成果,参与麦克尤恩研究的国际交流。国外学界对麦克尤恩的研究不仅起步较早,而且成果卓著。横比看来,我国学者对国外麦克尤恩研究成果的翻译和介绍严重不足。目前,除由申丹翻译的詹姆斯·费伦的《叙事判断与修辞性叙事理论——以伊恩·麦克尤恩的〈赎罪〉为例》(2007)、柯英翻译的格雷格·杰拉德的《伊恩·麦克尤恩的新作和生态批评的未来》(2010)以及裘德翻译的《通向真实的隐性文

---

① Andrew Higson, "Fiction and the Film Industry," *A Concise Companion to Contemporary British Fiction*, ed. James F. English, Malden: Blackwell, 2006, p. 63.

字——伊恩·麦克尤恩访谈》(2012)外,未见其他关于国外麦克尤恩研究成果的译介。在全球化语境下,对国外麦克尤恩研究成果的积极译介与批判借鉴,不仅可以丰富学术史料,为国内学者提供一个较高的研究起点,开阔研究视野,而且可以在此基础上突显本土视角,形成研究的独立性与创造性,并最终取得超越性和突破性的成果,进而反哺国外的麦克尤恩研究,与麦克尤恩研究的国际化趋势接轨,形成国内外麦克尤恩研究互动交流、平等对话的格局。

当下,国内麦克尤恩研究的学术队伍正在不断壮大,学术氛围愈加宽松活跃,学术资料的采集和获取也较之前更为便利。有理由相信,只要我们以问题意识为中心,脚踏实地,摈弃浮躁学风,走出低层次重复研究的怪圈,一定可以开创我国麦克尤恩研究的美好未来。

第四节　本书的研究对象、方法与意义

如本书导论的第二节、第三节所指出的那样,我国的麦克尤恩研究既不能和国外对麦克尤恩的研究与重视相提并论,同时也落后于国内对麦克尤恩作品的翻译。麦克尤恩小说中译本在国内拥有众多的读者和广泛的影响,然而对该作家的研究尚属起步阶段,急需提升。为了丰富当下麦克尤恩小说的研究视域,深化其研究内涵,提升国内外麦克尤恩小说研究的现有水平,本书以中国本土的文学伦理学批评为方法对麦克尤恩的小说加以文本细读,试图发现麦氏作品所潜藏的伦理意蕴。由此,本书力图在辩证分析中反映中国学者对西方文学作品的批评接受和批判立场,实现与西方研究同行的平等对话,进而突破并超越西方学者的批评程式与学术观点。

伦理价值是文学创作和文学批评的重要命题,以伦理道德为基础的教诲功能是文学的基本属性。实际上,伦理与道德也是贯穿麦克尤恩的作品始终的主题。如,麦克尤恩的作品折射出对少年儿童成长的关切,对社会边缘人的关注,对环境恶化的焦虑,以及人类文明和生存现状的忧思等。本书借助文学伦理学批评的方法,以文本细读为基础,试图由此解构麦克尤恩作品中人物的伦理身份、伦理意识、伦理选择等一系列“伦理结”,剖析浸淫于作品深处的伦理特性,重构一个又一个充满伦理意蕴的故事世界,并对故事世界中

的伦理原则做出客观公允的道德评价。本书不求面面俱到，而试图采用“由点到面”的研究思路，遴选部分具有代表性作品，重点阐述麦克尤恩作品中被学界所忽视的伦理诉求。

在接受访谈时，陆建德研究员呼吁中国学者做外国文学研究时，要有一定的本土意识，即需要“立足本土，放眼世界”[①]。本书放眼国外现有关于麦克尤恩小说研究的成果，但绝不受制或受困于西方学者的论点，而试图与之展开对话，突出外国文学研究的本土视角和自我立场。本书采用文学伦理学批评的方法，其核心旨趣就是在于发掘、评价麦克尤恩小说的伦理要素，突破国外麦克尤恩研究的现有模式。在研究过程中，笔者力图避免聂珍钊教授所提出的理论自恋(theoretical complex)、命题自恋(preordained theme complex)、术语自恋(term complex)的错误倾向，用文学批评为文本解读服务，即“坚持文学批评必须是对文学的批评，坚持文学批评必须批评文学”[②]。本书所追求的境界是文学伦理学批评意识出乎文本之内，以文本细读为基础，得出合乎文本的研究结论。

① 王松林：《立足本土 放眼世界——陆建德研究员谈外国文学与文化研究》，载《外国文学研究》，2007年第2期，第9页。

② 聂珍钊：《关于文学伦理学批评》，载《外国文学研究》，2005年第1期，第9页。

第一章
《家庭制造》:“肉欲圣杯”下的“童贞”逸事

1970 年,英国知名小说家兼文评家马尔科姆·布拉德布里携手安格斯·威尔逊野心勃勃地在东英吉利亚大学开设了“创意写作课程班”(Creative Writing Course),旨在培养一批将来有望成为作家的研究生。该课程迟迟无人选修,正当布拉德布里准备取消该计划的时候,突然接到了一位年轻人打来的电话,表示有意报名。经过面谈,这名年轻人成了该写作班招收的第一届学生,也是当年招收的唯一学员。他就是誉满当代英国文坛,号称英格兰“国民作家”的伊恩·麦克尤恩。回忆起自己在东英吉利亚大学的学习,麦克尤恩说:“我在人生中第一次感到真正的快乐。搬去诺维奇似乎是我一生中第一个真正的选择。”对于自己当年的创举以及招收的第一个学生,布拉德布里回忆说:“部分原因是多亏了伊恩·麦克尤恩,英国学术机构才赞同写作是一种可以被传授的东西,而不是上帝赐予的天赋……他那年写了二十多篇短篇小说,他的表现是如此突出,以至于学校都被他说服了,认为开设创意写作课程班是一件值得做的事情。”①作为布拉德布里的得意门生,麦克尤恩两年后将这些短篇小说中的一篇发表在《新美国评论》杂志上,题名为《家庭制造》。麦克尤恩不仅用赚取的稿费开始了他在阿富汗的嬉皮士之旅,而且还在临行前受到塞克尔和沃伯格出版社的垂青,邀请他将这篇短篇小说扩充成长篇作品。3 年后,这部作品连同其他 7 篇短篇小说结集出版。这便是麦氏被学界称为“惊恐文学”的代表作《最初的爱情,最后的仪式》。《家庭制造》首当其冲,成为这部备受争议的小说集的开篇之作。作为其文学创作的起点,麦克尤恩的处

---

① Bernie C. Byrnes, *The Work of Ian McEwan: A Psychodynamic Approach*, 2nd ed., London: Paupers' Press, 2002, p. 40.

女作究竟是怎样的一部作品？它为什么引起了批评界广泛的争议？它又为麦克尤恩的文学创作奠定了怎样的基调？这些都是本章试图回答的问题。

D. J. 泰勒(D. J. Taylor)认为：《家庭制造》是"一部关于乱伦的故事：十五岁的哥哥诱奸了十岁的妹妹"[①]。多米尼克·黑德(Dominic Head)指出：在《家庭制造》中，"麦克尤恩用其精明的叙述者来暗示一个地震式的转折：惊恐文学颠覆了感伤小说的信仰，因为在感伤小说中人类的自然情感被看作是件值得颂扬的事情。当然，为了揭示人类基本反应的丑陋内核，'理性'被剥离了情感"[②]。另一位批评家珍妮特·巴克斯特(Jeannette Baxter)认为：《家庭制造》是"一部关于暴力和性幻想的、让人不安的故事，其标题暗示了在当代消费文化中传播的'现成'(ready-made)形式的性欲望"[③]。在我国学者邱枫看来，《家庭制造》是一则关于男性气质的故事。他说：小说描绘了叙述者"对霸权性男性气质从认同到抵制的故事，大胆挑战传统的男性气质和逻各斯中心主义，并且用悲剧背后的喜剧，不动声色地嘲讽了这一传统强加给男性和女性的束缚，揭示了其带来的现代荒原中的人性扭曲和社会不安，促使读者反思这一理想化的霸权性男性气质"[④]。笔者认为，包括上述批评家在内的很多学者之所以把麦克尤恩描绘成"愚蠢的性别歧视者，甚至把他的作品视为狂暴的色情文学"，其最主要原因在于忽视了麦氏"异常迫切的道德意图"。[⑤]

在接受访谈时，麦克尤恩坚定地说："我们在本质上是道德的存在"(We are innately, moral beings)，而"小说是一种深化的道德形式，是进入他人心灵的完美介体。我认为在移情层面上来说，道德问题始于小说"。[⑥]有鉴于此，本章从文学伦理学批评的视角出发，紧扣小说人物叙述者"我"在"肉欲圣杯"(fleshly grail)的诱惑下，为试图进入成人世界、实现从"天真"(innocence)到

① D. J. Taylor, *A Vain Conceit: British Fiction in the 1980s*, London: Bloomsbury, 1989, p. 58.

② Dominic Head, *Ian McEwan*, Manchester: Manchester University Press, 2007, p. 34.

③ Jeannette Baxter, "Surrealist Encounters in Ian McEwan's Early Work," *Ian McEwan: Contemporary Critical Perspectives*, ed. Sebastian Groes, London: Continuum, 2009, p. 17.

④ 邱枫：《男性气质与性别政治——解读伊恩·麦克尤恩的〈家庭制造〉》，载《外国文学》，2007 年第 1 期，第 15 页。

⑤ 瞿世镜、任一鸣：《当代英国小说史》，第 325 页。

⑥ Ryan Roberts, ed., *Conversations with Ian McEwan*, p. 70.

“经验”(experience)的转变而千方百计失去自己的“童贞”(virginity)这一伦理主线,通过解构伦理身份、伦理判断和伦理意识等若干伦理结,着力剖析麦克尤恩潜藏在作品深处的伦理旨趣:“我”所失去的不仅是个人的“童贞”与“童真”,而且在更宽泛意义上折射了青少年群体在青春期的困惑、烦恼与迷惘,以及他们可能潜在的道德滑坡和伦理缺失,值得引起社会的重视与思考。

第一节 “两个世界”的局外人:伦理身份的困惑

细读之下,不难发现《最初的爱情,最后的仪式》有一个非常醒目的特点:收录这部小说集中的八个短篇有五个都是围绕“青少年”(adolescent)展开的,而在这五个短篇小说之中,又有四个都采用了“第一人称叙述”(first-person narration)的笔法。《夏季的最后一天》中的“我”是一名十二岁的男孩,小说讲述了男孩“我”和女孩珍妮相处的那个夏天,以及珍妮最后从“我”的小船上落水而亡的故事;《蝴蝶》中的“我”是一名十几岁、身体畸形的男孩,小说讲述了“我”是如何诱骗九岁的女童简跟随自己去运河边看蝴蝶,在性侵犯女孩之后将她投入运河溺死的故事;《与橱中人的对话》中的“我”是一名十八岁的男孩,小说讲述了男孩母亲是如何一直将“我”作为一名幼童来喂养,并最后将“我”抛弃,使“我”很难适应社会生活的故事;《最初的爱情,最后的仪式》中的“我”是一名十七八岁的男孩,小说讲述了“我”和女友西瑟尔以及她的弟弟一起打死了一只怀孕的老鼠,从而对生活和生命有了更多感悟的故事;《化装》中的亨利是一个十岁的男孩,小说讲述了亨利在母亲去世后,被告别戏剧舞台的女演员敏娜姨妈所收养,而敏娜又不断地逼着他穿各种衣服开始家庭表演,最后在化装舞会上,亨利戴上了化装面具以为别人就再也认不出他了,结果所有人都知道他是亨利,因为在所有参加化装舞会的人中,他是唯一的孩子。

在本章所讨论的短篇小说《家庭制造》中,主人公“我”是一名十四岁的男孩。在十五岁男孩雷蒙德的引导下,“我”开始向往和迷恋成人生活,逐一学会了抽烟、看恐怖电影、喝酒、偷窃,以及手淫。为了进入成人世界,充分体验成人生活的奥妙,“我”所要做的最后一件重要事情就是摆脱自己的“童贞”(virginity),拥有性经验。“我”趁父母出门之际,诱骗十岁的妹妹康妮和自己玩“爸爸妈妈过家家”的游戏,最后成功地同妹妹康妮发生了性关系,让“我”引以为豪地进入了成人世界。

为什么初试文笔、乍登文坛的麦克尤恩首选青少年题材?为什么他又选择第一人称叙述技巧来描绘这类特殊的人群?我们不妨一听这位文学大师自己的辩解:“我写青少年或者我写过青少年,因为这类题材给了我一个非常独特的修辞立场。也就是说,青少年是与众不同的、特殊的一类人;他们几乎还是儿童,但是他们又不断地受到要跨入另一边——阴暗界限的想法的困惑和烦恼。他们是完美的局外人。在某种意义上,小说——尤其是短篇小说,特别是第一人称叙事——可以依赖这个多少有些错位的视角,有所作为。”[①]确实,青少年是一个非常特殊的人生阶段,一般是指处在十岁到十九岁这一年龄段的群体,他们在生理上、心智上都逐渐向成年人迈进。正是因为处于这个特殊的年龄段,导致他们对自己的身份产生了困惑。一方面,他们稚气未脱,但同时又急于否认和拒绝自己的儿童身份,认为自己已经长大成人,希望得到同龄人和成年人的认可,并为此不断寻找佐证;另一方面,他们在生理上日渐成熟,但是其言行又表现出孩子般的无知,始终无法深刻理解和真正地进入成人世界。换言之,他们既不属于儿童世界,又不属于成人世界,而是流离于两个世界之外、难以找到归宿、处于夹心状态的局外人。

人类对自己身份的追问是一个古老的命题。正是出于对“我是谁?”(Who am I?)这一涉及身份问题的思考,斯芬克斯才在忒拜城设置了谜语,凡是破解不了其谜语的人都会被她杀死,而这个谜底最后为俄狄浦斯所破,即“人”。从这种意义上说,“斯芬克斯之谜表达的核心内容是对人的本质的追问”[②]。聂珍钊教授建议把斯芬克斯“看成古代人类认识自己的一个象征,看成理解人的本质的一把钥匙”[③]。他认为:“斯芬克斯的特点是人头和兽身结合在一起,这种特点一是说明人在形式上最重要的特点是头脑,实际上这是人类经过长期进化而出现的最初的理性的象征。二是说明人是从兽进化而

① Ryan Roberts, ed., *Conversations with Ian McEwan*, p. 20.

② 聂珍钊:《文学伦理学批评:伦理选择与斯芬克斯因子》,载《外国文学研究》,2011 年第 6 期,第 5 页。

③ 同上

来的，人的身上在当时还保留着兽的本性。”[①]正是在此基础上，聂珍钊教授独创性地提出了“斯芬克斯因子”（Sphinx factor）这一概念。在文学伦理学批评的理论体系里，所谓“斯芬克斯因子”是“由人性因子和兽性因子构成的，并通过理性意志和自由意志发挥作用。两种意志之间的力量消长，导致文学作品中人物性格的变化和故事情节的发展”[②]。

根据文学伦理学批评的观点：“斯芬克斯因子是理解文学作品的核心。斯芬克斯因子的不同组合和变化，将导致文学作品中人物的不同行为特征和性格表现。形成不同的伦理冲突，表现出不同的道德教诲价值。”[③]在《家庭制造》中，“我”是一个十四岁的男孩，渴望改变自己作为少年的这一伦理身份。一方面，“我”在身体上逐渐发育成熟，甚至有了成年人的射精功能，因此始终致力于摆脱自己的儿童身份，渴望早日进入成人世界；但另一方面，“我”在努力进入成人世界的过程中，缺乏道德善恶观念，不辨是非，人性因子对兽性因子逐渐失去了控制，自由意志与非理性意志占据上风，从而“我”又迷失了自己的伦理意识，在试图通过发生性关系来改变和确立自己新的伦理身份时，引发了伦理混乱，并最终实施了乱伦的伦理犯罪。笔者以为，“我”之所以做出了很多不可思议但是在男孩看来又非常合情合理的事情，主要是源自“我”对伦理身份的困惑，及其不顾一切地追寻新的伦理身份的结果。作为读者，我们只有理解男孩作为小说人物的困惑，才能更好地理解他在故事世界中的所作所为，进而对之做出客观公允的价值判断。

必须指出，人在建构新的伦理身份的过程中，需要依赖正确的伦理意识或理性意识的指引，否则就容易误入歧途，坠入欲望的泥淖，无法自拔。“我”在成长的过程中，没有及时得到父母长辈的帮助以解决自己在青春期的困惑。唯一帮助自己了解成人世界、进入成人世界、体验成人生活奥妙的只有雷蒙德这个比自己略长一岁的男孩。在小说中，“我”毫不掩饰对雷蒙德的感激之情，感谢他向自己揭开“成人生活的秘密”（the secrets of adult life）。细读之下，不难发现：雷蒙德在“我”面前所揭开的成人生活的秘密，全部属于肉体

① 聂珍钊：《文学伦理学批评：伦理选择与斯芬克斯因子》，载《外国文学研究》，2011 年第 6 期，第 5 页。
② 同上篇，第 12—13 页。
③ 同上篇，第 6 页。

的感官刺激与享受:抽烟、吸食大麻、看恐怖电影、喝酒、偷窃、手淫。更让“我”倍感自豪的是,雷蒙德教会了自己这些东西,自己却比雷蒙德更要深谙这些成人生活的乐趣。

在小说中,“我”承认“是雷蒙德给了我成人生活的启蒙,那些事情他天生就懂”,但是他又“从未全懂”;“那个他带我发现的世界,所有迷人的细节、经验和罪孽,那个他在其中可以说是有纪念意义的人物的世界”,但“其实从来都不适合他”。[①]为了证实这一点,叙述者罗列了一长串事例。譬如,当雷蒙德弄来香烟的时候,“我”深吸一口,不仅可以吐出烟圈,而且还可以像电影明星一样用双手捧住火柴点烟,而雷蒙德非但不能做到这些,而且还会被烟呛住;当雷蒙德弄来大麻的时候,“我”很快就抽得飘飘欲仙,而雷蒙德却一点感觉也没有;当雷蒙德戴上假胡须把“我”领进恐怖片场的时候,他却闭着眼睛、用手堵住耳朵在那里从头坐到尾;当雷蒙德从超市里偷来威士忌,让“我”见识下酒精的厉害的时候,“我”喝得烂醉如泥、飘飘欲仙,雷蒙德却在一旁呕吐不止;当“我”过生日时,雷蒙德将他的长裤送给“我”做礼物,这条长裤穿在“我”身上非常合适,就像是量身定做的一样,而过去雷蒙德穿在身上的时候则极不合身;当我们去书店偷书时,“我”穿上父亲的大衣,然后往身上放精简本的诗集精选,顺利出门,而雷蒙德则在自己的长袖T恤上藏集注版七卷本《埃德蒙德·斯宾塞文集》,结果被书店经理逮个正着。

为了使自己具有成年人的行事风格,“我”在雷蒙德指点下,做了很多自认为只有成年人才做的事。例如,“我们”表现出与其他孩子相当的不同,他们在放学后,要么是做家庭作业,要么是玩游戏,但自认成熟的“我”和雷蒙德则在咖啡馆里开始商量着如何挣大钱。“在我们的同龄人还对着集邮册和作业本挖鼻孔的时候,雷蒙德和我却在这里度过了许多时光,大杯喝茶,讨论如何轻轻松松赚大钱。”[②]不过,在雷蒙德教会“我”的所有事情中,“我”最欣赏和最感激的莫过于手淫。在十二岁那年,在一处轰炸遗址的地窖里,“我”仿照雷蒙德的样子开始褪下裤子,用手搓自己的私处,顿时“便被一种温暖而模糊的快感充满,这种感觉渐渐强烈,化为一股涌动的热流,好似腹内将要流泻

---

① Ian McEwan, *First Love, Last Rites*, New York: Random House, 1975, p. 10.

② Ibid., p. 15.

一空之于无形"[①]。对于这一事件,"我"的反应是"感谢雷蒙德发现了这样既简便又省钱还快活的消遣法子,同时想知道我能否把一生所有的时间都献给这美妙的感觉"[②]。随后,"我"感到一阵痉挛,"排出了两滴精液"[③],而雷蒙德却毫无感觉,什么也弄不出来。在雷蒙德的引领下,"我"在十四岁的时候,"已经熟知了一系列我恰当地归之为成人世界的享乐。我一天抽十支烟,弄到威士忌就喝,对暴力和淫秽颇有鉴赏力。我吸食过烈性的毒品,意识到自己的性早熟",可是自己的引导者雷蒙德却无法涉足这些乐土,"他不能吸烟,因为会咳嗽,而威士忌会让他吐,那些电影则让他害怕或者觉得无聊,大麻也对他不起作用,我在轰炸遗址的地窖木板上聚出钟乳石时,他什么都弄不出来"。[④]

可见,让"我"感觉非常有趣的是,尽管雷蒙德引导"我"去寻找成人世界的乐子,但是自己在任何一个方面都要远远地反超他。这些叙述究竟在多大程度上具有可靠性,固然值得怀疑,不过它们以非常潜在的形式透射出"我"的特殊心理:虽然雷蒙德比"我"大一岁,而且也是他先教会了自己这些乐子,但是"我"到后来比他更擅长操纵这些乐子。如果这些乐子是成熟的表征,"我"对它们的擅长则无疑表示自己要比雷蒙德更为成熟,要比他早进入成人世界,或者至少比他更接近于成人世界。性早熟的"我"似乎并不明白"这有什么用,我的想象生活尚未因渴望和隐秘的幻想而丰富"[⑤]。直到有一天,雷蒙德提到了"露露·史密斯"这个名字,"我"才恍然大悟,意识到"在成人世界那所广阔、朦胧又美妙的大宅子中,还有一间铺设毛皮的华贵内室"[⑥]自己尚未进入。这间内室就是性,或者是女人的私处。因此,"走在芬斯伯里公园里,穿行在一堆唐突的狗屎中间,忽然间我意识到自己的童贞,并开始憎恨。我知道这是大宅中的最后一间密室,我知道它肯定是最奢华的一间,陈设比任何一间都更精巧,而诱惑也更致命,而我从来没做过、没干过、没搞过的这

① Ian McEwan, *First Love, Last Rites*, p. 12.
② Ibid.
③ Ibid.
④ Ibid., p. 13.
⑤ Ibid.
⑥ Ibid.

一事实不啻一种诅咒,是信天翁一样的糗事”[①]。至此,男孩开始认为之前自己所找的所有乐子都算不得真正的成人世界的乐子,自己压根就没进入成人世界,因为自己还是一个处男。纵然手淫可以算作身体成熟和缓解性欲的一种方式,手淫射精可以彰示自己的性成熟,但它在严格意义上毕竟不能被视作真正的性行为,终究不能帮助男孩撕掉处男身份的标签。换言之,在男孩的眼里,只要自己还是一名处男、还保持自己的童贞,那么他就不是一个成年人,和那些放学后做家庭作业、玩游戏的小屁孩没有两样。这是成长中的他最不能接受的事情。若要真的成为一名成年人,脱离儿童身份,他就需要摆脱自己的童贞,需要用真正的性经验来证明。他愿意为此不惜付出代价,先是准备花一先令随雷蒙德去偷窥露露·史密斯,后来直接同自己的妹妹康妮发生了性关系,实施了伦理犯罪。

至此,我们可以发现,男孩对成年世界的迷恋,仅仅停留在想象中的感官层面,没有获得对成年世界的正确认知。换言之,他对成人世界中事物的判断仅仅以自己的感官快乐为唯一标准。他甚至荒唐地认为,进入成人世界,就意味着得到和体验成人生活的乐趣,如喝酒、抽烟、吸毒、性交等。对父辈生活的艰辛,他充满了鄙夷和厌恶,因为这不是他所要的那种生活,尽管观看父辈们的困苦和磨难给他提供了无尽的、变态的、另类的欢乐。对于成人生活的艰辛,以及人类不断挑战自我、战胜自我的勇气,“我”嗤之以鼻,一概做出了异常负面的判断,因为这些与他所期待的成人生活相去甚远,是他所无法接受的。

诚然,烟酒、性等是成人世界的一部分,但它们绝对不是成人世界的全部。因为对成人而言,更重要的还有工作,对家庭和社会的责任等。“我”对成人生活的迷恋和追求纯粹是有选择性的。男孩所看到的仅仅是成人生活腐化和肉体刺激的一面,而对更大层面上的社会、家庭、工作等缺乏正确的认知。殊不知,决定人类是否成熟的标志是他们的伦理意识或理性意识,而不是一味地追求感官刺激和享乐,更不是用来摆脱童贞的性行为。对于日常成人生活的格局和步调,男孩感觉索然无味,让他无比腻味和烦躁。可见,男孩所迷恋和追求的乃是其欲念中虚幻的成人生活,而非真实的有意义的成人世

① Ian McEwan, *First Love, Last Rites*, pp. 14-15.

界。就此而言,男孩依然没有成熟,依旧没有走出青春期的儿童阶段。

第二节 非理性意志的泥淖:错误的伦理判断

在向成人世界迈进的过程中,“我”几乎完全被兽性因子所主导,听凭原始欲望和非理性意志来控制自己的生活节奏和步伐,逐渐迷失了自己的理性意志和伦理意识,偏离了“人是一种伦理的存在”①这一根本判断标准。换言之,“我”非但没有真正实现进入成人世界的梦想,反之距此越来越远。根据文学伦理学批评的观点,非理性意志“是一种不道德的意志。它的产生并非源于本能,而是来自错误的判断或是犯罪的欲望”②。在《家庭制造》中,“我”对什么是成人世界,怎么进入成人世界等问题做出了失之偏颇的读解和判断。在男孩的理念中,只有抽烟、喝酒、吸毒、性才算是成人世界中的标志性事件,而父辈们的劳碌、艰辛、教导,以及人类挑战自我、磨砺意志的体育运动等都是荒唐可笑的。

为了一睹露露·史密斯的身体,男孩愿意出一先令的价钱。他错误地认为,自己比家里的任何人都要富有,所以这点小钱根本就不值一提。男孩没有工作,他获取的财富的主要来源无外乎两个途径:第一,靠从书店里偷书,然后以半价销赃所得的赃款;第二,是父母从他们有限的血汗钱中省出来送给自己的零花钱。对于前者,他认为这是一条可以轻轻松松挣大钱的好路子;对于后者,对于为生活奔波的父辈省吃俭用给自己钱的这一举动,他丝毫没有感激之情。父辈们艰苦的生活没有激起他奋发向上、改变命运的斗志。相反,他对这一切充满了轻蔑和嘲讽。在小说中,“我”这样叙述父亲的工作以及“我”的反应:“想到爸爸在面粉厂做着十二小时轮班的工作,晚上到家时筋疲力尽、脸色发白、脾气暴躁的样子,我经常会放声大笑。再想到还有成千上万的人像我家的这些人一样,我就会笑得更响。他们每天早上从自家的门前台阶上涌出,去往磨坊、工厂、木料场和伦敦的码头,辛苦劳累一个星期,星期天才得以休息,然后星期一又得奔赴苦役。每晚回家时都变得更老、更累,

① 聂珍钊:《文学伦理学批评:伦理选择与斯芬克斯因子》,载《外国文学研究》,2011 年第 6 期,第 6 页。
② 同上篇,第 13 页。

却没有更富。"[1]在这个叙述片段中,我们不难发现,男孩其实出生在一个处于社会底层的贫困家庭。他父亲只是面粉厂的一个工人,从事着劳动强度巨大的体力工作,每天至少工作十二个小时,每天下班回家时已经累得筋疲力尽。看到父亲这个样子,男孩没有任何表示要给父亲减轻疲劳,没有要帮助父亲、帮助这个家庭减轻生活负担的意愿。父亲以及其他很多相同家庭的艰辛,没有使得男孩在心智上成熟,没有让他立志为改变生活现状、报答父亲、支撑起家庭而努力。相反,他在心里疯狂嘲笑父亲,嘲笑和自己家庭有同样命运的人,嘲笑他们的不幸,哀叹他们在生活重压之下,无法改变现状,只能一天天地老去。

相比父亲的辛苦劳作,当父辈们把辛苦赚来的钱当成礼物发给自己时,"我"会笑得更加癫狂。小说写道:"我们笑得最多的是,鲍勃叔叔、特德叔叔或者我父亲把他们辛苦赚来的先令当成礼物发给我们——在特殊的日子里或许是一张十先令的票子——我笑他们是因为我知道运气好的话我们在书店一下午的活计赚得比他们辛苦攒一星期的还多"[2]。"我"对父亲等人的嘲笑,是因为"我"觉得自己比他们更有能力,更值得被视为成年人。父亲他们要辛苦工作、积攒一个星期的钱,而自己只要在书店偷书一下午就可以挣到,甚至比父亲他们一个星期挣得还要多。由此,"我"嘲笑了父亲的无能。既然父辈是如此之无能,那么当他们开始教诲自己,向自己讲述人生经验的时候,"我"会感觉多么滑稽和好笑,就不足为奇了。于是,自以为聪明的叙述者努力压制自己要狂笑的欲望,"接过他们的钱,耐着性子陪他们玩上一会儿,压抑住想笑的感觉,过后才嗷嗷狂笑一通,笑到浑身无力,笑出了眼泪"[3]。男孩看不到父辈对其的关心和疼爱,倒是自己怀着同情的态度,压制住想笑话他们的愿望,耐着性子陪着他们玩一会儿。换言之,在男孩的眼里,父亲他们之所以给自己零花钱,以及他们教诲自己,倒不是因为他们是自己的长辈,而是因为他们的成年人身份,是他们把自己当作小孩子看待,是在陪自己玩,但男孩认为自己实际上要比他们这些成年人更加成熟,更加优越,自己可以比他

① Ian McEwan, *First Love, Last Rites*, p. 17.

② Ibid.

③ Ibid., p. 18.

们挣更多的钱、比他们享受到更多的乐子。因此，不是父亲他们在玩弄男孩，而是男孩在玩弄他们这些成年人。而且，男孩还不忘补充道："早在其之前，我老早就已经是一个很有希望的、会讽刺的学生。"①由此说来，自以为精明的男孩之所以耐着性子，忍住狂笑的欲望，一方面是为了得到父亲他们的血汗钱，另一方面是为了讽刺父亲他们的愚蠢和无用。他丝毫不理解成人生活的艰辛，反而故意凸显自己的智慧。可见，在成长的历程中，男孩的价值观严重扭曲。他完全被物质以及肉体享乐的欲望遮住了眼睛，缺乏应有的伦理意识，从而对父亲等人以及他们对自己的关爱行为做出了错误的伦理判断。

根据詹姆斯·费伦的观点，所谓伦理判断指的是"对人物及其行为的道德价值"所做出的判断。②男孩在评价他人及其行为的时候，并没有以道德价值为判断标准，而是以是否满足自己的感官刺激为判断标准，迎合自己扭曲的价值观。这一点在他对越野赛跑的叙述上和评价上表现得尤为突出。对于这项体育赛事，"我"的评价是："事实上，没有什么运动能像一次精彩的越野赛跑一样，让我看得如此热切，如此有味，如此兴奋。"③如果读者以为"我"是被运动员在赛场的奋勇拼搏精神所感动，是为他们呐喊助威，那么他就大错特错了。叙述者接下来的叙述，不免让人大跌眼镜，因为"我"喜欢比赛的真正原因在于爱看运动员"跨越终点时备受折磨的脸"，尤其是爱看那些名次靠后的选手"跌跌撞撞跑进彩旗通道，扯着喉咙干呕，胳膊像连枷一样翻拍着，倒在草地上，使我确信眼前正是一幅表现人类徒劳性的图景"。④不难发现，男孩观看越野赛跑的快感既不是冠军在冲进终点时的兴奋和喜悦，也不是运动员勇于挑战和超越自己的体育精神，而是来自最后几名选手的精疲力竭与徒劳无获。

一般情况下，越野赛跑只有前三十名的选手才有名次，但是男孩对这些获胜者毫无兴致。他非但不能从别人的成功中得到喜悦，反而从观看他人的

---

① Ian McEwan, *First Love, Last Rites*, p. 18.

② James Phelan, *Experiencing Fiction: Judgments, Progressions, and the Rhetorical Theory of Narrative*, Columbus: The Ohio State University Press, 2007, p. 9.

③ Ian McEwan, *First Love, Last Rites*, p. 19.

④ Ibid.

失败中得到无限的满足,就如他讽刺雷蒙德不合适所有成人生活的乐子一样。在比赛中,随着前五十名选手陆续到达终点,当所有的裁判、司仪和计时员都离开赛场的时候,男孩则兴致勃勃地留在终点,等待那些最后抵达的选手。当这些最后一批选手刚刚出现在场地很远的那端时,男孩看见“一个微弱的白色小点缓慢地朝通道移动,缓慢地用麻木的双脚在湿冷的草地上丈量出完全徒劳的微渺个体的命运”,他“突然心绪激昂,泪水盈眶”。[①]男孩激动的泪水不是为这些运动员的坚持不懈而流,不是为了迎接他们的到来而欢呼,更不是为了给这些最后抵达的运动员喝彩,而是因为内心里嘲笑他们的徒劳无获。这些比自己的父辈们还要悲惨的群体,他们不幸的命运让他感到兴奋和激动。当这些运动员最后抵达终点的时候,男孩主动去“扶那些跌倒的人站起来,给流鼻血的人送去手绢,为呕吐的人捶打后背,按摩痉挛的小腿和脚趾”[②]。这些最后抵达的选手和善良的读者若要以为“我”是富有爱心、体贴入微的一个人,那么他们显然错了,因为实际情况是“那些徒劳无获地跑进终点之地的人类失败者的胜利情怀,会让我兴奋,快活,甚至着迷”[③]。虽然男孩认为自己已经成熟,但他的眼光和见识明显不足。就越野赛跑而言,他只看到了非常表面的东西,他称那些最后几名抵达终点没有得到名次的选手为“失败者”(loser),但他没有深刻地意识到这些参赛者最重要的对手其实是他们自己,他们在比赛中所表现出来的顽强和坚毅才是最为可贵的品质,而男孩显然没有看到这些深层次的东西。换言之,他对越野赛跑做出了很不全面的判断,试图从他人的失败和痛苦中得到快感与满足。同时,这也部分反映了他为什么要划出自己同这些人的界限的原因:“当那个人像把大折刀一样栽倒在终点线的地面上,我心头一热,精神大振,彻底抛弃了对宇宙生命过程——逻各斯——的病态而致命的认同。”[④]“我”从前几名选手的“跨越终点时备受折磨的脸”和最后几名选手的“跌跌撞撞”和“徒劳无获”中得到极大的快感与满足,其主要原因就是在于同这些人划清界限,认为自己与他们有着根本的不同,是为了衬托自己的成功与优越。

---

① Ian McEwan, *First Love, Last Rites*, p. 20.

② Ibid., pp. 19-20.

③ Ibid., p. 20.

④ Ibid.

不过,让男孩感到遗憾与焦虑的是,这些快感和满足并不能使他完全获得成人的身份,因为他还是没有进入成人世界这座大宅子中的最后一间内室,没有看过女人的私处、没有同任何女人发生过性关系。也就是说,通过贬低他人获得的这些快乐对于进入成人世界都是于事无补的。为了实现这个最高目的,男孩一味地追寻那个可以确立自己成人身份的"肉欲圣杯",在肉体欲望的世界中迷失自我,丧失了伦理意识。出于对肉体的渴望,"我"做出了错误的伦理选择,将手伸向了自己的妹妹,诱奸了她,最终以乱伦的代价实现了自我的成长。

第三节 "肉欲圣杯"的诱惑:迷失的伦理意识

狡猾的叙述者从小说的一开始就在为自己辩解,声称"这是一则关于雷蒙德的故事,而不是关于童贞、性交、乱伦和手淫的故事"①。实际情况则与叙述者的辩解截然相反:雷蒙德至多只能算是本故事中的一个配角,一个被他讽刺和丑化的可怜虫罢了;故事的叙述既以童贞、性交和乱伦开始,又以它们结束,中间穿插的是自己对成人世界的迷恋和妄想。在小说中,让叙述者"我"郁郁寡欢的根源就是自己的童贞。按照常理来说,童贞是人类最为珍视和感觉最为美好的东西,象征着人类的纯洁和美好,但是"我"却巴不得早点失去自己的童贞,因为它非但不是自己引以为豪的纯真的象征,反而是自己未能进入成人世界的耻辱,是自己急于要摆脱的疤痕。这不免让人联想到名叫《美国派》的系列电影。在该系列影片中,所有少男少女们的困惑都是自己的童贞。童贞不再是他们引以为豪的纯洁的象征,而是让他们感到尴尬和羞耻。电影戏剧化的结尾一概都是他们最终顺利地摆脱了童贞。

如何才能摆脱童贞?怎样才能甩掉处男这顶帽子?男孩在憎恨自己处男之身的同时,满脑子都是关于性的幻想与冲动、对肉体的渴望。就连在咖啡吧里听工人们聊天时,他们日常工作的词汇都被男孩刻意赋予"性"的色彩:

---

① Ian McEwan, *First Love, Last Rites*, p. 9.

他们讲的都是些不知所云的幻想和冒险:与货车司机的交易,教堂顶上的铅皮,市政工程部失窃的燃料,然后讲阴唇,裙子;讲摸呀、打呀、操呀、吸呀;讲屁股和奶头;后面、上面、下面、前面;戴不戴套;讲挠和扯、舔和射;讲女人那里潮湿、温暖而销魂;还有一些冷感和干涩的,却也值得一试;讲鸡鸡老弱或生猛;讲到,太快,太迟,还是根本到不了;讲一天多少次;讲随之而来的病;讲水泡、脓肿、溃疡和悔恨;讲败坏的卵巢和掏空的精囊。我们听他们说清洁工操了什么,怎么操法;合作社的奶工塞进去了什么,送煤人干了什么;面包师配送了什么;煤气工喷出来什么;管子工探进去什么;电工又接上了什么;医生注射了什么;律师引诱了什么;家具工套合了什么;诸如此类,乱七八糟的大杂烩、陈词滥调、双关语、含沙射影、套话、口号、道听途说和夸大其词。[①]

在上面这个叙述片段中,我们发现那些原本是再正常不过的职业工作和工作语言,被性欲冲昏头脑的“我”莫须有地将它们和性扯上了关系:清洁工的工作、合作社奶工的工作、送煤人的工作、面包师的工作、煤气工的工作、管子工的工作、电工的工作、医生的工作、律师的工作、家具工的工作等,概莫能外。笔者完全同意批评家黑德对叙述者为“性”痴狂的评价:“在整个故事中,他极少表现出有进步的地方,但是他却把所有事物都重新阐释为与性相关,表现出他作为青少年的迷狂,为描述强度又添加了一个新层次。”[②]

无时无刻不为“性”所困的“我”在听到只需花一先令就可以看露露·史密斯私处的时候,表现得尤为迫不及待:“为了一窥那不可言传之物,那秘密中的秘密的核心,那肉欲圣杯,漂亮露露的私处,一先令不算太多。我力劝雷蒙德尽快安排一次这样的观瞻机会。”[③]对于女人的私处,“我”怀着一种异常崇敬和迷恋的心情,充满了神秘和向往,将它称为“秘密中的秘密的核心”(the heart of mystery's mystery),是“肉欲圣杯”(the Fleshly Grail)。“我”幻想着自己可以有朝一日,手举圣杯,向世人宣告自己已经破解了那“秘密中的秘

---

① Ian McEwan, *First Love, Last Rites*, pp. 15-16.

② Dominic Head, *Ian McEwan*, p. 35.

③ Ian McEwan, *First Love, Last Rites*, p. 18.

密的核心”,而这梦想的实现就是一睹露露的私处,从此步入成人世界这座大宅子中最奢华的一间内室。所以,当雷蒙德说“我”出一先令就可以一窥露露·史密斯的私处的时候,“我”不仅爽快地答应了,而且催他抓紧安排。当雷蒙德告知第二天放学后可以与露露·史密斯见面的时候,“我”是可想而知地激动和兴奋。

男孩在回家的路上,满脑子里都是女人的私处。他这样描述自己当时的心理状态:“我在女售票员的微笑中看见它,在车辆的咆哮声中听到它,从鞋油厂的烟灰中嗅到它,从路过的主妇们的裙子下面浮想到它,在我的指尖上触摸它,在空气里感受它,在心里描写它。”甚至,连“我”晚饭吃的饭菜都有女人生殖器的影子,“感觉吞下的是面糊和腌肉做的女人的生殖器。可是尽管这样,我还是不知道阴唇到底是什么样子”[①]。可以说,女人的私处已经占据了男孩生活的全部。男孩已经失去了理性,失去了对自身的掌控能力。正如聂珍钊教授所说:“体现兽性因子的人体感官能够产生强大的欲望和情感,即自由意志,因此在强大的肉欲面前,人的理性意志往往也显得无能为力。”[②]男孩此刻唯一的想法就是一睹女性私处的真容,发生令人神往的男女关系。

当晚,男孩的父母外出参加赛狗会,自己被迫在家承担照顾妹妹的任务。“我”向来不喜欢自己的妹妹,认为她丑如蝙蝠,牙有点突、脸有点凹,连正眼都不想看她一眼,更不用说和自己同用一个洗澡盆,而且她被骄纵惯了,脾气坏,难伺候,老是想玩游戏。过去自己一个人在家照看妹妹的时候,总喜欢把时钟拨快一个小时,这样就可以早点打发她上床睡觉。但是这天晚上,“我”的行为一反常态,吃饭时盯着妹妹看,而且还认为她或许不是那么难看,还有意把时钟拨了回来,主动询问康妮想玩什么游戏。是什么导致了“我”对妹妹康妮态度的逆转?原因就在于他内心深处高涨的性欲。叙述者说:“我对着面拖烤肉寻思起来,如果哄哄康妮,或许只要随口骗骗她,让她想象一下,就一小会儿,把自己想成别的人,比如说,一个年轻貌美的贵妇、影星,那么我们就可以溜上床,演出那动人的一幕。”[③]为什么会对着面拖烤肉有了这样的想法呢?其原因就在于“我”在吃面拖烤肉时想到了女人的私处。对女人私处

① Ian McEwan, *First Love, Last Rites*, p. 21.

② 聂珍钊:《文学伦理学批评:伦理选择与斯芬克斯因子》,载《外国文学研究》,2011年第6期,第8页。

③ Ian McEwan, *First Love, Last Rites*, p. 21.

的渴望,对性交的渴求,让自己在无意识之中不再把康妮看作自己的妹妹,而是将其看作一个女人,一个可以发生性关系的对象。

被欲念折磨的“我”面临着两个选择:第一,放弃对女性的私处和两性关系的追求,保留自己的处子之身。这个选择的优势在于可以不伤害自己的妹妹,其弊端就是自己始终未能真正地融入成人世界;第二,坚持对女性私处和两性关系的追求,让自己进入成人世界这座大宅子里最后的一间也是最豪华的一间内室。这项选择的优势在于自己可以向世人宣告自己已经成人,但是其代价就是在剔除自己童贞的同时也剥夺了妹妹的贞操。显然,“我”选择了后者,选择了一个为肉欲所控的不道德立场,而且是迫不及待、无怨无悔。沉浸在欲望世界中无法自拔的男孩把看都不愿意看的妹妹想象成“一个年轻貌美的女人”(a beautiful young lady)或者是一个电影明星(a film star),一个自己可以从容地发泄性欲的对象。为了诱骗年幼的妹妹,同时又能保证她不会告诉父母,他精心设计了一个骗局,主动提出和妹妹玩游戏。他们先是玩捉迷藏,在康妮对这个游戏腻味的时候,他开始真正实施自己的计划,提出一个康妮绝对不会拒绝的游戏——“爸爸妈妈过家家”(Mummies and Daddies)。一直以来,康妮就缠着自己要玩这个游戏,而自己则“宁可被绑在柱子上烧死,也不愿意被朋友们看见在玩那种游戏”①。因为,在“我”看来,这种游戏非常孩子气,早在自己还是一个“少男”(boyhood)的时候,妹妹多次向自己提出要玩这个游戏,都无一例外地遭到自己的拒绝。那么现在都已经是“大男人”(manhood)了,自然更不会再玩这个游戏。但是为了诱骗妹妹上钩,达到强奸她的目的,男孩在当晚竟然主动提出来要和妹妹康妮玩这个游戏。

当看到天真无邪的妹妹沉浸在“爸爸妈妈过家家”的游戏中时,“我”的理性意志和伦理意识有所回归,感觉自己“想要强奸她的想法太可耻了”②,但是在强大的原始欲望面前,男孩的这种理性状态只是昙花一现,瞬间便消弭得无踪无影。在他上楼梯顶时,就感到“热血沸腾,男人的玩意儿再次骄傲地骚动不安起来”③。于是,他继续精心实施自己的诱奸计划。男孩诱骗自己年幼单纯的妹妹说,游戏一个最重要的环节被漏掉了。对“爸爸妈妈过家家”的

① Ian McEwan, *First Love, Last Rites*, p. 24.

② Ibid., p. 25.

③ Ibid.

游戏如此执着的妹妹,自然不愿意错过任何的细节。这时,男孩才提出他们的游戏漏掉了自己父母的日常生活中的一个重要环节——“做爱”(fuck)。为什么男孩在上楼梯时会如此兴奋,如此热血沸腾?因为作为这场游戏的策划者,他有异常强烈的心理预示,即楼上的卧室将是自己所有欲望集中勃发的所在,是自己得以完全释放的场所。就如他在游戏中所设计的那样,他要带康妮去楼上的卧室演示父母做爱的过程。

鉴于自己一时间在康妮身上无法找到做爱的入口,在妹妹的嘲弄下,“我”的欲望逐渐褪去,而理性意志开始回归。男孩未曾泯灭的伦理意识有所复苏,男孩回忆说:“我头脑一片空白,孤独地坐着,欲望渐渐消退,这最后一记耻笑令我麻木,意识到我身边并不是真正的女孩,不是那个性别的代表,当然也不是男孩,说到底也不算女孩——只是我妹妹。”①这时男孩复原了妹妹和自己的身份,他们是兄妹,不是某个性别的代表,不是他要发生关系的女人。假如男孩的伦理意识可以稍微再持久一些、再稳定一些,那么或许就不会有接下来乱伦事件的发生。岂料在妹妹康妮的主动引导下,“我”顿时又恢复了自己的雄性,又充满了性欲的冲动,重新爬上床和妹妹发生关系。

一般说来,男女之间的交合是极为私密的事情。但是对于渴望性交、渴望长大的“我”而言,做爱是自己成熟的标志,是值得夸耀的重大事件。这个时候他特别渴望所有认识自己的人都能来一睹自己做爱的风采。他说:“我希望雷蒙德能看到我,我很高兴他让我注意到了自己的童贞;我希望漂亮的露露能看到我,事实上如果我的愿望能够实现,我会希望我所有的朋友,所有我认识的人,排着队走进卧室参观我的光辉姿势。”②希望别人排着队走进卧室来观看自己做爱的姿势,这种念头恐怕是世上除“我”之外绝无仅有的,明显地反映了男孩心智上的不成熟,折射出他做爱背后的另一目的,即炫耀自己的性经验是为了徒有的虚荣,是为了向世人昭示自己成熟,得到他们的称羡与肯定。

尽管男孩在做爱过程中并没有得到巨大的感官刺激,只获得了“蚊叮似的高潮”(gnat's orgasm),但这段性事对于他的意义非同一般,让他感到无比自豪。具体说来,他“自豪自己操过了,就算只是和康妮,就算只是和一只跛

① Ian McEwan, *First Love, Last Rites*, p. 28.

② Ibid., pp. 28-29.

脚的山羊,我也会自豪自己以这样的男人的姿势躺在这里;自豪能提前说‘我操过了’;自豪我现在业已无可逆转地加入人类社会的高级人群当中”①。当激情消退,一切都恢复平静的时候,男孩并没有为自己的行为感到后悔。他不在乎在卧室里哭泣的妹妹,因为她只是帮助自己摆脱处男之身的一个对象。表面上看,他平静了心情,恢复了自己的理智状态,再也没有受到性欲的控制与干扰,但实际上他的理性缺乏任何伦理的色彩,完全没有意识到自己乱伦所带来的严重后果。相反,对于乱伦的最终结局,男孩迎来了自己成长过程中的“顿悟”,自豪而欣慰地说:“我终于进入了成人世界,我为此高兴”②,而且“此刻我不想看见一个裸体的女孩,或者裸露的任何玩意儿,在一段时间里都不想。明天我会告诉雷蒙德忘掉和露露的约会,除非他想一个人去”③。此刻,神奇而充满魔力的露露对男孩失去了诱惑力,他已经不想看到裸体的女孩了,原因很简单:自己已经在家里完成了成人仪式,他看过了、做过了,所以再也没有必要舍近求远、费钱费力地去看露露了,而这完全得益于其“家庭制造”的女人——妹妹康妮。由此,我们则又不难理解小说开头的那一幕,妹妹肩上披着浴巾坐在浴缸边抽泣,而自己得意地在一旁吹着口哨,庆幸他能在家里把那件困扰自己许久的事画上了句号,由此以倒叙的方式讲述了整个故事。这时,读者才醒悟到小说题名“家庭制造”(homemade)的真正含义。

在英语中,homemade 指的是在“自家生产的”(made at home)或“自己动手制造的”(made by oneself),暗含了“普通”(plain)、“简单”(simple)、“便利”(convenient)、“廉价”(inexpensive)的意思。这与叙述者所讲的故事存在惊人的题旨吻合:妹妹康妮正是属于“家庭制造”类的一员,她相貌平平,近在身边,对于“我”摆脱“童贞”、发生性行为简单便利,不用花钱。叙述者“我”对于自己夺走康妮处女之身这一事实,没有任何悔意,反倒志满意得地认为自家的裸体女孩已经帮助自己完成了心愿,将萦绕在心头多时的欲望变成了现实。这也使得情绪高涨的他向读者讲述了这样的一个故事。

从伦理轴线这一角度说来,叙述者显然是不可靠的,是隐含作者麦克尤

① Ian McEwan, *First Love, Last Rites*, p. 29.

② Ibid.

③ Ibid.

恩反讽的对象。“我”渴望成长,渴望可以占有所有象征成长的一切,渴望得到属于成人的知识和认可,但是对于成人生活的艰辛和勤奋不屑一顾。“我”试图以性经验来最终实现从“天真自我”到“经验自我”的转变,并在此过程中炫耀自己的聪明才智。男孩自以为在同妹妹的性交过程中获得了理性和成熟,但实质上他反而愈加迷失了自己的理性,迷失了自我,偏离了人作为伦理存在的道德范式。他失去的不仅是自己的“童贞”(virginity),同时失去了自己作为孩子的那份“纯真”(innocence),也导致妹妹康妮失去了可贵的“童贞”。唯一没有失去的,依然是男孩不愿意承认的“无知”(ignorance),他无视也不知道自己的这种乱伦行为会给妹妹的未来生活带来怎样的影响与后果。为满足自己的欲望,他肆意夺走了妹妹的贞操,蜕变成诱奸幼女的罪犯,触犯乱伦大忌,坠入道德犯罪的深渊。

第一人称叙述者“我”以异常冷峻的叙述格调,不动声色地讲述了自己如何为了摆脱“童贞”、进入成人世界,尽管以兄妹乱伦为代价也无怨无悔的故事。在修辞叙事学的术语体系里,第一人称叙述被称作“人物叙述”(character narration)。所谓“人物叙述”指的“是一门间接交流的艺术:作者通过人物叙述者向叙述者的交流来实现同自己的读者的交流。这一艺术包含:作者能够使单一的文本有效地对两种读者起作用(叙述者的读者和作者的读者,前者用专业术语来说就是受述者),两个目的(作者的目的和人物叙述者的目的),让同一个人物(‘我’)承担两种角色——叙述者的角色和人物的角色”①。“人物叙述”实际上存在于两种交流层次:其一,在文本之内的“叙述者—受述者”这一交流层次上,叙述者为了实现自己的目的同受述者的交流;其二,在文本之外的“隐含作者—作者的读者”这一交流层次上,隐含作者为了实现自己的目的同“作者的读者”(authorial audience)的交流。

在文本之内的“叙述者—受述者”这一交流层次上,叙述者“我”的讲述目的再明显不过:通过尝试诸如吸毒、抽烟、喝酒等成人生活的乐事,通过即便是乱伦的性关系来失去童贞,向世人宣告自己正式加入了成年人的行列。那么在文本之外的“隐含作者—作者的读者”这一交流层次上,麦克尤恩又潜

① James Phelan, *Living To Tell About It: A Rhetoric and Ethics of Character Narration*, Ithaca: Cornell University Press, 2005, p. 1.

藏着怎样的叙述意图呢?他为什么要在作品中建构一个如此“淫猥肮脏的”(nasty)故事世界?在接受访谈时,麦克尤恩这样回答:促使他写作的主题“不是那些美好、轻松、愉快和某些肯定的东西,而是那些不好的、困难的和有些不安的东西。这就是那种我要用来促使我写作的张力”①。《家庭制造》显然就是属于这类“不好的、困难的和有些不安的东西”(bad and difficult and unsettling)。在“叙述者—受述者”这一交流层面上,“吸引了我们道德注意力的是,叙述者没有对其强暴妹妹这个计划做出评价”②。在文学伦理学批评看来,“文学在本质上是伦理的艺术”③。麦克尤恩所要做的就是在文本之外的“隐含作者—作者的读者”交流层面上填补这一缺憾,引起我们对这起事件的道德关注和伦理思考。

“文学的根本目的不在于为人类提供娱乐,而在于为人类提供从伦理角度认识社会和生活的道德范例,为人类的物质生活和精神生活提供道德指引,为人类的自我完善提供道德经验。”④狡猾的人物叙述者“我”自始至终都未对自己所犯下的乱伦之罪做过任何的道德评价,甚至还在叙述过程中有意暗示自己是在妹妹康妮的帮助下进入了她的身体,因此叙述者“我”对这起事件不承担根本的责任。但是,就如 C. 伯恩斯所指出的那样,“在其早期作品中,麦克尤恩不是为了仅仅取得震惊和轰动的效应,而是有着更为崇高的目的”⑤。在回顾自己的短篇小说创作时,麦克尤恩意味深长地说:“我的短篇小说中有一种被投射出的罪恶感,类似于一个人为了抓住好的东西而去努力想象一个最糟糕的东西一样。”⑥《家庭制造》显然是属于这类作品:“为了抓住好的东西而去努力想象一个最糟糕的东西一样(to imagine the worst things possible in order to get hold of the good)。”与阅读麦克尤恩的另一部作品《蝴蝶》相似,当我们撕去《家庭制造》中叙述者的伪善面纱,跳出故事世界之外,即可甄别作者隐匿于作品深处的创作意旨,即“通过书写极端的邪恶来寄寓小说家对至善的诉求和向往,通过书写‘让人不安的艺术’,来表达其对崇高

① Ryan Roberts, ed., *Conversations with Ian McEwan*, p. 19.

② Dominic Head, *Ian McEwan*, p. 35.

③ 聂珍钊:《文学伦理学批评:基本理论与术语》,载《外国文学研究》,2010 年第 1 期,第 14 页。

④ 同上篇,第 17 页。

⑤ Bernie C. Byrnes, *The Work of Ian McEwan: A Psychodynamic Approach*, 2nd ed., p. 38.

⑥ Ryan Roberts, ed., *Conversations with Ian McEwan*, p. 16.

伦理道德的诉求”[①]。叙述者“我”在更宽泛的意义上代表了处于青春期的广大青少年,而“我”的成长历程也在很大程度上映射了他们的困惑与烦恼。小说以“我”的伦理犯罪来喻指这类特殊人群潜在的伦理迷惘,以及可能会因此而造成的对社会正常伦理规范与伦理秩序的破坏。他们需要引起全社会的关注与重视,有必要采取适当的途径帮助他们度过人生的特殊阶段,实现从“天真”到“经验”的跨越,理性地进入成人世界,并最终进化为“一种道德的存在”。从这种意义上说,《家庭制造》注解并呼应了鲁迅先生在多年前发出的呐喊——“救救孩子”。

杰克·斯莱认为:“麦克尤恩的经典作品确实值得严肃细致的研究。他对当今世界的黑暗描绘是那些应该被放在心窝里的作品。”[②]毫无疑问,《家庭制造》就是这类值得严肃对待、仔细研究的作品。它会让读者在感到“惊恐”之余,引发关于伦理的思考,得到诸多关于伦理的启迪。

① 尚必武:《“让人不安的艺术”:麦克尤恩〈蝴蝶〉的文学伦理学解读》,载《外语教学》,2012年第3期,第85页。

② Jack Slay, Jr., *Ian McEwan*, New York: Twayne Publishers, 1996, p. 8.

第二章
《蝴蝶》:“让人不安的艺术”

20世纪70年代,还在英国东英吉利亚大学攻读硕士学位的伊恩·麦克尤恩凭借短篇小说集《最初的爱情,最后的仪式》一举获得“毛姆文学奖”,成功跻身英国文坛。《最初的爱情,最后的仪式》也由此成了麦氏文学创作的基点。但由于该作品涉及乱伦、谋杀、暴力等诸多敏感话题,他一度被批评界戏谑为“恐怖伊恩”。就收录于其中的八个短篇而言,英国著名小说评论家多米尼克·黑德认为:《蝴蝶》是其中“最有问题的一个。无论从哪种意义上来说,它都让人非常沮丧”①。为什么《蝴蝶》是该短篇小说集中最有问题的一个?什么原因导致了读者的沮丧?我国学者瞿世镜、任一鸣认为,《蝴蝶》是“一个残杀儿童者的自我描绘”②。麦克尤恩本人的告白使这一谜团变得越发扑朔迷离,他说:“我自己被《蝴蝶》吓了一跳。”③基尔南·瑞安解释说:“这个故事之所以让人如此不安,是因为它邀请我们完全采用一个恋童癖者的视角,来接受他对这些判断的冷漠反应。”④对此,麦氏本人不置可否。他坚持认为:“除了故事本身之外没有其他解释。”⑤

“文学在本质上是伦理的艺术。”⑥笔者认为,《蝴蝶》是一则关于道德失败的寓言。它以内聚焦和倒叙的方式,讲述了一个身体畸形的少年“我”以“蝴蝶”的谎言为诱饵,性侵犯了一个年仅九岁的女童“简”,并最后将她投入

---

① Dominic Head, *Ian McEwan*, p. 37.

② 瞿世镜、任一鸣:《当代英国小说史》,第326页。

③ Ryan Roberts, ed., *Conversations with Ian McEwan*, p. 16.

④ Kiernan Ryan, *Ian McEwan*, pp. 10-11.

⑤ Ryan Roberts, ed., *Conversations with Ian McEwan*, p. 16.

⑥ 聂珍钊:《文学伦理学批评:基本理论与术语》,载《外国文学研究》,2010年第1期,第14页。

运河溺水而亡的故事。小说以书写“恶”的方式来表达对“善”的向往，进而实现文学的教诲功能。笔者试图以文学伦理学批评为研究视角，紧扣“恋童”“弑童”的伦理主线，通过逐一解构伦理环境、伦理选择、伦理身份、伦理意识等若干伦理结，试图剖析浸淫于作品深处的伦理图旨。

第一节 客观伦理环境下的非道德选择

文学伦理学批评认为，“客观的伦理环境或历史环境是理解、阐释和评价”[①]文学的基础。若要透视小说主人公“我”所有的违背伦理范式的行为，我们就必须首先从分析小说世界的伦理环境入手，进而对人物的行动和选择做出客观的道德判断。戴维·马尔科姆指出：“麦克尤恩的短篇小说是对‘荒原’（wasteland）、‘陷阱’（entrapment）和‘无目的的惯性’（aimless inertia）的有力再现。”[②]马尔科姆的此番论断在《蝴蝶》中尤为适用。作品所再现的是一个没有生机、被人遗弃的工业废区，一个缺少温情的精神荒原。置身这样的环境，主人公“我”——一个十几岁的男孩，整日无所事事，四处闲荡成为他“无目的的惯性”。他为了满足自己的欲望而编织了一个诱人的“陷阱”，做出了错误的伦理选择，实施了一桩骇人听闻的伦理犯罪。

就客观的地理环境而言，小说所描述的世界简直可以用满目疮痍来形容。这里没有“公园”（parks），只有“泊车位”（car parks）；没有清澈的溪流，只有一条臭气熏天的运河，以及街道上随风吹起的杂物和年代久远的废品站。工业文明也曾在这里留下印迹，但目光可及之处，尽是工业化所带来的负面影响：污染、破败与萧条。工厂里空空荡荡，所有的窗户都被打烂。这里不仅是被人遗弃的工业废区，同时也是一片可怕的情感沙漠。男孩“我”对人与人之间的隔离与冷漠已经习以为常。尽管男孩是一个没有下巴的畸形少年，但他并没有得到社会应有的关注。男孩似乎和其所居住的街区一样，被人遗弃了。男孩既没有家人，也没有朋友。在这个世界上很少有人和他说话，女人们从不接近他。即便邻居查理偶尔和他搭讪，也仅限于日常的寒暄。

---

① 聂珍钊：《文学伦理学批评：基本理论与术语》，载《外国文学研究》，2010 年第 1 期，第 14 页。

② David Malcolm, *Understanding Ian McEwan*, p. 38.

除此之外,他们再也没有更深层次的交往。例如,当男孩靠近查理正在修理的那辆汽车、试图进一步和他沟通时,查理却爬回了汽车底下,以这种方式宣告他们的谈话到此结束。

一方面,社会对男孩“我”的存在无动于衷;另一方面,男孩对社会中存在的邪恶现象麻木不仁。在男孩和简一起去运河的路上,他们遇见了一伙剃着平头的男孩子正聚集在废品站边,用火活烤一只猫。这群男孩全神贯注于火烤活猫的过程,无暇顾及他和简。假如他们注意到了男孩和简,哪怕只是一句简短的问候,或许就可以阻断他试图诱骗简至运河边实施性侵的邪念,也就不会有后来的伦理犯罪。毋庸置疑,这群男孩丧失了理性。他们沉沦于“虐待动物”的原始欲望,在火烤活猫的病态行为中获得满足和快感,违背了人与动物之间和谐相处的生态伦理。对于男孩们残害动物的这一行为,男孩“我”表现得异常冷漠。当简询问男孩这群人在做什么的时候,他的回答竟然是不知道。男孩“我”根本没打算去阻止他们实施暴力行为,因为自己此刻正谋划一桩可怕的伦理犯罪——猥亵幼女。

在这片被废弃的工业区、被人遗忘的情感沙漠中,男孩接连在三个事件上做出了错误的伦理选择:第一,在简尾随自己时,他做出的性侵犯简,并最终将她杀死的选择;第二,在要去见简的父母时,他做出从开始时的精心准备,到最后彻底放弃的选择;第三,在去图书馆时,他做出宁愿坐在图书馆外面的台阶上也不进入图书馆里面的选择。如果说前两个选择是一次性完成的事件,那么第三个选择则是经常性发生的事件,并最终影响到他在前两个事件上的判断。

在星期三,男孩虽然一开始不情愿自己被简跟随着,但是后来,在欲望的驱使下,他决定诱骗简至人烟稀少的运河边,对她实施性侵犯,满足自己高涨的兽欲。日常生活中,他缺少朋友。在遇到简之前,男孩已经好几天没有和人说话了。简原本可以成为他的朋友。可是,在欲念的驱使下,男孩做出了一个非道德的选择。这个选择不但给简造成了无可修复的伤害,也使他自己丧失了一个结交朋友、摆脱孤独的良机。尽管他自己也曾意识到诱骗简、侵犯简是非道德的、错误的行为,并对这个想法“感到恶心”①,但他终究没有抵

① Ian McEwan, *First Love, Last Rites*, p. 90.

挡住性欲的诱惑。在友谊和性欲之间,他选择了后者,选择了犯罪,选择了一个错误的伦理立场。

作为最后一位见到简的人,男孩被警察要求在星期天晚上去见简的父母。虽然他是迫于警察的威严才答应了这个要求,但男孩转念一想“这也算是件事,一次见面,好歹让这一天有点意义”①。可以说,为了准备这次见面,他严肃对待、精心准备,而正是这件事又使他焦躁不安,甚至感觉天气都变得炎热难耐。在短短两页的篇幅内,小说连续五次使用了“炎热”(hot)一词。在星期天下午的时候,男孩特意洗了澡,花了很长时间来换干净的衣服,穿上干净的衬衫,熨烫了黑色西装,打上蓝色领结,甚至还喷了古龙香水。瞬间,男孩又对自己的精心准备感到厌恶,对自己的行为感到后悔,他质疑自己为什么要迫切地得到简的父母的认可。于是,他脱去了西装、衬衫,摘下领带,重新换上刚刚穿过的旧裤子和运动衫,拼命地抹去洒在身上的古龙香水。可见,在仪表庄重和邋遢之间,男孩选择了后者。熨烫西装、喷洒香水等行为,暗示了男孩知道什么是文明的形象,什么是尊重的行为,什么是庄重的仪表。不过,他的后悔及其后继行为分明清晰地表明:他不愿改变自己,不愿被教化、不愿遵循社会普遍接受的规范和礼数,刻意地自暴自弃,流离于社会主流文明之外。

在小说中,男孩有一个毫无目的性的惯常行为,就是朝着图书馆的方向散步。让人费解的是,他每次到了图书馆之后,并不进入图书馆。选择图书馆作为自己散步的方向,说明他对知识、对人类文明的渴望和向往;选择不进入图书馆这一行为,又反映了他在潜意识之中对知识和文明的抵制。图书馆内外象征着两个不同的世界,图书馆里面是一个充满知识的殿堂,若进入图书馆,男孩则可以尽情地接受知识的浸润,从人类积淀的文明成果中汲取养分。在人的进化过程中,知识的获得和汲取可以使人受到熏陶,得到教诲,有助于人类理性的启蒙,摆脱愚昧。自始至终,男孩选择放弃进入图书馆,他宁愿坐在图书馆的台阶上,也不进入图书馆看书,硬生生地把自己阻挡在文明、理性的殿堂之外。由于男孩在主观上始终不愿意接受人类文明的教化,导致他分不清是非善恶,难以克制自己的原始欲望,无法去除自己的兽性,最终自

① Ian McEwan, *First Love, Last Rites*, p. 81.

己人性迷失。

在面临上述三重选择时，男孩无一例外地选择了放弃文明、放弃教养、放弃理性，近乎自暴自弃式地走向堕落，走向不正当、不合理的欲望。这种选择的结果直接导致他人性的迷失，偏离人类社会的正常范式，与维护社会秩序的伦理原则渐行渐远。在这一过程中，他的伦理身份发生了根本性的变异，触犯了"恋童""弑童"的伦理禁忌，导致了伦理混乱的产生，男孩本人也由此坠入了伦理犯罪的深渊。

第二节 伦理身份的异化与人性的迷失

"文学伦理学批评注重对人物伦理身份的分析。在阅读文学作品的过程中，我们会发现几乎所有伦理问题的产生往往都同伦理身份相关。"[①]人物的伦理身份是维系故事世界中人物与人物、人物与社会以及人物与自然之间关系的根本纽带，彰显出人类对道德规范的遵守。一旦人物的伦理身份发生改变，原有的伦理秩序势必遭到破坏，导致伦理混乱。在《蝴蝶》中，男孩最大的困惑就是伦理身份的认同危机。从其叙述话语和实际行动中，我们不难发现他伦理身份的变异历程——从社会的弱者演变成危害社会的罪犯。具体说来，他由一名身体畸形的少年、失去双亲的孤儿、缺乏社会关爱的边缘人演变成一个恋童癖者、强奸犯、杀人犯。在其伦理身份发生异化的过程中，男孩的人性逐渐迷失。

从外貌上来看，男孩是一个身体畸形的人：没有下巴，下巴就是他的脖子，两者连成一体，不分彼此。或许是由于家族遗传的缘故，他的母亲也是这幅长相。孤独是相貌不佳所带来的致命后果。他的母亲就是例证。无论去哪里，她始终都是独自一人，即便是在节假日或外出度假的时候，也不例外。男孩在继承母亲畸形外貌的同时，也继承了她难以言说的孤独。男孩没有朋友，尤其是缺乏异性朋友。他这样诉说自己的现实处境："女人不喜欢我的下巴，她们从不靠近我。"[②]他把自己的孤单归因于自己难看的相貌，认为自己畸

① 聂珍钊：《文学伦理学批评：基本理论与术语》，载《外国文学研究》，2010年第1期，第21页。

② Ian McEwan, *First Love, Last Rites*, p. 82.

形的外貌使人滋生"厌恶"(disgust)和"怀疑"(suspicion)。但从另一个方面来说,也可以看出男孩对他人的看法和态度保持高度警惕,就连邻居查理的一句稀松平常的问候如"喂,怎么样?"(What's tricks?)都让他不知所措,他甚至认为"这类问话总是让人无从回答"。[①]

实际上,男孩对周围的人始终充满了不信任和怀疑。在警察局,他对警察所说的话语充满疑惑,同时流露出相当的不满。"尽管说不出缘由,在警察局里甚至还没有等我做陈述他们就开始怀疑我了。"[②]从下文的叙述中,我们不难发现:真实情况是,警察没有怀疑他,而是他在怀疑警察。当男孩告诉警察当时他站在桥上看到了简沿着运河跑。警察说:"哦,那倒是巧合,不是吗?我是说,她和你住在同一条街上。"[③]为避免产生误会,刺伤他敏感的神经,警察特意强调自己所说的巧合是指男孩和简住在同一个街区。因为这样,男孩去拜会简的父母就会显得比较方便。即便如此,男孩很显然还是把"巧合"看成是警察怀疑自己的表现,认为警察不相信他所说的供词。再者,当他坐在警察局走廊的椅子上东张西望时,他从一扇敞开的门看到了办公室里两个正在打字的女孩。出于礼貌,其中一个女孩出来问他是否等着被警官传见。对于这一正常的举动,男孩顿时感觉:"她们在怀疑我什么,他们总是这样。"[④]在自家楼下,他对邻居查理的问候也充满了怀疑。当查理询问自己要去哪里的时候,他认为查理是因为简的死而迁怒自己。就连女孩简见到他,跟在他后面的时候,男孩都感觉"她在模仿我走路。不过没有转身去看"[⑤]。事实上,这些都是毫无依据的主观臆测。对于这些疑虑,男孩没有正面地去回应或者证实,而是任之堆积,使之不断膨胀。

男孩的抱怨语气分明清晰地透露出他对周围人的警惕态度和不信任心理,同时也影射出他对社会的某种仇视与不安。在主动与被动的状态中,男孩与现实社会之间的距离渐行渐远,成为置身社会正常生活之外的疏离人。男孩没有亲人,没有朋友,也没有工作,整日无所事事,烦躁不安。他总是感

① Ian McEwan, *First Love, Last Rites*, p. 79.

② Ibid., p. 81.

③ Ibid., p. 82.

④ Ibid., p. 83.

⑤ Ibid., p. 84.

觉自己有大把的时间,无处消耗,只能靠出去走走来打发百无聊赖的人生。遗憾的是,在这片被废弃、被污染的工业园区,他又着实无处可去。男孩迫切地渴望自己能够融入社会,拥有友情。在简尾随他一起散步之前,他已经好几天没有和人说话了。在这种情况下,虽然他对简尾随自己有点不太情愿,但同时也表示出一定的兴趣。他回忆说:“能有一个人在星期三和我一起散步也是一种机会,哪怕是个闲极无聊的小女孩。尽管如此,在那一刻我并没有承认这一点,她对我天真的好奇使我感到满足,她吸引了我,我想要她成为我的朋友。”①可见,男孩最初的想法只是为了寻找一段友谊,找一个可以一起散步的朋友,哪怕这个朋友只是一个九岁的孩子。可是,他的这一想法逐渐发生了变质。他心里萌生了邪恶的念头,他想要把简引向人烟稀少的运河对她实施性侵犯,而且越发控制不住这种可怕的欲望,以至于“说服她和我一起去运河已经变成当务之急,这念头让我恶心”②。男孩能够说出“这念头让我恶心”(I sickened at the idea)这样的话语,反映出他彼时的内心斗争,一方面是他内心深处不断高涨的欲望,另一方面是他的理性和道德品格。原始本能不断地激励他去占有简,要把简骗到人迹罕至的运河,而他未曾泯灭的良知试图阻挡他的邪念。让人扼腕叹息的是,在二者的冲突中,原始本能渐占上风。

男孩逐渐被自己的欲望和本能所控制,为了成功地把简骗至运河,他听任本能的指使,信口撒下运河旁边有蝴蝶这一弥天大谎。虽然理性告诉他,这样的谎言过于离谱:“蝴蝶不可能在运河边生存,臭气早把它们熏跑了。不用多久她就会发现。”③欲念当头的他顾不得这些,继续在本能的驱使下漫无边际地扯谎。一开始,简非常清楚地知道自己被禁止去运河,她显得犹豫不定。但是在听到运河上有各种颜色的蝴蝶,有船只漂过等谎言后,简逐渐失去了自己的理性,去运河看蝴蝶、看船只的欲望战胜了她的理性。因此,她主动要求随男孩一起去运河,甚至还天真地请求男孩替自己保守秘密。就这样,无论是男孩还是简都逐渐丧失了各自的理性,听任欲望机器的摆布。

特别需要注意的是,在去往运河的路途中,他们彼此的欲望进一步得到增强,最终导致了理性的彻底消退,进而引发了伦理混乱和伦理悲剧的产生。

---

① Ian McEwan, *First Love, Last Rites*, p. 87.

② Ibid., p. 90.

③ Ibid.

譬如,当男孩帮简擦拭嘴唇上的冰激凌时,他体验到了从未有过的快感。他说:“我从未碰过别人的嘴唇,我也无从经历这种快感。它令人痛苦地从小腹一路涌到胸口,堵在心头,仿佛两肋被重拳猛击。”①在触摸到简的嘴唇后,他内心深处对女人的所有欲望都被撩起。在平日里,几乎所有的女人都不接近他。此时,简似乎就成了他发泄欲望的不二人选。尤其当他看到简“红色的短裙向身后翻起”,男孩“心口的涌堵再次袭来”。②这无疑更加坚定了男孩要把简引入运河,满足自己兽欲的决心。在看到运河脏兮兮的河水时,简的理性也曾被唤醒,她要求回去,可是在各种颜色的蝴蝶和船只的诱惑下,尤其是看到隧道里盛开的一朵“款冬”花之后,她要看蝴蝶的欲望被再度勾起,甚至还一本正经地解释隧道里有花的原因:“因为有蝴蝶。”③就这样,在各自欲望的驱使下,他们一步步地走向了运河。对男孩而言,运河是一个欲望即将集中勃发的所在;对于简而言,运河将是她短暂一生的终点。

虽然在步入第二个隧道的时候,简意识到所谓的蝴蝶只是一个骗局,但已经为时太晚。男孩想要占有简的欲望已经疯狂到了极点,他明白“不能放她走”④。更可怕的是,男孩占有简的原始欲望逐渐被希图夺取她生命的恶念所取代。在自己的兽欲彻底得到释放之后,男孩发现简已经不在身边了。彼时,他萌生的念头就是:“在发生了这一切之后,我可不能让她现在跑回家。”⑤如果说男孩不愿意放走简的第一个原因是为了释放自己的情欲,那么他不愿意放走简的第二个原因则是为了不让简说出自己的不当行为,表现了他的自我保护意识,甚至是求生的欲望。但是该理由存在一个明显的道德悖论:不让简逃回家、生怕简告诉别人自己对她做了什么,充分说明男孩明白自己的行为是非道德的。换言之,他的第二个理由表明他清楚地知道第一个理由指向了某种违背伦理道德的行为,但是他的第二个理由则恰恰又指向了另一个更严重的非道德行为。在这两个理由的驱使下,男孩接连触犯了“恋童”与“弑童”的两重伦理禁忌。从诱骗简、性侵犯简,再到杀死简的过程中,我们不

---

① Ian McEwan, *First Love, Last Rites*, p. 91.

② Ibid.

③ Ibid., p. 92.

④ Ibid., p. 94.

⑤ Ibid., p. 95

仅可以发现男孩伦理身份的根本变异：他由一个游离于社会边缘的畸形少年，沦落为一名危害社会的问题少年；由一名社会需要关注的弱者变成了一颗危害社会的毒瘤。同时，我们发现男孩因过于放纵原始欲望，从而导致了自己人性的迷失。

文学伦理学批评认为："一个人一旦听凭原始本能的驱使，在理性基础上建立起来的各种道德规范就会被摧毁，人又将回到兽的时代，这不仅不是人性的解放，而是人性的迷失。"[①]简因为自己一时受控于去运河边观看蝴蝶这一欲望的诱惑，丧失了自己不能去运河的理性，得到了惩罚，她不仅成了性侵犯的受害人，而且还为此付出了生命的代价。在对欲望无止境的追求中，男孩走向了伦理犯罪的深渊。表面上看来，男孩似乎逃离了法网，但从另一个层面看来，他得到了他最惧怕的惩罚：因缺乏朋友而导致的孤独。尽管他渴望结交朋友、拥有友谊，但由于他听任欲望的驱使，性侵犯并最终杀死了简这个原本可以成为他朋友的女孩，失去了唾手可得的友谊，势必将继续饱受孤独的煎熬，依旧生活在一个错位的阈限空间。男孩在堕落中迷失了自我，丧失了人性，凸显了他蒙昧的伦理意识。

第三节 生命与游戏，孰轻孰重？

在小说将近结尾的时候，男孩说："我通常宁愿坐在图书馆的外面，而不是走进去读书。在外面可以学到更多的东西。我现在坐在那里，星期天的晚上，听着我的脉搏慢下来，回到平日的节奏。一遍又一遍地推演发生的事情和我自己原本应该采取的行为。"[②]男孩直言不讳地解释自己为什么从来都不去图书馆看书——外面有更多可以学习的东西。这样的解释虽然不能为常人所接受，但是他接下来的思考似乎要给读者带来一丝温馨和慰藉。他开始坐在图书馆外的台阶上仔细回顾所发生的一切，以及他自己原本应该采取的措施。这似乎正是善良的读者所一直期待的：男孩为自己杀死一个无辜少女的恶行而自责和悔过。

---

① 聂珍钊：《文学伦理学批评：基本理论与术语》，载《外国文学研究》，2010年第1期，第19页。

② Ian McEwan, *First Love, Last Rites*, p. 96.

然而,男孩接下来的叙述让读者大跌眼镜。他确实为自己的行为感到惋惜和遗憾,但男孩的遗憾绝不是因为性侵犯了幼女简并将她杀害这件事情,而是因为在去图书馆的路上,自己遇到了一群玩踢石子游戏的男孩。纯属偶然的是,他漂亮地踩住了滚到脚边的石子,赢得了这群男孩子的肯定和赞赏。在常年遭到社会群体的漠视后,男孩终于得到了别人的认可。由于自己选择了去图书馆散步而没有把石子踢回给他们,男孩失去了一个和他们一起玩游戏的机会。这件事情让他追悔莫及,懊恼不已。他一遍又一遍地推演自己应该采取的行动:

> 我看见石头擦着路面飞来,我看见自己干净利落地用脚把它踩住,根本都没有转身。那时我本应该转过身去,要慢,用淡淡一笑回敬他们的喝彩。然后我该把石头踢回去,最好是跨过石头,顺势向他们走去,那样,等球回来,我就会和他们一起,变成其中一员。许多个傍晚我将和他们一起在街上玩,知道每个人的名字,他们也知道我。白天我可能在城里邂逅他们,他们会从对街叫我,走过来攀谈。①

在上面这个叙述片段中,他假想自己应该采取的正确方式,把石头踢回给这群男孩,然后成为他们中的一员,成为他们的玩伴,一起度过许多快乐的时光。如果这样的话,男孩就不会终日无所事事,也不会连出门散步都不知道该朝着哪个方向。更重要的是,他会自此摆脱孤独的阴影,融入他人的生活,融入社会。男孩不仅期待着在游戏结束的时候,别人和他说“明天见”这样的善意邀请,而且更期待着在将来自己长大后,可以和他们一起把酒言欢,自己也会爱上啤酒这种饮料。令人遗憾的是,这一切并没有在现实中发生,而只是存在于他内心深处的幻想。男孩最终还是站起来,慢慢地走回来时的路。他深知自己再也不会有和他们一起踢球的机会了。“这样的机会,就如同蝴蝶一样,是非常稀有的。你一伸手,它们就飞走了。”②当男孩走回去的时候,游戏场地已经空无一人,只有他自己先前用脚踩过的石头还在马路中间。

---

① Ian McEwan, *First Love, Last Rites*, p. 96.

② Ibid.

“我把它捡起来,放入了自己的口袋。”[①]狡猾的叙述者刻意凸显这场游戏对他的重要性,之于他生命的意义与价值,即如果自己抓住了这个可以和他们一起玩游戏的机会,那么他的人生轨迹可能会由此改变。由是观之,读者不难理解男孩在回家途中的失望和沮丧,以至于他捡起了那块他曾用脚踩过的石头,将之装入口袋,以作为对这段重要事件的纪念。尽管叙述者竭其所能,唏嘘嗟叹自己悲舛的命运,希图博取读者的同情,但细心的读者不难发现他说话时的避重就轻,进而对他的沉思表示失望。

从“听着我的脉搏慢下来,回到平日的节奏”这句话看来,男孩的上述反思和假想绝对不是自己一时冲动的臆想,而是在相当冷静的精神状态中得出的结论。男孩为自己错过了一场无足轻重的游戏而无比懊恼,感慨万千,但是对于自己性侵犯一名无辜女童并夺取了她宝贵的生命这件事只字未提。在他眼里,小女孩简的生命远远比不上一场游戏。在他人的生命与自己想要参与的游戏之间,男孩公然选择了后者。他在图书馆前的这番悔过与反思不禁让任何一个有良知的读者大失所望。他在这里的叙述也否定了其之前所说的在看到了简的尸体之后,他对死产生了特别的想法。[②]他究竟产生了什么特别的想法?读者原本指望在这里可以找到答案,殊不知最终发现的依旧是男孩对死亡、对生命的冷漠和无动于衷。

一直以来,小说主人公对死亡、对生命就是一副漠视的态度。男孩说:“有一回我见到一条狗被踝死,车轮从它头上轧过,眼珠崩裂。可我无动于衷。我母亲死的时候我躲得远远的,多半出于冷漠,也因为厌恶我的那些亲戚们。对她死去的样子我也没有好奇心。”[③]不无讽刺意味的是,为了证明自己曾经目睹一条小狗在他面前死去,男孩详细地描述了小狗被车轧死的惨状,但这并不能激起他的怜悯。如果说狗仅仅是一只动物,它的死并不能给他带来任何伤痛的感觉,那么男孩母亲的死至少是他在这个世界最严重的情感损失。母亲是他唯一的亲人,是自己在这个世界最后的依靠。可是,对于母亲的死亡、对于母亲的尸体,男孩没有像常人那样悲痛欲绝,无法割舍。与

① Ian McEwan, *First Love, Last Rites*, p. 96.

② Ibid., p. 82.

③ Ibid.

此截然相反,他躲得远远的。按照男孩的解释,最主要的原因是出于自己的“冷漠”(indifference)。母亲的尸体甚至都不足以引起他的“好奇心”(curiosity),更不用说会给他带来任何悲伤。对于自己唯一的亲人尚且如此,更不用说对一名和自己没有任何血缘关系的外人了。由此出发,则不难理解男孩在将简投入运河时的高度冷静和虚伪的优雅。

我们知道,小女孩简被他诱骗至运河并惨遭性侵犯之后,试图逃走。听到男孩追她的脚步声,惊慌失措之下,简跌倒在地,失去了知觉。在追到简之后,“我弯下身贴近她的脸听,她的呼吸深沉而均匀”[①]。读到此处,读者会认为男孩是在测试简的生命迹象,表明他对简的担忧,体现了他身上人性的一面。但是他接下来的行为完全超乎读者的意料。“‘傻姑娘,’我说,‘没有蝴蝶。’然后我轻轻把她抱起,尽可能避免弄醒她,悄悄地、慢慢地把她放入运河。”[②]在实施谋杀行为时,男孩表现出常人难以想象的冷静,没有丝毫的慌张感,甚至还表现出些许“优雅”:他“掸掉了她脸上的泥土,又掸了掸她背后的红裙子”[③],轻轻地抱起她,悄悄地、慢慢地将她放入运河。男孩绘声绘色地叙述了自己在杀害简时的温柔和沉着,而对此造成的后果则轻描淡写。莫大的讽刺是,男孩认为自己之所以如此轻柔,全部是为了女孩简,其根本目的是不弄醒昏迷中的简,好让她在没有知觉、没有痛苦的状态中死去。狡猾的叙述者试图再次淡化自己的犯罪行为,将读者的注意力引导至自己所表现出的优雅与风度。但是,这种所谓的优雅更是凸显了他的冷血和残忍。至于为什么要夺取简的生命,将这个年仅九岁的女孩置于死地?男孩荒诞不经的解释,让人觉得匪夷所思:“我不再想碰她,那欲望已经从我体内喷泻出去进入运河了。”[④]对于男孩而言,留着简已经没什么用了,因为她已经完成了她的使命,满足了自己的兽欲。换言之,简只不过是自己发泄欲望的对象而已,自当男孩的手指触摸到简的嘴唇那一刻起,他体内就燃起一股发泄兽欲的冲动,为此才不惜撒下运河旁边有蝴蝶的谎言。先是诱骗,再是恐吓,目的就是让简随自己来到运河,让她在黑暗中触摸自己的性器官,达到高潮。就此而言,

---

① Ian McEwan, *First Love, Last Rites*, p. 95.

② Ibid., pp. 95-96.

③ Ibid., p. 95.

④ Ibid.

男孩此刻已经完全实现了自己的目的,肉体得到了彻底的满足和释放。对于一个自己已经不再需要的小女孩,杀死她就成了一个必选项。

男孩丝毫没有考虑到简只是一个花蕾般的孩子。他不仅狠心地摧残了她的躯体,而且还要夺走她的生命。他甚至还讥笑简的纯真无邪,说她是"傻孩子",怎么能相信自己关于运河边有蝴蝶的谎话。自始至终,男孩都没有透露出一点悔过之意。文学伦理学批评认为:"把人同兽区别开来的本质特征,就是人具有理性,而理性的核心就是伦理意识。"①由于伦理意识的匮乏,原始的兽性占据了男孩原本应该具有的人性。在用手指触摸简的嘴唇时,他身体突然萌发一种性欲的冲动。为了诱惑简随自己去运河,受到本能的冲动和驱使,男孩信口撒了运河旁边有各种多姿多彩的蝴蝶这个弥天大谎。彼时,他的念头只有一个,要在这个九岁的女孩身上发泄自己的兽欲。

男孩一遍又一遍地推演自己原本应该参与的一场游戏,而对于自己性侵犯一名无辜少女并将之杀害的事情,只字未提。在他人的生命和可以给自己带来欢愉的游戏之间,他毫不犹豫地选择了后者。从男孩对死亡的看法中,可以发现这绝对不是偶然的现象,而是他失衡的道德原则、错位的伦理意识所造成的必然结果。至此,男孩已经完成了其伦理身份的变异:从身体畸形的少年堕落为心灵扭曲的暴徒。尽管男孩在杀死简的时候,以及他在推演自己没有参与的游戏的时候,都保持了相当的冷静,但他始终缺乏理性,缺乏伦理意识,让欲望占据了整个大脑。不无反讽意味的是,男孩推演自己参与游戏的目的是摆脱孤独、得到友谊,但是在友谊来临之际,他却做出了错误的选择。假如男孩没有性侵犯简、没有杀死简,他一定可以从简身上获得友谊,摆脱孤独。第二天,当男孩出门的时候,简或许会再次和他一起散步,成为他的朋友。正是因为伦理意识的缺乏,男孩选择摧毁了即将到手的友谊,永久性地坠入孤独的深渊。

"文学的根本目的不在于为人类提供娱乐,而在于为人类提供从伦理角度认识社会和生活的道德范例,为人类的物质生活和精神生活提供道德指引,为人类的自我完善提供道德经验。"②尽管狡猾的人物叙述者"我"自始至

---

① 聂珍钊:《文学伦理学批评:基本理论与术语》,载《外国文学研究》,2010年第1期,第17—18页。

② 同上篇,第17页。

终都未对自己所犯下的“恋童”“弑童”的伦理犯罪做过任何评价，甚至还在叙述过程中，有意避重就轻，诱使读者采用自己的眼光来审视故事世界，凸显自己作为社会边缘人的不幸遭遇，以博取读者的同情，但一旦拨开其叙述的迷雾，敏锐的读者不难发现麦克尤恩隐匿于《蝴蝶》深处的伦理图旨：通过书写极端的邪恶来寄寓小说家对至善的诉求和向往，通过书写“让人不安的艺术”，来表达其对崇高伦理道德的诉求。

麦克尤恩说：“我的短篇小说中有一种被投射出的罪恶感，类似于一个人为了抓住好的东西而去努力想象一个最糟糕的东西一样……《蝴蝶》是我能想到的最糟糕的东西之一。”①他通过想象最糟糕、最极端的伦理事件、一个只有九岁的幼女受害者，以增加作品的阅读张力，昭示道德失败的教训，让读者在惊恐不安的阅读状态中，认识到客观社会中所可能存在的邪恶，进而承认它们、改变它们。正如杰克·斯莱所指出的那样：“麦克尤恩的小说给我们的启示是：如果不揭露日常生活的残酷性，我们就会对它们熟视无睹；通过强迫我们见证当下社会的邪恶，他也逼着我们去承认它们；他宣称，承认它们离改造它们只有一步之遥。”②

① Ryan Roberts, ed., *Conversations with Ian McEwan*, p. 16.

② Jack Slay, Jr., *Ian McEwan*, p. 9.

第三章
《立体几何》:“M”消失的秘密

1979 年 3 月,31 岁的伊恩·麦克尤恩受威廉·史蒂芬·吉尔伯特(William Stephen Gilbert)的邀请,负责为英国广播公司改编电视剧《另一边》(*The Other Side*)中一集名为《立体几何》(*Solid Geometry*)的剧本。为了处理剧中人物关系,落实演员、灯光技术等,麦克尤恩可谓煞费苦心,甚至还和演员们精心排练了一周。不过,就在离正式录影还有四天的时候,英国广播公司突然叫停了该剧的拍摄,并随后在媒体发布禁令,指责“剧本中荒诞怪异的性元素”,并表示“该决定不可撤销,而且没有商讨和妥协的余地”。[①]电视剧《立体几何》源自麦克尤恩于 1973 年创作的同名短篇小说,后被收录进麦氏的第一部小说集《最初的爱情,最后的仪式》。在麦克尤恩研究专家多米尼克·黑德看来,英国广播公司关于剧本《立体几何》的一纸禁令,进一步坐实了小说集《最初的爱情,最后的仪式》的“惊恐”之名。[②]那么,《立体几何》究竟是怎样的一部小说?其让人惊恐的原因是否就是英国广播公司在禁令中所说的“荒诞怪异的性元素”呢?

小说以第一人称叙述者的视角,讲述了“我”如何通过阅读曾祖父的日记,了解到“无表面的平面”(the plane without a surface)这一被湮没的几何学发现,并利用这一发现使妻子梅茜凭空消失的故事。对于这样的故事,戴维·马尔科姆评价道:处于作品核心的是“女性情感与冷酷的男性理性之间的对比与张

---

① Ian McEwan, *The Imitation Game and Other Plays*, Boston: Houghton Mifflin Company, 1982, p. 14. 2002 年,由著名国际影星伊万·麦格雷戈(Ewan McGregor)主演的《立体几何》在格兰扁电视台(Grampian Television)播出。

② See Dominic Head, *Ian McEwan*, p. 36.

力"[①]。与马尔科姆相似,黑德认为:故事的主要趣味在于它体现了作者麦克尤恩早期"对神秘或直觉与理性之间对立关系的处理,这一理念对麦克尤恩的后期创作起到了重要作用"[②]。与马尔科姆和黑德的评论相左,王悦将该作品视作不可靠叙述的典型,认为"作者在其中设置了许多不可靠的陷阱,在真真假假的叙述中完成对人物'我'的塑造,也激起读者对叙述真相的思考与探讨"[③]。上述论者围绕作品主题、人物和叙述笔法对《立体几何》的讨论不无道理,但这些研究都无一例外地忽略了一个细节,即叙述者"我"对曾祖父的朋友 M 从曾祖父日记中突然消失的困惑。正是带着这样的困惑,他才注意到所谓"无表面的平面"的几何学原理。通过对这一原理的发现者数学家亨特的消失故事的推断,"我"参悟了 M 消失的秘密,并利用这一被破解和重构的几何学原理,不着痕迹地杀害了妻子梅茜。换言之,没有叙述者对 M 消失的秘密的发掘,就不会牵扯出之前亨特消失的故事和之后梅茜消失的故事。在这种意义上说,M 消失的秘密无疑处于作品嵌套叙事结构的核心。

本章跳出批评界聚焦该作品不可靠叙述、女性情感与男性理性之间冲突的窠臼,转而从 M 失踪这一神秘事件入手,发掘和探讨潜藏在文本多重叙事层次上的不可能性:数学家亨特关于"无表面的平面"的几何学发现及其使自己凭空消失的不可能性;叙述者曾祖父在亨特手稿中重构了亨特的几何学发现并利用这一科学原理使朋友 M 消失于无形的不可能性;叙述者再度重构和掌握了这一几何学发现并利用该原理使妻子梅茜消失的不可能性。相对于真实世界的科学原理和逻辑法则而言,亨特的几何学发现及其使物体凭空消失的能力都是不可能的,属于典型的非自然叙事。尽管亨特的几何学发现被数学界普遍认为是一种谬论,但是亨特、叙述者曾祖父以及叙述者本人又分别在不同时期、不同场合和不同对象上用实际行动重复验证了它的真实性,增强了作品在真实与虚构、自然与非自然之间的张力。

① David Malcolm, *Understanding Ian McEwan*, p. 24.

② Dominic Head, *Ian McEwan*, p. 36.

③ 王悦:《析麦克尤恩〈立体几何〉:不可靠叙述的生成与阐释》,载《外国文学》,2010 年第 1 期,第 22 页。

第一节 "M"的消失之谜与不可能的几何学发现

小说开篇,叙述者"我"详细介绍了曾祖父如何在某个"奇珍异宝"拍卖会上成功拍得尼科尔斯船长的阳具,而这则信息源于曾祖父的日记。对于曾祖父这一荒诞行为,叙述者不置可否,转而表示自己对曾祖父洋洋洒洒四十多卷的日记产生了异常浓厚的兴趣。按照他的说法,"曾祖父在世六十九年,其中的四十五年里,在每晚睡觉之前,他坐下来将自己的思想写成日记。这些日记如今就摆在我的桌上,整整四十五卷,以小牛皮装订"①。根据叙述者的介绍,其曾祖父一生都未曾有正式的工作,全靠他父亲所发明的一种简便女性胸衣钩扣的专利收入来维持生活。他从不旅行,一生中几乎没有离开过自己的故乡;尽管他喜欢数学,但从来没有发表过任何论著,也不曾有过教职。换言之,叙述者的曾祖父除了在拍卖会上拍得并收藏尼科尔斯船长阳具这个行为让人感觉怪诞外,再无任何与众不同之处。但叙述者不这么想,他认为自己的曾祖父完全可以凭借日记而扬名立万。叙述者说:"我深信我的曾祖父是一位杰出的日记作家,一旦我编完他的日记并得以发表,我敢肯定他将重新获得应有的认识。"②也就是说,在叙述者看来,不是自己的曾祖父不够伟大,而是世人目前还没有认识到他的伟大,而扭转人们对于曾祖父认识的关键在于其日记被整理发表出来。如此说来,叙述者整理曾祖父日记这项工作就显得颇为重要,直接关系到他们祖孙两人的声名。不过,他整理日记的工作遇到两个方面的阻碍和困难:一是妻子梅茜的干扰;二是曾祖父的朋友 M 在日记中的神秘失踪。对于前者,叙述者可以采取对梅茜置之不理的漠然方式得到解决;而对于后者,叙述者感到既焦虑又好奇,大有不解不罢休的决心。他说:"如果我不厘清围绕在 M 身上的疑云,日记的整理工作就无法开展下去。"③

小说第一次提到 M 的失踪是在某个下午。当时,梅茜正在给叙述者送茶,并试图向他讲述自己做过的一个噩梦,叙述者连忙打断她,表示手头的事情正做到一半。小说写道:"她走了以后我盯着书桌前面的墙壁,思忖着 M,

---

① 伊恩·麦克尤恩:《最初的爱情,最后的仪式》,第 3 页。

② 同上书,第 4 页。

③ 同上书,第 8—9 页。

他定期来与我曾祖父闲谈和晚餐，坚持了十五年之久，突然在1898年的一个晚上莫名地一去不返。"[①]随后，叙述者又再三提及和强调M在曾祖父日记中消失的唐突性："在餐桌间来来去去了十五年，为我曾祖父的理论提供了一大堆素材之后，M从日记里唐突地消失了。"[②]让叙述者费解的是，M和曾祖父之间一直有着良好的关系，不存在M会突然离开曾祖父，与其绝交的情况，比如"看不出两人有过丝毫龃龉，相反，我曾祖父离不开M"[③]。实际上，叙述者在一开始就强调了M和曾祖父之间的密切关系和亲密友谊。又如，在梅尔顿莫布雷举办的"奇珍异宝"拍卖会上，曾祖父不仅拍得了尼克尔斯船长的阳具，而且有意一并拍下"已故巴里摩尔小姐的无名部位"，这样可以将它们作为一对物品收藏，但是被M劝阻了。对此，叙述者解释说："这极佳地诠释了他们的友谊。我的曾祖父是个心血来潮的空想家，而M则是一位懂得适时竞价的实干派。"[④]此外，他们二人之间的互补性突出表现在曾祖父是一名几乎足不出户的空想家，而M则是"真正活在这个世界上"："深谙当世风尚，对伦敦了如指掌，多次到过欧洲大陆，熟知社会主义和达尔文学说，在自由之爱运动圈里也有熟人，是詹姆斯·辛顿的一个朋友。"[⑤]当然，曾祖父和M也有过争论的时候，不过他们之间的争论似乎不足挂齿，远没有达到伤害彼此友谊的地步。叙述者举例说，曾祖父和M曾经围绕性交姿势表达过各自不同的看法。曾祖父用科学的方式(数学方法)来证明，人类性交姿势不可能大于素数17，而M用艺术的方式(罗马诺收藏的一组素描画)来说明人类性交姿势可以多达24种。叙述者的曾祖父和M之间的多年友谊和密切关系让他愈加困惑不解：M为什么突然就从曾祖父的日记中消失了？

一时间，调查M的神秘失踪几乎成了叙述者生活的全部。哪怕在和妻子争吵的时候，他也没有放弃过对M失踪一事的思考。叙述者说："半夜忽睡忽醒之间我似乎有一丝感觉，M的失踪也许能从那些有关几何的记述中找出线索。过去我总是草草翻过此处，因为数学实在提不起我的兴趣。"[⑥]循着曾祖父

① 伊恩·麦克尤恩：《最初的爱情，最后的仪式》，第6页。
② 同上书，第9页。
③ 同上。
④ 同上书，第3页。
⑤ 同上书，第9页。
⑥ 同上书，第12页。

日记中几处与几何学有关的线索,叙述者很快又发现了另外一个惊天秘密,而消息来源正是M,他在消失前向曾祖父讲述了一段逸事,内容涉及一些关于几何学的重要文献。M甚至颇为夸张地认为:“它们不但全盘否定了当今立体几何学的基石,甚至背离了我们物理学的基本准则,让人不得不重新审视在自然界框架下自我的位置。”[①]这些文件的原主人是苏格兰数学家大卫·亨特,后来经过M的朋友之子古德曼,辗转到了M手上。不过,就在古德曼转交文件的时候,他刚参加完一个数学国际会议,精神不济,甚至“面色惨淡,神情低落”[②]。在M的再三追问下,古德曼才道出了他在数学会议上所目睹的一桩怪事,由此牵出了被M认为否定当今立体几何学基石甚至背离物理学基本准则的一个几何学发现——“无表面的平面”。不可思议的是,古德曼还亲眼见证了这个不可能的几何学发现的真实性,而这几乎也成了他惊吓过度、面色惨淡、神情低落,乃至精神失常的原因之一。关于古德曼神情低落和精神失常的真正原因,笔者会在本章的第三节详细阐述。限于篇幅,此处不赘述。由此一来,叙述者对M神秘失踪的好奇,便转向了对古德曼在那次会议上究竟受到什么惊吓的好奇。

根据M的转述,古德曼在数学国际会议上所看到的情况是,年轻的数学家亨特向包括许多国际知名的资深数学家在内的学者宣布自己的发现——“无表面的平面”。面对参会者的普遍质疑和嘲讽,亨特决定用一张纸片来证明自己的发现:

> “先生们,”亨特说,“我得请求您原谅这种唐突的举动,不过我有极其重要的结论要告诉大家。我发现了无表面的平面。”在轻蔑的嘲讽和茫然的讪笑之中,亨特从桌上拿起一大张白纸。他用小刀沿表面切开大约三英寸长,切口略微偏向纸面中心。他把纸举起来以便大家都看得清,接着在做了一连串快速复杂的折叠之后,他似乎从切口处拉出一个角,随之,纸消失了。
>
> “请看,先生们,”亨特向众人举起空空如也的双手,“无表面的平面。”[③]

① 伊恩·麦克尤恩:《最初的爱情,最后的仪式》,第13页。
② 同上。
③ 同上书,第14—15页。

为了证明自己的发现，亨特当众折叠了一张白纸并使之消失了。不过需要注意的是，在上述过程中，除了白纸是众人可以看清之外，无论是用刀沿着纸的表面将它切出三英寸长，还是从切口处拉出一个角，尤其是他还做了一连串快速复杂的动作，都是难以看清和难以复现的。因此，尽管纸片在亨特的手中凭空消失了，但这一结果未免让人心存疑虑。换言之，亨特通过折叠纸片并使之消失的方式，并没有成功证明其发现，相反让人觉得他是在玩把戏或玩魔术，而这显然是对以严谨著称的数学研究的严重亵渎，难怪参加数学国际会议的学者们以近乎愤怒的方式，严厉指责亨特，场面一度陷入混乱："整个房间仿佛火山喷发，除了小古德曼和端着点心傻站在一旁的侍应们，全场都指向亨特，对他报以愚蠢而不知所云的斥责、谩骂和恐吓。一些人愤怒地拍台，另一些则挥舞老拳。一位孱弱的德国绅士突发中风跌倒在地，不得不被人扶上座椅。"①但是偏执的亨特并没有因此而放弃，相反，他决定用自己生命来对一个实际存在的不可能性做一个终极证明：

"先生们，你们的疑虑是可以理解的，现在我将再证明一次，这也是终极证明。"语毕，他坐下脱去鞋，再起身脱去外衣，并请求一名志愿者帮助，这时古德曼站了出来。亨特大步穿过人群来到靠墙摆放的一张沙发前，他坐上去的时候嘱托一脸迷惑的古德曼请他回英格兰的时候带上自己的论文，并一直保存到他回来取为止。当数学家们都围拢过来以后，亨特身体向前屈，两只手则伸到背后相互扣紧，双臂呈环状形成一个古怪的姿势。他让古德曼握住他的手臂以保持这种姿势，自己侧躺下奋力做了几个拉伸动作，直到将自己的一只脚伸入臂环。他让辅助的古德曼帮他把身体转到另一侧，然后重复同一套动作，成功地把另一只脚也伸到手臂之间，与此同时他弯曲上身使得头从与脚相反的方向进入臂环。在古德曼的帮助下，他开始让头和腿在臂环中对穿。这时在场所有可敬的学者们，宛若同一个人一般齐声迸发出不可思议的惊呼。亨特在开始消失！他的头和腿在臂环中对穿，身体愈加柔顺，两端仿佛被看不见的力量牵引，眼看他就要完全消失……终于，

① 伊恩·麦克尤恩：《最初的爱情，最后的仪式》，第17—18页。

他不见了，消失殆尽，没有留下一点痕迹。[①]

在上述文字中，读者可以看到，亨特确实可以通过变换身体姿势，让自己在众人面前消失殆尽。如果说他之前通过折叠的方式让一张白纸消失的实验让人怒不可遏，那么他自己的消失则让人感觉不可思议、目瞪口呆，也难怪作为亨特失踪的志愿者的古德曼随后变得精神恍惚。无论是亨特关于"无表面的平面"的几何学发现还是亨特本人后继凭空消失的行为，二者在叙事学意义上都是典型的非自然叙事。按照扬·阿尔贝(Jan Alber)的理解，所谓非自然叙事指的是"物理上、逻辑上、人类属性上不可能的场景与事件"[②]。具体说来，非自然叙事是指那些"相对于统治物理世界的已知原则、普遍接受的逻辑原则(如非冲突性原则)或者之于人类知识与能力的标准限度而言，所不可能再现的场景与事件"[③]。众所周知，亨特的几何学发现暗含了一个自身几乎无法解决的悖论：一个物体若有平面，其存在的前提就是有一个表面，抑或说，没有表面的东西就不可能是一个平面。亨特的几何学发现，违背了正常的几何学原理和物理学原理，既是不可能存在的，也是不真实的。按照常理，这种不可能存在的几何学发现，显然无法被证明，但是一个更加无法解释的悖论是一个在物理上不可能的原理却被两次物理实验连续证明是正确的。由此，荒诞的"无表面的平面"及其被反复证明的行为，构成了一个更为荒诞的、难以解释的怪圈。

但凡思维正常的人都会把亨特"无表面的平面"的几何学发现及其消失的身体看作一桩毫无根据、不足为信的奇闻逸事罢了。对于这件事情，M 也持有怀疑态度，而且还不无批判地说："美国人，经常沉迷于怪诞的妄言之中。"[④]同时，对于亨特留下的论文，M 表示自己翻阅数次后，发现"其中并无可以汲取的真义"[⑤]。但是，终生没有离开家乡、每天都会陷入沉思的曾祖父对此表现出极大的兴趣，央求朋友 M 取来亨特的论文供自己一睹为快。根据叙述者的阐述，作为业余数学家的曾祖父在拿到论文后，废寝忘食地推演亨

① 伊恩·麦克尤恩：《最初的爱情，最后的仪式》，第 18—19 页。

② Jan Alber, *Unnatural Narrative: Impossible Worlds in Fiction and Drama*, Lincoln: University of Nebraska Press, 2016, p. 14.

③ Ibid., p. 25.

④ 伊恩·麦克尤恩：《最初的爱情，最后的仪式》，第 19 页。

⑤ 同上。

特的数学算式："日记里别无旁骛，纸面画满了涂鸦、符号和图解。"[①]出人意料的是，曾祖父竟然取得了突破，叙述者由此顿悟出了 M 的消失之谜。小说这样描述叙述者曾祖父的突破和叙述者本人的推测：

> 在涂画了一页数学式后他在角落里写道："维度是知觉的函数。"翻开翌日的日记我读到这样的字眼："它在我手里消失了。"他已经重建了无表面的平面。在我眼前展开的是一步一步地指导如何折叠那张纸。再翻过一页，我顿时明白了 M 失踪之谜。毫无疑问在我曾祖父的怂恿下，那晚他大约是以怀疑论者的姿态参与了一场科学实验。此处我曾祖父勾勒了一组图示，乍看过去似是瑜伽姿势。显然，它们正是亨特消失表演的秘密。[②]

叙述者通过翻看曾祖父的日记，在发现他重构了"无表面的平面"后，顿时参透了 M 的失踪原因。无需赘言，M 是以参与科学实验的名义，被叙述者曾祖父利用亨特的几何学发现，在摆弄身体姿势后凭空消失了。值得注意的是，叙述者似乎是在炫耀和惊叹自己在亨特消失表演的秘密与 M 消失的秘密之间建立联系的能力。一方面，他对"无表面的平面"这一几何学发现及其使人或物体消失的能力采取了默认和想当然的态度，对于 M 因为做出几个类似瑜伽姿势而失踪的事件没有流露出任何不可信的神情；另一方面，他对曾祖父谋杀好友 M 的犯罪行为，没有做出任何评判，甚至觉得没有任何不妥之处，仅仅是以参与"科学实验"的名义轻描淡写，一笔带过。易言之，叙述者妄图以科学实验的名义来掩盖其曾祖父谋杀他人的犯罪事实。

我们知道，考察现代科学研究的发现是否可靠的一个重要标准就是实验结果的可重复性。在《立体几何》中，尽管"无平面的表面"的几何学发现被普遍认为违背了数学规律和物理规律，是不可能的，但是在故事世界中，这一发现却被不断证明，实验结果表现出高度的可重复性。发现"无平面的表面"的亨特本人通过变化身体姿势使自己消失了，叙述者的曾祖父在成功重建了"无表面的平面"后通过变换类似瑜伽的身体姿势使 M 消失了。这些可重复性的结果，似乎又为这一不可能的几何学发现提供了强有力的证据。在故事

① 伊恩·麦克尤恩：《最初的爱情，最后的仪式》，第 19 页。

② 同上书，第 19—20 页。

世界中,叙述者探究M消失的秘密,并不是为了揭露曾祖父对科学的滥用或曾经犯罪的事实,相反他是为了更好地整理曾祖父的日记,以便使曾祖父得到世人的认可。不过,对于M消失的秘密以及几何学的不可能发现,叙述者从中有了意外的收获,即找到了一个比同妻子梅茜离婚更为便捷的解除婚姻关系的方法。只不过,这种方法未免令人不寒而栗。

第二节 梅茜的非自然消失与婚姻关系的自然解除

在小说中,叙述者妻子梅茜一出场就已经预示了她并不美好的结局。在谈论自己整理完曾祖父日记这项工作后的打算时,叙述者提到了妻子梅茜:"我在工作结束之后将休一段长假,去一个清冷无树的地方旅行,比如冰岛或者俄国草原。我曾不止一次地想,如果可能的话,在那结束之际我将试着与妻子梅茜离婚,不过现在已无此必要。"①在上述第一句话中,叙述者表示在完成工作之后,要给自己放一个长假去旅行。这种想法和决定固然可以理解,但是令人费解的是,已婚的他为何要独自一人去旅行,而不是和自己的妻子相伴而行?第二句话固然为他因何一人去旅行的问题提供了答案,即他曾不止一次地想要和妻子梅茜离婚,但实际上又引出了读者一个更大的疑虑:为什么突然又没有离婚的必要了?对于这个问题,叙述者设下了悬念,迟迟不肯透露半点信息,而是通过叙述"无表面的平面"的几何学发现、M消失的故事、亨特消失的故事,历经层层铺垫后,最终让这个问题的答案浮出地表:由于妻子梅茜的非自然消失,他们的婚姻关系得以自然解除。

在叙述者的回忆中,梅茜是一个爱做噩梦的人。对于经常在梦中大喊大叫的妻子,叙述者的惯常行为是把她弄醒,然后对之不加安慰,以不理不睬的态度让从噩梦中惊醒的妻子一个人醒着,任其由噩梦惊醒后遗症折磨。尽管叙述者并没有透露他与梅茜之间的不和关系始于何时,但是他们之间关系的日渐恶化显然归因于叙述者终日埋首阅读和整理曾祖父的日记。下午的时候,梅茜会给叙述者送来茶水,然后试图找机会和丈夫说一说自己的噩梦和近来每况愈下的身体,但这并没有得到忙于整理曾祖父日记的丈夫的回应。

① 伊恩·麦克尤恩:《最初的爱情,最后的仪式》,第4页。

在叙述者的印象中，他们夫妻之间关系恶化的一个典型标记是他们某次因为争抢盥洗室而发生的肢体冲突。某天夜里，模仿曾祖父去反思和记录一天所思所为的叙述者把自己锁在盥洗室，试图写下自己和梅茜关于塔罗牌的对话，而门外的梅茜因为月经造访，急需使用盥洗室而用力拍门。对于妻子的苦苦央求，叙述者置之不理。他说："我没理会她的叫喊，一直把这一段写完，我个人觉得特别紧要。假如留待稍后，某些细节将会丧失。"[①]可见，在叙述者看来，自己因为记录与妻子的一段对话而占用盥洗室，要远比妻子因为月经来临而需要使用盥洗室重要和紧迫。叙述者的这种反应，无疑让任何一个正常读者都觉得无所适从、不可理喻。

如前所述，叙述者除了忙于整理其曾祖父的日记外，还沾染上了曾祖父反思和记录一天所思所为的习惯。"在睡觉前我静坐半小时来反思这一天。我没有数学奇思或者性爱理论可供记录。基本上我只是记下梅茜对我说过的话而我又跟她说了些什么。有时，为了绝对私密起见，我将自己锁在盥洗室里，坐在马桶上，膝头铺着写字板。"[②]整个家庭里面只有他和梅茜两个人，既然对话是在他和梅茜之间发生，梅茜势必已经知晓对话的全部内容，因此叙述者所要记录的对话，对梅茜根本毫无秘密可言。荒诞的是，尽管叙述者所要记录下的所有内容只是他与梅茜之间的对话，但他认为这是一种隐私，而且为保证绝对私密，不惜把自己锁在盥洗室。更加具有悖论性的是，叙述者不喜欢梅茜来找他说话，认为这严重干扰了他的工作，但同时他每天日记所要记录的内容又完全依赖于自己和梅茜之间对话。换言之，他不喜欢梅茜和他说话，但倘若梅茜不和他说话，无论是他的反思还是他的日记都失去了对象与内容。这恰恰如同没有"无表面的平面"的几何学原理一样，荒诞而不合理。

叙述者把妻子梅茜接连的噩梦和要对自己说梦的诉求归结为忌妒。叙述者说："她的问题一部分源自忌妒。她十分忌妒我曾祖父那四十五卷日记，以及我编撰它们的决心和热情。她却太闲。"[③]确实，梅茜的可怜之处在于她竟然要同一个故纸堆来争夺丈夫的注意力。面对整日沉溺于编撰曾祖父日记的丈夫，梅茜的境遇远非被丈夫冷落这么简单，甚至可以用被丈夫抛弃来

① 伊恩·麦克尤恩：《最初的爱情，最后的仪式》，第 7 页。
② 同上书，第 5 页。
③ 同上。

形容。叙述者对被噩梦连续困扰的妻子梅茜完全置之不理,更不要说对她有任何的安慰和帮助了。从这一角度来说,可怜的梅茜确实忌妒那堆占据了丈夫全部注意力的日记,但如果把梅茜的行为归结为“太闲”显然违背事实。在小说中,她为濒临危机的婚姻付出了所有的努力。为了将不务正业、沉溺于阅读和编纂曾祖父日记的丈夫拉回现实生活,更是为了挽回这段行将破裂的婚姻,梅茜采取了软硬兼施的方式。梅茜既与丈夫有过言语上的争吵,有过肢体上的冲突,也有过委曲求全。在某次争吵后,梅茜改变策略,希望以温情的方式唤回丈夫对自己的情感,而这显然不为叙述者所理解和接受。叙述者颇为鄙夷地说:“突然间她的语气变了。她拍了拍身边的枕头温柔地说:‘过来。坐到这儿来。我想抱抱你,我想你抱抱我……’ 可是我叹了一口气,兀自走向厨房。”[①]还有一次,当叙述者阅读到曾祖父的日记中关于亨特发现了“无表面的平面”并使一张白纸消失的时候,妻子梅茜再次温柔地向叙述者示好。刚洗过澡、浑身散发出淡淡的肥皂香气的梅茜温柔地捏着叙述者的脖子,亲吻叙述者的耳垂,而且言语中也明确向叙述者发出性爱的邀请:“‘去卧室,’她喃喃地说:‘我们差不多有两星期没做爱了’。”[②]对于梅茜的抚摸,叙述者所感受到的不是慰抚、更不是欲望,而是“抽搐”;对于梅茜的言语邀请,叙述者的回答是“你看……我这么多事要忙”[③]。事实是,叙述者解释说:“我对梅茜或其他任何女人都毫无欲念,我唯一的愿望就是继续钻研我曾祖父的日记。”[④]

对于以委曲求全的方式来挽回丈夫心意的失败,梅茜似乎心灰意冷,情急之下,她摔破了存放尼科尔斯船长阳具的玻璃樽,希冀以此将丈夫拉回现实生活。遗憾的是,梅茜这种激将的做法,适得其反,非但没有让叙述者回心转意,反而让他对梅茜愈加心生恨意。他说:“梅茜摧毁了一件对我极具价值的物品。在他生前曾经矗立在他的书房,而今一直矗立在我的书房,把我的生命和他连接在一起。”[⑤]在叙述者看来,尼科尔斯船长的阳具对其具有重要的价值与意义,因为它直接联系了曾祖父和自己,而现在这个纽带被梅茜无

① 伊恩·麦克尤恩:《最初的爱情,最后的仪式》,第12页。
② 同上书,第15页。
③ 同上。
④ 同上。
⑤ 同上书,第16页。

情地摧毁了。对于梅茜和自己存有裂痕的婚姻,叙述者原本打算采用离婚这种方式,而 M 的神秘消失、"无表面的平面"的几何学发现及其发现者亨特的消失,给了叙述者一个无需离婚即可解除婚姻关系的灵感和启发。

实际上,叙述者不惜花费大量的篇幅来重点阐述他对 M 消失的秘密的重要发现、对"无表面的平面"的几何学发现及亨特消失的意外发现,其目的是给自己使妻子梅茜消失的行为做好铺垫,让自己的弑妻行为水到渠成、自然而然。在发现 M 消失的秘密后,叙述者即刻取出了一张白纸,严格按照曾祖父所绘制的图来重复实验。特别需要指出的是,为了掩盖这种不可能存在的原理被滥用和危害他人生命的后果,叙述者刻意强调自己对实验过程的严格控制、对科学研究的敬畏,以及科学实验给自己带来的视觉上的美感和内心的平静。他说:

> 每一条线的长度,倾斜的角度,与其他线条的交点,似乎都投射出一种数字间神秘的内在和谐。我在取弧度,画直线,做折叠的时候,感觉自己正懵懂地驾驭着一种至高无上、摄人魂魄的知识体系,一种绝对的数学。当我完成最后一次折叠,纸张的形状变为以切割线为中轴由三个同心圆围绕构成的一朵几何花。这种造型独有一种宁静和完美,一种孤傲与夺目,当我注视着它,不由得出神,内心变得澄净和安详。①

科学实验要求程序规范、步骤精准,实验人员需要全神贯注,认真观察。就此而言,叙述者也确实是做到了。他绘图、制线,不断调节拉伸距离,并最终使得实验成功,即便这种成功令他自己都难以置信。在叙述者看来,他所正在实验的是"绝对的数学",而这种研究的知识体系让人着迷、摄人魂魄。他甚至把折叠后的纸张看作一朵"几何花"。

作品中有一处稍纵即逝的细节,特别值得我们关注。在叙述自己如何诱骗妻子梅茜配合自己做实验之前,叙述者有意强调梅茜的突然出现。根据他的回忆:"正在这时,我身后的门开了,只听梅茜说:'你在干吗?'我仿佛从梦中惊回现实,回到房间里那淡淡的福尔马林气味中。"②在这里,梅茜的突然出现,让叙述者回到现实,勾起了自己对梅茜的记恨。狡猾的叙述者分明是在

① 伊恩·麦克尤恩:《最初的爱情,最后的仪式》,第 20—21 页。
② 同上书,第 21 页。

为自己谋害梅茜找一个托词，暗示对梅茜下手只是自己一时兴起的念头，而不是一个预谋已久的计划。一方面是叙述者对婚姻的疲惫感，另一方面是他对梅茜的怨恨。两相叠加，叙述者决定用科学的方法来彻底结束这段婚姻。对于梅茜试图换回婚姻的努力与诚意，因摔破了存放尼科尔斯船长阳具的玻璃樽而向自己诚挚地道歉，叙述者在迟疑片刻后突然有了一个主意，回答说："当然，我原谅你。那只不过是一条腌制的鸡巴而已。"[①]对于丈夫诙谐幽默的反应，梅茜不禁大喜过望，满以为叙述者已经回心转意、有意重修秦晋之好，殊不知他正在酝酿一个可怕的计划。

为了实现自己的计划，叙述者一改往常冷落梅茜的态度，下定决心晚上"要尽可能对梅茜好"[②]。从其后续一系列行为来看，他也确实做到了。叙述者享受了梅茜做的晚餐，同她喝酒喝到微醺，而且两个人还一起抽了一根大麻，给梅茜讲了曾祖父日记中好玩的段子，如 M 和曾祖父关于后入式做爱姿势的讨论，以及曾祖父关于做爱姿势不可能超过素数 17 的观点。夫妻二人甚至还披上外衣，一起相互挽着胳膊在外面散步。沉浸在无比幸福中的梅茜，回到家、洗完澡后，满心期待和丈夫久违的温存。实际上，叙述者趁梅茜洗澡之际，特意在书房里翻看曾祖父的日记，复习了几处细节。当梅茜畅想着秋天要为自己酿葡萄酒，冬天要和丈夫一起去河边散步的时候，叙述者正精心地按照曾祖父的图摆弄她的身体，一步一步地验证"无表面的平面"的几何学原理。

小说最为精彩的部分当属叙述者描述自己如何成功地使梅茜消失：

> "我们明天就去吧，去河边。"梅茜说时我正小心翼翼地把她的头轻轻往手臂里放。"小心，小心，会疼的。"她突然叫起来，手脚开始挣扎。可是已经太迟，她的头和腿都已经伸入臂环中，在我的推动之下，准备相互对穿。"怎么回事?"梅茜大声喊道。此刻她的肢体展现出惊人的美丽和人体结构的高贵，正如纸花，它的对称具有一种令人神魂颠倒的魔力。我又一次感到神情恍惚，头皮发麻。当我拉着她的腿穿过臂环的时候，梅茜的人就像袜子一样翻卷起来。

① 伊恩·麦克尤恩：《最初的爱情，最后的仪式》，第 22 页。

② 同上。

"噢。上帝,"她发出悲号,"怎么回事?"她的声音似乎十分遥远。而后她不见了…… 但还没有消失:她的声音非常细微,"怎么回事?"深蓝色的床单上只剩下她追问的回声。①

在梅茜畅想美好未来的时候,叙述者不言不语,专心致志地按照曾祖父绘制的图来摆放梅茜的身体。面对自己即将消失的身体,梅茜接连问了三次"怎么回事?"(What's happening?)可以说,梅茜既是在问她自己,也是在问叙述者。与此同时,这个问题还可以既被看成是梅茜所要表达的一种疑问,也可以被看成是她的一种惊叹。不难想象,梅茜绝对没有料想到自己因为被丈夫摆出几个不同的姿势,身体会凭空消失,更没有料到这一切都是丈夫的精心设计与安排。由此,叙述者通过讲述一个在几何学和物理学上不可能的事件,或以科学实验的名义来验证亨特在几何学上的发现和曾祖父所绘制的几何学示意图的方式,实施了杀妻的行为。在这种意义上,M 无疑是 Murder(谋杀)的缩写和代名词。相比较于梅茜在消失和死亡之前的惊愕与挣扎,叙述者在完成谋杀行为的步骤后,以旁观者的姿态,欣赏梅茜痉挛的躯体所展现出的美,认为其躯体的对称"具有一种令人神魂颠倒的魔力"②。在叙述者眼里,妻子梅茜从来都不是一个美的存在,而是一种烦恼和负担,让自己对婚姻生活感到疲惫不堪。具有讽刺意味的是,在梅茜被残害的那一瞬间,叙述者开始欣赏她的躯体之美,而此时梅茜则挣扎在死亡线上。在这一过程中,叙述者没有流露出任何的同情与悔意,不仅无视妻子面临的生命危险,而且在沉静的叙述中试图转移读者的视线,字里行间投射出残忍无情的本性。笔者深为赞同基尔南·瑞安对这一事件的评价:"这是一个干净、没有流血、不留尸体的谋杀,优雅简朴的方案,提供了屠杀所有的满足感,而没有丝毫的复杂的罪恶感。"③

第三节 非自然叙事的伦理阐释与叙述真相的浮现

从内容上来看,《立体几何》在叙述者"我"整理曾祖父日记的故事框架中讲述了三个不可能的故事:1. 曾祖父的朋友 M 突然消失的故事;2. 数学家

① 伊恩·麦克尤恩:《最初的爱情,最后的仪式》,第 24 页。

② 同上。

③ Kiernan Ryan, *Ian McEwan*, p. 12.

亨特关于"无表面的平面"的几何学发现以及亨特消失的故事;3. 叙述者"我"与妻子梅茜的婚姻裂痕以及梅茜消失的故事。从叙事结构上来看,小说以"我"阅读和整理曾祖父的日记为开端,以梅茜消失的故事为结尾,中间穿插了 M 的消失、亨特的消失以及叙述者与梅茜之间的婚姻裂痕。就人物叙述者"我"的功能与角色而言,"我"是 M 消失的故事和亨特消失的故事的叙述者,不参与在他们身上发生的事件,仅实现叙述功能。不过,"我"既是整理曾祖父日记和梅茜消失这两起事件的叙述者,也是这两起事件的直接参与者。需要特别指出的是,整理曾祖父的日记、讲述 M 的消失和亨特的消失都不过是狡猾的叙述者用来掩人耳目的伎俩罢了,其真实意图在于用这些事件来掩盖他本人杀妻的事实。在其讲述的几个故事中,最核心的当数梅茜的故事,尽管该故事被叙述者有意淡化。在整个叙述过程中,叙述者重点强调自己对曾祖父日记的兴趣和整理日记这项工作的重要性,顺便提到了在整理日记过程中所发现的 M 消失的故事和亨特消失的故事;而让梅茜消失只是为了把自己从婚姻中解放出来,也是为了让自己更好地整理曾祖父的日记,因而让梅茜消失这一举措不值一提。甚至在叙述梅茜消失的过程中,他还特别提到梅茜身体结构所表现出的优美姿态,转移读者对她正在消失的生命的关注。

在《故事形态学》中,普罗普试图通过对俄国民间故事的分析,找出它们中变与不变的因素。在该书的第二章"方法与材料"中,普罗普比较了如下几个故事:

1. 沙皇赠给好汉一只鹰。鹰将好汉送到了另一个王国。

2. 老人赠给苏钦科一匹马。马将苏科钦驮到了另一个王国。

3. 巫师赠给伊万一艘小船。小船将伊万载到了另一个王国。

4. 公主赠给伊万一个指环。从指环中出来的好汉们将伊万送到了另一个王国。[①]

通过对上述故事的比较分析,普罗普指出:"在上述例子中可以看出不变的因素和可变的因素。变换的是角色的名称(以及他们的物品),不变的是他们的行动或功能。由此可以得出结论说,故事常常将相同的行动分派给不同的人物。"[②]上述故事所共享的或不变的结构是"某一个人给另外一个人某样

① 弗拉基米尔·雅可夫列维奇·普罗普:《故事形态学》,贾放译,北京:中华书局,2006 年,第 17 页。

② 同上。

东西,而这样东西帮助某人到达了某个地方";所变换的是故事中的赠与者和主人公。如果按照普罗普的模式,我们可以对《立体几何》中关于消失的故事做出如下类似的分析:

1. 叙述者的曾祖父说服 M 按照"无表面的平面"几何学原理及其相应的示意图做了一套肢体动作,这套肢体动作让 M 消失了。

2. 数学家亨特根据自己的"无表面的平面"几何学发现,做了一套肢体动作,这套肢体动作让亨特自己消失了。

3. 叙述者"我"按照曾祖父重构的几何学示意图对妻子梅茜做了一套肢体动作,这套肢体动作让梅茜消失了。

若对上述三个故事做对比分析,我们不难发现,它们所共享的或不变的结构是"一个人对另外一个人或他自己做了某套肢体动作,而这套肢体动作让他/她消失了";变换的是实施肢体动作的人和消失的人。具体说来,不变的是"无表面的平面"几何学原理及其示意图,而变化的是根据示意图做出肢体动作的人。换言之,从结构上来看,似乎亨特、M 和梅茜的消失皆是因为"无表面的平面"的几何学原理,由此读者的注意力被吸引至这些事件的非自然性上。倘若我们看透这一不变的叙事结构及其非自然性的迷雾,则可以发掘在可变的、消失的人物背后所潜藏的令人震惊的叙述真相:作恶者逃离了理应承担的罪责,逍遥法外。

就非自然叙事的解读与阐释而言,除詹姆斯·费伦提出的修辞方法①、卡罗琳·皮勒特的综合方法②外,西方叙事学界主要有自然化解读③和非自然化

① See James Phelan, "Implausibilities, Crossovers, and Impossibilities: A Rhetorical Approach to Breaks in the Code of Mimetic Character Narration," *A Poetics of Unnatural Narrative*, eds. Jan Alber, Henrik Skov Nielsen and Brian Richardson, Columbus: The Ohio State University Press, 2013, pp. 167-184.

② See Caroline Pirlet, "Toward a Hybrid Approach to the Unnatural: 'Reading for the Consciousness' and the Psychodynamics of Experientiality in Caryl Churchill's *Heart's Desire*," *Unnatural Narratives, Unnatural Narratology*, eds. Jan Alber and Rüdiger Heinze, Berlin: De Gruyter, 2011, pp. 104-126.

③ See Jan Alber, *Unnatural Narrative: Impossible Worlds in Fiction and Drama*, Lincoln: University of Nebraska Press, 2016, pp. 47-57; Monika Fludernik, "Naturalizing the Unnatural: A View from Blending Theory," *Journal of Literary Semantics*, Vol. 39, No. 1, 2010, pp. 1-27; Marie-Laure Ryan, "Impossible Worlds," *The Routledge Companion to Experimental Literature*, eds. Joe Bray, Alison Gibbsons and Brian McHale, London and New York: Routledge, 2012, pp. 368-379.

解读[1]这两种互相对立的阐释策略。论及自然化解读和非自然化解读的差异,笔者曾经指出:"自然化解读的本质是通过借助真实世界知识的认知框架来消除非自然叙事的非自然性,从而使得非自然叙事之具有可读性;而非自然化解读的本质是从虚构性与艺术性的视角来解读非自然叙事,保留非自然性。"[2]无论是自然化解读,还是非自然化解读,其基本目的都是帮助读者理解和阐释叙事的"非自然性"。需要强调的是,"非自然叙事只是叙事作品的讲述故事的外在形式与手段,而非作品自身的终极目的。就此而言,对非自然叙事的阐释需要走出形式阐释的圈套,回到其作为文学的本质及其功能这个根本问题上来"[3]。根据文学伦理学批评的观点,"文学在本质上是关于伦理的艺术"[4]。文学的基本功能是"教诲功能"[5]。由此出发,笔者沿着《非自然叙事的伦理阐释——〈果壳〉的胎儿叙述者及其脑文本演绎》(2018)一文的思路,在非自然叙事研究中引入文学伦理学视角,对非自然叙事做出伦理阐释,试图超越当前西方学界关于非自然叙事的自然化解读和非自然解读的现有模式,开辟非自然叙事研究的新进路,努力实现叙事学与文学伦理学之间的有效互补。[6]

可以说,在《立体几何》中,数学家亨特关于"无表面的平面"的几何学发现是后续一系列不可能的消失事件的直接源头,如亨特的消失、M 的消失和梅茜的消失等。在其叙述过程中,狡猾的叙述者特别暗示关于立体几何的新发现才是不可能消失的罪魁祸首,试图将读者注意力吸引至对这些消失事件在物理上的不可能性,有意遮蔽它们违背伦理的残酷本质。下面,让我们从

---

① See Maria Mäkelä, "Realism and the Unnatural," *A Poetics of Unnatural Narrative*, eds. Jan Alber, Henrik Skov Nielsen, and Brian Richardson, pp. 142-166; Henrik Skov Nielsen, "The Unnatural in E. A. Poe's 'The Oval Portrait'," *Beyond Classical Narration: Transmedial and Unnatural Challenges*, eds. Jan Alber and Per Krogh Hansen, Berlin: De Gruyter, 2014, pp. 239-260.

② 尚必武:《文学叙事中的非自然情感:基本类型与阐释选择》,载《上海交通大学学报》(哲学社会科学版),2016 年第 4 期,第 13 页。

③ 尚必武:《非自然叙事的伦理阐释——〈果壳〉的胎儿叙述者及其脑文本演绎》,载《外国文学研究》,2018 年第 3 期,第 37 页。

④ 聂珍钊:《文学伦理学批评导论》,北京:北京大学出版社,2014 年,第 13 页。

⑤ 同上书,第 14 页。

⑥ 关于叙事学和文学伦理学批评之间的互补关系,参见尚必武:《从"两个转向"到"两种批评":论叙事学和文学伦理学的兴起、发展与交叉愿景》,载《学术论坛》,2017 年第 2 期,第 7—12 页。

文学伦理学批评视角逐一分析这三起神秘的消失事件,解构其非自然性下所潜藏的伦理价值与教诲意义。

亨特是一名年轻的数学家。在参加数学大会时,按照惯例,他被安排在大会结束前的倒数第二天发言,而彼时很多重量级的学者都已经离会了。鉴于自己有非常重要的发现,亨特决定违背既定的规则,在第三天会议的间歇,当众向所有人宣布自己关于"无表面的平面"的几何学发现。出乎亨特意料的是,对于自己这一不合逻辑、背离数学和物理原理的说法,参加会议的几乎所有学者都持反对意见。在这种情况下,亨特所面临的问题是:要么放弃自己的发现、不与他人争辩;要么坚持自己的科学立场,并证明自己的发现。从文学伦理学批评视角看来,亨特的决定涉及其伦理选择。聂珍钊认为:"伦理选择是文学作品的核心构成。在文学作品中,只要是选择,必然是两个或两个以上的选择。只要是两个及两个以上的选择,就必然增加选择的复杂性和导致选择结果的不同。"①为了证明自己的发现,亨特接连做出了两个伦理选择:第一,按照自己所发现的原理,通过反复折叠一张白纸后,使白纸当众消失了;第二,按照自己所发现的原理,通过变换自己的身体姿势后,让自己当众消失了。由此,事件的性质发生了变化:学术探讨和学术争鸣演变成了伤及人命的谋杀。文学伦理学批评认为:"所有伦理问题的产生往往都同伦理身份相关。伦理身份有多种分类,如以血亲关系为基础的身份、以伦理关系为基础的身份、以道德规范为基础的身份、以集体和社会关系为基础的身份、以从事的职业为基础的身份等。"②就事件参与者的伦理身份而言,亨特原本是一名数学家,而数学是一个高度依赖理性思维和逻辑推理的学科。亨特的悲剧在于他为了证明自己发现的正确,迷失了原有的理性意识,以非理性的偏执行为来说服众人。也就是说,他没有采取逻辑推理或论证的方式,而是采用了极端的方式来试图做一次"终极证明",付出了生命的代价。参加本次数学大会的其他数学家,原本只是亨特关于"无表面的平面"这一不可能的几何学发现的争鸣者,但始料未及的是,他们的争鸣和批判却把亨特推向了死亡;而且在这一过程中,没

---

① 聂珍钊:《文学伦理学批评导论》,第 267 页。

② 同上书,第 263 页。

有人出来救助亨特,或者根本来不及阻止亨特,在客观上成为亨特死亡的始作俑者与旁观者。所谓“吾虽不杀伯仁,伯仁由我而死”。与会数学家在惊呼声中目睹了亨特的死亡。换言之,他们虽然不是直接杀死亨特的凶手,但无疑间接导致了他的死亡。作为自告奋勇帮助亨特通过变化身体姿势而消失的志愿者,青年数学家古德曼所遭遇的精神创伤和心理负疚感尤为严重。古德曼的英文是 Goodman,寓意为一个好人,而一个好人却目睹或帮助亨特走向了生命的尽头,或许这正是古德曼精神略微失常、状态不济的一个主要原因。如果说亨特的消失事件在客观上是属于其本人的自杀行为,所以在法律上无人为此承担责任,那么 M 的消失和梅茜的消失则是属于典型的谋杀行为,但幕后凶手却逃脱了法律的制裁,逍遥法外了。

按照叙述者的说法,M 和曾祖父有着多年的友谊,他们不仅性格上相互补充,如曾祖父是“空想家”(excitable theorist),而 M 是“实干派”(man of action),而且在其消失前的 15 年里,M 一直定期与曾祖父闲谈、共进晚餐。在从 M 口中听到亨特及其消失的故事后,曾祖父兴奋不已。在钻研了亨特的论文手稿后,曾祖父重构了“无表面的平面”,而且以邀请 M 参与科学实验的名义,让对方消失了。对于曾祖父谋害 M 的行为,叙述者有意轻描淡写。一方面,叙述者解释说:“他临走时告诉我曾祖父这些论文他翻阅过好几次,‘其中并无可以汲取的真义’。他并没有意识到他是多么低估了我那作为业余数学家的曾祖父。”[①]另一方面,叙述者又解释说:“那晚他大约是以怀疑论者的姿态参与了一场科学实验。”[②]可见,在叙述者看来,M 的悲剧不在于曾祖父的作恶,而是归咎于他自己:他不仅低估了曾祖父的数学能力,而且还怀疑曾祖父对“无表面的平面”的重构,并参与了曾祖父的科学实验。这样的说辞未免避重就轻或过于牵强。无论其祖父是不是一名业余的数学家、是否具有高超的数学能力,都不能在重构“无表面的平面”后,用这一方式去谋害他人,更不用说对方还是自己多年的朋友。从文学伦理学批评的视角来看,曾祖父的这一行为首先违背了其作为 M 的朋友这一重要伦理身份,试图以业余数学家的伦理身份来验证亨特的几何学发现是否正确,而不惜以 M 为实验对象,最终让

① 伊恩·麦克尤恩:《最初的爱情,最后的仪式》,第 19 页。
② 同上书,第 20 页。

M 从这个世界上消失。更重要的是，曾祖父沉溺于重构或验证"无表面的平面"这一不可能的几何学原理，迷失了自己的伦理意识，错误地以为是在追求科学或追求真理，违背了科学道德与伦理原则，做出了让 M 参与实验、致其丧失生命的错误伦理选择。

叙述者非但没有指控和斥责曾祖父谋杀 M 的行为，相反，他还从中汲取灵感，并积极效仿。如果 M 的消失不是曾祖父蓄谋已久的策划，那么梅茜的消失显然是叙述者本人处心积虑的一个预谋。但是，狡猾的叙述者却有意推卸自己的罪责，刻意埋下伏笔，强调除去梅茜只是自己临时起意的一个想法，他说："我的疲惫感忽然催生了一个答案。"[①]实际上，叙述者根本就没有把除去梅茜当作一种谋杀，而是解除婚姻关系的一个可选项。小说伊始，叙述者在提到自己未来的旅行计划时说："我曾不止一次地想，如果可能的话，在那结束之际我将试着与妻子梅茜离婚，不过现在已无此必要。"[②]实际上，叙述者发掘和讲述 M 消失的秘密只是作品的表层文本，是其用来掩人耳目的障眼法；叙述者掩藏杀害妻子梅茜的行为才是作品的潜藏文本，涵盖了其不可告人的秘密——弑妻。叙述者通过"尽可能地"对梅茜好的方式，先是博取了妻子的信任，后又根据曾祖父所重构的"无表面的平面"的示意图，摆弄梅茜的身体，让她在眼前凭空消失了。

对于"我"通过让梅茜变换身体姿势让她凭空消失的行为，马尔科姆注意到："这一行为被旨在使整个事情听起来是可能的的诸多细节所包围，如关于在数学年会上宣布几何学革命的叙述，相关的证明文件，叙述者所使用的技术词汇。这些元素源于科幻小说，它们为这个有关破碎的婚姻和男女之间充满敌意的文本增添了一个文类维度。"[③]诚如马尔科姆所言，叙述者采用多种方式来为自己的行为披上科学的外衣，为自己的叙述文本增添了科幻文类的色彩，但这并不能掩盖其残害自己妻子的严酷现实。如果说亨特是为了所谓的科学而以身试险，是为科学献身，其行为在客观上属于自杀；曾祖父以科学实验的名义，谋害了自己的朋友，则是为弑友；叙述者利用亨特的发现和曾祖父的示意图，蓄意杀害了自己的妻子，则是为弑妻。不过，狡猾的叙述者又不

---

① 伊恩·麦克尤恩：《最初的爱情，最后的仪式》，第 22 页。

② 同上书，第 4 页。

③ David Malcolm, *Understanding Ian McEwan*, pp. 30-31.

忘掩饰自己的行为,为自己行为的合法性做出辩解。一方面,他通过详细讲述"无表明的平面"的几何学发现以及亨特消失的故事,来刻意混淆自己及其曾祖父与亨特一样的伦理身份,似乎意在说明他们和亨特一样,都是从事科学实验、献身科学的科学家;另一方面,他又补充说明自己对梅茜下手只是一时之念。他说:"梅茜身上裹着一件厚外套加一条羊毛围巾,懒洋洋地站在门口。她似乎很遥远,当我看着她的时候,心中的怨恨同婚姻的疲惫感交织在一起。我心想,为什么她要打碎玻璃瓶?因为她要做爱?因为她想要一根阳具?因为她忌妒我的工作而想要砸烂我与曾祖父的联系?"[①]叙述者因为梅茜摔破了存放尼科尔斯船长阳具的玻璃瓶而耿耿于怀,记恨在心,而杀掉梅茜似乎就成了报复她之前这一破坏行为的一个选项。莫大的讽刺是,无论是叙述者本人,还是其曾祖父都几乎不近女色。叙述者对妻子梅茜没有兴趣,而曾祖父一生也没有几次做爱的经历,但是他们二人却收藏和膜拜尼科尔斯船长的阳具。事实上,婚后的叙述者对妻子失去了兴趣,而婚姻生活让自己愈加疲惫,但是他选择了一种不当的方式来解决自己的婚姻问题。对于破裂的婚姻,梅茜为了挽回婚姻、挽回两人的感情做出了多种努力,而叙述者躲进曾祖父的日记所编制的世界,选择了逃避,并渐渐沉溺于日记而更加疏离自己的现实生活,背离自己作为梅茜丈夫的伦理身份,并最终失去理性,做出了不当的伦理选择。对于叙述者及其弑妻行为,杰克·斯莱评价道:"麦克尤恩呈现了一个不够牢固的婚姻关系。梅茜,一个充满爱和真正付出的人物,在婚姻关系中寻找慰藉和答案;她独自一人来努力复活这桩不稳定的婚姻。但是麦克尤恩却把她的另一半设置成一个拒绝接受正确有效的可持续婚姻关系的人;他选择让自己的'问题'消失,逃避婚姻中的困难和痛苦,放逐自己,选择孤立,而不是选择与他人分享自己的忧愁。"[②]应该说,斯莱的评价只对了一半。叙述者确实采用让妻子梅茜消失这一极端的方式来解决自己的问题,但同时值得注意的是,与其曾祖父如出一辙,叙述者没有因为杀了人而受到任何惩罚,反而因为自己无需离婚、通过科学的几何学示意图就解除婚姻关系的行为而感到沾沾自喜。通过讲述亨特的消失、M 的消失和梅茜消失三个事

---

① 伊恩·麦克尤恩:《最初的爱情,最后的仪式》,第 21—22 页。

② Jack Slay, Jr., *Ian McEwan*, p. 30.

件,叙述者在转移读者注意力的同时,巧妙地推卸了其曾祖父和自己原本应该承担的罪责,即上述事件中所有人的消失与死亡要么是他们咎由自取的结果,要么只能归咎于"无表面的平面"这一不合正常逻辑的几何学原理,由此撇清了与叙述者及其曾祖父的关系。这也是我们在看透叙述者所精心编制的叙述迷雾,并对三则非自然事件加以伦理分析后,所最终剥露出的叙述真相:作恶者逃离了理应承担的罪责,逍遥法外。

在讨论为何需要研究文学这一问题的时候,扬·阿尔贝以非自然叙事为例,从两个方面做出回答:"首先,我认为我们之所以应该研究文学虚构作品,是因为它允许我们超越自己去体验在现实世界中不可能的情节与局面"①;"其次,我强调这些不可能的情节与事件的伦理含义,因为对我而言,非自然不仅仅是为了带来美学快感或不仅仅是为了试验主义而进行试验"②。阿尔贝的回答直接指向非自然叙事两个至关重要的层面,即非自然叙事形式及其蕴含的伦理价值。阿尔贝的这一观点,不禁令人想起安斯加尔·纽宁(Ansgar Nünning)之于加强叙事学和文学伦理学批评之间对话的倡议。纽宁认为:"叙事学的分析工具、阐释工具与文学伦理批评之间的融合,将为虚构叙事或非虚构叙事再现、传播、批判道德规范和伦理价值的路径提供丰厚的研究洞见。"③作为呼应阿尔贝和纽宁观点的一个尝试,笔者试图引入文学伦理学批评视角对《立体几何》的非自然叙事做出阐释。

在《立体几何》中,叙述者冷峻地讲述了三个非同寻常的消失事件,即亨特的消失、M 的消失、梅茜的消失,无论是这些人物的凭空消失还是他们消失背后的原理,都违背了真实世界的物理法则,是真实世界中不可能发生的事件,而这种不可能性也只能存在于作品所再现的虚构世界。在这种意义上来说,小说的非自然性凸显了作品的虚构性。在三个不可能的事件中,M 的消失在结构上处于中心层,不仅起到连贯和衔接另外两个事件的作用,而且也引发了读者对作品叙事进程的三种阅读兴趣:悬念(suspense)、好奇(curiosi-

---

① Jan Alber, "The Ethical Implications of Unnatural Scenarios," *Why Study Literature?* eds. Jan Alber, et al., Aarhus: Aarhus University Press, 2011, p. 211.

② Ibid., p. 212.

③ 安斯加尔·纽宁、汤轶丽:《叙事学与伦理批评:同床异梦,抑或携手联姻》,载《上海交通大学学报》(哲学社会科学版),2016 年第 4 期,第 37 页。

ty)与惊讶(surprise)。[①]尽管在字面意义上,M指的是叙述者曾祖父的朋友M,但纵览整部作品,对M的解读和认知则需要超出M这个人物及其消失这一事件。不夸张地说,M就如一个滑动的能指符号,随着小说的叙事进程,带上了“多重”(multiple)的不确定含义。首先,在人物层面上,M除了直接指涉叙述者曾祖父的朋友M之外,还指涉“数学家”(mathematician)亨特,以及叙述者的妻子梅茜(Maisie)。其次,在三起事件的发生层面上,M既表明它们是一个不解之“谜”(mystery),同时又暗指它们的“谋杀”(murder)性质。最后,这三起事件所共同折射出的核心问题是伦理,即M代表的是“道德”(morality),M的消失寓意小说人物道德的迷失与沦丧。阿尔贝说:“虚构世界是不可能性能够得到再现的唯一领域。而且,这些不可能的变化并不漠视伦理:它们通常都服务于某个道德目的。”[②]那么《立体几何》的非自然叙事又服务于怎样的道德目的呢?对此,我们不妨联系作者麦克尤恩在接受访谈时对自己短篇小说的评价。麦克尤恩说:“我的短篇小说中有一种被投射出的罪恶感,类似于一个人为了抓住好的东西而去努力想象一个最糟糕的东西一样。”[③]与《立体几何》中所呈现的违背数学原则和物理原则的非自然事件相比,更为糟糕的和值得关注的是参与事件的人物,尤其是叙述者及其曾祖父伦理意识的迷失,以及他们对道德原则的违背。无论叙述者多么狡猾与精明,也不论他试图给M和梅茜的消失披上怎样神秘的面纱或者冠以何种科学实验的噱头,都无法掩藏他与其曾祖父作恶的事实。据此,我们可以说,通过想象和书写不可能事件的方式,麦克尤恩在《立体几何》中试图投射出的不仅仅是关于科

---

① 梅尔·斯腾伯格(Meir Sternberg)对读者在叙事进程中所表现出来的“悬念”“好奇”与“惊讶”三种兴趣有过详细论述。在斯腾伯格看来,所谓的“悬念”在时间上主要针对未来将要发生什么,源自叙事已经告诉读者所发生的事件和将要发生的事件之间的空白,进而以前瞻的方式预测未来;“好奇”主要针对过去发生了什么,即读者知道所不知道的,继而以回顾的方式推断过去;“惊讶”在于读者由于时间上错位,最终发现了自己的误读,进而以重读的方式获得新认知。正是三种阅读兴趣的互动,构成了文本在叙事时间上的叙事性。参见 Meir Sternberg,“Telling in Time (Ⅰ):Chronology and Narrative Theory,”*Poetics Today*,Vol. 11,No. 4,1990,pp. 901-948;“Telling in Time (Ⅱ):Chronology,Teleology,Narrativity,”*Poetics Today*,Vol. 13,No. 3,1992,pp. 463-541;“Telling in Time (Ⅲ):Chronology,Estrangement,and Stories of Literary History,”*Poetics Today*,Vol. 27,No. 1,2006,pp. 125-235;“Why Narrativity Makes a Difference,”*Narrative*,Vol. 9,No. 2,2001,pp. 115-122。

② Jan Alber,“The Ethical Implications of Unnatural Scenarios,”*Why Study Literature?* eds. Jan Alber, et al.,p. 25.

③ Ryan Roberts, ed.,*Conversations with Ian McEwan*,p. 16.

学伦理的思考，即任何科学的进展和突破，一旦违背了伦理道德，都不可能造福人类、无法成为真正的科学；同时投射出麦克尤恩关于人的道德属性，即人性的思考，也由此呼应了文学伦理学批评关于人性的论点："一个人是否为有道德的人是由其道德属性决定的。一个人可以作为人的形式存在，但是只有当这个人具有道德属性之后才能被称之为是一个具有人性的人。"①

① 聂珍钊：《文学伦理学批评：人性概念的阐释与考辨》，载《外国文学研究》，2015 年第 6 期，第 16 页。

第四章

《水泥花园》:成长的不能承受之轻

1978年,当伊恩·麦克尤恩推出首部长篇小说《水泥花园》(*The Cement Garden*)时,他非但未能摘掉自己"恐怖伊恩"的帽子,反倒引发了一阵不小的抄袭风波。彼时的批评界指责该部作品与朱利安·克洛格(Julian Gloag)的小说《我妈妈的房子》(*Our Mother's House*,1963)情节雷同,甚至连克洛格本人也指控麦克尤恩窃取了他的想法。几十年后,作为"英国在世的最好小说家"(the best living British novelist)①,麦克尤恩在"当代英国经典小说家中的突出地位不容置疑"②。当年关于《水泥花园》原创性的争议早已烟消云散,但学者们对这部小说所持的批评态度却颇令人玩味,用戴维·马尔科姆的话来说就是"迷恋中夹杂着一丝嫌恶"(a mixture of fascination and slight horror)③。譬如,波尔·格哈德·奥尔森(Pål Gerhard Olsen)认为《水泥花园》是一部"令人厌恶的小说……让人生厌的作品"④。罗伯特·托尔斯(Robert Towers)认为该小说"从很多方面来看都是一部惊恐之作",是"病态的,充满了令人厌恶的景象"。⑤多米尼克·黑德把《水泥花园》和麦克尤恩的前两部短篇小说集《最初的爱情,最后的仪式》《床笫之间》一起并称为"惊恐文学"

---

① Bruno M. Shah, "The Sin of Ian McEwan's Fictive Atonement: Reading His Later Novels," *New Blackfriars*, Vol. 1025, No. 90, 2009, p. 38.

② Swantje Möller, *Coming to Terms with Crisis: Disorientation and Reorientation in the Novels of Ian McEwan*, Heidelberg: Universitätsverlag Winter, 2011, p. 9.

③ David Malcolm, *Understanding Ian McEwan*, p. 45.

④ Pål Gerhard Olsen, "The Necessary Unpleasantness of Literature," *Samtiden*, No. 1, 1987, p. 41.

⑤ David Malcolm, *Understanding Ian McEwan*, p. 45.

三部曲。[①]与上述论者观点相左,保罗·阿贝尔曼(Paul Abelman)认为这部作品“完美得恰到好处”[②]。《水泥花园》究竟是怎样的一部作品?它为何既让批评家们着迷,又令他们感到厌恶和惊恐?对此,德国文评家斯旺谢·穆勒把个中原因归结为该小说所混杂的文类。穆勒解释说:“这部小说之所以持续不断地吸引着普通读者和批评家,原因之一在于它整合了多种文类,如从成长小说到哥特式小说。”[③]笔者认为,文类混杂只是《水泥花园》所假借的外形,真正使得小说具有无穷魅力但又让人感觉不安的则是作品讲述的一系列伦理事件及其带来的启迪与思考。

实质上,《水泥花园》的真正意义在于麦克尤恩成功地运用了小说这一特殊文学形式,讲述一个骇人听闻的伦理故事以警世人。该故事由人物叙述者杰克以内聚焦和回顾性叙述的方式展开。父亲在花园里搅拌水泥时因心脏病突发而亡。随后,母亲也因病离世。担心外界知道父母双亡的消息后会把他们作为孤儿带走,杰克和姐姐朱莉用水泥把母亲的尸体封存在地窖的一个柜子中。此后,朱莉开始扮演一家之主的角色,掌管家庭的财政大权和支配家庭生活的日常事务。杰克继续沉溺于睡眠和手淫,整日无精打采,不修边幅。妹妹苏躲进故事世界和日记。弟弟汤姆讨厌自己的男孩身份、渴望做一名女孩,并最终在朱莉和苏的帮助下穿上了女孩子的衣服。同时,汤姆还想回到婴儿时代,做一名奶娃娃,最后在朱莉身上获得了母爱。朱莉的男朋友德里克发现了杰克一家的秘密,试图成为这个家庭的一分子和它的控制者,遭到朱莉和杰克的抵制,被排斥在外。在窗外德里克的注视下,在熟睡的汤姆面前,杰克和朱莉发生了性关系。最后,等待这群孩子的是窗外闪耀的警车和身着制服的警察。

本章试图从文学伦理学批评的视角出发,重点分析小说人物杰克、朱莉、汤姆、苏在成长过程中所遇到的伦理问题及其蕴含的文学价值。在父母相继离世的伦理环境中,杰克家庭原本完整的伦理结构遭到破坏,他们兄妹失去了效仿的道德榜样,难以获得正确的伦理观念,构建自己的伦理规范。同时,

① See Dominic Head, *Ian McEwan*, p. 30.

② David Malcolm, *Understanding Ian McEwan*, p. 45.

③ Swantje Möller, *Coming to Terms with Crisis: Disorientation and Reorientation in the Novels of Ian McEwan*, p. 134.

由于杰克等人自身的人性因子受到兽性因子的抑制,导致其伦理意识无法产生,理性无法成熟,使得他们在确认伦理身份的过程中出现了身份错位、产生了乱伦意识,并最终导致了伦理混乱。小说由此揭示了少年儿童在向成人转变的过程中确认伦理身份的疑惑与困难,隐喻了人在完成生物性选择之后进行伦理选择的必要性。

第一节 伦理环境的书写与身份确认的困难

马尔科姆说:"《水泥花园》所呈现的不是一个人物如何能以非道德行为行事的醒目画面,而是他们对那些被接受的正常标准的冷漠方式。小说由此提供一个关于人类潜在的、较为可怕的景象。儿童不是邪恶的或不道德的;他们只不过似乎对他们所处的更大社会或大多数读者文化的规则和范式无动于衷。读者所能得出的结论是,这些人在合适的环境下什么事都能做得出来。"[①]马尔科姆用"在合适的环境下什么事都能做得出来"(capable of anything under the right circumstances)这句话来描述这部小说人物的行为是比较贴切的。在《水泥花园》中,杰克、朱莉、汤姆等人身上之所以会发生一系列骇人听闻的伦理事件,离不开他们所处的独特的伦理环境。实际上,这也正是文学伦理学批评的立场。文学伦理学批评"强调回到历史的伦理现场,站在当时的伦理立场上解读和阐释文学作品,寻找文学产生的客观伦理原因并解释其何以成立,分析作品中导致社会事件和影响人物命运的伦理因素,用伦理的观点对事件、人物、文学问题等给以解释"[②]。在文学伦理学批评的术语体系中,伦理环境指的是由人构成的各种关系,往往是在家庭、氏族、宗族、团体、社会、种族中形成的。伦理环境不是自然环境,伦理环境必须与人有关。伦理环境可以由人同自然构成,但在人同自然的关系中,人是主动的,构成了伦理环境的主体;而自然是被动的,不能构成伦理环境的主体。

如果重返《水泥花园》的伦理现场,我们不难体验小说环境的那种压抑感与窒息感,可以破悉小说中一系列事件发生的动因。杰克·斯莱认为:"《水

---

① David Malcolm, *Understanding Ian McEwan*, pp. 64-65.

② 聂珍钊:《文学伦理学批评:基本理论与术语》,载《外国文学研究》,2010 年第 1 期,第 14 页。

泥花园》中令人窒息的封闭世界折射了一个更大的、更令人窒息的现代社会。"[1]姑且不论斯莱所说的《水泥花园》的环境是否隐喻了现代社会,但是他用"令人窒息的封闭世界"(the stifling,self-contained world)来形容小说环境是十分精当的。翻开小说,一股让人窒息、压抑的感觉扑面而来。杰克这样描述他们的房子:"我们家的房子又老又大,建得有点像个城堡,厚墙、矮窗,前门上还有锯齿形的垛口。站在马路边对过看过去,它就像是某个集中精力正在回想的人的脸。"[2]城堡一般都远离闹市区,处于偏僻区域。尽管我们不知道这座房子的确切位置,但是从小说描述的情况来看,它无疑位于一个相对孤立的场所。走进房子的内部,映入眼帘的尽是陈旧与腐朽:地窖光线阴暗,黑不见底;房门几乎要从铰链上脱落了,轻轻一推,就会彻底掉下来;就连父亲在世前辛辛苦苦修建的花园也开始破败,假山坍塌,野草疯长。小说写道:"野草从铺路石的缝隙里蹿了出来,假山的一部分已经坍塌,那个小池塘也见了底。那个跳舞的潘神侧面倒地摔成了两半而大家全当没看见。"[3]在希腊神话中,潘神(Pan)既是牧羊人、羊群、山林野兽、猎人的守护神和乡村音乐之神,同时又是生命力的象征。潘神的倒塌,在某种层面上预示着这个家庭失去了生机,成为腐化和堕落的所在。

不止于此,从房屋所在的外部环境看来,整个街区的房子已经所剩无几,要么被推倒拆除,要么被烧掉废弃。在过去,整条街道都是满满的房子,而如今只剩下这一座房子"孤零零地立在一片空地上,荨麻围着皱瘪的罐头盒蹿出头来"[4]。鉴于整条街道上的其他房子都不复存在,对这座孤零零的房子而言,未免有被遗弃之嫌。再到后来,当杰克沿着街道回家的时候,"才注意到街道已经大变了样,简直不像条街道了,它成了条穿过一个几乎全空了的废品站的路"[5]。连杰克自己都不敢相信的是,过去房屋林立、人声鼎沸的街道如今已经空空荡荡,成了一条通向废品站的去路。

可见,无论是房子内部还是房子外部周围的街区,放眼望去,都是一片破

---

① Jack Slay,Jr. ,*Ian McEwan*,p. 50.

② Ian McEwan,*The Cement Garden*,New York:Anchor Books,2003,p. 28.

③ Ibid. ,p. 21.

④ Ibid. ,pp. 27-28.

⑤ Ibid. ,p. 136.

败与疮痍的景象。杰克和他的姐妹弟弟就是与之发生联系的主体。他们长期置身这样的环境,难以获得精神上的慰藉,无法体验生命的生机与力量,在异化和破败中备受孤独和隔离的煎熬,成了被这个世界所抛弃和遗忘的一族,失却了与社会的应有联系,流离于社会正常的伦理道德规范之外。就此而言,他们很难在这种环境中获得成长。有学者指出:"成长最根本的问题之一是主体能与他所处的世界建立精神的链接,确立世界的道德准则和价值体系,找到世界的精神家园,从而获得生存的意义和生命的精神动因,安身立命,从身体到精神都健康地成长。"①废弃的房子和街道在某种程度上暗示了杰克他们所处的社会伦理结构的损坏,对他们的伦理意识的产生和心智的成熟都带来了较为负面的影响。在这些场景描述中,有一个细节特别值得注意:与水泥、沥青、铺路石等的风化、破裂形成鲜明对照的是野草的四处乱蹿。小说多次强调野草疯长的状态:"野草都在往外蹿"②;"所有房间里都是死命往上蹿争取阳光的野草"③;"花园里的假山已经碎成了一堆,杂草丛生"④。如果说水泥、花园、房屋、门、街道、铺路石等是人类文明的产物,是秩序的一种象征,那么它们的废弃和破坏所隐喻的乃是人类文明、秩序和理性的丧失,隐喻了人类伦理道德的腐化、沦丧与困境。在小说中,四处乱蹿的"野草"(weeds)破坏了人类铺设的建筑,象征着杰克等人的原始欲望与非理性。野草肆意疯长,恰如他们的欲望,脱离了理性的控制,带着破坏性的力量把小说人物逐入非理性状态。

从杰克等人与其周围环境所发生的关系来看,他们不仅在自然环境中处于一座孤岛,而且在人类文明上也同样处于一座孤岛:不为人所知,被隔离在人类文明的范畴之外。一方面,整个街区就只有他们家这一座房子,没有人注意到他们;另一方面,他们家没有外界的朋友和亲戚,没有人到这个家庭来拜访和做客,这也是为什么这个家庭连主人死去多日都不被外人所知。小说写道:"没人到我们家串门。不论是母亲还是父亲生前在家庭之外都没有什么真正的朋友。他们还都是独生子女,他们的父母也都死了。我母亲在爱尔

① 蒋承勇、武跃速等:《20 世纪西方文学主题研究》,北京:中国社会科学出版社,2013 年,第 133 页。

② Ian McEwan, *The Cement Garden*, p. 29.

③ Ibid., p. 47.

④ Ibid., p. 48.

兰有几个远房亲戚,不过自打她小时候就再没来往过。汤姆有几个他在街上一起玩的朋友,不过我们从不让他把他们带进家门。如今我们这条马路上连个送奶工都没有了。"①孤独和异化似乎成为杰克一家人特有的标签:在父母这一辈,他们是独生子女,父母双亡,既没有来往的亲戚,也缺乏真正的朋友;在杰克他们这一辈,也是父母双亡,没有亲戚朋友,几乎不带任何人进入家门。一方面,杰克一家在客观上与世隔绝,因为整个街区没有什么其他房子和住户;另一方面,杰克一家在主观上与世界渐行渐远。比如,朱莉在学校里也有几个男朋友,但是从来都没有带回家过,因为他们家有条"不成文的规矩,我们任谁都不把朋友带回家"②。换言之,他们本来就朋友不多,即便是有了几个要好的朋友,也不允许有更深层次的交往,这无论在客观上还是在主观上都导致了他们孤独的现实。

实际上,整个房子就像是一座被人遗忘的孤岛,除了杰克他们自己出没之外,几乎没有人过往。他们所能依靠的只有他们自己。当父亲患上心脏病、母亲久病在床、身体欠佳的时候,从来就没有其他人关心和慰问过他们。即便父母在世时,他们在生活和精神层面对子女们也缺乏应有的关怀和引导,父亲经常对子女开一些不合时宜的玩笑,甚至都不去观看女儿朱莉在校运动会的比赛;母亲仅有一次和杰克谈话,劝他戒掉手淫的恶习,然后便匆匆离去。

小说最重要的伦理环境莫过于杰克等人沦落为父母双亡的孤儿的残酷现实。鉴于父母的缺失,杰克家庭原本完整的伦理结构遭到破坏,他们失去了效仿的道德榜样,难以获得正确的伦理观念,构建自己的伦理规范。伦理观念的形成是伦理选择的结果。当人能够把自己同兽区别开来并形成人的概念之后,人的身份才开始产生。在父母双亡的伦理环境中,杰克等人无法通过对自己的身份确认而进行正确的伦理选择。根据文学伦理学批评的观点,身份是人所独有的,它既是与生俱来的,也是后天赋予的。身份是对处于家庭、族群、团体或社会结构中的个人的位置、地位等的一种区分,也是一定社会秩序中个体差异的标志和象征。身份同时也是一种伦理标识和称谓,如

① Ian McEwan, *The Cement Garden*, p. 28.

② Ibid., p. 26.

丈夫、妻子、父亲、母亲、儿子、女儿等。作为社会结构的基本组成单位,身份是社会秩序得以形成的基础。身份既是一个人在社会秩序中得以存在的标签,也是用于从伦理上把不同的人加以区别的基本方法。如果没有身份的标签,个体则无法在家庭和社会中被认可和接受。

在《水泥花园》中,杰克等人的父母先后离世。父母缺失导致杰克他们在伦理选择即道德成熟的过程中遇到了难题。首当其冲的是身份确认的障碍。由于子女同父母的伦理结构是一种二元结构,一旦子女失去了父母,子女在伦理环境中存在的伦理结构被打破,变成了一元结构。由于选择必须在二元结构中进行,在一元结构中不能进行伦理选择,因此失去父母的子女就面临着如何选择的问题。这对于尚未成年的子女而言是十分困难的。在没有父母的日子里,杰克他们失去了生活的重心。在大多数的交往中,他们彼此之间只是相互指责和埋怨。姐姐朱莉成为家庭的总负责人,导致弟弟妹妹们的不满;处于青春期的杰克昏昏欲睡、噩梦不断,沉溺于手淫不能自拔。朱莉和杰克的共同问题在于如何获取正确的伦理观念以及如何构建自己的伦理规范。父母是孩子的道德榜样,失去了父母就失去了子女赖以效仿的道德榜样。结果,朱莉、杰克二人在伦理选择中使得斯芬克斯因子失去了应有的平衡,即兽性因子开始占据主导地位。他们逐渐被自己的原始本能所控制,无法遵守在伦理选择中作为伦理存在的伦理禁忌,最终导致了乱伦的悲剧。在失去父母的不完整伦理结构中,弟弟汤姆在进行自我身份确认的过程中失去了伦理参照,其伦理意识无法产生,理性无法成熟,导致他很难完成对自我身份确认的伦理选择,结果他一方面渴望变身成为一名女生,另一方面又想做回奶娃娃。妹妹苏处在一个同样缺损的伦理结构中,去世的父母无法为她的伦理选择提供帮助。苏在日记书写和故事阅读中打发时间,通过诉诸文学作品来接受人类文明的熏陶。人类文明史表明,自然选择是通过进化完成的,伦理选择是借助文学完成的。就此而言,文学作品部分地具有了父母的伦理功能,使得苏原本有可能完成自己的身份确认,进入伦理选择的过程。但遗憾的是,苏最终在父母缺场的状态下,受到姐姐朱莉、哥哥杰克、弟弟汤姆的负面影响和误导,其伦理意识保留在初始阶段,理性并未完全成熟。这也从侧面体现了伦理选择的客观条件即伦理环境的重要性。

在父母去世后,朱莉的男朋友德里克是唯一来过家里的外人,但他未能将杰克一行成功带离孤独异化的怪圈。相反，他与朱莉之间的关系本来就不融洽，在与杰克的第一次外出时，还有意对他冷言冷语，让受到言辞伤害的杰克迫不及待地躲回家，寻求保护。更为重要的是，德里克自身也是一个伦理道德不健全的人，无法承担起家庭引导者的角色。比如，杰克有一次在雨后的花园用石头砸死了一只青蛙，埋掉之后被德里克发现。对于杰克的这种行为，德里克非但没有及时予以指正和批评，反倒采取了更为极端残暴的方式，用鞋跟猛踩下去，狠心将青蛙尸体彻底碾碎。可见，在是非对错、涉及善恶的伦理选择上，德里克很难完成对杰克他们的引导。

文学伦理学批评认为："伦理环境就是文学产生和存在的历史条件。文学伦理学批评要求文学批评必须回到历史现场，即在特定的伦理环境中批评文学。"[①]通过对《水泥花园》伦理环境的分析，我们发现作为存在主体的杰克、朱莉、汤姆、苏身处破败、萧条、封闭、隔离的生存空间，与孤独、异化、堕落为伍，失去了与人类文明世界应有的联系。在父亲去世后，母亲是阻挡孩子们错误地选择伦理身份、阻挡他们触犯伦理禁忌的最后一道防线。随着母亲的离世及其尸体的腐化，理性意志在他们身上几近消弭。在父母死后，没有人来照看他们、关心他们、引导他们的成长，他们最终未能确认自己的伦理身份，没有完成人类自生物性选择之后的伦理选择。客观地来说，这既是小说中一系列伦理事件所发生的历史现场，也是我们解读杰克等人物各种后继非道德行为的关键。

第二节　斯芬克斯因子的组合和变化

通过对希腊神话中斯芬克斯之谜的精辟解读，聂珍钊教授创造性地提出了"斯芬克斯因子"这一批评概念。在他看来，斯芬克斯的人头说明了人在形式上的重要特点是头脑，具有经过长期进化而出现的理性；而她的兽身说明了人是由兽进化而来，依然保存兽的本性。他认为："从伦理意义上而言，人是一种斯芬克斯因子的存在，由人性因子和兽性因子组成。斯芬克斯因子是

① 聂珍钊：《文学伦理学批评：基本理论与术语》，载《外国文学研究》，2010 年第 1 期，第 19 页。

文学作品伦理表述的核心内容。"[①]所谓人性因子是指人类在从野蛮向文明进化的过程中出现的能够促使自身进化为人的因素。人性因子可以使人产生伦理意识,实现从兽到人的转变。人性因子的核心意志体现是理性意志,主要表现为对伦理秩序、伦理禁忌等人类道德范式的遵守。与人性因子相对,兽性因子是人的动物性本能,是人在进化过程中动物本能的残留,导致人在经历生物性选择之后依然存有非理性因素。兽性因子最突出的意志体现为"自然意志",主要表现为人的不同欲望,如性欲、食欲等人的基本生理要求和心理动态。人之所以成为人的关键因素不是人的兽性因子,而是其人性因子。作为高级因子的人性因子如果控制了作为低级因子的兽性因子,人就会成为有伦理意识的人。在文学作品中,人的人性因子往往也会被其兽性因子所控制,使得人的伦理意识淡薄甚至不具有伦理意识,不辨善恶。在《水泥花园》中,杰克等人身上斯芬克斯因子的不同组合和变化导致了他们性格行为的变化,引发了他们彼此之间的伦理冲突,推动了小说情节的发展,给我们带来关于人类成长的伦理启示。

小说对主要人物杰克的自由意志和原始欲望做了细致深刻的描写。在杰克的生命中,有两股不断上升的原始欲望,即对性的欲求和对权力(家庭负责人角色)的渴望。在对欲望无止境的追求中,杰克身上的兽性因子抑制了他的人性因子,阻止了伦理意识的产生。受到不断膨胀的欲望的操控,处于伦理蒙昧状态中的杰克不仅实施了诸如弑父与葬母之类的违背人类正常伦理范式的行为,而且对自己父母的死亡做出了错误的伦理判断。同其个人的性事相比,父亲的死亡让杰克感觉无足轻重;同自己作为一家之主的身份得到确认相比,母亲的死亡让他觉得既不是时候又上当受骗。杰克身上兽性因子最为突出的表现当数他的手淫习惯和乱伦意识。处于青春期的杰克始终无法抵挡手淫的欲望,而他的惯常行为竟然是把欲念的对象定格在姐姐朱莉身上。在某一次同朱莉、苏一起做完医生检查病人的游戏后,杰克开始跑到浴室里自慰,脑子里浮现出朱莉的身形。他回忆说:"我想象着朱莉淡棕色的手指抚摩着苏的大腿内侧将自己带入我那种快速、干枯的兴奋点。"[②]可见,为

① 聂珍钊:《文学伦理学批评:伦理选择与斯芬克斯因子》,载《外国文学研究》,2011年第6期,第1页。

② Ian McEwan, *The Cement Garden*, p. 16.

了满足自己手淫的欲望和快感,被欲念冲昏头脑的杰克不惜将性欲对象锁定在自己的姐姐身上。这种不断上升且未被及时遏制的性欲望刺激了杰克的乱伦意识,为其后来所实施的乱伦行为埋下了伏笔。

在兽性因子的主宰下,杰克的自然意志似一匹脱缰的野马,脱离了理性因子的引导与抑制,犯下了"弑父"的伦理大罪。在满足自己个人的私欲与夺取父亲的生命之间,杰克毅然选择了后者。在小说的一开始,杰克就说出这样的悖论式话语:"我父亲不是我杀的,可我有时候觉得是我促他走上了不归路。"[①]这样的叙述语言初读起来颇令人费解,但细读作品之后,又让人觉得颇有道理。从表面上来看,杰克确实没有杀死自己的父亲,他是因自己突发心脏病,抢救无效死亡,因此杰克不是杀死父亲的凶手。但从实际情况来看,杰克先是导致了父亲心脏病突然发作,后又错过了抢救父亲的最佳时间,因此他确确实实是杀死父亲的凶手。我们从小说中得知,杰克的父亲患有心脏病,根本不适宜进行体力劳动。对于这一点,杰克是再清楚不过了。父亲的病情非但没有引起杰克的同情和怜悯,相反成了他嘲弄父亲的一个优势和资本。在同父亲一起搬运水泥这类重活时,杰克丝毫没有顾惜父亲的身体和病情,根本没有为他减轻负担的意思,他说:"父亲因为有心脏病不该干这种活,可我仍确保他承担的重量跟我一模一样。"[②]即便父亲有时会因为体力不支而动作迟缓,他也要硬逼着父亲使出全身力气,这无疑会加重父亲的病情甚至可能会招致生命危险。事实也证明了这一点。杰克颇为得意地回忆道:"我们弯下腰每人抓住一个袋子的一角时,我感觉到他在拖延,等着由我承担大头。可我却数着:'一、二、三'……而且等我看到他胳膊用上劲时才开始拖。如果我要多出力,得等他大声承认才成。我们干完活之后就朝后一站,像工人那样看着我们干的活。父亲一只手扶着墙呼哧呼哧喘粗气。我却故意憋着,用鼻子能呼吸得多轻就多轻,虽然憋得我就像要背过气去了。"[③]在搬运水泥之前,杰克通过喊口号的方式让父亲使出力气,而且还故意等到父亲先用力后,自己才肯动手;在搬运过程中,如果父亲希望自己多出力气,则他必须大声承认自己使出的力气比他大;在搬运结束后,自己哪怕憋得快背过气也

---

① Ian McEwan, *The Cement Garden*, p. 13.

② Ibid., p. 18.

③ Ibid.

要屏住呼吸，以嘲弄累得气喘吁吁的父亲。杰克原本完全可以利用搬运水泥这件事情向父亲表达自己对他的关心，做一个有道德责任感和孝心的儿子，结果搬运水泥却成了他向父亲泄愤和报复的出口。在搬运水泥这件事情上，我们根本看不到杰克对父亲的体谅、关爱和帮助。与此相反，他有意刺激身体有病的父亲，故意在父亲面前显示自己的力量和男子气概，嘲弄父亲的虚弱无力，以这种方式得到虚假的满足和愉悦。

不可理喻的是，即便在干搬运水泥这类重活时，杰克的兽性因子也占据了人性因子的上风。他无法控制性欲望，打消不掉手淫的念头。杰克谎称自己去上厕所，实际上是为了满足自己内心深处蓬勃而起的性欲望。这种行为所产生的后果是，为了满足自己一时的性欲望，他让父亲付出了生命的代价。杰克回忆道："我在楼上，因为怕他不耐烦，搞得飞快。我眼前的形象仍旧是朱莉的手伸进苏的两腿之间。"①不过就在杰克上楼解决自己性欲望的时候，父亲突发心脏病，倒地不起。可以想象，如果不是因为杰克故意让父亲在搬运水泥的过程中使出过多的力气、过于劳累，假如他没有用辛辣的姿态和言语来刺激父亲，父亲可能就不会突发心脏病；假如杰克没有上楼满足自己手淫的欲望而是和父亲一起铺设水泥平台，即便父亲突发心脏病，也不会长时间倒地不起。更令人遗憾的是，在看到父亲发病后，杰克没有丝毫的紧迫感，没有争分夺秒地呼救以挽回父亲的生命，而是有意拖延时间，似乎故意要置父亲于死地。他说："父亲脸朝下趴在地上，头就靠在新铺的水泥上，用来把水泥抹平的木板还抓在手里。我慢慢地走上前，明白我必须得跑出去呼救，可有那么几秒钟时间我却动弹不得。我疑惑地盯着他看，正如几分钟前那样。"②杰克完全明白有心脏病的父亲倒在上意味着什么，他也明白自己必须去呼救，可是他却慢慢地走，而且还"疑惑地"（wondering）看着倒在地上的父亲。难道是在怀疑父亲是故意装病躺在地上吗？结果，父亲因为抢救不及时离开了人世。杰克在客观上实施了"弑父"（patricide）行为，触犯了血亲相残的伦理禁忌。令人遗憾的是，从杰克冷酷的叙述语气中，我们看不出他对父亲的死有任何一丝愧疚和悲伤之情。对于父亲的死亡，杰克看到的根本不是

---

① Ian McEwan, *The Cement Garden*, p. 23.

② Ibid.

自己此后成为没有父亲的孩子,即将面临失去父爱的悲惨之境。他对父亲的死亡做出较为负面的伦理判断,认为父亲的死同自己的“身体发育”(physical growth)相比,显得“无足轻重”(insignificant)①,不值一提。不仅如此,杰克甚至认为,父亲的死都不及家里的那些水泥重要。杰克说:“我之所以提到他的死这点小事儿,不过是想说说我和兄弟姐妹们是怎么弄到这么一大堆水泥的。”②

文学伦理学批评认为:“一个人一旦听凭原始本能的驱使,在理性基础上建立起来的各种道德规范就会被摧毁,人又将回到兽的时代,这不仅不是人性的解放,而是人性的迷失。”③在性欲勃发的阶段,杰克听凭原始本能的驱使,沉溺于自己的原始欲望不能自拔,变相地杀死了自己的父亲。在父亲去世后,母亲曾经为抑制杰克的自由意志、唤醒他的理性意志付出了重要努力。可惜,母亲的这种努力并未取得预期的效果。因为长期手淫,杰克面容憔悴,眼眶深陷,精神不振,母亲为此专门和他谈话以劝阻杰克的手淫行为。在某天早晨,杰克因为做梦而无法起床,母亲告诫他说:“长大挺不容易的,不过你要是继续下去,你就会对自己造成很大的伤害,对你正在长大的身体造成很大的伤害。”④当然,为了照顾杰克的自尊和面子,母亲没有直接说出“手淫”这个词语。对于母亲的好心劝说,尽管杰克没有重视,但至少引起了他的注意,他开始留意并试图查证母亲所说的手淫一次等于自己流一升多血是否属实。在这次谈话后,杰克有意避免同母亲单独相处,因为他生怕她会再次和自己谈起这个话题。这侧面反映了杰克对正常伦理行为范式的抵制,他甘愿在原始欲望中迷失自我。遗憾的是,母亲作为家里帮助杰克唤回理性意识的人终究因病死去了。在某种程度上,我们甚至可以说,母亲的死亡象征着这个家庭最后一丝理性意识的消失。母亲在死前不久对杰克所说的话,即让他将来和朱莉一起为这个家负责,成为杰克的第二重欲望——掌控家庭,成为一家之主。在得知母亲死亡的消息后,杰克哭了,但是他的眼泪不是为母亲流而是为自己流的。杰克对母亲死亡的第一反应是她曾经和自己说过的话

---

① Ian McEwan, *The Cement Garden*, p. 13.

② Ibid.

③ 聂珍钊:《文学伦理学批评:基本理论与术语》,载《外国文学研究》,2010 年第 1 期,第 19 页。

④ Ian McEwan, *The Cement Garden*, p. 35.

已经无从核实了，他作为一家之主的身份无法得到确认。小说写道："'我也是负责的。'我说着不禁哭了起来，因为我感到自己受了骗。我母亲还没有向朱莉解释过她托付我的事就去了。去的可不是什么医院，是永远地去了，我的身份也就无法核实了。"[①]换言之，在杰克看来，与自己所谓的"一家之主"的身份相比较而言，母亲的死亡显得微乎其微。可见，杰克不仅导致了父亲的死亡，对父亲的死亡做出了错误的伦理判断，而且对母亲的死亡也同样做出了失之偏颇的伦理判断。

与父亲不同，母亲在临终前嘱咐杰克，要他为这个家负责，和朱莉一起做一家之主。母亲的本意是希望杰克快点长大，早日成熟起来，进而可以与姐姐朱莉共同肩负起照顾家庭、照顾弟弟妹妹的责任。颇有讽刺意味的是，在杰克和朱莉成为家庭的主事者之后，他们联手所做的第一件事就是用父亲买来的水泥把母亲封存在地窖的柜子里，自豪地完成了"葬母"之举。在笔者看来，杰克和朱莉用水泥封藏母亲尸体的行为具有非常浓郁的象征寓意：他们所掩埋的不仅仅是母亲的尸体，同时与之一起被埋葬掉的还有母亲所代表的成熟理性和维持家庭稳定的伦理秩序，以及杰克他们自身的人性因子。由于失去了伦理意识的控制和指引，杰克等人失去了分辨是非的能力，无法确认和建构自己的伦理身份，进而破坏了伦理禁忌，最终引发了乱伦的悲剧。

第三节 错位的伦理身份，不当的伦理选择

在从儿童到成人转变的过程中，朱莉、杰克、汤姆尽管完成了人的第一次选择即生物性选择，但是却面临至关重要的第二次选择即伦理选择的考验。伦理选择的成功与否直接决定了他们是否真正实现了从儿童到成人的转变，是否成为"一种伦理的存在"[②]。在小说中，他们首要的伦理选择就是辨识和确认自己的伦理身份。然而，在父母相继离世后，由于缺乏伦理意识的有效引导，要正确地完成这种选择对他们而言是十分艰难的。实际上，在伦理身份的选择上，杰克等人都犯了难以挽回的错误：第一，汤姆不仅放弃了自己的

---

① Ian McEwan, *The Cement Garden*, p. 61.

② 聂珍钊：《文学伦理学批评：伦理选择与斯芬克斯因子》，载《外国文学研究》，2011 年第 6 期，第 6 页。

男孩身份,选择做一名女孩,而且又放弃了自己的儿童身份,选择重新做回奶娃娃;第二,朱莉放弃了自己的姐姐身份,而选择成为汤姆和杰克的母亲;第三,杰克放弃了自己作为弟弟的身份,而选择将姐姐作为他的欲念的对象,并与之发生了性关系。其中,最为严重的莫过于最后一个因身份错位所做出的错误的伦理选择,因为它直接触犯了乱伦的伦理禁忌。

汤姆是家中最小的孩子。早在父母健在的时候,他就因为恋母情结同父亲展开赢取母亲注意和关爱的竞争,而且在朱莉看来,是汤姆赢得了这场竞争。母亲去世后,汤姆的恋母情结失去了对象,为此他开始寻找新的目标,并将其最终锁定在姐姐朱莉身上。对于汤姆不合理的情感诉求,朱莉经历了一个从抵抗到认同的复杂过程。在最开始的那段时间,还不到下午五点钟,朱莉就很不耐烦地脱去汤姆的衣服,让他洗澡睡觉。对此,汤姆表现得“完全服服帖帖,乖乖地让朱莉领他上楼去自己的卧室睡觉”①。随着时间的推移,汤姆越来越喜欢或习惯于假扮男婴,如把大拇指含在嘴里,脖子上还围着餐巾纸围成的围嘴等,朱莉也慢慢地接受了汤姆的这些幼稚行为。例如,她让汤姆把头靠在自己的乳房上;她不仅从地窖里把那张旧的婴儿床搬到了自己的房间,而且还直接把它放在自己的床边,把汤姆当作自己的孩子看待,逐渐完成了自己错位的伦理身份认同。

如果说对于把汤姆当作自己孩子的要求,朱莉起先还有所抵触的话,那么汤姆要求变身为女孩这一要求在一开始就得到了朱莉的肯定和满足。由于在上学时遭到另一位男孩子的欺负,汤姆开始讨厌自己作为男孩的身份,想要变身为女孩。他要把头发弄成女孩子那样,而且还要上女厕所。汤姆坚持认为,只要自己想做女孩子就一定能够做得了。对于汤姆的这种变身要求,苏和朱莉非但没有及时制止,相反她们认为应该满足他,甚至还认为汤姆穿上连衣裙肯定会很漂亮。最后,她们亲手替汤姆穿衣打扮,让他如愿以偿地变身为女孩,就连杰克都被汤姆成功变身的场景给惊呆了。他说:“摇身一变成为另一个人简直太容易了。我抱起两条胳膊。汤姆换上的不过就是一件衣服和一顶假发,我想,可站在我面前的就是另一个人了,那个人完全有理

① Ian McEwan, *The Cement Garden*, p. 80.

由期待跟汤姆相当不同的人生。这种想法让我既兴奋又害怕。"[①]从表面上来看,或许"摇身一变成为另一个人简直太容易了"(how easy it was to be someone else),但是汤姆、朱莉、苏和杰克都未能看透这种"换身"行为的不良本质,其直接后果很可能会对成年后汤姆的性取向产生相当负面的影响。

从汤姆要求做回男婴以及后来的变身行为这两件事中,我们可以看出,无论是汤姆本人,还是朱莉、苏和杰克对人的身份都缺乏正确的认识,无法为自己的身份做出正确的选择,同时他们也无法分辨这两种行为的好与坏。从文学伦理学批评的角度来看,在人类文明发展进程中,人类面临的最大问题"就是如何把人同兽区别开来以及在人与兽之间作出身份选择"[②]。虽然儿童完成了人类的生物性选择,具有人类的外形,但是由于他们缺乏一定的伦理意识,很难完成自己正确的伦理选择,难以实现自己作为人的身份认同。就汤姆而言,尽管他具有男孩的身份,但他坚持认为自己应该做一名女孩;尽管他已经是一名小学生了,但他坚持选择做一个奶娃娃;尽管知道朱莉是自己的姐姐,但他坚持选择在朱莉身上寻找母爱。

"在文学作品中,伦理身份的变化往往直接导致伦理混乱。"[③]导致《水泥花园》产生伦理混乱局面的,不仅有汤姆伦理身份的变化,同时还有杰克和朱莉伦理身份的变化。一直以来,杰克就把姐姐朱莉作为自己欲念的对象,是自己手淫时脑海里所浮现的那个爱物。父母在世期间,甚至在母亲去世后的最开始阶段,朱莉和杰克之间都存在一种貌似敌对的关系:朱莉不满杰克脾气古怪,不修边幅,不注意卫生;杰克不满朱莉独自操控家里的财政以及日常事务的大权。使得朱莉和杰克之间关系由敌对走向和解,甚至到后来发生性关系的有两个重要人物,即妹妹苏和朱莉的男朋友德里克。

读者或许会产生这样的疑问:为什么在所有的四个孩子中唯有苏独善其身,既没有选择错误的伦理身份,也没有做出过于出格的非道德行为呢?笔者认为,这与文学作品对人类伦理意识的培养和人类行为的引导与规范有着不可分割的关系。如果说,自然选择是通过进化完成的,那么伦理选择是通

① Ian McEwan, *The Cement Garden*, p. 86.

② 聂珍钊:《文学伦理学批评:伦理选择与斯芬克斯因子》,载《外国文学研究》,2011 年第 6 期,第 2 页。

③ 聂珍钊:《文学伦理学批评:基本理论与术语》,载《外国文学研究》,2010 年第 1 期,第 21 页。

过文学完成的。一直以来,苏就爱读各种故事书,即简单的文学作品。文学作品是人类文明经过沉淀后的结晶,文学的重要功用“在于为人类提供从伦理角度认识社会和生活的道德范例,为人类的物质生活和精神生活提供道德指引,为人类的自我完善提供道德经验”①。由于长时间通过阅读文学作品来接受人类文明的熏陶,苏具有其他三个孩子所不具有的伦理意识,这就使得她可以较为容易地确认自己的伦理身份:她是父母的女儿,是朱莉和杰克的妹妹,是汤姆的姐姐。不仅如此,苏还将家庭所发生的事件记在自己的日记中,部分地实现了文学的教诲功能,即描写“伦理秩序的变化及其变化所引发的道德问题和导致的结果,为人类的文明进步提供经验和教诲”②。有一天,苏向杰克朗读自己日记的部分内容,给杰克带来很大的触动,直接使他戒掉了多年来的手淫恶习,做到了杰克母亲在生前未曾办到的事情。在日记中,苏这样描述杰克:“他不洗手,他什么都不洗,浑身难闻死了。他的手碰过面包后我们就不想再碰了。”③苏的日记对杰克而言,似乎是一记警钟,让他开始注意到自己手上的味道,不仅改掉了手淫的习惯,而且剪掉了指甲,洗了头发,穿上了干净的衣服,似乎变成了另外一个人。杰克的这种改变使得朱莉对他慢慢地改变了态度,她多次当着男朋友德里克的面夸赞杰克的变化和他的可爱。苏的日记促使杰克朝着积极的一面改变,拉近了他同朱莉之间的距离。但是,苏个人的伦理意识及其影响毕竟十分有限,她并未对所有人公开自己富有伦理教育意义的日记。最终在杰克、朱莉、汤姆各自的原始欲望面前,苏积极正面的伦理影响被消除殆尽。

德里克原本可以培养杰克等人的伦理意识,帮助他们确立应有的伦理身份,使他们做出正确的伦理选择、实现从儿童到成人的转变。德里克原本可以阻挡这场伦理混乱的产生,使得整个家庭回归正常的伦理秩序。但遗憾的是,他的到来非但未能阻挡伦理混乱,尤其是乱伦事件的发生,反而加速了这一进程。一方面,德里克早就掌握了杰克一家的秘密,即他们是父母双亡的孤儿,母亲被水泥封存在地窖的柜子里。德里克同朱莉相处的目的不是爱她,而是想搬进来成为一家之主,抢夺朱莉的当家人身份。这无疑遭到朱莉

① 聂珍钊:《文学伦理学批评:基本理论与术语》,载《外国文学研究》,2010年第1期,第17页。

② 同上。

③ Ian McEwan, *The Cement Garden*, p. 109.

的强烈排斥和反对。明明知道德里克清楚地窖里埋葬的就是他们的母亲,但是朱莉和杰克等人偏偏不承认,反倒说那是一只死狗,其根本原因就是要让德里克感觉被"排斥在外"(left out)。换言之,德里克的控制欲让朱莉愈加在乎自己在家庭中的地位,也让她和自己的弟弟妹妹们比之前更紧密地团结在一起。另一方面,德里克用不当的言辞对杰克肆意伤害,侮辱他是"可怜的小怪胎"(miserable bugger)①。德里克对杰克的侮辱和伤害,进一步激发了朱莉的母性,让她有意识地保护自己的"孩子",而杰克也比之前更加渴求家庭的温暖和保护,乐意在朱莉身上得到久违的母爱,进而和朱莉走得更近了。

朱莉因为汤姆和杰克而表现出的母性特征突出反映在这幕场景中:脱去衣服、赤身裸体的杰克因为不耐烦汤姆长时间的哭泣,去质问在朱莉房间里睡觉的汤姆。汤姆解释说,自己大声哭的原因在于想要吸引朱莉,因为他知道母亲死了,他只能找朱莉来替代母亲。当朱莉回到房间后发现了赤身裸体的汤姆和杰克,她直接称呼他们为"两个光着身体的宝宝"(Two bare babies)②。"宝宝"一词直接反映出朱莉把杰克和汤姆当作自己的孩子,自己则是他们的母亲。最后,在熟睡的汤姆面前,朱莉脱去衣服,让杰克吮吸自己的乳头,并引导他同自己发生了性关系。从血亲关系上来看,朱莉是杰克的姐姐;从发生错位的伦理身份来看,朱莉又扮演了杰克母亲的角色。从这种意义上来说,杰克与朱莉的乱伦实际上还等同于他和自己母亲的乱伦。

在小说结尾处,杰克等人看到了窗外闪耀的警灯。这些赶来的警车显然是冲他们而来,其目的很可能是将他们带走,由此使得杰克等人的家庭不复存在。失去家庭、手足分离是杰克他们所最担心的事,因此这也是警察到来后,他们即将面对的最可怕的后果。文学伦理学批评认为:"社会的伦理规则是伦理秩序的保障,一个人只要生活在这个社会里,就必然要受到伦理规则的制约,否则就会受到惩罚。"③杰克、朱莉等人触犯了乱伦的伦理禁忌,破坏了社会正常的伦理秩序,他们必将遭到惩罚,所以最终等待他们的是警察——人类文明和社会秩序的维护者。

马尔科姆在《理解伊恩·麦克尤恩》一书中指出:任何一位研究麦克尤恩

① Ian McEwan, *The Cement Garden*, p. 117.

② Ibid., p. 146.

③ 聂珍钊:《文学伦理学批评:基本理论与术语》,载《外国文学研究》,2010年第1期,第19页。

的批评家都必须聚焦于麦克尤恩作品的“道德视角”(moral perspective)。[①]在讨论《水泥花园》时,马尔科姆直接将该作品放置于“小说与邪恶”(Fiction and Evil)的标题下,认为:“《水泥花园》刻画了范式、规则和秩序的瓦解。”[②]确实,麦克尤恩是通过小说来书写邪恶的行家里手,但他书写邪恶并非为了引起人们的震撼或给自己戴一顶“恐怖伊恩”的帽子。正如批评家黑德所说:为了理解和研究麦克尤恩,“我们需要更为仔细地审视他对小说功能以及小说家角色的严重焦虑”[③]。小说何为?小说家何为?文学何为?文学家何为?或许,这些都是麦克尤恩试图借助小说创作来探讨的问题。从文学伦理学批评的视角看来,伦理是解答上述问题的关键词,即“文学在本质上是伦理的艺术”,“教诲是文学的本质属性”。[④]

麦克尤恩曾说:“文学在其最有限和最具体的范畴内,是人类普遍本质的最好展示。”[⑤]他笔下的《水泥花园》通过再现弑父、葬母、乱伦等一系列伦理事件,突出展示了儿童在成长过程中在善恶判断、身份确认、伦理选择上的困难,揭示了伦理意识和正确引导之于儿童成长和道德完善的重要性。小说藉此向社会发出道德警示,给我们带来诸多关于成长和伦理的思考。

① David Malcolm, *Understanding Ian McEwan*, p. 12.

② Ibid., p. 63.

③ Dominic Head, *Ian McEwan*, p. 7.

④ 聂珍钊:《文学伦理学批评:基本理论与术语》,载《外国文学研究》,2010 年第 1 期,第 12 页。

⑤ Ian McEwan, "Literature, Science and Human Nature," *Human Nature: Fact and Fiction*, eds. Headlam Wells and Johnjoe Mcfadden, London: Continuum, 2006, p. 41.

第五章

《赎罪》:叙述聚焦与小说家的伦理责任

作为麦克尤恩“最非同凡响以及最错综复杂的小说”①,《赎罪》(*Atonement*,2001)被普遍认为是他“最好的作品,同时也是小说家能够不断超越自己的明证”②。小说跨越了第二次世界大战爆发前夕、战争爆发、敦刻尔克大撤退至20世纪、21世纪之交的六七十余载光阴。前半部分主要讲述了笔力纵横、天马行空的小说家布里奥尼在十三岁时误闯成年人的世界,在没有任何真凭实据的情况下,凭臆测指控庄园清洁工的儿子罗比强奸了表姐罗拉,使罗比锒铛入狱。布里奥尼在所有人面前表现得言之凿凿,殊不知她的证词不仅葬送了罗比的锦绣前程,还破坏了他和姐姐塞西莉娅之间美好的爱情。后来,布里奥尼逐渐意识到,自己当年“由于极度的无知,愚蠢的想象,以及自以为是的正直”③而犯下了严重的罪行。于是,她决定申请撤销证词,为从敦刻尔克大撤退安全归来的罗比洗清罪名,并还这对恋人一段毫无污点的爱情。令人意外的是,作品的结尾竟出现了一个看似不起眼却颠覆了读者认知的落款。如果说《赎罪》的绝大部分篇幅是布里奥尼记录其个人赎罪历程的小说终稿,那么尾声“1999年 伦敦”则通过第一人称叙述的笔法让行将失忆的她吐露了与这份书稿内容相异的真相,由此披露了一个骇人的事实:布里奥尼的赎罪历程并非小说所描述的短短几年——终其一生,她在精神上都饱受着罪不可恕的煎熬。但问题在于,“为什么布里奥尼要掩盖事实?而且,为

---

① James Wood, "The Trick of Truth," *The New Republic*, March 25, 2002. http://newrepublic.com/article/63386/atonement-ian-mcewan-fiction. Accessed February 26, 2020.

② 亚当·贝格利:《伊恩·麦克尤恩(2002)》,冯涛译,美国《巴黎评论》编辑部编:《巴黎评论·作家访谈2》,仲召明等译,北京:人民文学出版社,2015年,第285页。

③ 伊恩·麦克尤恩:《赎罪》,郭国良译,上海:上海译文出版社,2018年,第119页。

什么她觉得有必要向读者解释,到底发生了什么?"[①]可以说,这个问题较为巧妙地折射出学界关注的焦点,即小说结尾所上演的一场介乎掩盖和揭示之间的拉锯战,以及由此展开的关于真相铺天盖地的追问。

詹姆斯·伍德(James Wood)认为,《赎罪》是一本因小说的虚构性而陷入困境的小说,但它同时也是一部热衷于探索小说何以对真相负有责任的作品。[②]陈榕更进一步地指出,确切来说,这种"责任"是小说家通过虚构来再现历史的责任:"《赎罪》有着纵深的历史感,是一部历史小说。其出人意表的元小说结尾,既体现了麦克尤恩再现历史的努力,也反映了他对历史小说虚构本质的清醒认识。"[③]可见,关于虚构和真实、小说和历史的讨论,由于麦克尤恩对历史小说这一文类的吸纳和改造而变得越发复杂。在《论历史与故事》(*On Histories and Stories*,2001)中,A. S. 拜厄特(A. S. Byatt)从作家的角度开门见山地指出,历史小说"比许多与时俱进直面当下现实的小说更具生命力"[④]。苏珊娜·基恩(Suzanne Keen)也从批评家的立场表明,当代英国文坛所出现的"历史转向"(historical turn)业已成为学界公认的"事实"(axiom)之一。[⑤]

但问题在于,"为什么历史再一次变得可以想象并且重要?为什么这些书并不是古装戏或怀旧?"[⑥]一方面,我们要看到"麦克尤恩渴望见证历史、记录当下,并密切关注世界各地发生的重大事件"[⑦];但另一方面也不应忽略,即便以重大历史事件为背景,麦克尤恩的作品也"一以贯之地体现出

① Erin O' Dwyer, "Of Letters, Love, and Lack: A Lacanian Analysis of Ian McEwan's Epistolary Novel *Atonement*," *Critique: Studies in Contemporary Fiction*, Vol. 57, No. 2, 2016, p. 187.

② See James Wood, "The Trick of Truth," *The New Republic*, March 25, 2002. http://newrepublic.com/article/63386/atonement-ian-mcewan-fiction. Accessed February 26, 2020.

③ 陈榕:《历史小说的原罪和救赎——解析麦克尤恩〈赎罪〉的元小说结尾》,载《外国文学》,2008 年第 1 期,第 92 页。

④ A. S. 拜厄特:《论历史与故事》,黄少婷译,南京:译林出版社,2016 年,第 11 页。

⑤ Suzanne Keen, "The Historical Turn in British Fiction," *A Concise Companion to Contemporary British Fiction*, ed. James F. English, Malden: Blackwell, 2006, p. 167.

⑥ A. S. 拜厄特:《论历史与故事》,第 11—12 页。

⑦ Sebastian Groes, "A Cartography of the Contemporary: Mapping Newness in the Work of Ian McEwan," *Ian McEwan: Contemporary Critical Perspectives*, 2nd ed., ed. Sebastian Groes, London and New York: Bloomsbury Academic, 2013, p. 3.

作家关于小说何用(the function of the novel)这个问题的焦虑心理"[①],而《赎罪》"触及深邃的道德话题"[②],昭示了麦克尤恩"为小说的伦理功能注入新活力"[③]的尝试。上述学者关于作品所折射出的小说创作伦理的论述,切中肯綮。本文试图接过这一话题,从小说家布里奥尼和一位历史学家之间的对话入手,重点剖析布里奥尼书写两个文学事件所采用的聚焦笔法及其蕴含的伦理寓意,以此探讨小说创作的独特性。从表面看,小说家和历史学家都力求"接近真相"[④],但他们的任务触及事物的不同层面,关注的焦点大有不同。通过在自己的小说中镶嵌另一位小说家的书稿以及来自历史学家的修改反馈,麦克尤恩假借布里奥尼创作中所运用的聚焦技巧,强调了小说家的主要职责在于揭示人类社会的伦理道德真相,而非还原历史现场的真实细节。

第一节 小说家和历史学家的对话

在小说尾声,年逾七旬、刚整理完手稿的布里奥尼提到了一位通过传真给予她修改建议的空军老上校;这位"业余历史学家"十分注重将战争的细节还原到"接近逼真"的程度:

> "英军士兵在发'快步走'的命令时绝对不('不'下面划了两道横线)会说'On the double',只有美国士兵才会这样说。正确的用法是'At the double'。"
>
> [……]
>
> "你给皇家空军小伙子戴贝雷帽。我却不以为然。除坦克兵外,1940 年连陆军还没有贝雷帽呢。我认为你最好给他戴军便帽。"[⑤]

---

① Dominic Head, *Ian McEwan*, p. 5.

② Biwu Shang, "Ethical Ways of World-Making: Re-reading Ian McEwan's *Atonement*," *Interdisciplinary Studies of Literature*, Vol. 3, No. 1, 2019, p. 47.

③ Dominic Head, *Ian McEwan*, p. 1.

④ 伊恩·麦克尤恩:《赎罪》,第 322 页。此处译文根据原文略有改动。

⑤ 同上。

对于这位亲历第二次世界大战的业余历史学家所提出的建议，布里奥尼以戏谑的口吻调侃道："我们就像搜索队的警察，赴汤蹈火，匍匐着接近真相。"[①]然而，布里奥尼思忖着，"如果我真的非常关注事实，那我原本应写一本迥然不同的书"[②]。可见，虽然小说家和历史学家在表面上都竭力"接近真相"[③]，但两者关注的是"真相"的不同层面。罗杰·夏蒂埃(Roger Chartier)指出："即使历史学家以一种'文学'的形式进行写作，他们也不是在创作文学作品。因为历史学家的工作建立在两个基础之上：一是档案，二是以档案作为其遗迹的过去。"[④]夏蒂埃一针见血地指出："历史的目的在于知识(the aim of knowledge is what constitutes historical intentionality)。"[⑤]根据多米尼克·拉卡普拉(Dominick LaCapra)的观点，虽然文学中也不乏对历史研究"有用的知识或信息"[⑥]，但"如果文学告诉我们的只是从其他文献中也可以得到的东西，那么它就变得多余了。从这个意义上说，当文学为我们提供了最'有用'和最'值得信赖'的信息时，它反而是最肤浅的，因为它肯定仅仅是复制或证实了诸如警方报告这类直白的文件而已"[⑦]。沿着拉卡普拉的思路，可以说，文学写作集中关注的并不是流于历史档案和文件表面的"知识和信息"，它独特和深刻的原因在于别处。

伊莱·罗纳(Ilai Rowner)对历史和文学作出如下区分："如果说历史是事件的意义(the event's sense)，那么文学就是事件非意义(the event's non-sense)的艺术成就。如果历史质询的是过去某一时刻所发生的实际情况，那么文学求索的就是发生中的不在场(non-place of the taking place)"，也就是"事件发生过程中没有被全然揭示的部分"(what is there in the event that does not reveal itself exactly in the happening)。[⑧]回到小说《赎罪》中这位空军上校几

---

① 伊恩·麦克尤恩：《赎罪》，第322页。此处译文根据原文略有改动。
② 同上书，第323页。
③ 同上书，第322页。
④ Roger Chartier, *On the Edge of the Cliff: History, Language and Practices*, trans. Lydia G. Cochrane, Baltimore and London: The Johns Hopkins University Press, 1997, pp. 25-26.
⑤ Ibid., p. 25.
⑥ Dominick LaCapra, *History & Criticism*, Ithaca and London: Cornell University Press, 1985, p. 125.
⑦ Ibid., p. 126.
⑧ Ilai Rowner, *The Event: Literature and Theory*, Lincoln: University of Nebraska Press, 2015, p. 12.

近吹毛求疵的反馈,可以看出他所侧重的是留存于"历史事件"(historical event)表面的"真相",是那些肉眼可见、清晰可辨的细节,如特定历史语境下某些词组的具体用法和属于那个年代的标志性装束。也就是说,这位历史学家力图还原的是所发生的事件中予以披露的部分。如果说"文学事件"(literary event)之所以有别于"历史事件",是因为前者是"一种向发生中的未发生挺进的冒险"(an adventure toward the *un-happening within the happening*)①,而且"从事件的角度看待文学,核心问题是解释文学不同于其它写作的独特性"②,那么我们又该如何在《赎罪》这部披着"历史小说外衣"(the coordinates of historical fiction)③的作品中辨别文学事件,从而进一步洞悉小说家独特的职责呢?

叙事学意义上的聚焦(focalization)为文学事件的探讨指明了可行的方法和路径。根据《劳特里奇叙事理论百科全书》的定义,聚焦"表明了视点的限制以及与某人(一般来说是作品人物)的感知、想象、知识和看法相关的信息指向。因此,聚焦理论涉及信息的控制、选择和传达,尤其是从某人的视角出发看待事件——无论结果发现这个视角充斥着主观臆测,抑或谬误连连——的多种途径"④。也就是说,视点的局限在一定程度上牵制了信息的传递。这种牵制——即由于"被叙述之事并不对等于叙述,而超出了叙述"⑤——所形成的"令人激动的张力"就是"事件"本身⑥。更重要的是,"并非文学作品中出现的各种情节都属于事件,只有在视点意识到自身因受限而相对、有倾向的一面并创造性地自我改善时,所生成并留出了伦理反思空间的情节才是事件"⑦。有鉴于此,布里奥尼小说手稿中有两个片段构成了"文学事件",为进一步探讨文学写作的独特性开辟了新的空间。

---

① Ilai Rowner, *The Event: Literature and Theory*, p. 27.

② 何成洲:《何谓文学事件?》,载《南京师大学报》(社会科学版),2019年第6期,第6页。

③ David James, "Narrative Artifice," *The Cambridge Companion to Ian McEwan*, ed. Dominic Head, Cambridge: Cambridge University Press, 2019, p. 189.

④ Manfred Jahn, "Focalization," *Routledge Encyclopedia of Narrative Theory*, eds. David Herman, Manfred Jahn and Marie-Laure Ryan, London and New York: Routledge, 2015, p. 173.

⑤ 刘阳:《事件性视野中的文学伦理学批评》,载《外国文学研究》,2017年第6期,第11页。

⑥ 同上篇,第12页。

⑦ 同上篇,第14页。

在小说的第一部分，布里奥尼讲述了年幼的自己是如何一步步陷入偏见的泥淖，继而大肆对罗比加以指控。在此过程中，作为“外聚焦者”（external focalizer）的她将聚焦让渡给包括过去的自己在内的“人物聚焦者”（character-bound focalizer），形成了两个“聚焦层次”（levels of focalization）。通过内、外聚焦的切换，布里奥尼不仅展示了其他相关人物视点的局限，还自觉地对自己从前的局限进行了一番辛酸无奈的自嘲和深恶痛绝的反思。在此意义上，年长的她在小说中成全姐姐塞西莉娅和罗比之间的爱情，可以说是一种努力作出补偿和竭力改善自己的尝试，由此构成了文学事件。

小说的第二部分则将外聚焦切换成罗比的内聚焦，投射了一名奔赴前线、身负重伤的士兵的心理：敦刻尔克大撤退前夕，一位英国皇家空军士兵成为众矢之的，在围观人群的默许下遭受公然的无理谴责，忍受蛮横的暴力行径。内聚焦者罗比抵制住与围观人群相认同乃至与之沆瀣一气的诱惑，从原来的局限中跳脱开来，继而投身到解救空军士兵的行动中去。这与上述年老的布里奥尼如出一辙，都是个体“意识到受限”而想方设法作出弥补的尝试，因而“由常规进入了事件”。①

由此看来，小说家笔下的文学事件，即那些对“发生中的未发生”的记载，可以理解为人物意识到了自我看待事物的局限性，进而反躬自省并努力改善自我的过程。布里奥尼认为：“给人们带来不快的，不仅是邪恶和诡计，还有迷乱和误解；最重要的是未能把握简单的真理，即其他人与你一样实实在在。只有在故事中，你才能进入这许多不同人物的内心世界，并且将他们各自平等的价值展现出来。这就是一个故事所需要具备的惟一道德寓意。”②布莱恩·芬尼（Brian Finney）敏锐地捕捉到小说第一部分的“多重式内聚焦”（variable internal focalization）手法，并认为麦克尤恩采用该技巧的部分原因在于“让成年的布里奥尼将自我投射到其笔下人物的思想和感受中，以此寻求宽恕”③。芬尼的解释不无道理，正是在布里奥尼步入小说创作生涯之后，她才深刻地体悟到，仅仅从个人的视角出发看待他人，只能触及人的外在形式，

① 刘阳：《事件性视野中的文学伦理学批评》，载《外国文学研究》，2017 年第 6 期，第 14 页。

② 伊恩·麦克尤恩：《赎罪》，第 36 页。

③ Brian Finney, “Briony’s Stand against Oblivion: The Making of Fiction in Ian McEwan’s *Atonement*,” *Journal of Modern Literature*, Vol. 27, No. 3, 2004, pp. 74-75.

而不能洞察其内心世界。但问题在于,包括其年幼自我在内的众多内聚焦者,其实都是外聚焦者加以批判的对象。在具体的小说创作实践中,布里奥尼通过外聚焦透视并展示相关人物的心理,一方面给予他们平等的机会传达自己的观念和看法,但另一方面也使得每个人物自身的局限性暴露无遗。正是在这一意义上,麦克尤恩鲜明地勾勒出历史学家和小说家之间的差异:在历史学家的记录中,得以留存的是被公开宣布的时间、地点、主要人物以及事件的前因后果;与此恰恰相反,小说家的叙述则关注那些游离于焦点之外、被历史遗忘的个人及其内心世界。正是这种在具体历史事件发生时的"未发生"——陷入失语状态的意识之转变,构成了事件,"醒目地集中了文学伦理"[①]。

聂珍钊认为:"在具体的文学作品中,伦理的核心内容是人与人、人与社会以及人与自然之间形成的被接受和认可的伦理关系,以及在这种关系的基础上形成的道德秩序和维系这种秩序的各种规范。文学的任务就是描写这种伦理关系和道德秩序的变化及其引发的各种问题和导致的不同结果,为人类文明进步提供经验和教诲。"[②]受这一观点启发,下文将从小说家布里奥尼在两起文学事件中所采用的聚焦手法出发,在探讨人物之间的伦理关系及其所形成的道德秩序的基础上,深入剖析麦克尤恩如何让笔下的小说家为其代言,对"小说何为"这一重要命题作出相应的回答。

第二节 走出虚构,面对现实

自幼富有写作天赋的布里奥尼创作了剧本《阿拉贝拉的磨难》,传达出鲜明的主旨:"不以理智为基础的爱情注定是要失败的。"[③]女主角阿拉贝拉不顾后果与一个外国伯爵私奔,不幸在途中感染了霍乱,遭到了爱人的抛弃。此时,一位隐瞒自己王子身份、生活贫寒的医生上门治好了阿拉贝拉的病。后来,阿拉贝拉做出了明智的选择,回到了家人身边,还"得到了命运的回报"——和那位医生王子结成美满姻缘。[④]

---

① 刘阳:《事件性视野中的文学伦理学批评》,载《外国文学研究》,2017 年第 6 期,第 13 页。

② 聂珍钊:《文学伦理学批评导论》,第 13 页。

③ 伊恩·麦克尤恩:《赎罪》,第 3 页。

④ 同上书,第 3—4 页。

年少无知和不顾后果的布里奥尼就如同剧本中的女主角阿拉贝拉。用朱利·艾兰姆(Julie Ellam)的话来说:"探讨改变一生的事件有何后果,可以说是麦克尤恩小说的普遍特征。"[①]布里奥尼笔下的阿拉贝拉做出了改变一生的决定。讽刺的是,布里奥尼同样也因为一个鲁莽的决定,不仅戏剧性地改写了自己的一生,还使得姐姐塞西莉娅和罗比的未来遭受了翻天覆地的变化。戏剧《阿拉贝拉的磨难》在小说的开头和结尾各出现一次,耐人寻味,堪称"贯穿小说的线索之一"[②]。在剧本中,阿拉贝拉的父亲深情地劝诫即将和爱人私奔的女儿:"这世界在你脚下,/但它会崛起,将你踩倒在地。"[③]

类似地,天真的布里奥尼理所当然地认为"这世界在她笔下",其中发生的事情都应该围绕她的笔尖展开,现实和虚构的边界正在逐渐模糊。在小说开头,这一幕预示了布里奥尼的年少轻狂、不谙世事将会令她付出沉重代价,遭受无限的苦痛。这部剧在小说尾声被重新搬上舞台,别有一番深意。一方面,相同的台词在小说的开头和结尾产生了截然不同的效果:昔日幼稚的童话剧台词在尘封六十余年后,竟然被笼罩上了一种沉重不堪、难以名状的氛围。在剧本中,年轻的阿拉贝拉有机会悔改当初错误的决定,获得他人的原谅,最后幸福美满地走向人生的终点;但在现实中,年幼的布里奥尼却永远无法为自己一时糊涂所犯下的错误赎罪。"布里奥尼在小说中实现的赎罪在伦理层面上是远远不够的。小说不能弥补在真实世界中造成的伤害[……]因为虚构和现实是截然不同的空间。"[④]另一方面,这一幕在小说的开头和结尾遥相呼应,跨越六十四年光阴——当初年幼的布里奥尼拥有其引以为傲的创作才能,却由于一番不顾后果的滥用导致了悲剧,无论年长的她如何反复修改手稿也无法释怀。终其一生,布里奥尼都活在挥之不去的阴影中,以至于她在表演中看到当年的自己——"转瞬间她站在了我的前方,那是个好管闲事、自命不凡、沾沾自喜的小姑娘"[⑤]——而心中唯有对自己的书稿在有生之年不能出版的遗憾和愤懑。于是,历时不及几十分钟的《阿拉贝拉的磨难》在

① Julie Ellam, *Ian McEwan's* Atonement, London and New York: Continuum, 2009, p. 9.

② 瞿世镜、任一鸣:《当代英国小说史》,第 331 页。

③ 伊恩·麦克尤恩:《赎罪》,第 16 页。

④ Nathalie Jaeck and Arnaud Schmitt, "Layers of Deception in Ian McEwan's *Atonement*: A Dialogue," *Narrative*, Vol. 27, No. 3, 2019, p. 362.

⑤ 伊恩·麦克尤恩:《赎罪》,第 329 页。

真实世界中被演绎为长达数十年的“布里奥尼的磨难”。

在此意义上,布里奥尼的小说创作从一开始就为其艰难的赎罪历程埋下了伏笔。尽管在现实中屡次错失将功赎罪的机会,但她并没有忘记自己作为小说家的责任,而是通过“巧妙地处理叙事控制和受限视角之间的关系”[①],试图还事实以真相,勾勒出导致这场悲剧的原因。值得一提的是,在小说中,只有发生在塔利斯庄园的第一部分是按照章节的形式有序展开,这凸显了战争爆发前的井然有序及其后秩序崩塌所形成的巨大反差。此外,每一章还是读者得以窥视某个人物内心世界的窗户,共同拼凑出案件的真相。其中所采用的聚焦手法正是真相得以还原的关键所在。米克·巴尔(Mieke Bal)认为,聚焦是观察的主体和被观察的客体之间的关系。[②] 尽管观察的客体相同,但观察的主体可以在不同的人物之间切换,从而使得读者可以了解不同人物对同一事物的看法,由此进一步剖析矛盾发生的原因。[③]对布里奥尼的小说而言,她身为作者既是“处于素材(fabula)之外”的“匿名代理”(an anonymous agent),充当外聚焦者,但年少的她同时也是小说中的人物,“作为行动者参与到素材中”(participates in the fabula as an actor),充当人物聚焦者。[④] 也就是说,二者构成两个“聚焦层次”:处于第一层聚焦的是外聚焦者、年老的布里奥尼,她将聚焦委派给诸位内聚焦者来完成,后者处于第二层聚焦,聚焦的任务由此可以由外往内层层转移。而且,这种层次的转移往往通过诸如“看”“听”等传递感知的词语得以实现。[⑤]

外聚焦者布里奥尼将部分章节的聚焦转移给故事中的主要人物——年少无知的自己、情窦初开且两情相悦的罗比和塞西莉娅,以及代表整个塔利斯庄园的母亲艾米莉,以此揭示促成罗比被冤枉一事的台前幕后。通过区分两个聚焦层次,我们一方面可以看出年少的布里奥尼当时是如何拼凑出她所认为的“真相”以及造成这种误解的原因;另一方面,我们可以获悉

---

① Richard Robinson, “The Modernism of Ian McEwan's *Atonement*,” *Modern Fiction Studies*, Vol. 56, No. 3, 2010, p. 484.

② See Mieke Bal, *Narratology: Introduction to the Theory of Narrative*, 4th ed., trans. Christine van Boheemen, Toronto: University of Toronto Press, 2017, p. 135.

③ Ibid., p. 136.

④ Mieke Bal, *Narratology: Introduction to the Theory of Narrative*, 4th ed., p. 136.

⑤ Ibid., p. 143.

年长的她是如何以另一种方式还原真相,以及她为何也要通过“拼凑”来实现这一目的。一言以蔽之,内、外聚焦者布里奥尼的两次“拼凑”承载着截然不同的伦理寓意。

内聚焦者布里奥尼对所见之事一知半解,却仍然对罗比提出了言之凿凿的指控,是因为她沉湎于虚构世界的幻想中无法自拔。在搜寻双胞胎的过程中,她发现了遭人袭击的表姐罗拉。尽管她单凭袭击者的身影和动作不能判断其身份,但她太想确证自己的幻想,太急于揭开罗比“虚伪的面纱”[①]。因此,她想当然地认为“所有的一切拼凑在一起,什么都清楚了”[②]。接下来,布里奥尼继续扮演编剧和导演的角色,亲自操纵了指控罗比的进程:“这件事前呼后应,一以贯之。”[③]不仅如此,她还沉浸在自己创造的故事世界中,成为其中一个角色。当布里奥尼作为目击者向警察描述细节,并指控罗比就是袭击者时,“在一种感伤的诱动情感的氛围中,她能用自己的语言构建叙述,并确立关键的事实”[④]。这些细节无疑说明,布里奥尼当时是以一种沉浸在童话剧中的姿态在现实世界中穿行。她的幼稚无知,不仅表现在她只根据自己所目睹的一些片段就贸然对他人做出判断,而且还表现在她完全不知道自己的表演会给现实生活带来怎样的严重后果。她渴望成为故事的主角,却忽视了他人真真切切的存在,肆意滥用手中的道具上演了一出在她眼里伸张正义的戏。内聚焦者布里奥尼头脑中充斥着浓厚的浪漫色彩,这与现实中罗比的母亲、庄园清洁工格蕾丝拦截警车时所陷入的绝望和无助形成了鲜明的对比。

年幼的布里奥尼沉溺于虚构世界,是由她对秩序的推崇所致。小说写道,布里奥尼是“一个非常讲究整齐的孩子”[⑤]。这种讲究体现在她生活的方方面面:首先,她的卧室是整个塔利斯宅邸唯一整洁的房间;其次,布里奥尼喜欢玩小模型,她的玩偶总是按一定的姿势和方向被井然有序地摆放在模型的特定位置上,这一细节充分彰显出年少的布里奥尼对秩序的偏好和把控。

---

① 伊恩·麦克尤恩:《赎罪》,第 136 页。
② 同上书,第 143 页。
③ 同上书,第 145 页。
④ 同上书,第 156 页。
⑤ 同上书,第 44 页。

她构思虚构作品的热情同样源于她对条理的尊崇,“因为一个无序的世界完全可以在写作中条理化”[①]。她的创作主题也只与“秩序”有关,像“离婚”这种威胁秩序的话题是不会走进她的创作视野的。相当讽刺的是,年幼的布里奥尼一心想要把坏人罗比赶出家门,创作出将其绳之以法的剧本,这非但没有维护好庄园的秩序,反而让自己成为破坏伦理道德秩序的始作俑者。在罗比被关进监狱后,姐姐塞西莉娅与家人彻底断绝了关系,而布里奥尼也渐渐走出了自己的虚构世界,意识到自己成了真正的帮凶,诬告了无辜的罗比。正是出于这种对自我局限的痛切认识,成年后的布里奥尼充当外聚焦者,试图在自己的小说中“拼凑”隐藏的真相,还罗比以清白。

外聚焦者通过观察和呈现多个人物的内心世界,为读者绘制了一张完整的时间地图:第一部中的各个章节呼应并延续了前文所发生之事。由此,每个人物都断断续续地参与到真相的构筑中来。值得注意的是,聚焦在第六章中转移到人物聚焦者、布里奥尼的母亲艾米莉身上。她根据时不时传来的声音和气味来猜想家中各处发生的一连串事情:从布里奥尼离开婴儿室中断排练开始,最后到马歇尔和罗拉两人在婴儿室独处时后者发出了一声尖叫。至此,艾米莉足以识破罗拉声称自己被双胞胎抓伤的谎言;而且,罗比在晚餐时也注意到了马歇尔脸上的抓痕。[②] 可以推断出,真正对罗拉感兴趣的人其实是巧克力巨头马歇尔;但正因为真相是由每一位人物聚焦者有限的视角共同提供,由零散的碎片拼凑而成,所以只有读者才能接触到完整的事实。正如梁晓晖所指出的,小说“既通过多重视角展现单一视角的不足,承认人的认知限度,也倡导人们应尽力克服自身局限去考量事物的全貌”[③]。但是,除了人物在个体层面上的认知局限,真相的埋没还有更深层次的原因。外聚焦者不仅试图拼凑多个人物所获取的信息,还将布里奥尼的“歇斯底里”[④]与整个庄园的“窃窃低语”[⑤]并置比较,由此披露在伦理环境逐渐发生变迁的过程中人们对旧时代秩序的固守,而这种固守则潜藏在庄园上上下下顺水推舟将罗比

① 伊恩·麦克尤恩:《赎罪》,第7页。
② 同上书,第108页。
③ 梁晓晖:《现实主义抑或后现代主义?——〈赎罪〉的编史元小说元素探析》,载《国外文学》,2018年第1期,第117页。
④ 伊恩·麦克尤恩:《赎罪》,第182页。
⑤ 同上书,第150页。

送进牢狱的一片缄默之中。

塔利斯庄园的外表及其内里的主人都是努力维持表面秩序的见证,而这种秩序则随着在罗比被冤枉入狱后,负责维持庄园"表面[……]功夫"[①]的女清洁工格蕾丝的离开而象征性地崩塌。塔利斯庄园是一所"铜墙铁壁似的房子",密不透风,以防止隐私和秘密的传出。[②] 庄园的女主人艾米莉则与有婚外恋的丈夫配合一套"表面功夫"[③],为的是维持家庭秩序的稳定;她的遐思常常透露出对以秩序著称的维多利亚时代的怀旧心理。根据文学伦理学批评的观点,"在文学文本中,所有伦理问题的产生往往都同伦理身份相关。伦理身份有多种分类,如以血亲为基础的身份、以伦理关系为基础的身份、以道德规范为基础的身份、以集体和社会关系为基础的身份、以从事的职业为基础的身份等"[④]。在维多利亚时代的背景下,"秩序"建立在分明的阶级观念之上。艾米莉明明听到罗拉和马歇尔独处时的动静却没有产生怀疑,很可能是出于对未来女婿的偏袒,但也可能是对中上流阶层声誉和尊严的维护;尽管她认为马歇尔粗俗不堪,"但安逸、平安的岁月也许会从这些制造巧克力的廉价大桶中流出"[⑤]。对于交际圈明显属于上流社会的利昂来说,"没有人是肚量狭小的,也没有人会撒谎、背叛或是搞阴谋诡计"[⑥]。由于罗比与塔利斯庄园主客之间有着巨大的阶级鸿沟,伦理身份卑微的他就在布里奥尼的幻想中、在庄园上上下下的串通一气中被撵出来充当替罪羔羊。从内聚焦者布里奥尼处可得知,"最初,当她非常肯定地道出真相时,她周围就簇拥着一大群教徒。现在,他们就在等待,她可不能在圣坛前令他们失望"[⑦]。可见,有这样一大批"正派人"在布里奥尼的谎言背后充当幕后推手,塔利斯一家等的阶级偏见是他们把矛头对准罗比的根本原因。

约翰·利皮特(John Lippitt)通过剖析布里奥尼这一小说人物,集中探讨一个人能否宽恕自己的问题。他指出:"在某种层面上,自我宽恕涉及'现在

① 伊恩·麦克尤恩:《赎罪》,第 75 页。
② 同上书,第 125 页。
③ 同上书,第 128 页。
④ 聂珍钊:《文学伦理学批评导论》,第 263—264 页。
⑤ 伊恩·麦克尤恩:《赎罪》,第 131 页。
⑥ 同上书,第 92 页。
⑦ 同上书,第 147 页。

的我'(me now)如何评价'当时的我'(me then)。"[①]而且,"'现在的我'和'当时的我'是同一个人这一事实",使得上述评价"不仅仅是单纯的第三人称观察"。[②] 通过本节的分析可以看出,对布里奥尼而言,虽然其叙述聚焦中有两个自我之分,但二我不能分离,"现在的我"并不是简单地从外部对"当时的我"进行观察,而是指向自身从而进行更为深刻的道德反思。她通过两个聚焦层次的切换来区分不同年龄阶段的自己,从而凸显了两者之间的差异。尽管"通常来说,叙述者参与故事的程度会影响我们对她所提供信息的评价"[③],但布里奥尼能够入乎其内,出乎其外,意识到受限的自我从而在写作中作出弥补,不同的聚焦层次不仅反映出其在年岁上的增长,还体现了她在道德上不断自我完善的努力。通过内聚焦呈现出年幼无知的自己是如何曲解真相、自以为是地拼凑真相,布里奥尼表达的是一种辛酸而无奈的自嘲;而通过外聚焦呈现年长的自己意识到错误、尝试为罗比洗清罪名、把矛头指向真正的罪人并试图收集零碎的视角以还原、公开真相,她还意图揭示人们通过不理智的默许为阶级偏见正名的不公。揭开这层无声无息、讳莫如深的道德伦理真相,正是小说家的职责所在。

第三节 "接近真相"的小说家

正如韦斯顿所指出的,"尽管小说整体上具有高度的元小说性,凸显了捕捉过去的困难,但第二部分却通过毫不遮掩地再现战争带来的创伤,恰如其分地描述了战争的经历"[④]。小说的第二部分将背景置于第二次世界大战爆发后的敦刻尔克大撤退。此处一改前文井井有条的章节结构,以松散的片段串联而成,叙述者的聚焦转移到撤退大军中的一员,投射出罗比作为一名普通士兵的心路历程。尽管布里奥尼从罗比的同伴耐特尔得到了部分书信,但

① John Lippitt, "Self-Forgiveness and the Moral Perspective of Humility Ian McEwan's *Atonement*," *Philosophy and Literature*, Vol. 43, No. 1, 2019, p. 134.

② Ibid., p. 135.

③ H. Porter Abbott, *The Cambridge Introduction to Narrative*, 2nd ed., Cambridge: Cambridge University Press, 2008, p. 74.

④ Elizabeth Weston, "Resisting Loss: Guilt and Consolation in Ian McEwan's *Atonement*," *Journal of Modern Literature*, Vol. 42, No. 3, 2019, pp. 97-98.

她也无法完全还原罗比个人经历的全部细节。也就是说,这一部分的写作在很大程度上依赖于小说家的虚构。亚里士多德认为,诗人和历史学家之间的区别并不在于他们是否采用了特定的形式进行创作,而是前者书写了可能发生的事,后者记载已经发生的事。① 值得注意的是,他指出前者的创作是"更富哲学性、更严肃的艺术",因为它"倾向于表现带普遍性的事"。② 如果布里奥尼笔下的两起文学事件无一例外地体现出某种普遍性,那我们不禁要问:当一个文明建立起来的秩序因残酷的战争而毁于一旦时,这种普遍性又从何处得到了诠释?外聚焦者和人物聚焦者罗比这两个聚焦层次相互交替,带有某种普遍性的文学事件在充满细枝末节的历史中得到了凸显。身为千千万万撤退兵中的一员,人物聚焦者罗比的目光所及之处皆满目疮痍,血肉模糊,以至于当他的目光捕捉到一条干净的人腿时,他不由得驻足凝视:

> 他折好地图,弯腰拾起大衣,就在他正直起身来把它披上时他看到了……其他两个人察觉了他的动作,都转身顺着他凝住的目光看去。那是什么?是条腿!挂在树上的腿。树是刚长出叶子的悬铃木,腿,是条人腿。插在离地面二十英尺高的树上第一个树杈间,光秃秃的,齐齐从膝盖以下斩断。他们附近看不到任何血迹或撕下的皮肉。那是一条完整的腿,苍白而光滑。它那么小,一眼看去就是小孩子的腿。这腿摆放的姿势如此精妙,以至让人觉得这纯粹就是个展示,供他们更好地欣赏,让他们看个清楚:这是一条人腿。③

看到一条干净、完整的小腿,罗比一开始感到十分震惊,但这种突如其来的冲击随着时间的推移、视觉的清晰逐渐凝成了一种默然接受,随后流露出辛辣的讽刺。在冷酷的战争和残忍的屠杀中,一段干净而不带血、完整而不残缺的肢体都成了供人们欣赏的奢侈品。树枝上冒出新的嫩芽和挂在枝丫间的死人肢体形成强烈对比,暗指大自然的生机盎然和人类社会的朝不保夕。在此过程中,一番本应带给人物聚焦者巨大触动的景象竟逐渐变成了一

---

① 参见亚里士多德:《诗学》,陈中梅译,北京:商务印书馆,2011 年,第 81 页。

② 同上。

③ 伊恩·麦克尤恩:《赎罪》,第 165—166 页。

件“精妙”的艺术品,也就是说,罗比一行人对于尸横遍野、血肉横飞的情形早已司空见惯。“伦理环境发生变化,人性也会因伦理环境的变化而发生改变。”[①]这种由环境所引起的人性的变化,可以从罗比的内心深处得到体现。当罗比回忆起和平岁月,他觉得“那仿佛是一段别人的生活,一个逝去的文明世界。他的人生先毁了,接着每个人的都毁了”[②]。战火无情地破坏了和平年代建立起来的秩序,大规模的杀戮麻痹了人们敏感而脆弱的神经,释放了他们对死亡的恐惧,剥离了彼此之间的责任。秩序的崩塌使原本雄心勃勃的罗比变得“没有责任感,对往昔毫无印象,对未来摸不着头绪”[③];与此同时,他还沦为一个自私的人,“只关心自己的生存”[④]。外聚焦者展示的是普通士兵罗比一人的内心活动,实则映射了一次施暴事件中每一个在场个体的扭曲心理。

在敦刻尔克等待撤退前夕,一名英国皇家空军士兵被其他士兵包围。身为一名围观群众和亲历战争的士兵,罗比心中也有着施暴的欲望。他“十分理解那群折磨人的家伙的兴奋活跃,蠢蠢欲动,也体会到这样阴险的方法同样使自己兴奋。他自己可以用他那把长猎刀干出一些残暴的行径,以赢取这百号人的敬佩爱戴”[⑤]。罗比之所以和施暴者产生一定程度的认同,是因为他们同样经历过一种无助与绝望:“普通人对一个挂在树上的孩子的残肢无动于衷。一个国家,一种文明就要在眼前崩坍。”[⑥]外聚焦者通过展示罗比的内心想法,表明了他无异于常人、想要加入施暴者行列的病态心理及其深层原因。但当意识到自己有这个可怕的想法后,罗比试图摆脱其纠缠,并越来越清楚地认识到暴力的升级将给受害者带来无法挽回的后果。最终,罗比和他的同伴没有被盲目裹挟,顺利地解救出受欺凌的士兵。

施虐群体几近疯狂的状态表明,每一个蠢蠢欲动的施暴者,都企图在热闹的气氛中不动声色地将责任分摊给其他人,各人都堂而皇之地妄想让他人为自己的暴行买单。“而对那名皇家空军士兵而言,只意味着一个不可避免

---

① 聂珍钊:《文学伦理学批评:人性概念的阐释与考辨》,载《外国文学研究》,2015 年第 6 期,第 17 页。
② 伊恩·麦克尤恩:《赎罪》,第 190 页。
③ 同上书,第 216 页。
④ 同上书,第 189 页。
⑤ 同上书,第 222 页。
⑥ 同上书,第 176 页。

的结局。"[①]最终，所谓的"公众"——那个所有施暴者想要让渡个人责任的对象——将随着"人群慢慢散开"[②]而烟消云散。颇具讽刺意味的是，现场"充溢着想以各种各样创造性的折磨方法取悦大伙儿的热切渴望"[③]，若罗比一行三人想要拯救这个无辜的士兵，就必须顺应众人的期待，假装对这个士兵怀有更深的仇恨，扬言要用更凶残的方式处置他，才能得到众人的许可，加入这场病态的狂欢。

在这一事件中，布里奥尼笔下的人物聚焦者罗比尽管惨遭战争对信念的摧毁，因人类社会伦理秩序的崩溃而一度丧失了道德底线，可他在关键时刻意识到了自我的局限性，并以自己的行动试图恢复本应存在的道德秩序。尽管小说的第一部分和第二部分在形式与内容上同样发生了翻天覆地的变化，但布里奥尼的小说艺术始终致力于刻画同一种普遍性：纵然时过境迁，但意识到自身视点的局限性，审视自我并努力改善自我，这是一个有道德的人会做出的伦理选择。诚如聂珍钊所指出的："一个人可以作为人的形式存在，但是只有当这个人具有道德属性之后才能被称之为是一个具有人性的人。"[④]

艾琳·奥德怀尔（Erin O' Dwyer）将小说理解为一封作者致予读者的信[⑤]；凯瑟琳·德安杰洛（Kathleen D' Angelo）认为"麦克尤恩通过这部小说向读者传递的教诲关乎阅读的伦理责任"[⑥]。上述学者的观点敏锐地把握住麦克尤恩倾注于作品中的那份对读者的期待，而本章则试图指出另一种理解，即《赎罪》同时也折射出麦克尤恩对于小说创作的严肃思考。在《赎罪》中，麦克尤恩让其笔下的小说家布里奥尼为之代言，通过"重构事实，以此来凸显被视为其深层意义的部分"[⑦]。具体而言，布里奥尼极尽叙述聚焦之能事，揭露了上流社会是如何利用一个孩子的自大和无知将无辜的异己者驱赶出

① 伊恩·麦克尤恩：《赎罪》，第 222 页。

② 同上书，第 224 页。

③ 同上书，第 222 页。

④ 聂珍钊：《文学伦理学批评：人性概念的阐释与考辨》，载《外国文学研究》，2015 年第 6 期，第 16 页。

⑤ See Erin O' Dwyer, "Of Letters, Love, and Lack: A Lacanian Analysis of Ian McEwan's Epistolary Novel *Atonement*," *Critique: Studies in Contemporary Fiction*, Vol. 57, No. 2, 2016, p. 188.

⑥ Kathleen D' Angelo, "'To Make a Novel': The Construction of a Critical Readership in Ian McEwan's *Atonement*," *Studies in the Novel*, Vol. 41, No. 1, 2009, p. 103.

⑦ 特里·伊格尔顿：《文学事件》，阴志科译，郑州：河南大学出版社，2017 年，第 132 页。

自己所标榜的公正领域,让后者充当替罪羔羊;抨击了战争中威力巨大的炮火是如何掠夺平民百姓羸弱不堪的躯壳,迫使幸存者精神失常;揭发了靠战争发迹、面目可憎的不良富商是如何动用巨额财富操纵自己的名誉,伪装成慈善家以安然度日。麦克尤恩通过元小说技巧再现了作家的创作过程,彰显了文学有别于历史的特质,用文学伦理学批评的观点来说,"文学在本质上是关于伦理的艺术"①。

① 聂珍钊:《文学伦理学批评导论》,第13页。

第六章
《星期六》:“两种文化”的碰撞与融合

2011年9月5日,英国政治文化权威期刊《新政治家》向读者集中推荐了11部“‘9·11’小说”,引发广泛关注。入选的除洛兰·亚当斯(Lorraine Adams)的《港口》(*Harbor*,2004)、唐·德里罗(Don DeLillo)的《坠落的人》(*Falling Man*,2007)、乔纳森·萨弗兰·弗尔(Jonathan Safran Foer)的《特别响,非常近》(*Extremely Loud and Incredibly Close*,2005)、约瑟夫·奥尼尔(Joseph O'Neill)的《地之国》(*Netherlands*,2008)、詹姆斯·海因斯(James Hynes)的《下一个》(*Next*,2010)、泰如·科尔(Teju Cole)的《开放的城市》(*Open City*,2011)、艾米·瓦尔德曼(Amy Waldman)的《服从》(*The Submission*,2011)等作品外,还包括麦克尤恩的《星期六》(*Saturday*,2005)。同《新政治家》杂志的做法如出一辙,一段时间以来,批评界普遍把《星期六》视作一部“‘9·11’小说”。譬如,丽贝卡·卡彭特(Rebecca Carpenter)认为:“《星期六》充满了对2001年9月11日这一天的指涉和回响。”[①]安德鲁·弗雷(Andrew Foley)称它是“对后‘9·11’文学最严肃的贡献之一”[②]。

需要指出的是,“‘9·11’小说”的标签遮蔽了《星期六》所潜藏的多种意蕴。欣喜的是,这一状况在近期有所扭转。譬如,苏珊·格林(Susan Green)从认知科学角度将这部小说视为“元文本”(meta-text),邀请读者反思科学与

---

① Rebecca Carpenter, "'We're Not a Friggin's Girl Band.': September 11, Masculinity, and the British-American Relationship in David Hare's *Stuff Happens* and Ian McEwan's *Saturday*," *Literature After 9/11*, eds. Ann Keniston and Jeanne Follansbee Quinn, London and New York: Routledge, 2008, p. 151.

② Andrew Foley, "Liberalism in the New Millennium: Ian McEwan's *Saturday*," *JLS/TLW*, Vol. 26, No. 1, 2010, p. 135.

艺术之于理解人物心理的互补作用。[①]简·思雷基尔(Jane F. Thrailkill)借助神经科学和心理学的研究成果,重点审视了麦克尤恩如何在这部作品中通过聚焦“意识的精神生物学”(neurobiology of consciousness)为人类介入叙事增加了特殊的情感因素。[②] 马可·卡拉乔洛(Marco Caracciolo)重点考察了该小说的内聚焦叙述和现象学隐喻,试图由此分析读者对小说人物经历的感受。[③]劳拉·科隆比诺(Laura Colombino)把身体作为城市和全球的外部空间隐喻,在此基础上了分析了《星期六》中的灾难空间。[④]国内学者宋艳芳分析了《星期六》中所体现的小说作为“文化话语”“伦理范式”“预言方式”和“主观模式”等方面的功能。[⑤]耿潇把《星期六》看作一部城市哥特小说,表达了作者麦克尤恩对当前世界时事、文化及英国社会的看法。[⑥]刘春芳认为该作品通过描述西方当代都市的文化生态,凸显了当代都市生活中的毁灭感与灾难感。[⑦]

上述论者对《星期六》的多维阐释,富有创见,令人深受启发。然而,笔者认为在更深层次上,《星期六》暗藏的是“两种文化”,即神经外科医生贝罗安所代表的科学与诗人黛茜所代表的文学之间的冲突与融合。本章在批判“后‘9·11’”语境下的“政治书写”的基础上,重点审视了科学与文学之间的碰撞与鸣奏。一方面,女儿黛茜试图通过向父亲贝罗安布置阅读书单,来丰富和侵占父亲的精神世界;另一方面,后者则对文学的功用嗤之以鼻,坚持以科学来解释和控制物理世界。通过诵读阿诺德的名篇诗作《多佛海滩》,黛茜成功地掌控了暴力侵犯者巴克斯特的精神和心智,消除了家庭危机;凭借精湛的医术,贝罗安摘除了巴克斯特的颅内肿瘤,解决了他的肉体之痛,而且还决定说服家人和警察放弃对巴克斯特的诉讼。借助小说,麦克尤恩喻指了“两种文

① Susan Green, “Consciousness and Ian McEwan's *Saturday*: ‘What Henry Knows’,” *English Studies*, Vol. 91. No. 1, 2010, pp. 58-73.

② Jane F. Thrailkill, “Ian McEwan's Neurological Novel,” *Poetics Today*, Vol. 32, No. 1, 2011, pp. 171-201.

③ Marco Caracciolo, “Phenomenological Metaphors in Readers' Engagement with Characters: The Case of Ian McEwan's *Saturday*,” *Language and Literature*, Vol. 22, No. 1, 2013, pp. 60-76.

④ Laura Colombino, “The Body, the City, the Global: Spaces of Catastrophe in Ian McEwan's *Saturday*,” *Textual Practice*, Vol. 31, No. 4, 2017, pp. 783-803.

⑤ 宋艳芳:《小说何为?——从麦克尤恩的〈星期六〉看小说的功能》,载《国外文学》,2013 年第 3 期,第 120—126 页。

⑥ 耿潇:《〈星期六〉的哥特文类属性研究》,载《当代外国文学》,2014 年第 3 期,第 83—91 页。

⑦ 刘春芳:《〈星期六〉中的当代都市文化逻辑》,载《外国文学》,2016 年第 6 期,第 141—149 页。

化”在排他性之外的互补可能,即科学之于人的肉体犹如文学之于人的精神,二者须臾不可分离,由此为横亘在两大学科之间的“斯诺命题”作出注解。

第一节 “9·11”文类的重审与超越

克里斯蒂娜·鲁特(Christina Root)曾说:“从很多方面来说,《星期六》就是一部现实主义叙事作品,把一天再现为当代西方的某个动乱时刻,把亨利·贝罗安再现为后‘9·11’世界的每个人。”①鲁特的言论绝非个案。长期以来,《星期六》被学界普遍定性为“‘9·11’小说”,就连作者麦克尤恩本人都这么认为。在接受《出版周刊》的采访时,麦氏坦言:《星期六》“确实源自‘9·11’事件,是在长时间、大范围倾听和观看人们对这一事件作出的评论的结果”②。

在某种程度上,《星期六》再现了“9·11”事件对当代普通人生活的影响与介入。“9·11”事件之后,小说主要人物贝罗安、西奥、黛茜都对政治、反恐、战争等有了更多的关注。“9·11”事件是西奥关注的第一件国际大事。黛茜原本不关心政治,很少讨论政治,但她从巴黎回来之后,同父亲贝罗安一见面就谈论伊拉克战争、反恐等,争论得不可开交。贝罗安也开始破天荒地在这一天关注电视和其他媒体对政治的报道,尤其是特别想知道电视新闻是否会报道他在凌晨所看到的飞机失事这一事件。贝罗安原本在家里把香槟放进冰箱,准备去打开 CD 音乐,但此时他改变了主意,因为另一个想法占据了他的心灵。他要关心电视新闻是否会报道他所关注的飞机失事事件。贝罗安这样解释自己的心态:

> 这是当今世界的状况让他养成的习惯,总是不可抑制地想要知道外面的世界正在发生的事情,想要和其他人一道关注变化,与天下同忧。这个习惯在近两年变得更加强烈;有资格被载入新闻的时事尺度不断攀升,以至于如今所听所见的无一不是骇人听闻的惊天大事。每一天都分享一个共通之处,那就是每天都有可能重现“9·

① Christina Root,“A Melodiousness at Odds with Pessimism:Ian McEwan's *Saturday*,”*Journal of Modern Literature*,Vol. 35,No. 1,2011,pp. 60-61.

② Andrew Rosenheim,“The Voice of Modern British Fiction,”*Publishers Weekly*,February 28,2005,S16.

11”这样的惨剧。政府的预警——针对欧美某个城市的恐怖主义袭击是不可避免的——这绝不是为了推卸责任,而是严肃的预言。人人都在恐慌不安,但其实内心深处还有一个共同的更加黑暗的渴望,那就是对自我惩罚的厌倦和亵渎神明的好奇。例如医院已经制订了急救计划,媒体也做好紧急报道的准备,观众更是翘首以待。下次恐怖袭击的规模肯定更大、破坏力也会更强,上帝保佑不要让它发生。但如果一定要发生的话,可千万别让我错过观看。最好还是现场[直]播,全景拍摄,让我在第一时间就能了解情况。①

在“9·11”事件发生之后,普通民众的日常生活在不经意之间与反恐连在一起,时刻担心却又期待下一个恐怖事件的来临,生怕自己错过下一场恐怖主义袭击。人们对时事的关心似乎成了他们日常生活的一个常态。就此而言,贝罗安的反常表现映射了后“9·11”时代人们对于恐怖主义袭击的妄想。贝罗安绷紧神经,密切关注时事。颇具反讽意味的是,贝罗安对于飞机失事并不是恐怖活动这一结果并没有感到释然和放松,似乎还因为自己的期待没有得到满足而略感失望。小说写道:“贝罗安并没有感到特别高兴,甚至没有如释重负的感觉。是他被自己的忧虑愚弄了吗?这就是所谓的新生活秩序所造成的后果,限制了他精神的自由,剥夺了他猜测的权利。”②对于飞机失事这一事件,西奥和父亲的下述对话更是充分反映了“9·11”事件对普通人生活的影响:

西奥问道:“你猜是不是恐怖分子?”

“这是一种可能。”

“9·11”事件是西奥关注的第一件国际大事,也是他头一次承认这世上除了朋友、家庭和音乐之外还有其他事情也可以影响到他的存在。③

无论是贝罗安、西奥、黛茜都对政治、反恐关注有加,而作为一种“记忆的表演”,“9·11”事件在媒体宣传中被不断地强化和刷新。

---

① 伊恩·麦克尤恩:《星期六》,夏欣茁译,北京:作家出版社,2008 年,第 146 页。

② 同上书,第 149 页。

③ 同上书,第 25 页。

贝罗安最开始的失眠或许是因为女儿即将回来,心中带着一丝兴奋与激动,但他的这份激动与不安渐渐让位于他对飞机失火事件的关注与媒体后续关于恐怖袭击报道的期待。综上,学界给《星期六》贴上"'9·11'小说"的标签,似乎并不为过,但"9·11"事件及其喻指的"政治"命题绝非小说的终极旨趣。作品的主体内容并不是描述这架失事的飞机,而是聚焦于贝罗安及其女儿在文学阅读上的不同态度。学界也似乎忽略了笃信科学的贝罗安为世间一切寻找科学解释的努力。贝罗安坚信物质、信仰科学,想当然地认为医学所代表的科学可以解释一切、拯救一切。在应对巴克斯特暴力入侵危机时,黛茜的文学感化方式深深地触动了贝罗安的心灵,让其惊叹文学的力量,引发对于文学何为的认识与思考。在这种意义上,麦克尤恩在《星期六》所要探讨的则是深层次的科学与文化之间的冲突与融合,间接回应了半个世纪以来学界争论不休的"斯诺命题"。

第二节 两种文化的碰撞

1959年5月7日,兼有化学家和小说家双重身份的C.P.斯诺在剑桥大学发表了题为"两种文化和科学革命"("The Two Cultures and Scientific Revolution")的演讲。在演讲中,斯诺把知识分子划分为互有敌意的两极:文学家和科学家。他说:"一极是文学知识分子,另一极是科学家,特别是最有代表性的物理学家。二者之间存在着互不理解的鸿沟——有时(特别是在年轻人中间)还互相憎恨和厌恶,当然大多数是由于缺乏了解。他们都荒谬地歪曲了对方的形象。他们对待问题的态度全然不同,甚至在感情方面也难以找到很多共同的基础。"①让人费解的是,"科学家和文学家这两个集团之间很少交往。非但没有相互同情,还颇有一些敌意"②。对于两种文化的态度,斯诺的观点是要弥合二者之间的鸿沟。在他看来,"弥合文化之中的鸿沟不仅从最现实的方面看是必要的,从抽象的精神方面看也是一样。把这两个方面割裂开来,任何社会都不能明智地考虑问题"③。

---

① C.P.斯诺:《两种文化》,纪树立译,北京:生活·读书·新知三联书店,1994年,第4页。
② 同上书,第58页。
③ 同上书,第46页。

斯诺认为:“科学进程有两种动机:一是为了理解自然界,二是为了控制自然界。对任何一位科学家来说,无论哪一种动机都会成为主导的;科学战斗往往从这一种或那一种动机中获得最初的冲力。例如,宇宙学研究宇宙的起源和本质——这是第一种动机的恰如其分的典型事例。医学则是第二类的典型表现。”[①]在《星期六》中,神经外科医生贝罗安正是斯诺口中的那类试图理解世界、控制世界的科学家的典型代表。他自命不凡,笃信科学的力量,为世间的一切寻找科学解释,同时又厌恶文学。譬如,在星期六凌晨,贝罗安开始了人生中的第一次失眠。凌晨3点多钟,他下床后走向窗边,打量窗外的世界。对于自己的失眠,贝罗安并没有感到意外和惊讶,而是为此寻找科学的解释。他认为:“或许在他熟睡的时候,体内的分子发生了化学事故,如同被打翻了的饮料托盘,促使多巴胺似的受体在细胞内激起一股强烈的反应;不然就是由于星期六的来临,或者是过度的劳累产生了物极必反的效应,才导致了这种兴奋。”[②]

兰迪·费泰尔(Randy Fertel)曾精辟地指出:《星期六》再现了贝罗安“几乎全部致力于理性和分析的左脑思维”与其右脑“后退”之间的冲突。[③] 在小说中,费泰尔所说的贝罗安的左脑思维和右脑思维之间的冲突主要表现在他对科学与文学的两种不同态度上。与笃信科学的态度相左,贝罗安对文学多有鄙夷。小说写道:“下班回来时家里空无一人,他索性躺在浴缸中读书,满足于这种沉默。他正在读一本达尔文的传记,是他过度爱好文学的女儿黛茜寄给他的。说是和她希望他接下来该读的康拉德的小说有关,他还不知道何年何月会去碰那本书——因为航海的题材,无论多么富含哲理,实在难以勾起他的兴趣。几年来她常常批评他的无知已经到了惊世骇俗的地步,于是引导他接受文学教育。”[④]这一方面是因为贝罗安忙于医学培训、钻研医术,另一方面还在于“他自认为所目睹过的死亡、恐惧、勇气和苦难已足以充实多部文学作品”[⑤]。换言之,贝罗安没有阅读文学作品的真实原因在于认为自己的实际工作要远远丰富于文学阅读,但他毕竟开始接受女儿的建议,试图完成她布置的阅读书单,因为他

---

① C. P. 斯诺:《两种文化》,第64—65页。

② 伊恩·麦克尤恩:《星期六》,第3页。

③ Randy Fertel, "Saturn vs. Hermes: The Battle of the Hemispheres in Ian McEwan's *Saturday*," *Journal of Modern Literature*, Vol. 39, No. 2, 2016, p. 55.

④ 伊恩·麦克尤恩:《星期六》,第3页。

⑤ 同上。

深知这是他和远在巴黎读书的女儿保持联系的一种方式。尽管贝罗安不喜欢阅读文学作品，但是他又脱离不开文学这根沟通自己和女儿的纽带。对于女儿布置的书单，贝罗安不仅在进度上远远滞后，而且在阅读的时候，无论他怎么试图进入阅读状态都根本提不起精神。小说写道："当他意识到自己根本没有读进去的时候，就关掉了收音机，又回到书本上重新再来。"[①]与读书时的走神和无精打采的状态相反，贝罗安陶醉于自己做神经外科手术时的精准迅捷、游刃有余："凭借周密的安排再加上分身有术，他得以在一间手术室里实施大型手术，同时督导另外一间手术室里的一名高级实习医师，还兼在第三间手术室进行一些小型手术。"[②]对于自己精湛的医术，贝罗安感到无比自豪。在一次手术后，他感慨道："三年的痛楚，所有尖锐的、刺骨的疼痛，都彻底结束了。"[③]小说这样描述贝罗安对工作的热情："手术不会令他感觉到疲倦——一旦他沉浸在医院、手术室和井然有序的手术程序所组成的封闭世界里，全神贯注地沿着从手术显微镜里所窥探到的生动的路径直到抵达患病的部位，每当这种时候他便会迸发出超人的能力，更像是一种渴望，对工作的极度渴望。"[④]

就其事业而言，贝罗安相当成功。"贝罗安素来以高效率和高成功率而著称，等候接受他治疗的名单长得出名——每年他要实施的手术超过三百例。有的没能转危为安，有的还处于危险期，但大多数恢复了健康，很多人重回了工作岗位，还是工作——是否能够工作已经成了健康的象征。"[⑤]贝罗安可以同时控制几个手术室、成功摘除脑瘤，这让他有主宰世界、控制世界的欲望和成就感。颇有讽刺意味的是，贝罗安作为神经外科医生被介绍给英国首相布莱尔，但是布莱尔却将他误认为艺术家。首相在无形中混淆了他的职业身份：明明是笃信科学的医生，却被误认为艺术家。

在女儿黛茜的鼓励下，贝罗安试着读了"一个有关一个小女孩经历父母不负责任的离婚的悲惨故事。听起来应该会有点意思，但可怜的小女主人公梅齐的形象很快就被淹没在了一堆文字当中，才看了四十八页，贝罗安却已

---

① 伊恩·麦克尤恩：《星期六》，第4页。

② 同上。

③ 同上书，第5页。

④ 同上书，第8页。

⑤ 同上书，第19页。

经感到筋疲力尽了。他可以承受一连七个小时站着做手术,也具备足够的体力去参加伦敦马拉松赛跑,但是却忍耐不了读书的辛苦"[①]。对于文学,贝罗安有很多困惑与不解。譬如:"有本书的女主角甚至和他的女儿同名,这本书也同样令他迷惑不解。作为一个成年人对于黛茜·米勒那注定的堕落还能得出什么其他的结论? 难道说他由此意识到了世界的残酷? 这还远远不够。贝罗安弯下腰来,凑近水龙头,开始洗脸。也许他,至少在这一点上,开始像达尔文晚年时一样,对莎士比亚这类作家的厌烦已经到了忍无可忍的地步。"[②]

遗憾的是,无论贝罗安多么努力,"他似乎对从头到尾读完一本书缺乏耐心。只有工作能让他专心致志;对工作之外的事情,他都很不耐烦"[③]。事实上,贝罗安一直不喜欢阅读文学作品。他除了医学图书之外,似乎没有看过任何其他读物,对阅读诗歌尤其缺乏耐心。贝罗安这样评价诗歌这一重要的文学样式:"但是诗歌就不是这样了,为了体现对现实的触觉和评论,诗人总是驻足在此时此刻的一点上,让读者和时间一起停滞不前,阅读和赏析诗歌就如同学习一门古老的手艺一样复杂。"[④]让贝罗安大跌眼镜的是,不仅他的岳父约翰是一名诗人,而且女儿黛茜长大后也成了一名诗人。无论贝罗安多么尊敬岳父、疼爱女儿,却从来不能理解他们所热爱的诗歌事业。小说这样描述贝罗安阅读诗歌的状态:"自成年以来就对诗歌毫无兴趣的贝罗安从来没听说过这些诗,就算是娶了诗人的女儿之后也是一样。但是自打他发现自己将成为一位未来诗人的父亲的时候,他便开始有所涉猎。为此他付出了超乎寻常的努力。通常刚看到诗的第一行他的双眼就有种疲倦的冲动。"[⑤]对于介乎科学与文学之间的贝罗安,笔者赞同汉娜·考特尼(Hannah Courtney)的观点:"贝罗安是(或许过于表现为)一个'科学男'(science man)而不是'艺术男'(arts man)——他相信固定的事实而不是阐释。"[⑥]

---

① 伊恩·麦克尤恩:《星期六》,第 46 页。

② 同上。

③ 同上书,第 53 页。

④ 同上书,第 105—106 页。

⑤ 同上书,第 105 页。

⑥ Hannah Courtney, "Distended Moments in the Neuronarrative: Character Consciousness and the Cognitive Sciences in Ian McEwan's *Saturday*," *Mindful Aesthetics: Literature and Sciences of Mind*, eds. Chris Danta and Helen Groth, London: Bloomsbury, 2014, p. 175.

与父亲贝罗安截然不同，黛茜自幼就有很高的文学素养。她十岁出头的时候就已经能背出数十首诗。13 岁的时候，黛茜在外公约翰的启蒙下开始阅读《简·爱》。小说这样描述黛茜对文学的挚爱和沉迷："读到一百页的时候，黛茜开始被简深深地吸引住了，简直到了废寝忘食的地步。有一天下午全家人要到田野中去散步，唯有她不肯同去，因为她还有四十一页没读完。等到他们回来的时候，发现黛茜正在树下的鸽舍旁哭泣，不是为了情节本身，而是因为当故事落幕的时候，她也从一场梦中醒来，才发现所有的一切都是一个素未谋面的女作家虚构出来的。她流泪是出于崇拜，感叹竟有人能够创造出如此动人的故事。"[①]大学时代，黛茜曾经就亨利·詹姆斯的几部后期作品撰写过一篇很长的论文，甚至能背诵《金碗》中的个别篇章。成年后的黛茜正在筹划出版一部诗集。她特别强调，发行诗集的不是那些发行量极少的出版商，而是"位于女王广场的一家享有盛名的出版公司来负责"[②]。更让她高兴的是，她的诗歌还引起了其文学启蒙老师、外公约翰的注意。小说写道："甚至她那目空一切的外公，原本对现代诗歌深恶痛绝的，也从他住的城堡发来了一封几乎无法辨认的书信，经过仔细研究才发现内容居然是欣喜若狂的。"[③]

贝罗安以阅读物理学教材的方式来阅读文学作品，这无疑遭到黛茜批驳："你真是麻木"，"你就像葛莱恩一样顽固不灵，这是文学著作，不是物理学教材"。[④] 在黛茜看来，正是因为父亲没有文学阅读的习惯，所以才导致了他无知得让人惊诧。她不断批评父亲糟糕的品位和敏感性的匮乏。与弟弟西奥不同的是，黛茜喜欢和父亲起冲突。"父女两个都喜欢激烈的对抗。"[⑤]这种对抗突出表现在他们对文学阅读的不同态度和判断。比如，对于《安娜·卡列尼娜》和《包法利夫人》这两部作品，贝罗安的阅读感受是："为消化那错综复杂的故事所付出的代价就是他的思维变得迟钝，还浪费了他无数个小时的宝贵时间。那么他学到什么道理呢？无非是通奸是可以理解的，但却是错误的。"[⑥]在隐喻意义上，他们之间的冲突可以被视为科学与文化之间的冲突。

---

① 伊恩·麦克尤恩：《星期六》，第 109—110 页。
② 同上书，第 41 页。
③ 同上。
④ 同上书，第 54 页。
⑤ 同上书，第 24 页。
⑥ 同上书，第 53 页。

对此,考特尼持有相似观点:“贝罗安大脑里属于决定论和自由个体选择的争论贯穿整个文本,它再现了科学理念与文学理念这一更大的争论。”①

两种文化之间的冲突不仅表现在作为医生的贝罗安和作为诗人的黛茜之间,而且还表现在贝罗安和其同为诗人的岳父约翰之间。小说写道:“两个男人保持着表面上的友好,但其实暗中都厌烦对方。贝罗安无法理解——诗歌这种东西看上去都是一时兴起而做的事情,就像偶尔去摘葡萄玩——居然也可以成为一种职业,还能为某些人赢得名利和自我的膨胀,不过是几首小诗而已。贝罗安也看不出写诗的酒鬼和普通的酒鬼有什么差别;而在约翰看来——这只是贝罗安的猜想——这个女婿充其量只是一个高级技工,一个没有文化而且乏味的大夫。”②如果说斯诺重点讨论了两种文化之间的冲突,那么麦克尤恩则重点探讨了两种文化之间的融合。或许在这种意义上,莫莉·克拉克·西拉德(Molly Clark Hillard)说:《星期六》是“一部需要重读再重读的小说”③。

第三节 两种文化的融合

科学和文学之间的碰撞最为明显地体现在贝罗安面对流氓巴克斯特的态度及其处理方式。正是在巴克斯特事件上,贝罗安一家所代表的两种不同文化达成了和解。贝罗安本人最终做出了从言语威胁、恐吓巴克斯特转为积极救治巴克斯特的伦理选择。在贝罗安开车去打球的路上,他遇到了以巴克斯特为首的三个流氓。如何才能解除即将被流氓敲诈的危机?贝罗安试图用自己的医学知识使自己摆脱困境。“贝罗安的注意力,出于职业的关注,再一次落在巴克斯特的右手上。那不是一种简单的颤抖;这种无休无止显示每一寸肌肉都有同样的症状。诊断这只手的过程让贝罗安感到轻松。”④即便是

---

① Hannah Courtney, "Distended Moments in the Neuronarrative: Character Consciousness and the Cognitive Sciences in Ian McEwan's *Saturday*," *Mindful Aesthetics: Literature and Sciences of Minds*, p. 176.

② 伊恩·麦克尤恩:《星期六》,第 163 页。

③ Molly Clark Hillard, "'When Desert Armies Stand Ready to Fight': Re-Reading McEwan's *Saturday* and Arnold's 'Dover Beach'," *Partial Answers: Journal of Literature and the History of Ideas*, Vol. 6, No. 1, 2008, p. 183.

④ 伊恩·麦克尤恩:《星期六》,第 74—75 页。

在挨了一拳后，贝罗安依然为巴克斯特的抖动症寻找解释，将其诊断为亨廷顿式舞蹈症。贝罗安开始用自己的诊断结果来威胁巴克斯特，直接对他说："你父亲有过这个病，现在你也染上了。"[①]通过告诉巴克斯特他的病情有被治愈的可能，让其在同伴面前出丑，贝罗安成功解除了危机，但他的欢欣未免为时过早。

为了迎接女儿黛茜的归来，贝罗安特意安排了家庭聚会，而其另外一重意图是为了修补约翰与黛茜两人之间的关系，使他们和解。必须指出的是，如果说同为诗人的约翰与黛茜之间是同一种文化的内部矛盾，那么代表另一种文化的贝罗安与他们的矛盾才是主导性的。凑巧的是，聚会和暴力入侵事件不仅成为家庭重修旧好的契机，也是"两种文化"最终得以和解的动因。具有反讽意味的是，期待暴力恐怖事件的贝罗安没有料想到，他所期待的恐怖事件竟然发生在自己家里，而且妻子罗莎琳被歹徒挟持，岳父被歹徒打断了鼻子。

对于这场危机，贝罗安首先采取的方法是用自己的医学知识来解释巴克斯特的行为。其次，他试图用医学知识来扭转当前的被动局面。贝罗安告诉巴克斯特，他的疾病是有药可治的："我在今天早晨遇见你之后，联系了一个同事。美国有套新的治疗方案，并且研制出一种新药搭配治疗，这种药现在还没有上市，但已经在英国开始试用了。在芝加哥取得的初步效果很喜人。百分之八十多的病人症状都有所缓解。他们下个月将在这里挑选二十五个病人进行实验性治疗。我可以把你列到实验名单上。"[②]贝罗安的本意在于试图通过自己的医学知识，继续编造出治愈其疾病的方法来控制巴克斯特，让他在同伴面前出丑，瓦解他们的阵营，使他们自行退去。殊不知，这些街道上的小混混非常在意自己的面子，巴克斯特开始将手中的刀更加逼近罗莎琳，以至于后来直接威胁女儿黛茜脱去衣服。可以说，贝罗安试图通过医学来控制巴克斯特非但没有成功，反而使得局势愈加恶化。

贝罗安对于巴克斯特的病症的判断是："一个小小的遗传变异，一个生命密码的意外重复，决定了他命运多舛，但他绝不能就此放弃——这一点贝罗安同样坚信。"[③]在这句话中，我们依然可以发现贝罗安利用遗传、基因这些科

① 伊恩·麦克尤恩：《星期六》，第 78 页。
② 同上书，第 181 页。
③ 同上书，第 234 页。

学元素来解释巴克斯特的病症及其后果,同时却又变得“情感化”(emotional),他在意念中相信巴克斯特不会轻易放弃自己的生命,但这种信仰显然不能通过科学来解释。

事情的转机出现在巴克斯特对摆在桌子上的黛茜新出版的诗集感兴趣,他让她朗诵出其中的一首。黛茜朗诵了阿诺德的《多佛海滩》,结果被巴克斯特误认为是自己写的,他像孩子般兴奋和激动,放过了黛茜,让她重新穿上衣服,宣称自己唯一的要求就是那本诗集。精力分散后的巴克斯特在贝罗安和西奥的联手下,摔下楼梯,被最终赶过来的警察所俘获。作为知名的文化批评家,阿诺德在《多佛海滩》中借助“潮战”意向来探讨文化命题,传递出对文化信仰的积极态度。在该诗所描述的“潮涨潮落的节奏中,我们可以听到对如下文化命题的追问:什么是进步?什么是幸福?什么叫有质量的生活?”[①]麦克尤恩在作品中通过别出心裁地借用阿诺德的《多佛海滩》,“戏剧化地处理了他在小说中给诗歌和科学之间所设立的差异”[②]。

实际上,这场家庭暴力入侵危机的解决,不仅仅带来了科学与文学之间冲突的和解,也解决了黛茜与约翰这两位文学知识分子的内部矛盾。当贝罗安说阿诺德的《多佛海滩》就如岳父约翰的那首《富士山脉》一样家喻户晓的时候,约翰非常兴奋,提议大家喝酒庆祝。确实,经过这场危机之后,黛茜与外公约翰之间达成了和解。约翰提议为黛茜干杯,“黛茜吻了外公,外公拥抱了她——两个人终于冰释前嫌,纽迪盖奖的风波就此告终”[③]。不仅文学知识分子内部的矛盾解决了,而且横亘在科学与文学之间的冲突也似乎得到了妥善的解决。

尽管自己曾遭受过巴克斯特的肢体侵犯、家人也遭受巴克斯特的伤害,但是贝罗安还是去往医院,为巴克斯特做外科神经手术,并做出一个非常重要的决定:“他一定要先说服罗莎琳,接着是其他家人,还有警察,一起放弃对巴克斯特的起诉。”[④]在法律意义上,贝罗安的这一做法似乎有包庇犯罪之嫌,

---

① 殷企平:《夜尽了,昼将至:〈多佛海滩〉的文化命题》,载《外国文学评论》,2010 年第 4 期,第 80 页。

② Deryn Rees-Jones, "Fact and Artefact: Poetry, Science, and a Few Thoughts on Ian McEwan's *Saturday*," *Interdisciplinary Science Reviews*, Vol. 30, No. 4, 2005, p. 336.

③ 伊恩 · 麦克尤恩:《星期六》,第 196 页。

④ 同上书,第 233 页。

但是这种“包庇”的背后凸显了难能可贵的人文关怀。如果说之前黛茜想要用文学来浸润和改变贝罗安的努力都没有成功的话，那么她的诗歌朗诵不仅让巴克斯特中了“魔咒”，而且也让贝罗安见证了文学艺术的魅力，对文学、对诗歌产生了“顿悟”。贝罗安终于有了他人生中的“第一次”：他用文学而不是用科学的方式来解释巴克斯特的改变：“一个十九世纪的诗人——贝罗安至今还未搞清楚他究竟是大名鼎鼎还是默默无闻——竟然勾起了巴克斯特自己都无法描绘的渴望。他渴望能够活下去，像正常人一样生活，生命之珍贵在于它的短暂。”[①]或许正是在这种意义上，约翰尼斯·沃利(Johannes Wally)评论道：《星期六》“庆祝神经科学和文学，可被看作对科学与温和的社会功能的复杂的伦理投射”[②]。

实际上，贝罗安一家本身就是科技与人文的结合。这在他们所从事的职业身份上也可以窥见一斑：丈夫贝罗安是一名神经外科医生，儿子西奥是一名蓝调音乐人，女儿黛茜是一名诗人，就连其男友也是一名考古学家，岳父约翰是一位著名诗人，妻子罗莎琳是一名报业律师。尽管他们在生活中存有一定程度的分歧，但一家人始终不离不弃。面对逆境时，全家人齐心合力，最后成功解除了家庭危机。消除误解之后的他们变得更为和谐、融洽和幸福。这似乎也有“两种文化”无可分割的寓意。一方面，笃信科学的贝罗安最终领悟到文学的惊人力量，成为有心智敏感性的人物；另一方面，贝罗安凭借精湛的医术，清除了巴克斯特的颅内淤血，解决了他的肉体之疼。更不可思议的是，他还为巴克斯特的求生欲望所动容，决定说服家人和警察放弃对他的诉讼。

三十多年前，曾乐先生在论及“两种文化”时指出：“‘两种文化’的弥合，人类精神的重整，政治决策过程的民主化，根本上维系于多一点宽容精神，多一点理解态度，多一点平等基础上的对话与批判。”[③]斯诺也曾发出这样的警告：“两种文化不能或不去进行交流，那是十分危险的。”[④]笔者以为，借助小说《星期六》，麦克尤恩喻指了“两种文化”在排他性背后的互补可能。科学与

① 伊恩·麦克尤恩：《星期六》，第 234 页。

② Johannes Wally, "Ian McEwan's *Saturday* as a New Atheist Novel? A Claim Revisited," *Anglia*, Vol. 130, No. 1, 2012, p. 106.

③ 曾乐：《“两种文化”的困境》，载《读书》，1988 年第 4 期，第 19 页。

④ C. P. 斯诺：《两种文化》，第 95 页。

文学犹如贝罗安的家庭,难免会有摩擦,但它们毕竟谁也离不开对方。正如陆建德先生所言:“科学与文化物质的母体须臾不能分离,意识形态不仅影响科学,甚至还在相当程度上规定了科学思想的发展方向。”[①]科学之于人的肉体犹如文学之于人的精神,二者须臾不可分离。通过《星期六》中的“文化”书写,麦克尤恩为横亘在两大学科之间的“斯诺命题”作出了自己的注解。

① 陆建德:《从 C. P. 斯诺的〈新人〉看“两种文化”》,载《外国文学》,1996 年第 2 期,第 66 页。

第七章

《甜牙》:"原谅"的伦理与情感

麦克尤恩可谓当今英国文坛大红大紫的人物,既深得批评家们的赞赏,又获得令人称羡的商业成功。迄今为止,麦克尤恩囊括了包括布克奖在内的多项文学大奖,其作品已在全世界范围内累计售出超过1500万册;西方批评界关于麦克尤恩的研究专著近30部,学术文章二百余篇。作为当今英国文坛具有市场号召力和批评影响力的人物,麦克尤恩近年来在作品中对政治话题的书写及其本人在现实生活中对政治活动的介入尤为受人关注。2011年,麦克尤恩在一片争议声中获得备受关注的"耶路撒冷奖"(Jerusalem Prize)[①],在亲身前往以色列领奖并发表关于人权与自由的演讲后,麦克尤恩把奖金悉数捐给"和平斗士"(Combatants for Peace)组织,更是引发了轩然大波。从耶路撒冷领奖归来后,麦克尤恩给自己定下的任务是全身心投入、埋首创作自己的新书,"至少在新书完成之前,不会管任何事情"(I' m now not going to poke my nose into anything at least until this is finished)。这部作品就是麦克尤恩在2012年8月推出的长篇小说《甜牙》(*Sweet Tooth*)。鉴于上述背景,同时也是鉴于麦克尤恩在扉页上题词把该书献给自己的好友、英国左翼知识分子克利斯朵夫·希金斯(Christopher Kitchens)的缘故[②],批评家们重点关注小说的间谍题材和政治主题。其中,较为代表性的有詹姆斯·布拉德利(James Bradley)。他说:"在某种意义上,《甜牙》的真正问题不是其结尾和元小说的

---

① 该奖主要颁发给那些为社会中个体自由发声的作家。获得者在领奖的时候一般都会发表致辞,奖金1万美元。该奖设立于1963年,第一任获奖者是罗素(Bertrand Russel),其他知名获奖者还有纳保尔(V. S. Naipaul)、库切(J. M. Coetzee)等。

② 无独有偶,同年英国另一位小说家马丁·艾米斯(Martin Amis)也将自己的新作《莱昂内尔·阿斯布:英国的状态》(*Lionel Asbo:State of England*)献给希金斯。

构思,而是小说奇特且自鸣得意的政治。”①关于西方批评家对《甜牙》的间谍题材和政治主题的关注和解读,麦克尤恩本人做出了带有悖论式的回应。一方面,他调侃说:“或许所有小说都是间谍小说,或许所有小说家都是监视人们、监视生活的间谍”(Maybe all novels are spy novels, and all novelists are spies—on people, on life);另一方面,他又特意强调:“从某种意义来说,这部小说不是关于间谍,而是关于阅读和写作。”②

在笔者看来,间谍题材和政治主题固然是《甜牙》吸引读者眼球的重要元素,但绝不是解读这部小说的全部。③如果说《甜牙》与麦克尤恩之前的另一部小说《赎罪》在元小说结尾这一写作手法上极为相像,那么二者在“伦理”这一话题上也颇为相通。在《赎罪》的结尾中,女作家布里奥尼告知读者小说完全是其个人为实现赎罪的一种努力;在《甜牙》中,汤姆·哈雷的信则告诉读者小说既是对塞雷娜生活的一种回忆和记载,也是他们共同完成的结果。解读前一部小说的关键词是“赎罪”,而且作者使用该词的伦理旨趣异常明显,甚至直接将之作为小说的题名;解读后一部小说的关键词则是“原谅”(forgiveness),但作者的伦理意图却较为隐晦,采取了在文中不断重复和反复提示的方式。根据笔者的粗略统计,“原谅”一词在小说中被使用了二十余次。那么“原谅”这一在小说中反复出现的高频词汇究竟是隐含了怎样的文本深意?本章以文学伦理学批评为研究视角,试图揭示“原谅”一词汇所蕴含的伦理价值和情感元素,由此走出小说间谍外衣和政治主题的“表层文本”,透视容易被人忽视的“潜藏文本”。

第一节 剑桥学子梦:“母亲的夙愿”与假想的原谅

在塞雷娜的一生中,改变其生活轨迹和人生命运的有三位至关重要的人物。第一位是其母亲,第二位是托尼·坎宁,第三位是汤姆·哈雷。母亲决

---

① James Bradley, “McEwan Loses Compass in Le Carre-land,” *The Australian*, September 8, 2012, p. 20.

② Charlie Rose, “Conversation with Jake Tapper; Conversation with Ian McEwan; Conversation with Norm Ornstein.” *Charlie Rose Show*, December 13, 2012.

③ 间谍题材在麦克尤恩的作品中并不新鲜。早在其1990年出版的作品《无辜者》(*The Innocent*)中,麦克尤恩就已经涉猎了间谍故事。

定让塞雷娜奔赴英国知名学府剑桥大学攻读其并不擅长的数学，而不是去一个偏远的地方院校从事英文专业的学习；托尼让塞雷娜从数学专业的一名学生转变成英国军情五处的美女间谍；汤姆终结了塞雷娜的间谍生涯，让其最终成了一名作家。当前的评论界大多注意到托尼与汤姆两人之于塞雷娜生活的重要性，重点关注塞雷娜和托尼、汤姆之间的关系，而对塞雷娜的母亲只字不提。实际上，母亲在塞雷娜的人生中其实扮演了非常关键的角色。甚至可以说，如果没有母亲对塞雷娜做出前往剑桥大学学习数学的安排，那么就不会有后来发生的"谍影重重"的故事，塞雷娜的整个人生也会完全不同。这一点似乎被很多评论家忽视了。

在小说中，塞雷娜这样叙述母亲要求自己去剑桥大学攻读数学专业的决定。"母亲告诉我，如果我去读英文，后来只不过会成为一名比她稍微多受一点教育的家庭主妇，她将永远不能原谅我，也将永远不能原谅她自己。我有**浪费生命**的危险。"[①]从这短短两句话中，我们大致可以这样理解塞雷娜母亲的思维逻辑。在她的理念中，塞雷娜如果在大学里读了英文，意味着女儿将来不会有好的前途，其结果就是沦落为一名家庭主妇，而成为家庭主妇就等于是在浪费生命。这种局面是她绝对不愿意看到的，也是十分危险的。那么塞雷娜的母亲为什么有这种思维逻辑或做出这样的判断？要回答这个问题，还应该从塞雷娜的家庭背景和其母亲的伦理身份说起。

塞雷娜在小说开篇写道："我不会在自己的童年和少年时期浪费太多时间。"[②]不浪费时间的原因大致在于自己童年和少年时期的生活相对平淡无奇，在上大学之前几乎就没有什么特别值得大写特写的地方：父亲是一名将毕生都献给上帝的教会主教，母亲是一名家庭主妇，妹妹露丝比自己小一岁半，自己就读的是当地的语法学校。在短短两页的篇幅内，她就写完了自己在童年和少年时期的生活。那么塞雷娜生活开始出现不寻常的状态则是进入大学之后的事情，而使自己的生活变得不寻常的第一位人物是其母亲、这位在小说中自始至终都未出现名字的人物。按照塞雷娜的说法，母亲是"一名先是担任牧师后来又成了主教的妻子的典范或者戏仿——对教民的名字、

---

① Ian McEwan, *Sweet Tooth*, Toronto: Alfred A. Knopf, 2012, p. 4. 粗体为原文所加。

② Ibid., p. 1.

面部特征和牢骚有着超强的记忆力,戴着爱马仕头巾行走于街道,对日常工作人员和园丁既亲和又不卑不亢。在**任何的社会场合**,她都有完美无缺的魅力"[①]。但是这一切仅仅是为了证明母亲作为一名家庭主妇,尤其是她作为主教妻子是多么称职而已。小说中细数了母亲如何应对各个社会场合:母亲懂得怎样同那些前来教堂地下室参加妈妈和宝宝俱乐部活动时不停抽烟的女人打交道,擅长在客厅里向那些坐在她脚下的来自巴纳多基金会(Barnardo's)的孩子们把圣诞故事讲述得引人入胜,凭借非常自然的权力让坎特伯雷大主教前来喝茶时感到轻松自在。在塞雷娜看来,母亲所有工作中最难的一部分就是她对父亲事业的"彻底献身和服从"(utter devotion and subordination)。具体说来,就是母亲"助他升职,为他服务,处处让他感到轻松舒适。从叠袜子和熨烫挂在衣柜里的白色法衣,到他一尘不染的书房,再到周六他撰写布道词时家中的无比宁静"[②],不一而足。从作为主教妻子这一伦理身份看来,塞雷娜母亲几乎做到了无可挑剔:在丈夫的生活上,对其饮食起居予以无微不至的照顾;在丈夫的职业上,她对下(教区的教民)亲和又不失尊贵与体统,对上(坎特伯雷大主教)敬重而又无阿谀之嫌。可以说,塞雷娜父亲在教会和神职上所获得的成功,与其母亲的奉献有着不可分割的联系。

但主教的妻子只是塞雷娜母亲多重身份中的一个而已。同时,她还是女儿塞雷娜和露丝的母亲,而且从根本上来说,她是一名女性。在不经意之间,母亲的言辞分明透露出她的女性主义思想。塞雷娜回忆道:"她说去剑桥学习数学是我作为女人的责任。作为女人?在那个时代,在我们的社会环境下,没有人那样说话。没有女人会'作为女人'来做任何事情。"[③]具有讽刺意味的是,塞雷娜母亲对于丈夫的种种付出,并没有要求过分的回报,她渴望得到的回报异常简单,即自己的丈夫"爱她,或至少,永远不会离开她"[④]。细读之下,我们不难从中发现在塞雷娜母亲作为一名主教妻子,为丈夫的职业和生活付出各种艰辛劳动而无怨无悔这一表层文本下的"潜藏文本":母亲对作为全职家庭主妇的某种不满。但是她作为主教妻子这一身份又

---

① Ian McEwan, *Sweet Tooth*, p. 3. 粗体为笔者所加。

② Ibid.

③ Ibid.

④ Ibid.

使得她有责任维护整个教区的安定，不能因为自己而给整个社区带来不安和躁动。这也成为她应尽的伦理责任之一。在牺牲自己个人的女性主体意识与扰乱整个教区的稳定和安宁之间，塞雷娜的母亲很显然选择了前者，选择了让步。

就母亲和女性这两重伦理身份而言，塞雷娜的母亲在为女儿选择大学专业上可谓费尽心思。她做出这种选择的部分原因是女儿在中学时表现出超人的数学天赋。根据塞雷娜描述："我甚至在不知道如何运算之前，就已经知道了题目的答案。当我的朋友们还在挣扎和运算的时候，我已经通过部分视觉的、部分感觉什么是对的几个轻松步骤有了答案。很难解释我是怎么知道的。很显然，数学考试要比英国文学考试省力得多。"[①]在塞雷娜的母亲看来，既然女儿有如此出众的数学天分，那么她在大学里学习数学是再正确不过的了。作为母亲，她有义务和责任帮助女儿做出正确的选择，以免让她误入歧途。换言之，数学是女儿最为擅长的专业，她不能眼睁睁地看女儿浪费自己的才华与天资。尽管女儿也喜欢阅读，每周可以读完两三本书，但她依然坚信数学是她应该首选的专业，因为从根本上来说，这涉及女儿将来的工作和前途等关键问题。塞雷娜的母亲认为自己的女儿"必须在科学、工程或经济学有一份合适的职业"(must have a proper career in science or engineering or economics)[②]，而英文专业将来很有可能使女儿成为一个"稍微多受一点教育的家庭主妇"(a slightly better educated housewife)。两个专业就意味着两种截然不同的前途：数学专业可以让女儿获得"一份合适的职业"(a proper career)，而英文专业就意味着女儿将来很可能奔赴自己后尘，成为一名全职的家庭主妇。在塞雷娜的母亲看来，自己算得上是一名称职优秀的家庭主妇，但这绝不是"一份合适的职业"。从表面上看来，母亲貌似对自己生活不满，但实际上她怀有的更多是对女儿未来生活的美好期盼，那种望女为凤的夙愿。不难想象塞雷娜的母亲在发现女儿有过人的数学天赋后的那种窃喜与欣慰。

在塞雷娜的母亲看来，倘若女儿在选择学校和专业时出现失误，并因此

---

① Ian McEwan, *Sweet Tooth*, p. 2.

② Ibid., p. 3.

影响到女儿未来生活的话,母亲将永远无法原谅自己,因为自己没有做到引导女儿、帮助女儿做出正确的选择,会有沉重的负疚感。那么她为什么又说如果塞雷娜进入一所普通大学读英文专业,她又会永远都无法原谅女儿呢?是因为女儿不够听话吗?答案显然不是如此。根据塞雷娜的回忆,母亲认为“去剑桥学习数学是我作为女人的责任”①。也就是说,塞雷娜除了是其母亲的女儿这一身份外,还有另外一个非常重要的身份——女人。作为女人,塞雷娜的母亲现在是一名家庭主妇,尽管自己已经没有重新选择自己人生道路的机会,但是她坚信自己的女儿会有与自己不同的人生道路。只要她进一所好的大学、读一个好的专业,那么她就可以改变女人只能做家庭主妇的不成文规约与现状,进而证明女人也可以像男人一样,拥有“一份合适的职业”。所以塞雷娜去剑桥之类的名牌大学就读好的专业,从小的方面来说,是自己希望女儿有更好的前程;从大的方面来说,也是自己希望女儿能够改变女性在社会分工中的不平等地位。就此而言,女儿如果自毁前途,浪费才华,母亲无论在个人情感上还是在其女儿所承担的社会责任上,都是无法原谅的。这背后最根本的原因,还是塞雷娜母亲对女儿深沉的爱和对女儿的殷殷期盼,而这种情感主要源自其作为母亲这一最为核心的伦理身份。

如果她没有及时在女儿人生较为关键的年龄段帮助她做出正确的选择,其后果可能是让有数学天赋的女儿浪费了自己的才华,使其有重走自己老路的危险。这是她作为母亲极不情愿看到的,因为这是对自己伦理责任的逃逸,也是她所无法原谅自己的。塞雷娜母亲越是爱自己的女儿,对自己女儿的感情越是浓厚,就越是急于说服女儿放弃在地方院校学习英文专业的打算而去剑桥大学学习数学。当然,塞雷娜母亲清楚地知道自己的决定会影响到女儿的情绪,会有不尊重女儿自主选择权的感觉,甚至还会给女儿带来一定的情感伤害。在给女儿带来暂时的情感伤害和长久的幸福之间,她毅然选择了后者。为此,她开始不惜一切代价,动用了所有可以利用的资源和手段,来说服女儿进入剑桥大学,其中包括塞雷娜所在中学的校长、相关课程老师以及塞雷娜的父亲等。

塞雷娜的父亲平时不苟言笑,妹妹和自己都称他为“主教”。为了塞雷娜

---

① Ian McEwan, *Sweet Tooth*, p. 3.

能够进入剑桥大学学习数学专业，母亲甚至动用了父亲，让他找塞雷娜谈话。在主教看来，剑桥大学“为通向现代世界打开了大门”（opening its gates to the modern world）。不幸的是，鉴于塞雷娜是女孩子，就读的是文法学校，学的又是都是男孩子的科目，即便她确实该去剑桥大学读书，也不能读英语专业，因为她不占任何优势。但这些是塞雷娜所无法理解的理由和劝说。无论是在剑桥大学读书的时候，还是在军情五处做间谍的时候，她都认为自己完全是为了实现母亲的野心，甚至还认为是母亲破碎了自己就读英文专业的梦想。比如，在接到“甜牙”计划的任务去接触作家汤姆、阅读汤姆的作品的时候，塞雷娜感叹道：“我的梦想实现了——我在学习英文而不是数学。我从母亲的夙愿中解脱了出来。”[①]需要注意的是，塞雷娜使用了“母亲的夙愿”（my mother's ambition）。这种措辞分明表达出她的不满，甚至带有某种程度的怨恨情绪，尤其是因为自己在大学时候，发现自己根本就不是学习数学的材料。我们不难推测，塞雷娜的母亲不仅仅考虑到了自己将来无法原谅自己和原谅女儿，可能同时也考虑过女儿将来是否会理解或原谅自己的这个决定。换言之，为了女儿的前途，她宁愿冒着被其误解的危险而在所不惜。所幸的是，她这种因爱而做的选择最终得到了女儿的谅解。

多年后，当塞雷娜重新回到故乡的时候，她瞬间在情感上同父母达成了和解。塞雷娜在作品中这样叙述自己在见到父亲时的激动之情：“我把包丢在脚下，让父亲抱着我，把自己脸埋进他的衬衣里，闻到了熟悉的特级皮革皂的味道、教堂的味道——薰衣草的味道，我开始哭起来。我不知道为什么，不知从哪儿来的眼泪，我成了一个泪人。我一般不轻易哭；他和我都惊呆了。但是我什么也不能做。这是一种你可能从一个疲惫的孩子那里听到的冗长的、无助的哭声。”[②]塞雷娜开始动情了，尽管她写这部作品的时候依然不知道自己为什么当年回家时会动情，只能揣测是因为父亲的“声音，是她喊我名字的方式”[③]；而这折射出的正是塞雷娜所渴求和恋恋不舍的情感，尤其是在外面漂泊多年之后，这种家庭的温暖和亲情对她而言愈加弥足珍贵。塞雷娜不想让父亲放手，紧紧地抓住父亲，她说：“但愿自己能够想到一种罪行，我将请

① Ian McEwan, *Sweet Tooth*, p. 99.

② Ibid., p. 229.

③ Ibid., p. 230.

求他用教堂神奇的力量来原谅我。"①为什么塞雷娜会想象自己的罪过,并渴望得到父亲的原谅?笔者认为,她的这种负疚感来自内心深处对当年父母劝说自己去剑桥大学就读数学专业的不解,对自己不能领会父母良苦用心的一种悔恨。尤其是当她见到母亲后,塞雷娜对母亲的感觉更是与小时候截然不同。她说:"当我找到她的时候,我发现所有让我感觉压抑窒息的东西现在都似乎让人舒适欣慰——烤肉的味道,温暖的地毯,橡木家具的光线,餐桌,银器和玻璃杯,以及母亲对花瓶中榛树树枝和水木树枝的雅致排列,最小限度地展现出银色喷漆来暗示轻微的霜感。"②从表面上看,塞雷娜是在谈论对自家房子装饰、对家具的感觉有了从"压抑窒息"(suffocation)到"舒适欣慰"(comforting)的变化,她实际上想说明的是自己对母亲情感的变化,即由过去的不安、疏离到亲切,感受和体会到母亲对自己的教导和浓密的爱。

塞雷娜和其母亲之间的情感属于母女亲情。在她们二人身上,原谅行为实质上是处于一种假想或虚拟的状态,塞雷娜母亲所不安和担心的局面在现实中并没有发生,因为塞雷娜毕竟顺从了母亲的意愿,最终去剑桥大学就读数学专业了。也正是因为母亲,塞雷娜获得了新的身份——剑桥大学的学生。与之不同的是,塞雷娜与托尼之间的情感属于情人之间的爱情,在他们身上,原谅行为确实发生了——身患绝症的托尼找个借口狠心抛弃了塞雷娜。也正是因为托尼对自己的培训和暗中相助,塞雷娜由剑桥大学的学生蜕变成了军情五处的女间谍。在这个过程中,读者所看到的是处于伦理困境中的托尼所做出的艰难选择。

第二节 遗弃的情人,帝国的间谍:原谅"无私的残酷"

进入剑桥大学后的塞雷娜是不幸的,但同时她又是幸运的。不幸的是,貌似具有数学天赋的她在剑桥大学表现十分平庸,根本就没有任何天资可言,沦落为老师和同学们的调侃对象。失意之余,塞雷娜试图转入英文专业、法文专业甚至是人类学专业,可惜根本不被接收。无奈之下,她只好拼命努

① Ian McEwan, *Sweet Tooth*, p. 230.

② Ibid., pp. 230-231.

力，但最后也只能勉强算是成绩三流的学生。幸运的是，塞雷娜依旧保持文学阅读的习惯，并且在同学创办的校园期刊上发表大量阅读感受性质的文章，并渐渐小有名气，甚至博得了数学老师的赞赏，总算是找到了一点自信。更为幸运的是，她在剑桥大学遇到了改变自己一生的人——托尼·坎宁。

托尼是剑桥大学的历史学教授、塞雷娜前男友杰里米的导师。一个偶然的机会，经过杰里米的介绍，塞雷娜与托尼相识了。所谓的剑桥大学教授只是托尼用来掩人耳目的名头罢了，其真实身份是英国军情五处（MI5）的一名资深间谍。那么托尼为什么会选中塞雷娜作为军情五处招募的间谍人选呢？根据塞雷娜的描述，就当时的情况来看，能够进入军情五处做间谍是属于男人的特权，因此“一个女人能被以那种被过多描述的、历史悠久的方式接近，是非同寻常的”①。塞雷娜大体推测出托尼看中自己的如下几个原因：其一是自己良好的家庭背景，父亲是主教是她的一大优势；其二是她当时年轻且非常富有吸引力；其三是托尼试图把她作为礼物送给军情五处，以补偿托尼当年的不忠与背叛。回忆起自己同托尼在一起的日子，塞雷娜说：“当他准备开始一段没有希望回头的旅程时，他将改变我的生活，而且其行为表现出无私的残酷。”②毋庸置疑，托尼领着塞雷娜走上了间谍的道路，改变了塞雷娜的身份，也由此改变了她的生活。对于这一点，普通读者不存有任何疑虑。问题的关键在于，托尼的何种行为在塞雷娜看来是“无私的残酷”（selfless cruelty）呢？我们又该如何理解塞雷娜对托尼做出的“无私的残酷”这一悖论式的评价呢？若要回答这些问题，我们就必须回到托尼当时所处的伦理环境，在事件发生的历史现场中审视托尼的行为。

在与托尼相识后，塞雷娜成为这位年龄和自己父亲相仿的男人的情人，同时她与男友杰里米依旧保持恋人关系。直至几个月后，杰里米去爱丁堡攻读博士学位，他在给塞雷娜的信件中坦言自己爱上了年轻的德国男性小提琴手，因此提出分手的要求，并向塞雷娜致歉。这封致歉信无疑让塞雷娜感到无比释然，庆幸自己终于摆脱了与男友及其老师同时保持情人关系的道德困境。她既没有向杰里米告知自己成了他导师的情人，也没有向托尼透露杰里

① Ian McEwan, *Sweet Tooth*, p. 14.

② Ibid., pp. 14-15.

米的同性恋身份,因为“为了快乐,每个人知道的信息不宜过多”(Everyone knew as much as they needed to know to be happy)[①]。1972 年夏的每个周末,塞雷娜都会和托尼在萨福克附近一栋位于森林的房子中相聚,接受托尼对她的培训,为军情五处的面试做准备。不过,就在塞雷娜去伦敦面试的前两天,托尼将塞雷娜抛弃了。这就是那件被塞雷娜称为“无私的残酷”的事件。托尼对塞雷娜的抛弃可谓精心设计。在 7 月初,托尼送给塞雷娜一件丝绸衬衫作为礼物。每次在离开森林中的小房子时,塞雷娜都会将衬衫叠好带走。在 9 月的某一天,托尼让她把这件丝绸衬衫连同他自己的衣服都放在洗衣篮里让人清洗,因为他们很快就回来,而且托尼的妻子要去维也纳十多天,何况他妻子平常根本不怎么来这里。出人意料的是,一段时间未见后,塞雷娜等到的并不是情人的热情,相反托尼满脸不悦地把车开到高速公路旁的临时停车道,严厉斥责塞雷娜,批评她有意把丝绸衬衣放在洗衣篮里,是想故意让托尼妻子发现衬衫进而发现他们之间的情人关系,试图破坏他的婚姻。失望愤怒之余的托尼选择与塞雷娜分手,将她一个人丢在高速公路旁,自己驱车而去。望着托尼远去的汽车,塞雷娜叫嚷说:“托尼,不要假装你不知道事情的真相。”[②]难道托尼真不知道是自己让塞雷娜把衬衣留在家里让人清洗的吗?他难道真不知道塞雷娜不是这种要伎俩的人吗?答案显然是否定的。

按照塞雷娜当时的理解,托尼没有假装。他选择在高速公路的临时停车道把自己丢下来的原因再明显不过了。“我就像面包一样被抛弃了。我突然明白了为什么我们会在这里,在这个临时停车道上停下来。托尼期待一幕场景。他不想这个事情发生在他的小车里。他怎样才能把一个歇斯底里的女孩从汽车座位上弹出去?因此,为什么不让事情发生在这里呢,这样他可以直接开车走掉,丢下我自己搭车回市区?”[③]无论是从两人分手这件事还是从托尼真的把塞雷娜一个人丢在临时停车道这种行为本身来说,塞雷娜似乎都做出相同的阐释判断——“抛弃”(dumped)。不过,若仅仅从小说在此处所提供的信息来看,读者不禁疑惑托尼选择同塞雷娜分手是否果真像他所说的是因为自己妻子发现了塞雷娜丢在屋子里的衬衫。这件事情的背后是否还

---

① Ian McEwan, *Sweet Tooth*, p. 17.

② Ibid., p. 33.

③ Ibid., p. 32.

另有隐情？托尼是否有自己难言的苦衷呢？

在小说随后的叙述中，读者跟随塞雷娜的内聚焦，通过其军情五处的上司麦克斯、前男友杰里米以及托尼本人给塞雷娜的致歉信，开始慢慢接近托尼抛弃她的真实原因。当时的情况是，托尼身患绝症，生命垂危，即将被安排至一个人迹罕至的岛屿度过余生。摆在托尼面前有四个难以取舍的伦理选择：第一，隐瞒自己的病情，选择和塞雷娜生活在一起。这种选择纯粹是为了满足自己在情感上的需要，姑且不论这是否会给塞雷娜带来伤害，在现实生活中也不可能实现，因为政府当局已经安排他远去岛屿生活了。第二，把自己患病的消息告诉塞雷娜，然后要求她和自己一起去岛屿。这个选择的优点是能够让自己在情感上获得满足，缺点在于会让年轻的塞雷娜承受巨大的痛苦，需要她面对自己的病情；这不仅会毁掉她即将来临的军情局面试和未来美好的前程，而且还有可能会给其未来的感情生活带来负面影响。第三，把自己患病的消息告诉塞雷娜，然后选择分手。这个选择的优点在于自己没有欺骗塞雷娜，但是根据托尼对塞雷娜的了解，如果她得知自己患病的消息，肯定会要求跟随自己一起去这个岛屿，因此让她和自己分手就很难实现了，给塞雷娜造成伤害的危险依然没有消除。第四，隐瞒自己的病情，选择和塞雷娜分手，独自一人去岛屿。这种选择的优点是既不会毁掉塞雷娜的前途，也不会让塞雷娜承担得知自己身患绝症的痛苦，其缺点是不仅会背离了自己需要塞雷娜的真实情感，而且还会让塞雷娜误解自己的行为，不会原谅自己。

从某种意义上来说，这四种选择集中反映的是托尼在利己与利他、情感与理性之间的冲突和矛盾。把塞雷娜留在身边是对自己有利，而对她不利；与塞雷娜分手对自己不利，但是对她有利。从内心感情上来说，托尼需要塞雷娜，渴望她能够同自己厮守在一起，度过在人世间的最后一段时光；但理性告诉他，这种行为对于像塞雷娜这样一个年轻的女孩而言是不公平和过于自私的。因此，他才精心设计了这样的一个分手计划，以塞雷娜企图破坏自己的婚姻为借口，狠心地将她抛弃在高速公路的临时停车带。尽管这种选择背离了托尼的情感，但是他的这种伦理选择又将他对塞雷娜的爱升华到一定的高度，而且是超越了男女之情，成为一种反映人类崇高伦理道德范式的大爱。在托尼看来，只有通过这种方式才能够让塞雷娜离开自己，彻底断绝她跟随自己的念头。这对塞雷娜而言固然是残忍的，但对托尼自己而言何尝不也是一种残忍？

此外，笔者认为，托尼做出这种选择还有另外两个深层次的原因：其一是托尼愧疚于自己曾经背叛祖国，试图做出补偿。作为英国间谍的托尼在过去有过叛变行为，他试图在晚年把出身良好、教育背景优良、相貌出众的塞雷娜招募进情报部门来为国家服务，算是对自己过失的一种弥补。其二是托尼抛弃塞雷娜也算是他给塞雷娜的间谍训练计划的一部分。作为一名成功的间谍，塞雷娜必须在将来工作中抛弃个人的情感，服务国家。假如塞雷娜能够割舍她和托尼之间的情感纠葛，那么她在事业发展上就会取得一定的成功。细心的托尼不仅在临行前请求同僚将来对塞雷娜委以重任，而且还给她写了一封感人至深的致歉信（尽管这封信迟来了很多年），希望可以获得塞雷娜的原谅。

在信中，托尼写道："你将来会明白为什么我不得不走，为什么我不得不是一个人，以及为什么我不得不在自己的能力范围内把你推开。在我的一生中，再也没有比把你赶走、把你丢在临时停车带更卑鄙无耻的事情了。"[①]托尼连续使用了"不得不"（have to）这一词语，突出强调自己之所以把塞雷娜抛弃在高速公路边、选择那样的分手方式完全是万般无奈。他也承认这种行为是"卑鄙无耻的"（vile），但是为了塞雷娜的福祉，他心甘情愿地背上"卑鄙无耻"的骂名。对于自己和塞雷娜之间的缘分与感情，托尼坦言："我不想给你留下悲伤，而是留下对你的感激，感谢你给我的生活带来快乐，那时我已经知道没有回头路了。我对你生活的介入是自私的、懦弱的——甚至是残忍的。我希望你能原谅我。我希望你也可以找到幸福，甚至是一个职业生涯。祝你一生中一切好运。请你在记忆的某个角落留一些空间给那年夏季的几个星期，那些在森林中愉快的野炊，那些你给一个生命走向尽头的男人的心所带来的温暖与爱。"[②]对于塞雷娜生活的介入，托尼认为自己是"懦弱的"（weak）、"自私的"（selfish）和"残忍的"（ruthless）。如果单纯从托尼想把塞雷娜培训成间谍，送她去情报部门来弥补自己曾经背叛国家的行为这一点来看，用这三个词来形容他是不过分的，但是作为一个身患绝症、生命垂危的

---

① Ian McEwan, *Sweet Tooth*, p. 290.

② Ibid., p. 291.

人,他为了自己年轻情人的前途和未来生活而残忍地将她抛弃,选择分手,这种行为无疑是"勇敢的"(courageous)、"无私的"(selfless)和"善良的"(kind),体现出托尼身上所值得称赞的道德品质,充分证明"人是一种伦理的存在"①。

如果说塞雷娜即便在得知托尼患病去世的消息后还没有完全理解他,那么在读完这封信之后,塞雷娜彻底同托尼达成了和解。对于托尼抛弃自己的行为,塞雷娜此前的评价是:"作为一种手段,一个骗局,它被很聪明地实施了。他把我丢下,我太过于受伤而没有去追他。当时,我并不认为自己在森林房子的时候真的爱他,但是我在得知他的死讯后,马上就确定自己是爱他的。他的欺骗和伎俩比任何已婚男人的婚外情都要狡猾得多。即使我当时很崇拜他的这一做法,但我并不能完全原谅他。"②一直到得知托尼的死讯后,塞雷娜都认为托尼把自己狠心抛弃的行为是一种"手段"(device)、"骗局"(deception)、"伎俩"(trick)、"欺骗"(deceit)。上述带有贬义的负面词汇分明透露出塞雷娜内心对托尼的不满和怨恨。但是,在读完这封致歉信后,塞雷娜的态度发生了明显的转变,她回忆说:"我待在走廊里,假装向窗外看,然后我哭了一会。"③此时的塞雷娜不仅原谅了托尼当年狠心抛弃自己的残忍行为,而且还为之感动与动容,因为她充分理解了这种行为最本真的一面:托尼的"残忍"来源于其大爱的"无私",他"无情"的背后实则是诚挚的"真情"。

第三节 "甜牙"的主角,小说的作者:原谅"彼此的监视"

同塞雷娜的母亲安排她去剑桥大学就读数学专业,而她在剑桥大学表现平平的情况如出一辙,托尼安排塞雷娜去军情五处当间谍,但她在那里同样表现一般,甚至还出了洋相。一方面是自己通过了军情五处的忠诚考验;另一方面是因为托尼的推荐,塞雷娜被安排去执行一项代号为"甜牙"(Sweet Tooth)的计划。"甜牙"是军情五处对美苏两国所卷入的"文化战争"的一个

① 聂珍钊:《文学伦理学批评:伦理选择与斯芬克斯因子》,载《外国文学研究》,2011年第6期,第6页。

② Ian McEwan, *Sweet Tooth*, p. 51.

③ Ibid., p. 291.

回应,旨在资助那些有潜力的青年作家,帮助他们出版作品,发表有利于英国政府的正面言论。塞雷娜的任务是去接触一名叫汤姆·哈雷的青年作家,试图使他成为“甜牙”计划的一名资助对象。正是在同汤姆的接触过程中,塞雷娜爱上了这位才华出众的男人。从职业角度来看,她显得非常不够专业。不止于此,她还将自己置于一个非常尴尬的伦理困境,备受煎熬。一方面,塞雷娜作为英国情报部门的间谍,她的工作职责是监控汤姆,使之顺利成为“甜牙”计划的一部分;另一方面,作为汤姆的情人,塞雷娜必须忠于自己的爱情,有必要向情人坦白自己的真实身份和间谍工作。塞雷娜的伦理困境实际上来源于她对自己究竟应该是做军情五处的间谍还是做汤姆的情人两个伦理身份的困惑。坚守前者意味着塞雷娜欺骗和背叛了自己的爱人,选择后者则意味着塞雷娜背叛了自己的职业甚至是该职业背后所代表的整个国家利益。随着与汤姆之间感情的加深,塞雷娜愈加感觉到这种伦理困境给其带来的压力,深陷伦理两难之中,无法抉择。

塞雷娜曾有很多次向汤姆坦白自己身份的冲动,但是出于对后果的惧怕,她又强忍住到嘴边的话语。作品这样描述塞雷娜的饱受煎熬的心理状态:“当时,就像一个从悬崖边滑落的女人扑向一簇永远不能承担其重量的草一样,我再次想起汤姆不知道我是谁、不知道我真正是做什么的,我想自己应该现在就告诉他。最后的机会。继续,现在就告诉他。但是已经太迟了。真相太沉重了,会毁掉我们两个人。他会永远恨我。我可以提醒自己给他的生活所带来的好处,那些与我同来的艺术自由,但事实是如果我继续同他交往下去,我将不得不继续说那些弥天大谎。”[①]塞雷娜用“一个从悬崖边滑落的女人扑向一簇永远不能承担其重量的草”(a woman who slips over the edge of a cliff and makes a lunge for a tuft of grass that will never hold her weight)这个比喻来形容自己当时的处境是再恰当不过了。她难道不就是一个行走在命运悬崖边上的女人吗?这个悬崖就是她作为一名间谍无可救药地爱上了自己的监控对象:一方面,她不能让自己所服务的情报组织得知这件事,因为这违背了她的工作纪律;另一方面,她又不能向汤姆坦白一切,她深知告诉汤姆自己的真实身份就意味着会失去他,让他痛恨自己。进退维谷之际,塞雷娜为了

① Ian McEwan, *Sweet Tooth*, p. 202.

维系暂时的平衡，唯一可以抓住的“救命稻草”就是隐瞒真相、不停地向军情五处和汤姆撒谎，希图用谎言和欺骗来守住自己的爱情、保全自己的工作。但这毕竟只是权宜之计罢了。尽管塞雷娜不愿意做出选择，残酷的现实还是打破了两者之间的平衡。在汤姆的第一部长篇小说获得奥斯汀文学奖之后不久，他得到军情五处的资助以及其情人塞雷娜是英国情报机关的间谍等消息被逐一曝光。

毋庸置疑，汤姆是塞雷娜所负责的“甜牙”计划的主角，是她所监视的对象。在监视过程中，她深深地爱上了汤姆。随着感情的加深，她越发处于困难的局面，处于既背叛国家又背叛爱情的双重危险。随着新闻媒体不断披露出她的间谍身份，塞雷娜不仅结束了自己在军情五处的工作，同时也做好了让汤姆来结束他们之间爱情的准备。塞雷娜说：“我从来就没打算要服从纳丁和塔普的命令去和汤姆分手。结束这段恋情的特权属于汤姆。今天的报纸头条意味着我在情报机关的日子到头了。我不需要不服从。报纸头条还意味着汤姆除了被我毁掉之外，没有其他选择的余地。”①忐忑不安的塞雷娜奔赴汤姆住所，准备面对汤姆的斥责的时候，却出人意料地收到了来自汤姆的致歉信。原来塞雷娜的上司麦克斯因为向塞雷娜求爱不成，在忌妒和愤怒之余，找到汤姆并向他讲述了军情五处的“甜牙”计划以及塞雷娜的间谍身份。汤姆在得知了塞雷娜的间谍身份后，并没有选择和她分手，而是刻意隐瞒了这一信息。此后，他开始在暗中监视塞雷娜，记录下她的一举一动，让她成为自己小说“甜牙”的主角。对于向塞雷娜隐瞒自己的“甜牙”计划，他表达了歉意，希望可以得到塞雷娜的原谅。汤姆为什么会实施自己的“甜牙”计划？他是怎样实施这一计划的？汤姆的“甜牙”计划又产生了怎样的后果？若要回答这些问题，我们就必须从汤姆写给塞雷娜的具有元小说性质的致歉信下手。这封信是破解上述谜团的关键密符。

在信中，汤姆回忆说，自己在从麦克斯的口中得知事情的真相后，他确实有怒火中烧的感觉，不仅喝酒买醉，甚至还给塞雷娜写了一封“粗暴的信件”(a savage letter)。但庆幸的是，他最终没有失去理智。在理性意志与自由意志、非理性意志之间的斗争中，前者占据了上风。根据文学伦理学批评的观

---

① Ian McEwan, *Sweet Tooth*, p. 299.

点,“文学作品中描写人的理性意志和自由意志的交锋与转换,其目的都是为了突出理性意志怎样抑制和引导自由意志,让人做一个有道德的人”[①]。汤姆开始用另一种视角来审视塞雷娜与其“甜牙”计划。他意识到:

> 这不是,或不仅仅是惨重的背叛与个人灾难。我过于关注受伤以至于没有看到它的本质——一个机会,一件礼物。我是一个没有小说的小说家,现在机会给我送来了一个味道鲜美的骨架,一个有用故事的基本框架。在我的床上躺着一位间谍,她的头就在我的枕头上,她的嘴唇贴近我的耳朵。她掩藏了她的真实目的,更重要的是她不知道我已经知道这个了。而且我也不会告诉她。所以我不会和你正面冲突,也将不会有指控或结束,或分手,时间还没到。相反,沉默,谨慎,耐心观察,写作。事件将会决定情节。人物是现成的。我并不需要创造什么,只需要记载。我要看你工作。我也能成为一名间谍。[②]

汤姆理性地审视整个事件,没有选择采取消极报复的方式。他把塞雷娜对自己的欺骗、背叛与军情五处的“甜牙”计划看作自己绝佳的一个写作机会,一个难得的创作素材。塞雷娜就是作品的主人公,而汤姆所要做的就是观察她的言行,并将之准确地记录下来。当然,这一切都在塞雷娜不知情的情况下进行。如果把汤姆的这种行为看作对塞雷娜的报复,汤姆从中得到满足与快感,那就错了。相反,他为塞雷娜走进自己的生活而充满感激,为自己对塞雷娜的欺骗而感到抱歉。为了表示自己的歉意,汤姆做出了两种难能可贵的伦理选择:第一,在写作过程中,尽量做到真实。他不仅去了塞雷娜的家乡,见到了塞雷娜的父亲,而且还去爱丁堡见到了塞雷娜的前男友杰里米,目的就是要尽可能地理解塞雷娜的生活,了解她的情感与性格,并使之在作品中得到最准确的再现。在汤姆看来,这个故事应该不是由自己来讲述,而应该由塞雷娜讲述。他说:“这个故事本来就不是由我来讲述的。它是由你来讲的。你的工作就是向我汇报。我不得不跳出我的身体,进入你的身体。我需要被嫁接、被易装、被硬穿上裙子和高跟鞋,穿上你的短裤,在我的肩膀上

---

① 聂珍钊:《文学伦理学批评:伦理选择与斯芬克斯因子》,载《外国文学研究》,2011 年第 6 期,第 8 页。

② Ian McEwan, *Sweet Tooth*, p. 307.

背上你那有光泽的白色手提包。然后,开始像你一样说话。"[1]换言之,汤姆不仅要仔细观察塞雷娜,而且还要把自己想象成她,用她的视角和眼光来记录下发生在他们身上的事情。第二,在作品完成后,汤姆希望可以邀请塞雷娜作为他的合作者,对作品加以修改,如果塞雷娜同意,他们可以在若干年后将之出版;如果塞雷娜不接受邀请,那么这本书也没有备份,她大可以将它付之一炬。

汤姆做出上述两种伦理选择的过程不能不说是受到其个人对塞雷娜感情的影响。在试图以塞雷娜的身份来撰写小说的过程中,汤姆开始体验到塞雷娜的痛苦情感和艰难处境。这就等于是说,在某种程度上,汤姆进入了塞雷娜本人及其各种行为的伦理现场,在客观的伦理环境中对塞雷娜本人及其行为做出了正确的阐释判断与伦理判断。汤姆坦言道:"为了在小说中重新创造你,我不得不变成你和理解你(这是小说所要求的),那么在这样做的时候,不可避免的事情发生了。当我把自己穿进你的皮肤时,我就应该猜到了结局。我依然爱你。不,不是依然爱你,而是我更加爱你。"[2]在理解和书写塞雷娜的过程中,汤姆对她的感情愈加浓厚。值得肯定的是,汤姆还将自己对塞雷娜的情感上升到一种伦理的高度,做出正确的伦理选择:他不仅在内心彻底原谅了塞雷娜,没有抛弃她,而且还向她求婚示爱,慷慨地把小说书稿的最终处理权交给塞雷娜。对于一名作家而言,再也没有什么比自己的书稿更为重要的了。汤姆能够把刚刚完成的书稿交给塞雷娜来处理,甚至还大胆邀请塞雷娜成为自己的合作者,分享自己的创作成果,这是非常难能可贵的。汤姆的"甜牙"计划的一个重要后果,就是导致了塞雷娜与汤姆两人伦理身份的变化,即监视者成了被监视者,被监视者成了监视者。对于这一后果,汤姆在信中再次做出了理性与情感相互交融的阐释。这封信与其说是汤姆向塞雷娜的致歉,倒不如说是向她发出的一种邀请或求婚。他写道:"你或许认为我们在谎言中陷得太深了,我们向彼此说的谎话比我们的生命还要长,我们的欺骗和耻辱足够有理由让我们分手两次。我则倾向于这样想,它们都被相互抵消掉了,我们太过于交织在彼此的监视中以至于我们无法丢下对方。我

---

① Ian McEwan, *Sweet Tooth*, p. 309.

② Ibid., pp. 318-319.

现在正忙于监视你。你可否对我做同样的事情呢？这正是我的爱情宣言和向你求婚的方式。"[①]此处,汤姆对塞雷娜可能担心的彼此"欺骗""说谎""监视"做出了独特的解释。首先,姑且不论他们的谎言都是善良的,都是因为爱对方、担心失去彼此而说的,更重要的是,他们彼此间的"欺骗"和"说谎"刚好是"相互抵消的"(cancelled out)。换言之,他们之间已经不存在相互欺骗这回事了。其次,他把"彼此的监视"(mutual surveillance)慢慢用"监视"(watch over)来替换。在英文中,watch over 不仅有"监视"的含义,而且还有"照顾""照看"的意思。可见,在汤姆信中,原本带有负面和贬义的词汇被赋予了积极正面的色彩,具有高度的伦理性质。对于汤姆上述善解人意的解释和求婚,塞雷娜于情于理都难以拒绝。小说的结局也证实了这一点,塞雷娜显然是答应了汤姆的恳求。他们不仅原谅了彼此的相互监视,而且还将这种相互监视进行到底。

不可忽视的是,塞雷娜接受汤姆的另一个原因还在于他对自己所发出的共同创作小说"甜牙"的邀请。汤姆恳求塞雷娜和自己合作完成这部作品,补充自己未能写进去的信息,纠正自己写错的地方,在若干年后将之出版。汤姆诚恳地说:"如果你的回答是致命的否定,那么我这本书没有留副本,这是唯一的手稿,你可以把它丢进火堆里。如果你依然爱我、你的回答是肯定的,我们的合作就开始了,你若同意,这封信就作为《甜牙》的最后一章。亲爱的塞雷娜,一切由你决定。"[②]汤姆明确地邀请塞雷娜成为这部小说的合作者,这正是塞雷娜所需要和渴求的。无论是托尼还是汤姆,他们都通过书信、通过写作来向塞雷娜致歉,在文字中记录和表达他们的情感与理念,那么塞雷娜自己何尝不也需要通过书写的方式来记录自己的情感与人生经验呢？毕竟文学可以"为人类提供从伦理角度认识社会和生活的道德范例,为人类的物质生活和精神生活提供道德指引,为人类的自我完善提供道德经验"[③]。

尽管麦克尤恩在《甜牙》中借助了间谍小说的外衣,但他绝非一般意义上的通俗小说家。从某种意义上来说,伦理与情感才是麦克尤恩创作的重要主旨,而"原谅"一词则成为联通和理解它们的关键环节。通过细审"原谅"这

① Ian McEwan, *Sweet Tooth*, p. 319.

② Ibid., p. 320.

③ 聂珍钊:《文学伦理学批评:基本理论与术语》,载《外国文学研究》,2010 年第 1 期,第 17 页。

一词语在作品中的出现场域,我们就更容易领会小说主要人物塞雷娜与其母亲、情人托尼和汤姆之间发生的情感纠葛与伦理关系:母亲不顾塞雷娜的个人情感,使之进入剑桥大学成为数学专业的一名学生,否则她不会原谅自己与女儿;托尼不顾惜塞雷娜的情感痛苦,狠心将之抛弃,使之成为军情五处的一名间谍,并通过写信的方式请求塞雷娜的原谅;汤姆暗中监视塞雷娜,让她成为自己作品的主人公,最后以写信的方式请求获得塞雷娜的原谅。这些人物之所以会做"错事"(wrong doing)的根本原因不仅在于他们彼此之间的真实情感,即因爱而错,而且还在于他们受到理性意志的约束与指引,或遵守了伦理准则;而塞雷娜之所以最后原谅了他们,其原因在于她在情感上走近了他们,在理性意识上理解了他们,在伦理标准上认可和接受了他们。

在《原谅的诗学:失落与恶行的文化反应》(*A Poetics of Forgiveness: Cultural Responses to Loss and Wrongdoing*,2010)一书中,吉尔·斯科特指出:"如果原谅是日常生活的伦理,那么它就包含阅读和写作实践。"[①]从这个角度出发,我们就可以接近麦克尤恩认为《甜牙》"是关于阅读和写作"这一观点。小说确实大量描写了塞雷娜的阅读书目、阅读感受和批评观点,作品的元小说结尾特别暗示《甜牙》本身就是由汤姆和塞雷娜共同完成的结果。透过这一表层文本,我们不难发现小说实际上是在借助书写讲述关于"原谅"的故事:托尼和汤姆通过书写来宣扬他们的情感,为自己行为的伦理合法性做辩护,希望可以获得原谅;塞雷娜通过阅读来寄托自己的情感,感受他人的情感,接受理性的引导,原谅了他人,并通过书写来追忆自己从过去到现在的情感历程,记录自己身上发生的伦理事件,为自己曾对他人的误解表示歉意。

麦克尤恩认为:"小说是一种深化的道德形式,这种形式是进入他人心灵的完美介体。我认为小说的道德问题始于移情层面。"[②]在英文中,empathy 不仅有"移情"的含义,而且还包括同感与共鸣的意思。汤姆撰写自己的小说《甜牙》的过程中,他以塞雷娜的身份和视角从事创作,与塞雷娜的情感产生了强烈的共鸣。正如中国当代作家阎连科所指出的那样:"小说就是内心世

---

① Jill Scott, *A Poetics of Forgiveness: Cultural Responses to Loss and Wrongdoing*, Basingstoke: Palgrave Macmillan, 2010, p. 199.

② Ryan Roberts, ed., *Conversations with Ian McEwan*, p. 70.

界情感化的艺术表达。"[①]在接受了汤姆共同创作《甜牙》的邀请后，小说的字里行间又何尝不是对塞雷娜内心情感世界的再现呢？但是，文学毕竟"是特定历史阶段伦理观念和道德生活的独特表达形式，文学在本质上是伦理的艺术"[②]。《甜牙》展现的不仅是人类的情感，而且还投射了人类在情感与伦理之间的艰难选择，以及情感与伦理之间的相互影响、冲突、互动与转换，给我们带来了诸多关于阅读和写作本质的思考与启迪。

---

① 阎连科、刘汀：《"神"的桥梁，"实"的彼岸——阎连科访谈录》，载《中国图书评论》，2012年第9期，第34页。

② 聂珍钊：《文学伦理学批评：基本理论与术语》，载《外国文学研究》，2010年第1期，第13页。

第八章

《儿童法案》:儿童福祉的意义探寻与守护方式

2014 年,英国发生了一起轰动全球的医疗与刑事案件——“阿什亚·金案”(Ashya King Case),引发全球媒体的广泛关注。一位名叫阿什亚的五岁男孩患有脑瘤,住院接受治疗。阿什亚的父母为了挽救孩子的生命,希望可以得到当时比较先进的质子治疗。他们在没有征求院方同意的情况下,突然将阿什亚带离医院,离境去了法国和西班牙。考虑到阿什亚的喂食仪器即将断电,再不治疗会有生命危险,英国警方随即向全欧洲发出逮捕令。最终,西班牙警方在该国南部城市马拉加发现了阿什亚一家人。阿什亚立刻被送到当地医院,其父母则被逮捕。与此同时,英国有超过 13 万人在网上署名,要求当局撤销通缉令,释放阿什亚父母。英国警方在全欧洲发布通缉令的依据就是保护未成年人的《儿童法案》。2014 年,麦克尤恩出版了同名小说《儿童法案》(*The Children Act*)。作品重点围绕英国高等法院家庭法庭的菲奥娜·迈厄法官展开,共有两条相互交叉的情节线索:一是菲奥娜所经手处理的案件,譬如雷切尔、劳拉姐妹的监护权争夺案,马克、马太兄弟的连体分离手术案,以及耶和华见证人亚当·亨利的输血案;二是菲奥娜个人所经历的婚姻危机,其丈夫杰克不满足菲奥娜在职业上的过于投入而冷落了自己,于是有了婚外情。菲奥娜的职责是严格按照《儿童法案》的条款和规定,竭力保护儿童,维护儿童的福祉。菲奥娜处理的案件几乎都涉及宗教与法律之间的冲突,尤其是败血症男孩亚当是否接受输血治疗所涉及的耶和华见证人教与法律之间的冲突。有鉴于此,卡米尔·温古雷亚努(Camil Ungureanu)引入了查尔斯·泰勒关于“世俗世纪”(secular age)的论述,在考察小说中所呈现的法律与宗教之间的冲突的同时,指出作品试图用艺术替代宗教及其所要获得的超验感。温古雷亚努特别指出音乐如何作为一种超越交流障碍的普遍性术语,给一个没有上帝的世界提供了一种狂喜体验。[①]凯特·威尔金森(Kate Wilkinson)聚焦于小说中书信的隐喻价值,并由此考察了书信交流之于作品中“无可调和的争议”(an unharmonizable dispute)动力。威尔金森所说的争议就是“一种法律和伦理的冲突”(a legal and ethical conflict)[②]。如果将温古雷亚努和威尔金森两位学者的观点结合起来,就可以发现该作品的复杂性在于其混杂了宗教、医学、法律之间的冲突。从根本上来说,上述冲突的内核都绕不开伦理这一主要因素。无论是菲奥娜对家庭生活、职业道路的定位与坚守,还是其对于相关案件的审理和判断,在很大程度上都是从伦理角度展开的。作为读者,我们不禁要问,假如小说中的菲奥娜、杰克、亚当等有一次重新选择的机会,他们又将如何选择?当然,文学作品中的人物没有第二次选择的机会,不过《儿童法案》的意义在于促使我们对处于困境和面临冲突的人物所做出的伦理选择做出反思,并从中汲取教诲。

第一节 儿童福祉的守护与家庭生活的危机

小说开篇描述了英国高等法院的大法官菲奥娜郁郁寡欢的状态。几乎滴酒不沾的她,竟然在自己当值之际,破天荒地连喝两杯威士忌。与其在事业上的成功相比,她的家庭生活遭遇了前所未有的危机:丈夫杰克向她当面提出了发展婚外情的要求。在菲奥娜看来,丈夫的这一行为不仅是对婚姻的一种背叛,更是对她的侮辱:

> “你想要什么,杰克。”
> “我打算要一段婚外情。”
> “你想离婚。”
> “不。我想一切照旧。没有欺骗。”
> “我不明白。”

---

① Camil Ungureanu, “Secularist Humanism, Law and Religion in Ian McEwan's *The Children Act*,” *Religions*, Vol. 12, 2021, p. 468.

② Kate Wilkinson, “Letters and the Contemporary Novel: Materiality and Metaphor in Ian McEwan's *The Children Act*,” *Novel: A Forum on Fiction*, Vol. 53, No. 3, 2020, pp. 383-398.

“你明白的。你不是曾经告诉我夫妻结婚久了,就渴望有兄妹之情的状态吗?菲奥娜,我们已经进入了这种状态。我成了你的哥哥。这温暖而甜蜜,我爱你,但是在我去世之前,我想要一段大的、富有激情的婚外情。”①

年届六十的杰克声称自己深爱菲奥娜,但他却又希望能够在妻子许可的情况下拥有一段富有激情的婚外情。问题在于,杰克完全可以背着菲奥娜去发展婚外情,他为什么要告知妻子并且渴望得到她的允许呢?是他在故意刺激菲奥娜,还是摆出一副伪善的面孔,维护自己谦谦君子的光辉形象?从上述对话中,我们大致可以这样推断:在杰克看来,他没有对妻子菲奥娜隐瞒婚外情,就不算是不忠。为了进一步向菲奥娜坦白,他甚至主动提出要和年轻女性发展婚外情。对菲奥娜而言,这显然是不可接受的。难怪,她冲着杰克大嚷“你这个笨蛋!你这个混蛋!”杰克的举动让她体会到“因为一个年轻女人而被抛下的羞辱,被丢在身后,感觉自己是无用的、孤独的”②。菲奥娜知道杰克的婚外恋对象是一名二十八岁的统计员梅拉妮,甚至带有偏见地认为这个名字与某种致命的皮肤癌的名称很相近。表面上看,菲奥娜的羞辱似乎来自她作为一名英国高等法院的知名法官竟然被一名小小的统计员抢走了相濡以沫的丈夫。事实上,让菲奥娜真正感到不安的是其家庭伦理身份的丧失,即从原本丈夫眼里的爱妻沦为一个无用、孤独的“怨妇”(embittered wife)。

毫无疑问,杰克与菲奥娜对于婚外情有着完全不同的解读。杰克以诚实的名义向菲奥娜提出发展婚外情,大致有两个原因:第一,他不想欺骗菲奥娜,以表明自己忠于妻子、忠于婚姻的态度;第二,结婚多年后,他认为自己和菲奥娜的关系从夫妻演变成了兄妹。就第一个原因而言,杰克一旦得到菲奥娜的允许,那么他的婚外情就算不得是背叛;就第二个原因而言,如果杰克把自己视作菲奥娜的兄长,那么他的婚外情就算不得是对婚姻的不忠。这两个原因似乎为杰克成功发展婚外情找到了合适的借口,为他的背叛披上了一层合法的外衣。事实果真如此吗?我们不妨从分析杰克的伦理身份入手,来揭示上述两种理由的虚假性。聂珍钊指出:“在文学文本中,所有伦理问题的产

① Ian McEwan, *The Children Act*, New York: Nan A. Talese, 2014, pp. 6-7.

② Ibid., p. 6.

生往往都同伦理身份相关。伦理身份有多种分类,如以血亲为基础的身份、以伦理关系为基础的身份、以道德规范为基础的身份、以集体和社会关系为基础的身份、以从事的职业为基础的身份等。”[①]在文学伦理学的批评体系中,“伦理身份是评价道德行为的前提。在现实中,伦理要求身份同道德行为相符合,即身份与行为在道德规范上相一致”[②]。杰克罔顾自己是菲奥娜丈夫的这一重要伦理身份,尝试用兄妹关系来取代夫妻关系,进而为其出轨寻找一个合法的借口,但这并不能掩盖其背叛婚姻的事实。杰克这一冒险的举动,无疑会对他和菲奥娜的婚姻关系造成威胁,会让他们失去原有的家庭伦理身份。

小说中有这样的一个细节——在同妻子菲奥娜争辩时,杰克说:“在我去世之前,我想要一段大的、富有激情的婚外情(before I drop dead, I want one big passionate affair)。”杰克坦言,自己需要一段“婚外情”(affair),而且还在该词之前特意强调了“大的”(big)、“富有激情的”(passionate)。聂珍钊指出:激情是“一种强烈的情感表现形式”,往往是“失去理性控制的结果”。激情与冲动类似,“是自由意志的表现形式”[③]。此处,杰克所追求的激情明显表现为对性欲的向往。在与菲奥娜的争辩中,他一再强调自己深爱妻子,但同时又承认自己渴望“一种性生活”(a sex life)[④]。换言之,杰克是打着诚实的幌子,旨在满足自己对“激情”的向往和对性欲的渴求。

陆建德认为:“人往往很难诚实面对自己的动机,回避对动机的细察、辨析就没有文学中的伦理敏感性可言。”[⑤]杰克的出轨动机和无理要求让菲奥娜猝不及防。通过菲奥娜的聚焦,过去对她温柔有加的杰克突然像是变了一个人。用她的话来说:“伤害她后又不关心她——这是以前从来没有过的。”[⑥]在过去几十年中,杰克善良而忠诚,而“善良”(kindness)是“重要的人类组成部分”[⑦]。一直以来,菲奥娜始终扮演着儿童保护者的角色,运用法律的力量帮助那些可能受到伤害的孩子远离不善良的父母。面对受到丈夫伤害的自己,

① 聂珍钊:《文学伦理学批评导论》,第263—264页。

② 同上书,第264页。

③ 同上书,第251页。

④ Ian McEwan, *The Children Act*, p. 24.

⑤ 陆建德:《文学中的伦理:可贵的细节》,载《文学评论》,2014年第2期,第19页。

⑥ Ian McEwan, *The Children Act*, p. 8.

⑦ Ibid.

菲奥娜不禁自问:“谁又能将她带离不善良的丈夫?在她柔弱无力和孤独的时候,谁又是她的保护法官?”①菲奥娜悖论式的自怜,不禁让她开始追忆与杰克在一起的日子,反思他们的婚姻危机。

聂珍钊认为:“人的身份是一个人在社会中存在的标识,人需要承担身份所赋予的责任与义务。”②一般来说,作为个体的人往往拥有多重伦理身份。困难的是,他如何在多重伦理身份及其承担的相应责任之间做好协调和平衡。由于工作的繁忙性、紧迫性和重要性,菲奥娜的职业身份似乎慢慢地取代了家庭身份,忽略了应有的家庭生活。小说伊始,菲奥娜仰卧在躺椅上,眼睛凝视着房间的另一端:“在壁炉一边靠落地窗的墙面上挂着雷诺阿的作品《浴女》,这幅画是30多年前花了50英镑买的,可能是个赝品。在画的下方是一张桃木圆桌,桌子中央是一个蓝色花瓶,既不记得是怎么买来的了,也不知道已经有多久没有在花瓶里放花了,而壁炉也已经有一年都没用过。”③法国印象派大师雷诺阿知名画作的仿制品、桃木圆桌和蓝色花瓶等摆设,反映了菲奥娜曾经对家庭生活的情趣与追求,以及她对家庭生活的投入与热爱。由于工作的缘故,菲奥娜逐渐地将注意力全部集中于那些需要她保护的孩子,即便是在和杰克争吵后心情不悦、独自喝闷酒的时候,她也在想着第二天要处理的一对犹太夫妇关于孩子教育的案件。曾几何时,插满鲜花的花瓶已空无一物,而壁炉的温暖也已成为过去,喻示了菲奥娜家庭生活的危机。

菲奥娜家庭生活的危机与其所亟待处理的一个个案件相互交织在一起,对其耐力、毅力都是一种极大的考验。从小说的后续发展来看,菲奥娜对自己所倾心投入的事业没有任何悔意,始终坚定信念:“她必须工作。她的个人生活无足轻重。”④换言之,即便菲奥娜有了第二次选择的机会,她也必定会将守护儿童福祉的工作职责放在其个人家庭生活之前。当然,麦克尤恩的旨趣显然不是为了描述菲奥娜个人的家庭生活和工作状态,而是借助其个人受到影响的工作与生活轨迹来折射她对儿童福祉的守护与思考。关于麦克尤恩的这种创作套路,林恩·韦尔斯(Lynn Wells)这样评价:“为适合最急于表达

---

① Ian McEwan, *The Children Act*, p. 8.

② 聂珍钊:《文学伦理学批评导论》,第263页。

③ Ian McEwan, *The Children Act*, p. 3.

④ Ibid, p. 17.

的理念和情形,他善于采用不同的文体和文类;关于叙事交际、协调以及时而欺骗的力量,他变得越发老到。"[①]尤为巧妙的是,麦克尤恩将其关于儿童福祉的伦理思考潜藏于菲奥娜的婚姻危机以及诸多涉及宗教和法律冲突的案件中。正是在这些危机与冲突中,菲奥娜等众多小说人物的伦理身份及其做出的相应伦理选择得以充分凸显。

第二节 支持"善良":守护儿童福祉的伦理原则

麦克尤恩别有心裁地引用《儿童法案》(1989)第一章的条款作为其同名小说的扉页:"当法庭裁决任何与一个儿童成长相关的问题时……儿童福祉必须是法庭最重要的考虑因素。"该条款实际上也是菲奥娜的办案原则。尤其是当她遇到棘手的案件时,"儿童福祉必须是法庭最重要的考虑因素"(The child's welfare shall be the court's paramount consideration)这一条文就成为她做出决定的重要参考,也是其做出判决结果的根本依据。那么该如何理解儿童福祉呢?在她看来,"福祉"与"儿童的'幸福'(well-being)不可分割,而且还包括所有与儿童长大成人的相关东西"[②]。在作品中,菲奥娜所要处理的案件几乎都与宗教问题交织在一起。如果宗教影响到儿童的福祉,菲奥娜又该如何做出判断?

在雷切尔、劳拉姐妹的抚养权争夺案中,当事人伯恩斯坦夫妇来自伦敦北部信奉极端犹太教的哈瑞迪社区。根据他们的教规,为保持女孩的纯洁性,她们必须和男孩分开接受教育,禁止她们衣着时尚、禁止看电视、禁止上网,必须严格遵守洁食规则。成年后,女人的职责就是生儿育女,而且生得越多越好。妻子朱迪斯·伯恩斯坦坚持让两个未成年的女儿去男女混合学校接受教育。那里允许她们看电视、听流行音乐、上网甚至接触非犹太裔的孩子。她希望女儿长大后不再重复自己的人生,可以了解他人的生活,能够上大学,经济上可以独立,将来嫁个有一技之长、能挣钱养家的男人。丈夫朱利安·伯恩斯坦是虔诚的犹太教徒,认为自私的妻子违背了他们的婚姻誓言,

① Lynn Wells, *Ian McEwan*, Basingstoke: Palgrave Macmillan, 2010, p. 11.

② Ian McEwan, *The Children Act*, p. 16.

她不仅自己脱离了家庭和社区,而且也把女儿同家庭和社区隔离了。表面上看,伯恩斯坦夫妇是在争夺孩子的监护权和教育权,但实际问题要更为复杂,就连双方律师都承认这“不单单是教育的问题”①。法庭所面临的真正问题是“为了孩子,在十足的宗教信仰与一丁点的宗教信仰之间做出选择。在不同的文化、身份、心理状态、愿望、家庭关系、基本规定、绝对忠诚、不可知的未来之间做出选择”②。在调查案情后,菲奥娜也得出了类似的结论:“从表面上看,争议围绕雷切尔、劳拉的教育。但真正处于危险境地的是两个女孩的成长。这场官司是为了争夺她们的灵魂。”③

当旨在保护儿童福祉的法律遇到来自宗教问题的干扰,菲奥娜果断采用了伦理介入的方式,为案件的审理提供一个值得信赖的伦理视角:“在这类问题上,一个内在的倾向就是维持现状,前提条件是它必须是善良的。”④由此,菲奥娜采取的态度是:反对“不道德”(immoral),支持“善良”(benign)。一般说来,“法庭不应急于为了儿童的权益干涉其父母的宗教原则。但有时候法庭又必须这么做。问题在于什么时候去干涉?”⑤换言之,为了保障儿童的权益,法庭有时候不得不干涉其父母的宗教原则,而判定是否要干涉的标准就是此类宗教原则是“善良的”还是“不道德的”。最终,菲奥娜以伦理方式介入案件,其判定的结果是支持妻子朱迪斯·伯恩斯坦对女儿抚养权的诉求,直至她们18岁为止。

与雷切尔、劳拉姐妹的监护权争夺案相比,同样涉及宗教问题的马太、马克兄弟的连体手术分离案显得更为复杂。小说通过描述马太、马克的连体照片,简述了案件内容:

> 所有的恐怖和遗憾,以及其内在的两难困境,都写在这张专供法官看的照片中。在儿科集中看护病床上,生保系统的正中央躺着一对牙买加和苏格兰混血的双胞胎兄弟,他们骨盆相连,共用一个躯干,就像一条指向四个方向的海星一样,他们的腿全部朝向脊柱

① Ian McEwan, *The Children Act*, p. 14.
② Ibid.
③ Ibid., p. 11.
④ Ibid., p. 14.
⑤ Ibid., p. 18.

> 的右侧。沿着被固定的孵化器一侧,测量出这对无助的、过于人性的躯体的总长度为60厘米。他们的脊髓融合在一起,眼睛紧闭、肢体张开,完全由法庭来决定一切。马太和马克,尽管他们有使徒般的名字,但并不能让人理出头绪。马太的头肿胀发大,耳朵凹进玫瑰色的皮肤中。马克头上戴着新生儿的羊绒帽。他是正常的。兄弟两个只有一个膀胱,该器官的大部分处于马克腹部,会诊医生发现,膀胱"会同时通过两个分开的尿道顺利排泄"。尽管马太的心脏可以扩大,但"很少缩小"。马克的主动脉插入马太的主动脉,他们两个人的供血都靠马克一个人的心脏。马太的大脑畸形得厉害,无法正常生长;胸腔的肺组织都失去功能。用护理人员的话来说,马太"连用来发出哭声的肺都没有"。
>
> 马克可以正常吮吸,他同时为两个人进食和呼吸,一个人干了所有的活,因此瘦得不成样子。马太,什么都不用做,因此越长越胖。如果不管不问的话,马克的心脏迟早会因为负荷过重而衰竭,到那时他们两个人都活不成。马太看上去可能活不过六个月。马太一死,肯定会带着他的兄弟一起死。①

为了挽救马克的生命,使他有机会像一个健康孩子一样成长,医生请求法院尽快批准对连体双胞胎实行分离手术,但是问题是,"这样做的话,手术医生就必须得先夹住他们共用的主动脉,然后将其分开,那么就会夺去马太的生命"②。双胞胎父母是虔诚的天主教徒,他们强调法案对孩子实施的分离手术属于谋杀行为。根据他们的宗教信仰:"生命是上帝赐予的,只有上帝才有资格把它带走。"③

对于菲奥娜而言,如果她同意实行连体分离手术的诉求,就等于宣判了马太的死刑,是对马太的不公;如果驳回实行连体分离手术的诉求,则又等于宣判了马克的死刑,是对马克的不公。在这个两难困境中,菲奥娜该如何做出选择?如果选择核准实行连体分离手术,就意味着马克的生命获得延长,

① Ian McEwan, *The Children Act*, pp. 26-27.

② Ibid., p. 27.

③ Ibid.

而马太的生命大幅缩短;即马克有可能获得新生,成为一名健康的婴儿,和正常人一样走完自己的一生,但代价是他的双胞胎兄弟马太会在手术当天立即殒命。如果不同意实行分离手术,就意味着马太可以拥有六个月左右的生命,但代价是他的双胞胎兄弟马克的生命也将会随他一起在六个月后停止;而马克原本可以拥有更长的生命,走过完整的人生。对于这一伦理困境,菲奥娜的想法是:"我们不能假定他们中的一个人比另一个人的生命更有价值。把双胞胎分开就等于杀害马太。不把他们分开,就等于因为疏忽,同时杀害了他们两个人。"①

陆建德曾指出:"文学的特点是具体细致,人物性格、伦理场景总是通过细节来呈现的。"②通过细读文本,我们不难发现,与判定雷切尔、劳拉姐妹的监护权争夺案的做法相似,菲奥娜再度引入了伦理视角来审视案情、判断案情。这也是麦克尤恩的一贯风格,即在稍纵即逝的细节中掩藏作品的伦理旨趣。菲奥娜在分析案情时,连续三次使用了"罪恶"(evil)这个词,而且其中两次强调"减少罪恶",另外一次强调"避免更大的罪恶"(to prevent a greater evil)。"恶"(evil)是一个具有高度伦理性质的词,与"善"(goodness)一词直接相对。聂珍钊认为:"善恶是人类伦理的基础。"③菲奥娜之所以不断强调"减少罪恶",其根本目的就是走向"善"。她从"减恶""增善"的角度为自己对案件的最终判断寻找充分的理据。

尽管菲奥娜对法律与伦理之间潜在的冲突有着十分清醒的认识,但她明确选择站在伦理的立场,并试图从习惯法中为自己的这一伦理选择寻找支撑。论及"减少罪恶"时,菲奥娜意识到"如果倾向于选择减少罪恶,可能就会违背法律"④。那么该如何应对和处理"减少罪恶"与"违背法律"(unlawful)之间的冲突?答案是"必要性原则"(doctrine of necessity)。所谓"必要性原则"就是"习惯法规定,在一些没有被议会界定的极少情况下,为了阻止更大的罪恶,准许违背刑法"⑤。由是说来,菲奥娜为自己从伦理角度出发做出选择"减少罪恶"的

---

① Ian McEwan, *The Children Act*, p. 28.

② 陆建德:《文学中的伦理:可贵的细节》,载《文学评论》,2014 年第 2 期,第 20 页。

③ 聂珍钊:《文学伦理学批评导论》,第 36 页。

④ Ian McEwan, *The Children Act*, p. 29.

⑤ Ibid.

裁决找到了充分的法律依据。最终,菲奥娜做出了如下判决:

> 出于对所有重要意图的考虑,手术的目的不是杀害马太而是拯救马克。马太因为自己的无助,正在杀害马克,必须允许医生去保护马克,解除对他的致命威胁。马太在经历手术后可能会失去生命,但他不是被有意杀害,而是因为他本人没有能力活下去。[①]

与其说上述判决是一份法律判决书,倒不如说它是一份伦理判决书。菲奥娜从伦理视角出发,认为手术不是去伤害马太,而是去“拯救马克的生命”;实施手术的医生是为了保护马克,是解除给他生命造成危险的威胁。与此同时,手术又是帮助马太“减少罪恶”,因为他正在夺去马克的生命。既然马太没有能力继续活下去,为何不给马克一个活下去的机会?从伦理角度来说,这又何尝不是一种悲壮的“善举”?换言之,菲奥娜的裁决既维护了马克的“权益”,又帮助马太“减少罪恶”,同时还赋予医生立即实施手术的一个正当理由。如果菲奥娜有再次选择的机会,相信她也会做出同样选择,而这一兼顾各方利益的裁决将来也会成为法庭处理同类案件的一个范本。

第三节 菲奥娜为何哭泣?抑或迟来的伦理顿悟

克劳迪娅·申贝格(Claudia Schemberg)指出:自20世纪80年代起,麦克尤恩开始“直接介入复杂的伦理、社会和历史问题”[②],甩掉了“恐怖伊恩”的帽子,摇身变为“一个社会预言家或道德预言家”(a social or moral prophet)[③]。如果申贝格是对的,我们不禁要问:麦克尤恩在《儿童法案》中做出的道德预言是什么?诚然,菲奥娜所处理的案件几乎都与宗教相关。与其说这是一种巧合,倒不如说是作者麦克尤恩的精心设计。雷切尔、劳拉姐妹的监护权争夺案涉及犹太教;马太、马克兄弟的连体手术分离案涉及天主教;亚当的输血案涉及耶和华见证人教。如果说在前两起案件上菲奥娜都做出了明智的判决,

---

① Ian McEwan, *The Children Act*, p. 29.

② Claudia Schemberg, *Achieving "At-one-ment": Storytelling and the Concept of the Self in Ian McEwan's* The Child in Time, Black Dogs, Enduring Love, *and* Atonement, Frankfurt: Peter Lang, 2004, p. 28.

③ Ibid., p. 29.

那么亚当输血案则是另外一番情形。尽管菲奥娜花费了大量时间和精力,但她最终还是未能挽留亚当的年轻生命。那么该起案件因何复杂?菲奥娜最终做出了怎样的判决?她又因何流泪?

案件情况是这样的。一位名叫亚当·亨利的男孩患上了白血病。根据医生的诊断,亚当必须尽快进行输血手术,否则就会有生命危险。问题是,男孩及其父母都是耶和华见证人教徒,宗教信仰使他们强烈反对实施输血手术。亚当父亲解释道:"血液是人类的精华,是灵魂,是生命自身。就像生命是神圣的一样,血液也是神圣的……把你的血液和动物或他人的血液混在一起,你的血液就会受到污染,是一种玷污,是对造物主所赐予的美好礼物的拒绝。"①所幸的是,菲奥娜发现"男孩很快就满18岁了,接近拥有独立司法权的年龄,他的意愿将会非常关键"②。菲奥娜原本以为亚当会有自己独立的判断,会同意接受输血手术来挽回自己的生命;但她显然是过于乐观了,因为亚当与其父母以及其他耶和华见证人教徒一样,要成为殉道的英雄,拒绝输血。

为深入了解案件的情况,同时也是为了排遣婚姻危机给自己带来的困扰,菲奥娜决定亲自去医院探视亚当。让菲奥娜略感欣慰的是,亚当和她在诗歌创作的话题上有共同语言,并朗诵了如下的原创诗:

> 我的命运坠入最暗的洞穴
> 撒旦用铁锤击打我的灵魂
> 他铁匠的锤击长而缓慢
> 我在深处
> 但是撒旦打造了一块金片
> 凹处上面闪耀着上帝的爱
> 金光开路
> 我获救③

通过这首诗,亚当表达了自己要为宗教献身的意图:撒旦锤击自己的灵魂,把它打成了一块金片,上面折射出上帝对众人的爱,亚当由此获得拯救。

---

① Ian McEwan, *The Children Act*, p. 78.

② Ibid., p. 36.

③ Ibid., pp. 112-113.

从该诗中,菲奥娜印证了自己的判断,即亚当的决定受到了教会长老的影响。亚当的父亲在此前透露说,教会长老们经常去医院看望亚当。不难揣测,他们带着双重目的去看望亚当:一方面给他带去宗教的慰藉,另一方面也强化他拒绝输血手术的意念。这一点从亚当本人的话语也得到了验证,他说:“克罗斯比先生,一个教会长老告诉我说即便要发生最糟糕的事情,也会对所有人都有极好的效果”,“将会使我们的教堂充满爱”。[①]隐含作者麦克尤恩传递出的信息是,教会长老试图将亚当的牺牲神圣化为一种殉道行为,从而使其他教众感受上帝的爱。具有讽刺意味的是,教会长老只为亚当提供一个“来世”(after life)景象,而丝毫没有顾忌他在“现世”(this life)的幸福。

在菲奥娜离开病房之前,亚当用小提琴演奏了一曲。正是这首曲子让她对亚当有了更深入的理解。小说写道:“忧伤的调子以及弹奏曲子的方式,如此充满希望和纯真,表明她开始理解男孩子的一切。她对诗人表达后悔的诗句记得很牢:‘但是我当时年轻而又愚蠢’……听着亚当的弹奏,她感到激动,甚至感到困惑。拿起小提琴或者任何的乐器都是一种有希望的行为,暗示着一个未来。”[②]对于亚当的演奏,菲奥娜一方面指出了他在C调上需要注意和改进的几个地方;另一方面又提出让他重新弹奏一遍,并随着音乐深情朗诵了叶芝的诗《漫步神秘园》(“Down by the Salley Gardens”),而这也让菲奥娜对亚当有了更多的感情和更深入的了解,为她后面的裁决奠定了基础。

在判决之前,菲奥娜表示自己完全尊重双方的意见:医院申请获准立即开展输血治疗方案的行为,原因在于亚当病情危急;亚当及其父母反对输血的行为,原因在于他们的宗教信仰不允许。随后,菲奥娜逐一辩驳了反对输血的三条理由。第一条理由:尽管亚当再过三个月就年满18周岁,他的决定理应像成年人一样得到尊重,但他实际上并不知晓自己所面临的苦难,甚至对痛苦和折磨还抱有不切实际的幻想。第二条理由:尽管拒绝治疗是人类的基本权利之一,法律对此不该干预,但从包围亚当的宗教环境来看,拒绝治疗的决定不一定就是他自己做出的。第三条理由:或许亚当的宗教信仰是真实的,应该受到尊重,但耶和华见证人教和其他宗教一样,对末日后的来世生活

---

① Ian McEwan, *The Children Act*, p. 113.

② Ibid., p. 119.

都有明确的预言，而忽略了法律所关注的现世。菲奥娜坚持认为，捍卫和保护儿童的福祉是自己做出判决的主导原则。在她看来，就亚当输血案而言，"承受不必要的痛苦和死亡，成为其信仰的殉道者，他的福祉没有得到提升"；相反，"恢复健康后，因为他对诗歌的爱，近来对小提琴的激情，对活力智慧的运用，对有趣深情的表达，以及未来的生活和爱，他的福祉会得到促进、提升。总之，法庭最看重的就是亚当的福祉。但我发现，其父母和教会长老们的决定与此相违背。他必须被阻止做出这样的决定，得到保护。他必须得到保护，以免受到其宗教和他自己的侵害"。[①] 在菲奥娜看来，所谓的福祉不仅包含权益，同时还包括幸福，而维护权益或幸福的最基本前提就是受益者必须活着。换言之，生命是才是最主要、最根本的福祉。正是在这点上，菲奥娜最终赞同和支持了医生实施输血行为的诉求，驳回了亚当及其父母拒绝输血手术的要求。在宣判结果时，菲奥娜重点强调：尽管她也充分考虑了亚当的年龄、信仰和尊严，但"他的生命要比他的尊严更为珍贵"[②]。

审理完亚当输血案之后，菲奥娜开始回归自己异常忙碌的工作之中，杰克也向她忏悔自己的行为，选择回归家庭。菲奥娜的一切似乎都即将回到原先的状态，再度收获职业的成就感与家庭的温馨。与此同时，菲奥娜也并未放弃对亚当的关心。根据助手玛丽娜·格林打听来的消息，亚当在接受输血后恢复很快，在家里补习功课，很快就可以复学了。似乎所有人的生活都会按照各自应有的节奏继续下去。但事实并非如此，菲奥娜的工作与亚当的生活开始有了交集。案件审理结束后，亚当开始莫名地迷恋上菲奥娜，不断给她写信。在第一封信中，他描述了菲奥娜所发现的不同状况。在经历输血手术醒来后，亚当发现父母在自己床头哭泣，他本以为他们是因为违背了上帝的旨意而感到忧伤。恰恰相反，父母是喜极而泣，他们既遵循了自己的信仰，又尊重了教会长老的意见，没有被教会隔离，同时还捡回了儿子的一条命。尽管他们接受了输血手术，但这并不是他们的过错，要怪也只能怪法官，怪这个没有"神"的体系与尘世。经历此番顿悟的亚当开始扭转自己对耶和华见证人教的态度，他将《圣经》放在一边，拒绝参加教会的活动，甚至连教会长老

① Ian McEwan, *The Children Act*, pp. 126-127.

② Ibid., p. 127.

克罗斯比来劝说也无济于事,更不用说随之而来的家庭争吵了。因为菲奥娜的介入,亚当得以有了第二次生命,这显然不是他主动选择的结果。获救后的亚当开始重新审视自己的生命,在有了选择自己的人生的第二次机会后,他选择远离宗教、背离家人,转而向拯救他的菲奥娜无限靠近。

亚当疯狂地给菲奥娜写信,甚至在得不到回信后一路冒雨跟踪她至法院的办公地点。他在信中对菲奥娜说:

> 我感觉你把我带进另一些东西,某个实在又美又深的东西,尽管我真不知道那是什么。你从来没有告诉我你信仰什么,但是当你和我坐在一起,唱起《漫步神秘园》时,我就爱上它了。我每天都看这首诗。我喜欢"年轻而又愚蠢",但是如果没有你的话,我将什么也不是,我肯定都已经死了。我给你写了很多愚蠢的邮件,一直在想你,真的想再见到你,和你聊天。我白日梦般地梦到我们,梦到那些不可能那么好的幻想,譬如我们在一条船上一起踏上环游世界的旅程,我们在船舱的房间相邻,我们在甲板上爬上爬下,整天都在说话。①

在这封信中,一个值得注意的细节是,亚当感触于菲奥娜在他病房中朗诵的那首诗《漫步神秘园》,尤其是诗行"年轻而又愚蠢"。通过阅读诗歌这一重要的文学形式,亚当丰富了自己关于生活的理解。正如陆建德所言:"说到底,文学是对'应该如何生活'这一问题的无比丰沛、细腻而又复杂的探讨。"②亚当从迷恋这首诗到迷恋上给他带来诗歌的菲奥娜。他希望能和菲奥娜交谈,从而拉近他与那些"实在又美又深的东西"(something really beautiful and deep)的距离,尽管亚当并不清楚这个"实在又美又深的东西"究竟是什么。从文学伦理学批评视角看来,答案在于亚当从诗歌中所收获的伦理教诲与伦理经验,因为"文学在本质上是关于伦理的艺术"③,"文学的基本功能就是教诲功能。文学的教诲是读者在阅读文学的审美过程中实现的"④。不难

① Ian McEwan, *The Children Act*, p. 145.

② 陆建德:《文学中的伦理:可贵的细节》,载《文学评论》,2014 年第 2 期,第 18 页。

③ 聂珍钊:《文学伦理学批评导论》,第 13 页。

④ 同上书,第 14 页。

发现,在反复阅读诗歌的过程中,亚当感受到人生的意义,重新燃起对生活的热情,选择与点燃他生命希望的菲奥娜为伍。也就是说,亚当的这种伦理选择是在他与菲奥娜接触后,尤其是在他反复阅读《漫步神秘园》这首诗并获得伦理教诲之后所做出的一种选择。

对于亚当的不断来信,尽管菲奥娜被其单纯和温暖打动,甚至还写了四遍回信的草稿,但最终她为了不让他感到沮丧,而选择放弃回信。随后菲奥娜又收到亚当的来信,在得知他一切安好后,她依旧没有选择回复。出人意料的是,就在菲奥娜去纽卡斯尔出差的时候,亚当一路冒着雨跟过来了。当菲奥娜询问浑身透湿的亚当为什么非要来见她时,他的回答是"为了感谢你"①。当然,他还解释了自己当时执意坚定宗教信仰的原因,反思自己当时的愚蠢行为,以及自己听到《漫步神秘园》这首诗后所获得的启示。事实上,彼时的亚当正离家出走:他与父亲大吵一架,与母亲告别,然后一路跟踪菲奥娜至纽卡斯尔的地方法院,提出要与她住在一起,渴望能继续与菲奥娜聊天交流,希望菲奥娜能给他列一份"阅读清单"(reading list)。亚当渴望阅读文学作品,这是他在接触叶芝的诗《漫步神秘园》之后的一个重要转变。他为什么渴望阅读文学作品?为什么渴望得到一份"阅读清单"?亚当对文学阅读的渴求反映了文学对于他的重要价值。从文学伦理学批评视角看来,这种价值就是伦理价值。聂珍钊认为:"文学的核心价值不在于为人类提供娱乐,而在于以娱乐的形式为人类提供教诲,即为人类提供正确认识生活和社会的各种有益知识。"②对于刚刚经历过输血手术获得新生的亚当而言,如何获取关于生活和社会的有益知识、开启新的人生,显得尤为迫切。此时,把《漫步神秘园》首次介绍给他的菲奥娜便充当了文学导师的角色,向她索要阅读清单自然是顺理成章的事情。毕竟,"文学是人类文明进步的结果,它是人类进行和获取教诲的重要形式"③。由此出发,我们不难理解亚当的行为与动机:他渴望从文学中获得滋润与养分,从中获得人生的智慧,因为这恰恰是他之前在宗教和父母那里所不能获得的。

---

① Ian McEwan, *The Children Act*, p. 168.

② 聂珍钊:《文学伦理学批评:论文学的基本功能与核心价值》,载《外国文学研究》,2014 年第 4 期,第 9 页。

③ 同上篇,第 11 页。

在小说的叙事进程中,一个颇为突兀的细节是菲奥娜在和亚当告别之际,她原本只是想亲吻亚当的脸颊,结果却和他有了嘴对嘴的亲吻。这愈发让菲奥娜惊恐不安,故作镇定地与同事马克·伯纳一起准备圣诞庆典的音乐演出。其间,菲奥娜再次收到了亚当的来信——一首题为《亚当·亨利的民谣》的诗:

亚当·亨利的民谣

我拿起木头十字架,把它拖到河边。
我年轻而又愚蠢,被一个梦所惊扰
忏悔是愚蠢的,只有傻子才会感到负担。
但是我被要求在礼拜日按照规则生活。

碎片切割我的肩膀,十字架重得和铅一样,
我的生活受限而神圣,我几乎死了,
河水欢快起舞,阳光也在周围跳舞,
我必须继续往前走,眼睛盯着地面。

然后,身上有着彩虹鱼鳞的一条鱼从水中跳出来,
水珠跳跃,一缕一缕地挂在身上,
"如果你想自由,就把十字架扔到水里!"
所以我把重负卸在紫荆树荫的河面上。

我在幸福奇妙的状态中,跪在河岸上
她靠在我的肩膀上,给我最甜蜜的一吻。
但是她跳进冰冷的河底,再也不见了,
我满眼泪水,听到了喇叭声。

耶稣站在水上,对我说,
"那条鱼是撒旦的声音,你必须为此付出代价。
她的吻是犹大的亲吻,她的吻背叛我的名义
愿他①

① Ian McEwan, *The Children Act*, pp. 187-188.

由于时间关系，菲奥娜只从字面上觉得它反映了亚当对自己的怨恨，譬如把她比作撒旦和犹大等，但她坚信亚当会进入正常的生活轨道，进入好大学，自己会淡出他的生活。遗憾的是，菲奥娜并没有揣摩被抹去的最后一句诗行是什么，转而投入圣诞节音乐演出的紧张排练中。正是这一疏忽，让菲奥娜没有解读出这首诗隐藏的真正含义，错失了拯救亚当生命的宝贵机会。

就在圣诞节演出前，菲奥娜得知白血病复发去世了。得知亚当去世消息的菲奥娜神情恍惚，不过还是最终坚持到表演结束。在加演环节，她还情不自禁地演奏了叶芝的《漫步神秘园》。演出结束后，菲奥娜没有心情接受观众的欢呼，而是急匆匆地赶回家，翻出亚当写给自己的诗。对着壁炉的火光，她终于辨识出被抹去的最后一行诗："既然他把我的十字架扔进水中，愿他亲手杀死自己（May he who drowns my cross be his own hand be slain）。"[①]尽管她最终读出了亚当在诗中所隐含的讯息，但为时已晚。在向懵懂的丈夫杰克讲述她与亚当之间所发生的一切时，菲奥娜伤心欲绝，痛哭不已。杰克惊讶于向来自控的妻子会"极度悲伤"（at the furthest extreme of grief）[②]，而痛哭之后的菲奥娜发现泪水把枕头弄得"又湿又冷"（wet and cold）[③]。那么该如何解读菲奥娜的哭泣？她仅仅是因为亚当的离世，悲伤过度吗？

从法律意义上来说，亚当的输血案早已结案，因此菲奥娜拒绝给亚当回信、把他从身边赶走，并没有什么过错。确实，从其伦理身份而言，菲奥娜是一名称职的法官。在所有案件上，儿童的福祉是她的首要考虑因素。但是，菲奥娜没有意识到她最重要的伦理身份是"人"，是一种"伦理的存在"。[④]从这个角度而言，菲奥娜过去对儿童福祉的理解无疑是偏狭的：她仅仅在法庭上保护他们，而在法庭之外则采取漠视的态度。亚当的死亡就是一个鲜明的例证。之前，亚当曾经明确地告诉过菲奥娜："我父母的宗教是一剂毒药，而你则是解药。"[⑤]从这个角度来说，菲奥娜拒绝给亚当回信、把他赶走，让他回到笃信耶和华见证人教的父母身边，无异于让他走向了一条让其绝望的人生

① Ian McEwan, *The Children Act*, p. 212.

② Ibid., p. 218.

③ Ibid., p. 220.

④ 聂珍钊：《文学伦理学批评导论》，第 39 页。

⑤ Ian McEwan, *The Children Act*, p. 168.

路。换言之,菲奥娜感觉是自己硬生生地把亚当这个热爱生活的少年推向了死亡,由此则不难理解她的悔恨与自责。小说这样描写菲奥娜的思绪:

> 不给他回信。没有读出他在诗中发出的警告。她是多么地为自己曾担心名声受损的想法而感到羞耻。她的罪过超出任何纪律委员会的控制范围。亚当来找她,她没有用任何东西来替代他的宗教,没有提供保护。甚至法律条款都写得很清楚,她首要考虑的因素是他的福祉。她在多少起案件中用了多少页纸来献身于这个条款?福祉和幸福都是社会性的。没有哪个孩子是一座孤岛。**她曾认为自己的职责仅限于法庭的高墙内。**但那又怎么可能呢?他来寻找她,想要的是每个普通人所想要的,也只有思想自由者而非超自然的神人才能给予。他只想探求真谛。[①]

在上述反思中,最重要的一点就是"她曾认为自己的职责仅限于法庭的高墙内"(She thought her responsibilities ended at the courtroom walls)。多年来,菲奥娜致力于守护儿童的福祉,甚至还由此导致了自己婚姻生活的危机。但是,她实际上对法律条文上"福祉"的理解依然是狭隘的、教条的。对儿童的福祉的守护绝不应局限在法庭的高墙之内,而需延伸至整个社会中。按照韦尔斯的理解,"我们有一种天然的责任去关爱他人,而我们自身的存在也依赖于他人","正是道德基础才使得这个社会成为可能"。[②]尽管菲奥娜之前在法庭上拯救了亚当的生命,但是社会上她又亲手将亚当送上了死亡之路。虽然菲奥娜并没有存心为恶,但她毕竟在客观上实施了恶行,最终将亚当推向了死亡。陆建德认为:"一个人必须与自我保持一点距离,要有点自我怀疑的精神,这是伦理学的一大要义。"[③]从这个角度来说,菲奥娜通过反思自己之前的行为,开始怀疑和否定自我,与自我拉开了伦理距离。她泪水中所蕴含的不仅是悲伤,更多是悔恨与自责。尽管彼时菲奥娜即将年满六十,而直到这时她才对"儿童福祉"与自我职责有了伦理"顿悟",实现道德上的成熟。叶芝的诗行"但当时我年轻而又愚蠢,现在眼里充满泪水"就是她在伦理顿悟后

① Ian McEwan, *The Children Act*, p. 220. 粗体为笔者所加。

② Lynn Wells, *Ian McEwan*, p. 14.

③ 陆建德:《文学中的伦理:可贵的细节》,载《文学评论》,2014年第2期,第18页。

的真实写照。假如菲奥娜有第二次选择的机会，她一定不会将寻求自己帮助的亚当拒之门外，而是超越法院的高墙，真正地呵护儿童的福祉。

论及麦克尤恩作品的创作主题，彼得·蔡尔兹指出："麦克尤恩对儿童与成人之间关系的剖析贯穿其所有小说的始终，尤其是年轻一代关于'成长'的观念与忧虑。"①诚然，自踏向创作道路起，麦克尤恩就始终以笔为媒，对儿童及其生活的世界展开无尽的艺术探索。无论是早期作品《最初的爱情，最后的仪式》《床笫之间》《水泥花园》《时间中的孩子》《赎罪》，还是新作《儿童法案》，皆是这类探索的结果。在接受采访时，麦克尤恩说："当孩子越来越进入你的生活，你不可能轻率地对待他们死亡的可能性。"②在小说《儿童法案》中，麦克尤恩通过菲奥娜对儿童福祉理解的不断深入，再次强调尊重儿童生命、呵护儿童生命的重要性。

聂珍钊认为："文学的根本目的不在于为人类提供娱乐，而在于为人类提供从伦理角度认识社会和生活的道德范例，为人类的物质生活和精神生活提供道德警示，为人类的自我完善提供道德经验。"③用陆建德的话来说，就是"抽象的伦理价值体系还无法深入内心，润物无声。一旦它有了文学的形象思维的血肉，才有鲜活的生命力"④。在《儿童法案》中，麦克尤恩正是通过描述法官菲奥娜的个人生活以及她对一系列关于儿童案件的审理和判断，通过这些鲜活而令人震惊的故事，引发人们对儿童福祉的伦理思考。什么是儿童的首要福祉？怎样保护儿童的福祉？如何超越自己的职业身份，以一种"伦理的存在"来守护儿童的福祉？麦克尤恩以菲奥娜的努力、坚守、后悔、自责向读者诠释了"儿童福祉"的真实内涵与守护方式，给我们带来诸多道德警示与伦理启迪。

---

① Peter Childs, *Contemporary Novelists: British Fiction since 1970*, Basingstoke: Palgrave Macmillan, 2012, p. 174.

② Ryan Roberts, ed., *Conversations with Ian McEwan*, p. 30.

③ 聂珍钊：《文学伦理学批评导论》，第 14 页。

④ 陆建德：《文学中的伦理：可贵的细节》，载《文学评论》，2014 年第 2 期，第 20 页。

第九章

《果壳》:伦理困境的囚徒

2016 年是莎士比亚逝世 400 周年,世界各地纷纷举行盛大的庆祝活动。为大力宣传作为英国文化符号的莎翁,英国文化委员会更是推出了“永恒的莎士比亚”(Shakespeare Lives)活动,在全球进行了为期一年的莎士比亚戏剧巡演,引发轰动。笔者感兴趣的是,在众多的纪念活动中,作家如何向这位伟大的文学家致敬?英国知名小说家伊恩·麦克尤恩在其小说《果壳》(*Nutshell*,2016)中给出了答案:重写或重新演绎莎翁的经典作品似乎是纪念他的最好方式。小说题名直接取自《哈姆雷特》第二幕第二场中哈姆雷特与罗森格兰兹、吉尔登斯吞两人之间的一段对话:“上帝啊,倘不是因为我总做噩梦,那么即使把我关在一个果壳里,我也会把自己当作一个拥有着无限空间的君王的。”①小说中,一个即将出生的胎儿讲述了母亲和叔父如何毒死了自己的父亲,以及胎儿如何为父复仇的故事。不过,有趣的是,麦克尤恩本人在接受采访的时候却一再否认小说对《哈姆雷特》的刻意重写。他坚持说:“我真没有打算写另一个版本的《哈姆雷特》。它就这么不知不觉地写好了。”②笔者赞同当代英国学院派小说家亚当·马尔斯-琼斯(Adam Mars-Jones)的观点。马尔斯-琼斯在《伦敦书评》杂志上撰文指出:“尽管小说没有明确提到哈姆雷特或者莎士比亚,但是却有很多关于它们的典故,有些典故非常直接,简直可以被视同为明确提及。”③

---

① 莎士比亚:《莎士比亚全集》(五),朱生豪译,北京:人民文学出版社,1994 年,第 325 页。

② Rosemary Neill,“Ian McEwan on New Novel *Nutshell*, Hamlet, His Brother and the Bard,” *The Australian*, August 27,2016.

③ Adam Mars-Jones,“In the Body Bag,” *London Review of Books*, Vol. 38, No. 19, October 6, 2016, pp. 5-9.

露西·斯科尔斯(Lucy Scholes)认为:《果壳》是麦克尤恩“近年来最好的作品”[①]。斯科尔斯的评论在凯特·克朗奇(Kate Clanchy)那里被进一步细化。克朗奇认为:《果壳》是“麦克尤恩近来的杰作,它重写莎士比亚,刻意带着哀伤,如同T. S. 艾略特的诗《玛丽娜》(“Marina”),发挥出了麦克尤恩的所有艺术才华。”[②]确实,就艺术手法而言,在《果壳》中,麦克尤恩极尽其创作笔法之能事,将作品披上斑斓的叙述外衣,如以人物叙述的笔法来讲述发生在“我”家庭中的故事,以听觉叙事的手段来再现“胎儿”所感知的人类世界,以非自然叙述者“胎儿”来凸显小说的虚构性与非自然性,等等。问题在于,为什么说《果壳》又“刻意带着哀伤”(deliberately elegiac)?导致哀伤的原因是什么?哀伤的寓意何在?或许,《果壳》的哀伤寓意直接指向德卡·艾特肯黑德(Decca Aitkenhead)所言的“寓言式控诉”(allegorical indictment)。艾特肯黑德认为:《果壳》“实际上是一个对所谓情感比真相更重要的‘后-事实’时代的寓言式控诉”[③]。遗憾的是,艾特肯黑德既没有明确指出作品所包含的“真相”(truth)或事实,也没有详细论及“情感”(feelings)与“真相”之间的关联。

笔者认为,克朗奇所言的“哀伤”和艾特肯黑德所论及的“真相”皆与《果壳》所呈现的伦理悲剧相关,即一个即将出生的“胎儿”亲耳听到了母亲和叔父谋害自己父亲的事实。小说别出心裁地以“果壳”为题名,隐射小说人物尽管渴望成为“拥有着无限空间的君王”,但实际上都沦落为逼仄如“果壳”的有限空间的囚徒。倘若果壳是一个关于小世界的伦理隐喻,那么小说最耐人寻味的是这些人物如何受困其中,难以解脱。本章试图从文学伦理学批评视角出发,重点解读“果壳”所蕴含的三重伦理隐喻,即“私欲的果壳”“诗歌的果壳”以及“子宫的果壳”。“私欲的果壳”围绕叙述者“我”的叔父克劳德和母亲特鲁迪展开,他们片面追求物质的欲望和对性欲的满足,迷失了自己的伦理身份,合谋下药毒害了“我”的父亲,触犯了弑亲的伦理禁忌。“诗歌的果壳”围绕“我”的父亲约翰展开,针对妻子特鲁迪和弟弟克劳德之间的不伦关

---

① Lucy Scholes, “Book Review: Ian McEwan's *Nutshell* Is a Thriller Narrated by a Foetus,” *The National*, September 8, 2016.

② Kate Clanchy, “Book of the Week: *Nutshell* by Ian McEwan,” *The Guardian*, August 27, 2016, p. 6.

③ Decca Aitkenhead, “Ian McEwan: ‘I'm Going to Get Such a Kicking’,” *The Guardian*, August 27, 2016.

系，约翰试图用朗诵诗歌来挽回自己的婚姻，恢复错位的家庭伦理身份，而其努力的失败凸显了特鲁迪对伦理教诲的排斥。“子宫的果壳”围绕叙述者“我”展开，尽管“我”还是一名尚未出生的胎儿，但是“我”听到了母亲和叔父试图毒害自己父亲的阴谋。在无力行动的胎儿身份与有心复仇的儿子身份之间，“我”在客观上无可奈何、未能拯救父亲于危难之际，同时“我”又受制于自己同母亲的亲情关系，在主观上导致了自己复仇时的犹豫与延宕。

第一节 私欲的果壳：斯芬克斯因子的组合和伦理意识的迷失

蒂姆·亚当斯(Tim Adams)说：“尽管受到《哈姆雷特》的启发而创作出来的小说不胜枚举，如默多克的《黑王子》、厄普代克的《葛楚德和克劳狄斯》、华莱士的《无穷的玩笑》，而用子宫中的胎儿叙述者来作为叙述声音的小说至少也有一两部，如卡洛斯·富恩特斯的小说《尚未出生的克利斯朵夫》，但是麦克尤恩这部技艺非凡的作品绝对算得上是对二者的首次结合。”①小说伊始，一个尚未出生的胎儿叙述者便出人意料地做了如下开场白：

> 我就这样头朝下在一个女人的肚子里。双臂交叉，耐心地等待着，等待着，想知道自己是谁，以及在这里是为了什么。我闭着眼睛，怀旧式地回忆起我曾经是如何漂流在半透明的肉袋中，在思想的泡泡中，我慢慢地翻着筋斗，做梦似地漂浮过只属于我一个人的海洋，与我活动范围的透明边界轻柔地碰撞。尽管我被厚厚的胎膜所包围，但是它们与在从事邪恶计划的密谋者的声音一起颤动，不免吐露了秘密。那时，我年轻而又漫不经心。②

一个在母亲腹中尚未出生的胎儿通过胎膜与外界声音的共同颤动，听出了密谋者们的邪恶计划。谁是密谋者？他们又在密谋什么样的邪恶计划？值得注意的是，此处胎儿叙述者使用了“密谋者”(conspirators)和“邪恶”(vile)两个具有高度伦理性质的词汇，进而对他们的行为和本质做了负面的

---

① Tim Adams, “*Nutshell* by Ian McEwan Review—A Tragic Hero in the Making,” *The Guardian*, August 30, 2016.

② Ian McEwan, *Nutshell*, New York: Doubleday, 2016, p. 1.

伦理判断。这无疑引发了读者的好奇心,激起了他们的阅读欲望。

与《哈姆雷特》的情节类似,在《果壳》中,胎儿叙述者同样也讲述了一个父亲如何被母亲和叔父毒害,自己如何试图复仇的故事。但是,与《哈姆雷特》有所不同,"我"一直就是父亲被害事件的见证者,而非后来通过父亲的鬼魂来得知其被害的真相。在小说中,忧郁的哈姆雷特王子被换成了尚未出生、能言善辩的胎儿叙述者。英明神武的老国王被换成了诗人约翰·凯恩克罗斯。克劳狄斯王被换成了房产开发商克劳德。葛楚德王后被换成了孕妇特鲁迪。故事的发生地点由古老的丹麦王国被换成了当代英国伦敦的一所古宅。

这座乔治时期的古宅以及生活在古宅中人物之间的复杂关系是我们解读《果壳》的重要伦理环境。文学伦理学批评尤其注重对伦理环境的分析,认为"对文学的理解必须让文学回归属于它的伦理环境或伦理语境中去,这是理解文学的一个前提"①。在很大程度上,正是这座古宅酝酿了约翰殒命的悲剧。颇有讽刺意味的是,就财产而言,"他没有特鲁迪有钱,更是不能和克劳德比。但是他可以背诵上千首诗"②。约翰在外租房居住,负债累累,经常从弟弟克劳德那里借债,但实际上他又是一个有钱的富人。约翰从其母亲那里继承来的那座乔治时期的古宅在英国房地产交易市场的估价高达700万英镑。由是说来,约翰被妻子赶出属于自己祖宅的举动,颇为令人费解。对此,叙述者评论道:"很多男人,很多人,永远都不会让自己的配偶把他们从自小居住的房子中赶出来。约翰·凯恩克罗斯和别人不一样。"③当善良真诚的诗人约翰遇到一个肆意背叛、被私欲所控的女人,他不切实际的浪漫思想被无情的现实击得粉碎。尽管他一次次地希望自己可以留下来照顾身怀有孕的妻子特鲁迪,但他一次又一次地被妻子拒之门外,而她冠冕堂皇的理由是为了腹中的孩子。实际上,特鲁迪敦促丈夫尽快离开家门是为了迎接即将到来的情人。尽管约翰在诗歌创作事业上雄心勃勃,但他为人善良热情,完全不在意自己从母亲那里继承来的老房子的价值,没有贪图金钱的欲望。他将平日里从弟弟克劳德手里借来的钱赠予其他需要帮助的诗人。这无疑与克劳德对金钱的态度形成了鲜明的对比。

---

① 聂珍钊:《文学伦理学批评导论》,第256页。

② Ian McEwan, *Nutshell*, p. 11.

③ Ibid., p. 12.

特鲁迪的情人克劳德是约翰的弟弟。他的另一重身份是一名地产开发商。在叙述者“我”看来,克劳德显然就是一个不劳而获的寄生虫,因为他“没有建造任何东西,也没有发明任何东西”(compose nothing, and invents nothing)[①]。克劳德继承的7位数的财产,现在也被他挥霍得不到四分之一。或许,正是希望不劳而获才导致他越发产生更大的私欲,不惜夺取自己同胞哥哥所继承的家庭老宅,据为己有。由此而言,在房地产市场上价格高昂的古宅就具有了诱人的私欲色彩,而无论特鲁迪还是其情人克劳德,在某种意义上,都是受困其中的囚徒。小说中,特鲁迪几乎没有离开过这座市价不菲的老宅,无异于成为这座房子的囚徒,在主观上失去了自由。因为贪图这座房子和它背后的经济价值,特鲁迪前半生成为房子的囚徒,而后半生则会成为监狱的囚徒,在客观上失去了自由。

特鲁迪劝说丈夫搬出房子,以便自己堂而皇之地和情人,即丈夫的弟弟住在一起,理由是彼此给对方时间与空间。克劳德也劝说哥哥离开嫂子,理由是希望他们的婚姻有好的结果。克劳德伪善地要借钱给哥哥约翰,并且劝说他道:“约翰,她真的很爱你,但是她让我作为一个可信任的家庭成员要求你离开一段时间。给予你婚姻的最大希望。嗯。会有好结果的。我猜你又欠房租了吧。但是,请你同意,把钱拿走,然后给她一些空间。”[②]虚伪的克劳德明明是为了让哥哥离开,以便自己随时和嫂子一起鬼混。他暗地里和嫂子密谋毒害自己的哥哥,嘴上却说他们的婚姻会有好结果。具有讽刺意味的是,他还把自己视作“可信任的家庭成员”(trusted family member)。实际上,他不仅私通嫂子,破坏哥哥的婚姻和家庭,而且还试图毒死哥哥,图谋其房产,完全背弃了建立在家庭成员之间的信任感。

在与妻子特鲁迪、弟弟克劳德相处的时间里,约翰的惯常行为就是给他们朗诵诗歌,但是均遭到他们的漠视和拒绝。比如,约翰试图给克劳德读自己最近收到的关于猫头鹰的诗,但是这一举动惹怒了克劳德。他收回了原本打算借出的钱,继而愤然离去。与克劳德的莫名愤怒和迅速收钱的举动相比,约翰则不慌不忙地专注于检查修改即将印刷的诗:“他并不在意,几乎都

---

① Ian McEwan, *Nutshell*, p. 5.

② Ibid., p. 35.

不知道自己并不在意。"[①]诗中有这么一句:"聪明绝顶而令人致命的敲钟人,我们为了一个尖叫的残忍而莫名激动(Blood-wise fatal bellman, we quaintly thrill to a shrieking cruelty)。"[②]诗中的"致命"(fatal)、"残忍"(cruelty)等都是具有伦理性质的词汇,具有一定的暗示性。如果我们联想到克劳德正在谋划的毒害亲兄弟的恶行,则不难理解他为何感到"窒息"(strangled)和"愤怒"(furious)。实际上,克劳德拒绝聆听诗歌可被解读为对伦理教诲的拒绝。聂珍钊认为:"文学在本质上是关于伦理的艺术,文学的价值通过文学教诲功能的作用予以体现。在伦理选择的过程中,人的伦理意识开始产生,善恶的观念逐渐形成,而这些都是通过教诲实现的。文学是人类文明进步的结果,它是人类进行和获取教诲的重要形式。"[③]克劳德拒绝和放弃文学对他的教诲,在思想和行动上缺乏应有的伦理指引,导致他在堕落的道路上越走越远,最终导致伦理犯罪的发生。

私欲就像一张巨大的网,吞噬了特鲁迪和克劳德,使得他们在私欲的诱惑下迷失理性,在堕落的道路上越陷越深、难以自拔。实际上,克劳德和特鲁迪并不需要约翰同意他们在一起,因为约翰早就知道了他们的不伦关系,而且压根就没有拆散他们的意思。他们坚持毒害约翰主要就是为了谋取约翰价格不菲的房产。换言之,他们二者之间的苟合并不是因为彼此相爱,而在本质上是为了金钱;他们彼此之间同床异梦。比如,当特鲁迪不小心划破脚的时候,克劳德首先关心是否要清理地毯上的血迹,而不是她的伤口;在谋杀约翰的每个阶段,克劳德都让特鲁迪来完成,自己则试图隐匿得干干净净。当他们罪行暴露,准备逃亡的时候,克劳德甚至不顾即将生产的特鲁迪,试图独自逃亡,只不过护照已经被特鲁迪收走,未能成行。为了实现占有金钱的欲望,特鲁迪不惜毒死自己的丈夫,克劳德不惜毒死自己的兄长,触犯了弑夫、弑兄的伦理禁忌。从文学伦理学批评的视角看来:"禁忌是古老人类伦理秩序形成的基础,也是伦理秩序的保障。禁忌也是道德的起源,在人类文明发展过程中,禁忌转化为道德或是道德的表现形式之一。因此,人类社会的

---

① Ian McEwan, *Nutshell*, p. 36.

② Ibid.

③ 聂珍钊:《文学伦理学批评:论文学的基本功能与核心价值》,载《外国文学研究》,2014 年第 4 期,第 11 页。

伦理秩序的形成与变化从制度上说都是以禁忌为前提的。"①克劳德和特鲁迪先是发生了不伦关系,后又触犯了弑夫、弑兄的伦理禁忌,破坏了伦理秩序。最终,他们为自己的恶行付出了代价,锒铛入狱,得到了应有的惩罚。

尽管克劳德是这起伦理犯罪的始作俑者,但是如果没有特鲁迪,他根本无法实现自己的图谋。他操控特鲁迪的主要手段就是性爱和金钱。作为母亲和妻子的特鲁迪并非草木与傀儡,她又是如何逐渐泯灭良知、失却理性,最终沦落为克劳德的同谋呢?这就需要从人的基本构成和本质因素来分析。根据文学伦理学批评的观点:人是一种斯芬克斯因子的存在,兼具人性因子和兽性因子两个部分。"在文学作品中,由于每一个人都是善恶并存的生物体,因此人实际上就是一个斯芬克斯因子的存在。文学作品的价值就在于通过人性因子同兽性因子的不同组合与变化揭示人的伦理选择过程。"②特鲁迪的问题恰恰在于没有让人性因子有效地控制自己的兽性因子,导致自然意志和自由意志泛滥。聂珍钊认为:"在文学作品中,斯芬克斯因子在人身上分别以自然意志、自由意志以及理性意志形式体现出来。自然意志主要是人的原欲即力比多(libido)的外在表现形式,自由意志是人的欲望(desire)的外在表现形式,理性意志是人的理性的外在表现形式。"③具体而言,"三种意志是斯芬克斯因子的不同表现形式。自然意志是最原始的接近兽性部分的意志,如性本能。自由意志是接近理性意志的部分,如对某种目的或要求的有意识追求。理性意志是接近道德意志的部分,如判断和选择的善恶标准及道德规范"④。

在《果壳》中,小说人物特鲁迪和克劳德身上的自然意志典型地表现为他们对性欲的追求,而自由意志典型地表现为他们对金钱的渴望。特鲁迪在小说中似乎就没有离开过房子,而当她和克劳德在一起的时候,主要只做两件事情:做爱和密谋毒害自己的丈夫。必须强调的是,无论是特鲁迪还是克劳德,他们交媾绝对不是为了爱情。换言之,相爱和结合不是他们除掉约翰的理由。事实上,约翰甚至给妻子特鲁迪和弟弟克劳德送上他的祝福,他说:

① 聂珍钊:《文学伦理学批评导论》,第 15 页。
② 聂珍钊:《文学伦理学批评:人性概念的阐释与考辨》,载《外国文学研究》,2015 年第 6 期,第 15 页。
③ 聂珍钊:《文学伦理学批评导论》,第 42 页。
④ 同上。

“特鲁迪和克劳德,我为你们感到高兴。你们在完美的时刻走到一起。没有人否认这点,你们真的很般配。”①而特鲁迪和克劳德真正想要的不是约翰对他们结合的许可与祝福,而是他的房子。他们无法接受约翰和特鲁迪分手后对房子作出的安排:“克劳德在樱草山有一座漂亮的大房子,特鲁迪你可以搬到那里去。我明天会把自己的东西搬一些回来。你搬出去后,我会再把房子装修一下,然后再和埃洛迪搬进来。”②可见,真正刺痛特鲁迪的不是她对约翰新情人埃洛迪的醋意和忌妒,而是约翰让她在分手之后搬出去。因此,特鲁迪坚定了自己毒害约翰的决心:“我要他死,要他明天就死。”③颇具反讽意味的是,特鲁迪和克劳德在计谋实施的每个阶段都各自心怀鬼胎,相互提防。克劳德完美计划的一部分就是在获得巨额经济利益的同时,自己彻底与这桩谋杀案“脱离关系”(disassociated)。特鲁迪一眼就看穿了他的意图。她直截了当地说:“一个大问题就是,你会承担什么风险?你既然想分得一部分钱,那么你又怎样暴露自己?如果事情不顺利,我被捕了,我一旦把你在我卧室的痕迹消除干净,你又会出现在什么地方?”换言之,她想和克劳德挑明的是:“你与这件事是扯在一起的,是完全扯在一起的。如果我失败了,你也失败了。”④

麦克尤恩本人在接受访谈的时候,明确指出:“就像克劳狄斯和葛楚德一样,克劳德和特鲁迪也是密谋杀害他人的恶棍,因此不值得同情。”⑤在《哈姆雷特》中,克劳狄斯对于自己杀害王兄的恶行还有片刻的忏悔,但是在《果壳》中,克劳德完全没有任何悔意。为了金钱,他执意要毒杀自己的兄长。与克劳德不同的是,特鲁迪的伦理意识并非完全泯灭,她也偶尔怀疑自己的不良动机,时而会反悔和自责,也曾拒绝毒杀丈夫的计划。毕竟,用她自己的话来说,“我曾爱过他”⑥。曾几何时,特鲁迪也会夜半醒来,在丈夫的书房中大喊

---

① Ian McEwan, *Nutshell*, p. 69.

② Ibid., p. 70.

③ Ibid., p. 71.

④ Ibid., p. 59.

⑤ Rosemary Neill, "Ian McEwan on New Novel *Nutshell*, Hamlet, His Brother and the Bard." *The Australian*, August 27, 2016.

⑥ Ian McEwan, *Nutshell*, p. 55.

"我们不能这样做",但是在克劳德的利诱下,她瞬间又改口说"我们可以"。[①]遗憾的是,由于克劳德的利诱和鼓动,特鲁迪暂时醒悟的伦理意识再度被其蓬勃的原始欲望所压制,迷失了自我,最终做出错误的伦理选择。

看着约翰拿走克劳德准备的添加了乙醇的水果冰沙驱车离去后,克劳德和特鲁迪非但没有丝毫的悔意,完全不顾及随时都可能失去生命的约翰,相反他们因为谋杀计划的成功实施而情欲勃发,疯狂做爱。换言之,在约翰宝贵的生命和他们旨在追求的金钱、性欲之间,特鲁迪和克劳德选择了后者。特鲁迪从来访的警察那里得知约翰已经死亡的消息的时候,心中也曾掠过一丝悔意。小说写道:"她告诉自己,从来都没想着发生这样的事。这只是我愚蠢的怨恨。我只是因为自己的错误,而犯了罪。"[②]不过,特鲁迪片刻的悔意顷刻间因为克劳德所激发的情欲而消失殆尽。通过给略有悔意的特鲁迪以情欲的刺激,克劳德使她癫狂于肉欲的刺激与享受,致使特鲁迪听任他的摆布,开始配合他编造约翰有抑郁症的谎言,试图掩盖自己的罪行。沉沦于性欲和财欲中的他们迷失了自己的伦理意识,不仅给约翰和胎儿带来了不幸,而且也为自己的罪行付出了代价,得到了应有的惩罚。等待他们的是前来拘捕他们的警察和另一重空间狭小的"果壳":监狱的囚室。

第二节 诗歌的果壳:伦理身份的错位与伦理悲剧的产生

尽管小说关于胎儿父亲约翰·凯恩克罗斯的篇幅并不太多,但他无疑是作品中非常重要的一个人物,而小说情节在很大程度上也都围绕他而展开。约翰究竟是什么样的人物?是什么原因导致了他惨遭妻子和弟弟的毒手?如何解读约翰的悲剧?对这些问题的回答,需要从约翰的伦理身份入手。文学伦理学批评认为:"在文学文本中,所有伦理问题的产生往往都同伦理身份相关。"[③]根据胎儿的叙述,约翰拥有多重身份:从职业上来看,他是一名诗人和出版商,是诗人埃洛迪的精神导师;从其家庭身份来看,他是特鲁迪的丈

---

① Ian McEwan, *Nutshell*, p. 9.

② Ibid., p. 109. 下划线处在原文中为斜体。

③ 聂珍钊:《文学伦理学批评导论》,第 263 页。

夫,是地产商克劳德的哥哥,是胎儿叙述者的父亲。由于妻子特鲁迪和弟弟克劳德发生了不伦关系,引发了自己的婚姻危机,同时还因为二者觊觎自己的房产,导致了自己被谋害。不过,小说与戏剧《哈姆雷特》的不同之处在于:哈姆雷特的父亲在生前和妻子葛楚德的关系并没有破裂,并不知道自己的妻子和弟弟克劳狄斯之间存有奸情;而在《果壳》中,约翰在生前就已经和妻子特鲁迪分居,而且知道妻子和弟弟克劳德之间的不伦关系。由于克劳德的介入,约翰和妻子特鲁迪之间的关系出现了裂痕,其身份正在朝着由特鲁迪的丈夫到特鲁迪丈夫的哥哥的方向转化。在约翰伦理身份发生错位之后,值得考究的是约翰为恢复其错位的家庭伦理身份所付出的努力,而其努力的失败和无效没有挽回破裂的婚姻关系,还加速了其被害的进程。纵览全书,我们不难发现:约翰为恢复自己错位的伦理身份所采用的途径经历了由"朗诵诗歌"到"激将法"再到"朗诵诗歌"的一个循环过程。

作为一名诗人,约翰试图挽回婚姻的主要手段就是对特鲁迪和克劳德朗诵诗歌。胎儿叙述者这样描述自己的诗人父亲:"他靠诗歌活着,依然向我母亲背诵诗歌,教诗歌,评论诗歌,帮助年轻诗人的成长,参加评奖委员会,在学校里宣传诗歌,为小杂志撰写诗歌评论文章,在电台上谈论诗歌。"[①]对于约翰而言,诗歌不仅是他的职业,也是他倾其一生所要奉献的事业。他在经济上无偿援助初入文坛的诗人,苦苦支撑即将倒闭的发行诗歌的出版社。他不遗余力地培养了大批诗人和文学青年,帮助他们守护文学梦想。诗歌不仅是约翰的职业与财富,同时也是他在爱情、婚姻和家庭遇到危机时的艺术避难所,成为他唯一信赖的艺术手段和挽回婚姻的武器。在每次回到住所看望特鲁迪时,约翰的一个习惯性行为就是对妻子朗诵诗歌。对于约翰的这一行为,胎儿叙述者做出这样的解释:

> 如下是我的合理推断。他天生就是一个乐于助人的明星,热衷于取悦他人,过于善良,过于真诚,虽然野心勃勃地要做一名诗人,却一点儿也不贪婪。事实上,他认为,通过写诗来赞美我的母亲(她的眼睛、她的头发、她的嘴唇),然后大声地把它们朗诵出来,会缓和她的情绪,使他能在自己的房子里受到欢迎。[②]

---

① Ian McEwan, *Nutshell*, p. 11.

② Ibid., p. 12.

在胎儿叙述者对约翰的评论和解释中,我们不难发现他对父亲高贵品行的赞扬,即“善良”“真诚”“不贪婪”。父亲内在的高贵品质与母亲邪恶的心灵形成了鲜明对比。胎儿叙述者在文本中的多个地方夸赞特鲁迪姣好的容貌,但是在其美丽外表下潜藏着一个丑陋的灵魂。特鲁迪不顾及腹中的胎儿和与丈夫的感情,一味地为了满足个人的私欲,不仅和丈夫的弟弟克劳德发生不伦关系,而且还密谋害死丈夫,霸占其房产,谋取非法经济利益。从文学伦理学批评的视角来看,父亲对母亲朗诵诗歌的行为可以被看作一种伦理教诲的手段,是劝其从善的一种途径。聂珍钊指出:“文学伦理学批评从起源上把文学看成是伦理的产物,认为文学的价值就在于它具有伦理教诲功能。只要是文学,无论古代的还是当代的,西方的还是中国的,教诲都是它的基本功能。”[①]诗歌作为最主要的文学样式之一,自然也承载着重要的教诲功能。约翰通过向特鲁迪朗诵那些赞美她美貌的诗,希望可以平复她不安的情绪,让她回归理性,继而让特鲁迪接受自己回家的请求并同自己重归于好,从而恢复自己在家庭中的伦理身份。

遗憾的是,特鲁迪反感、厌倦约翰诵读的伦理教诲。当父亲朗诵诗歌的时候,胎儿可以感受到母亲特鲁迪的厌倦已经结成了“壳”(crust),从而“使她无视这个悲怆的场景——一个心胸宽厚的男人对自己的追求失去了希望,但他依然用一种不再流行的十四行诗的形式来陈述自己的理由”[②]。对于约翰向自己朗诵诗歌的做法,特鲁迪无动于衷,表现出厌倦和反感,无视约翰作为一个男人“心胸宽厚”的高贵品质,即他明知他们已经没有复合的希望,但还是没有放弃努力。与之相反,约翰“宽厚”的优点反倒成了被特鲁迪利用的弱点。对于约翰希望搬回来照顾自己的请求,她拒绝同意他搬回来,理由竟然是:“请体谅我。我正怀着你的孩子,记住好吗?现在不是只考虑你自己的时候。”[③]颇具讽刺意味的是,不为孩子着想、只考虑自己的不是丈夫约翰而正是特鲁迪自己。倘若她真是为了孩子而不是为了自己,就不会违背伦理禁忌,和丈夫的弟弟发生不伦关系,甚至谋害自己的丈夫,使腹中胎儿尚未出生就没有了父亲。特鲁迪错误的伦理选择在很大程度上是她迷失伦理意识、拒

① 聂珍钊:《文学伦理学批评导论》,第7页。

② Ian McEwan, *Nutshell*, p. 13.

③ Ibid., p. 18.

绝伦理教诲的结果。

当朗诵诗歌的手段没有起到任何效果的时候，约翰试图采用激将法，为婚姻复合和挽回自己的伦理身份做最后一次努力。他在被害之前，带着年轻的女诗人埃洛迪来到特鲁迪居住的老房子，谎称埃洛迪是自己的情人，希望可以激起妻子的忌妒之心，使她回心转意，和自己重归于好。女诗人埃洛迪的到来在某种程度上似乎激起了特鲁迪的忌妒，这从她们二者之间关于猫头鹰的对话可以看得出来：

特鲁迪："猫头鹰是邪恶的。"
埃洛迪："就像知更鸟一样。就像自然一样。"
特鲁迪："显然是不能吃的。"
埃洛迪："孵蛋的猫头鹰是有毒的。"
特鲁迪："是的，孵蛋的猫头鹰可以杀死你。"
埃洛迪："我不这么认为。她只是让你感觉恶心。"
特鲁迪："我的意思是，如果让她的双脚抓到你的脸的话。"
埃洛迪："从来不会。她太过害羞了。"
特鲁迪："如果被惹怒，就不一样了。"①

表面上看来，特鲁迪和埃洛迪的对话仅仅是关于猫头鹰的习性，而实际上则暗含两人不同观点的较量和交锋，远远超出了普通闲谈的意味。胎儿对她们二者的交流做出这样的解释和判断："对话轻松，语气无足轻重。闲谈，或者我的社会经验所不足以明白的互相威胁与伤害……现在作为竞争者，对埃洛迪的厌恶可能是保持清醒的良药。"②很显然，胎儿对埃洛迪和特鲁迪之间对话轻松的理解与她们之间的暗中较劲和相互敌意形成了有趣的张力。根据埃洛迪后来的叙述，约翰说她是自己的情人完全超出了她的意料。他这么做主要是为了激起特鲁迪的妒忌，让她重新想起他们在一起的美好时光，使她回心转意，因为他还爱着特鲁迪，尽管他早已知道了妻子对他的背叛。

约翰为了最后一次挽回特鲁迪的心意，可谓强装镇定、费尽心思，对特鲁迪和克劳德之间的不伦关系表现得颇为宽容大度。对此，胎儿叙述者也似乎

① Ian McEwan, *Nutshell*, p. 66.
② Ibid.

有点意外。他说:“我父亲看起来并没有因为发现他的弟弟在厨房里,打开香槟,扮演主人的角色而感到苦恼。因此,约翰·凯恩克罗斯从来都没有上当受骗,并非被人戴了绿帽子还不知情。”①换言之,约翰并非一直都被蒙在鼓里。他知道妻子和弟弟欺骗、背叛自己,但他始终在为重建被打乱的家庭伦理关系和恢复错位的伦理身份而努力,朗诵诗歌和激将法就是其努力的一部分。当着埃洛迪和克劳德的面,约翰开始追忆自己和特鲁迪相处的点点滴滴,毕竟他们也曾炽热相爱。用约翰的话来说:“我们做爱是我们聊天的延续,我们聊天也是做爱的延续。”②同约翰在一起的时候,特鲁迪与他的“做爱”(lovemaking)可以与“聊天”(talking)等量齐观、相提并论,是肉体与灵魂的沟通与交流,精神之爱与肉体之爱实现了融合;而同克劳德在一起的时候,特鲁迪与他的疯狂做爱只是为了让特鲁迪沉溺肉欲、日渐堕落,在伦理意识迷失的道路上愈陷愈深。遗憾的是,约翰此番动情的言论并没有打动特鲁迪。无奈之下,约翰将激将法进行到底。他表示愿意和特鲁迪分手,祝福特鲁迪和克劳德在一起,而自己也将和埃洛迪开启自己的生活。如果读者据此认为特鲁迪是因为丈夫约翰有了情人埃洛迪,她出于忌妒而坚定了自己毒害丈夫的念头,那就大错特错了,毕竟无论相爱还是分手都不是特鲁迪最在意的事情。真正使得特鲁迪下定决心谋害丈夫约翰的原因是,她被要求在分手后从约翰的房子里搬出去。

在约翰、特鲁迪、埃洛迪、克劳德四人会面的时候,约翰提出分手之后的安排和打算,其中一条就是他和埃洛迪要搬回来住,让特鲁迪搬去克劳德那里。正是这点戳中了特鲁迪的痛处,加速了约翰被害的进程。对丈夫的安排和打算,特鲁迪的反应是:“约翰·凯恩克罗斯终究不是她的蠢货。他很快就要把她踢走。她必须今天就行动。”③特鲁迪的这一暗下决心宣告了约翰试图利用激将法挽回自己婚姻关系、恢复伦理身份的失败。

值得指出的是,约翰并没有轻易放弃为恢复自己错位的伦理身份而付出的努力。哪怕是在激将法失败,最后一次和特鲁迪见面的时候,他还是心存打动特鲁迪的幻想,而他把自己最后一次努力的机会交给了诗歌。诗歌之于

① Ian McEwan, *Nutshell*, p. 63.

② Ibid., p. 68.

③ Ibid., p. 76.

约翰,就如房子和金钱对于特鲁迪,是其唯一的执念。或许,这也是他作为一名诗人唯一能做的事情。在最后一次见面的时候,约翰请求说:"特鲁迪,就算是为了过去的时光,我可以再给你读一首诗吗?"①不过,对于他的这一请求,特鲁迪表现出一如既往的反感:"约翰,看在上帝的分上,请你不要读了。"②尤其是当约翰不顾她的反对,坚持朗诵完诗歌后,特鲁迪斩钉截铁地说:"我这辈子都不想再听诗歌了。"③特鲁迪对诗歌这一重要文学样式的厌恶和拒绝,无疑预示了约翰为恢复自己错位的伦理身份的努力的失败,表明了特鲁迪对文学伦理教诲的彻底摒弃,最终做出了错误的伦理选择,导致了丈夫约翰被害和自身入狱的伦理悲剧。

根据文学伦理学批评的观点:"伦理选择是人择善弃恶而做一个有道德的人的途径……伦理选择是通过教诲实现的,教诲是通过文学得到的。"④《果壳》正是通过叙述诗人约翰重建失衡的伦理关系、恢复错位的伦理身份努力的失败,凸显了特鲁迪对伦理教诲的排斥以及由此导致的伦理悲剧,给读者带来重要的伦理警示和启迪。换言之,小说试图通过讲述反面的道德事例,通过描写伦理关系、伦理身份的变化及其引发的问题和导致的不同结果,为人类文明的进步提供经验和教诲。

第三节　子宫的果壳:等待与行动的伦理两难

在莎士比亚的戏剧《哈姆雷特》中,最为引人关注和讨论的当数哈姆雷特的关于"生存,还是毁灭"(To be,or not to be)的内心独白。在聂珍钊看来,尽管"To be,or not to be"有多种理解,"但其内涵仍然指的是对正义的抉择和追问,即哈姆雷特采取的行动是对或错的问题。在他弄清了父亲死亡的真相后,哈姆雷特面对的是两种选择,即复仇还是不复仇,杀死新王还是不杀死新王,是行动还是不行动。这是一种伦理两难的选择"⑤。在《果壳》中,主人公胎儿叙述者

① Ian McEwan, *Nutshell*, p. 91.
② Ibid.
③ Ibid., p. 92.
④ 聂珍钊:《文学伦理学批评导论》,第 6 页。
⑤ 同上书,第 132 页。

也受困于类似的伦理两难,徘徊在等待与行动之间,难以选择。他所面临的伦理困境及其行动的延宕主要基于他对自己家庭关系的理解、判断和思考。

作为小说中的胎儿叙述者,其“非自然性”(unnaturalness)突出表现在他在有限的空间里拥有无限多的知识。[①]对此,他的解释是自己勤奋好学。他说:“我保持清醒,我听,我学(I stay awake,I listen,I learn)。”[②]尽管他精通政治、了解时局,但是却很难理清自己异常复杂的家庭关系。他通过自己的细致观察,大致做出这样的梳理:

> 我开始明白我的处境,我能想到也能感觉到。一个即将降临新世界的白人能不装腔作势的事情也只有这些了。如下就是我想明白的。我母亲喜欢上我父亲的弟弟,欺骗了她的丈夫,毁了她的儿子。我叔叔从他哥哥那里偷走了他的妻子,欺骗了他侄子的父亲,极大地伤害了他嫂子的儿子。我父亲生来就对这样的事情毫无防备,而我也因自己的情况而没有防备。我叔叔有我四分之一的基因,有我父亲一半的基因,但是一点儿也不像我父亲,就如同我不像维吉尔或蒙田一样。究竟我身上哪一部分是克劳德的,我又怎样知道呢?我可以是我自己的兄弟,可以骗我自己就像他骗他自己一样。[③]

胎儿叙述者对于自己三个家庭成员之间的复杂关系产生了困惑,而困惑的主要原因是母亲、父亲、叔叔伦理身份的错位与混乱:母亲不喜欢父亲,而是喜欢上叔叔,即母亲变成了叔母;叔叔和嫂子发生了关系,把嫂子变成了妻子;因为叔叔和母亲的不伦关系,结果叔叔变成了父亲,父亲也变成了叔叔。胎儿叙述者所要应对的不仅是理清家庭成员之间的关系,而且还要做出反

---

① 关于叙事的非自然性,参见尚必武:《什么是叙事的“不可能性”?扬·阿尔贝的非自然叙事学论略》,载《当代外国文学》,2017 年第 1 期,第 131—139 页;《后殖民语境下的非自然叙事学》,载《天津社会科学》,2018 年第 4 期,第 117—122 页;《什么是叙事的“反模仿性”?布莱恩·理查森的非自然叙事学论略》,载《文艺理论研究》,2018 年第 6 期,第 89—97 页;《文学叙事中的非自然情感:基本类型与阐释选择》,载《上海交通大学学报》(哲学社会科学版),2016 年第 4 期,第 5—16 页;《西方文论关键词:非自然叙事学》,载《外国文学》,2015 年第 2 期,第 95—111 页;《叙事的“非自然性”辨微:再论非自然叙事学》,载《外国语文》,2015 年第 3 期,第 36—45 页;《非自然叙事学及当代叙事诗学》,载《文艺理论研究》,2012 年第 5 期,第 110—114 页;《不可能的故事世界,反常的叙述行为:非自然叙事学论略》,载《外语与外语教学》,2012 年第 1 期,第 86—90 页。

② Ian McEwan, *Nutshell*, p. 24.

③ Ibid., p. 32.

应。特别需要指出的是,鉴于他的伦理身份是一名尚未出生的胎儿,尽管他似乎拥有无限多的知识,但是不具备在外部世界行动的能力。与哈姆雷特非常相似,胎儿在自己为父亲复仇的道路上,一直游移在等待与行动之间,迟缓不前。为此,他需要结合自身的实际情况和家庭成员的身份,逐一分析他们与自己的伦理关系,等待时机,并做出合适的伦理选择。

在莎士比亚的戏剧中,哈姆雷特是从鬼魂父亲那里得知其父亲被母亲和叔叔毒害。鬼魂的话是否可信,他需要核实,所以才有了“捕鼠记”这一幕。在《果壳》中,胎儿叙述者亲耳听到叔父和母亲谋害父亲的计划,从头到尾见证了这个计划的密谋和实施。从理论上说,他原本可以及时阻止这场谋杀,拯救父亲于危难。实际上,他在内心也发出这样的呼喊:“不要让通奸的叔叔和母亲毒死你的父亲。不要在空虚和反转中浪费自己宝贵的时间。出生和行动!”[①]但是作为一个被动的见证者和失去行动能力的胎儿,他实际上比哈姆雷特更加无助。在接受采访的时候,麦克尤恩说:“有比哈姆雷特还要无助的人吗?是的,还有胎儿。我的叙述者不仅无助,而且还思考自杀,看到了鬼魂,还有父亲、叔叔和母亲的三角关系,不过是现代意义上的三角关系罢了。”[②]在父亲、叔叔、母亲三人之中,胎儿叙述者可以最直接发生联系、产生影响的就是自己的母亲特鲁迪。在很大程度上,胎儿叙述者可以采取行动的唯一对象就是其母亲。胎儿叙述者对自己的母亲始终怀有复杂的情感。与哈姆雷特相似,尽管胎儿叙述者的主要复仇对象是其叔叔,但是他需要不断考验的却是其母亲。他无法遏制母亲和叔叔谋害父亲的罪行、无法及时实施复仇的原因除了在客观上自己不具备行动能力之外,还在于他在主观上无法确定自己与母亲之间的关系,以及对自己报复母亲的行为是否妥当的怀疑。首先,他需要判断和衡量母亲对自己的爱。用他自己的话来说:“我不确定她是否爱我。”[③]换言之,他需要通过反思和判断母亲对自己的情感与态度来确定自己对母亲的态度。对于叔叔克劳德和母亲特鲁迪的密谋计划,胎儿叙述者在母亲的腹中开始不断反思:“‘我们已经把孩子放在别的地方。’这些话不断重复,擦除干净后只

① Ian McEwan, *Nutshell*, pp. 45-46.

② Rosemary Neill, “Ian McEwan on New Novel *Nutshell*, Hamlet, His Brother and the Bard,” *The Australian*, August 27, 2016.

③ Ian McEwan, *Nutshell*, p. 32.

剩真相。很明显,我的未来已经被别人安排好了。安置(placed)只是扔弃(dumped)的骗人同义词。孩子就是我。别的地方也是骗人的。冷酷无情的母亲!"[1]母亲不仅对父亲不留情面,而且对自己腹中的孩子也一样"冷酷无情"(ruthless)。在毒害父亲之后,母亲打算和叔叔带着他们所获得700万英镑远走高飞,自己将会被他们以"安置"的名义"扔弃",所谓"别的地方"(somewhere)就是不留在母亲自己身边的意思。换言之,母亲对自己的爱就是一场自欺欺人的骗局。有鉴于此,胎儿叙述者决定以牙还牙。他说:

> 并非毫无权力,我对母亲的爱有权力,而且是绝对的权力。我不同意她的弃子阴谋。我不会被流放,该流放的应该是她。我要用这黏滑的绳子拴住她,在我出生的那天用新生儿摇晃不定的眼神强逼她,用孤独的海鸥的哀号去捕获她的心脏。用强迫之爱使她同意成为我忠实的保姆,她的自由只是一个隐去的故土之滨。特鲁迪将是我的,而不是克劳德的,她既然可以丢弃我,我也可以从她的胸腔中撕裂她的胸脯,把他们摇下贼船。我也一样可以冷酷无情。[2]

在上面的叙述片段中,核心关键词是"爱"(love)。胎儿叙述者打算报复母亲的理由并不是为父复仇,而是为了伸张自己获得母爱的正当权力。如果父亲不能把母亲从叔叔手中夺过来,那么自己应该把母亲从克劳德那里抢过来,让她成为自己忠实的保姆。胎儿叙述者之前也承认爱自己的母亲,但是理由似乎又显得不够充分,只是说:"我爱她——怎么可能不爱她呢?她是我还没见过面的母亲,我只是从她的身体内部知道了她。这不够!我渴望看到她外在的自我。外表就是一切。"[3]从母亲身体内部对她的了解让他爱上了自己的母亲,并渴望看到她的样子。他对母亲之爱索求的本质是要母亲爱他,不能抛弃他,使自己能够在出生之后可以继续活下去。这与克劳德对特鲁迪的爱有着本质的区别。克劳德在很大程度上只是利用嫂子特鲁迪来毒害哥哥约翰,获取经济利益,挽回因为哥哥比自己优秀而受伤的自尊。克劳德和特鲁迪在一起是为了谋财害命,即毒死约翰、侵占约翰的房产,而胎儿自己同

---

① Ian McEwan, *Nutshell*, p. 42.

② Ibid., pp. 43-44.

③ Ibid., p. 7.

母亲特鲁迪在一起的原因是为了维护生命，即为了使自己出生后可以活下去。尽管两者对特鲁迪的爱的占有都有自私性质，但是克劳德的行为体现出对生命的践踏，而胎儿叙述者的行为体现出对生命的尊重。

其次，胎儿叙述者需要判断自己的介入是否正确，尤其对父亲和母亲之间破裂关系的理解是否有误，以及自己能否劝阻母亲，防止其犯错的行为。“对父母分手的孩子而言，其神圣的想象的任务就是使他们重归于好。”[①]换言之，他对父母的复合抱有幻想，认为促使他们重归于好才是自己最重要的任务，而非急于介入，急着惩罚母亲。此外，他自己需要考虑的还有劝说和提醒母亲，防止她犯错误的可能。她对母亲杀人行为做出了一定的伦理思考：“我的母亲从来都没有工作过，能成为一个杀人犯吗？这个工作一旦开始后，可不容易，不仅在计划和执行上都很困难，而且后果也难以承担。比如，我想和她说的是，即便在伦理之外，还有很多不便：后面的几个小时，几个周末，每个夜晚，或者一生，要么入狱，或者愧疚，或者两者都有。没有报酬，没有津贴，没有退休金，有的只是自责。她正在犯一个错误。”[②]对于胎儿叙述者而言，他若爱父亲，就要拯救他的生命，或者在他被害死后，为其复仇。同理，他若爱母亲，就要阻止她犯错误。她显然在做一件错误的事情。遗憾的是，胎儿叙述者过度地沉溺于思考，在等待中错过了及时制止母亲毒害父亲的行为，目睹了父亲被害的过程。

虽然胎儿在客观上无法阻止父亲被害，不能挽救父亲于危难之际，但他并不消沉，没有选择哀号与哭泣。相反，他认为：“婴儿的哀号毫无意义。等待才是正确的事情。还有思考。”[③]问题在于，胎儿叙述者等待的是什么？思考的又是什么？在笔者看来，他等待的是自己可以采取行动的时间，即自己可以平安出生的时刻，而思考的则是如何在等待与行动之间做出选择，权衡两者的利弊。在《哈姆雷特》中，哈姆雷特也说过等待的重要性。他说：“静静地等着吧，我的灵魂；罪恶的行为总有一天会发现，虽然地上所有的泥土把它们遮掩。”[④]哈姆雷特似乎是要把希望寄托于恶人的自我反省，让时间揭示一

---

① Ian McEwan, *Nutshell*, p. 88.

② Ibid., p. 79.

③ Ibid., p. 47.

④ 莎士比亚：《莎士比亚全集》（五），第 297 页。

切。与这种被动消极的等待观相比,胎儿叙述者是在等待自己具有行动的能力。如果他死去了,那么就再也无法帮助父亲复仇,因此他必须活下去。由此,胎儿叙述者陷入了一个介于等待和行动之间的伦理两难。根据文学伦理学批评的观点:"伦理两难即伦理悖论。伦理两难由两个道德命题构成,如果选择者对它们各自单独地做出道德判断,每一个选择都是正确的,并且每一种选择都符合普遍道德原则。但是,一旦选择者在二者之间做出一项选择,就会导致另一项违背伦理,即违背普遍道德原则。"①在《果壳》中,胎儿叙述者就面临如下伦理两难的境地:如果他果断采取行动,采取自尽的方式,固然有可能会迫使母亲放弃毒害自己的父亲,但是另一种可能就是自己也会搭上性命,而且还极为可能无法帮助父亲脱离被害的危险,更不用说为父复仇了;如果他等待下去,则会眼睁睁地看着自己的父亲被母亲和叔叔毒害,由此在客观上成为他们毒害图谋的一分子,但是只要自己还活着,就有给父亲复仇的希望,就有机会将杀害父亲的凶手绳之以法。

在父亲死后,胎儿叙述者对于自己没有及时采取行动,未能及阻止母亲、挽救父亲的生命而感到自责和后悔。他说:"当他把她再次诱惑到床上,称她是自己的老鼠,用力掐她的乳头,用肿胀的舌头亲吻她的脸颊,虚情假意地对她呼着气。我什么也没做。"②在父亲被害之前,自己没有及时采取行动,那么在父亲被害之后,他是否应该立即采取行动,为父复仇呢?然而,他的另一重现实困境是,惩罚母亲就等于惩罚自己。一旦离开了母亲,他也无法生存。由此,不难看出他对母亲既爱又恨的矛盾性态度:"我对母亲的爱和我对她的恨都在成正比例地增长。我的双亲就剩她一个人了。没有她,我也活不了。"③胎儿叙述者恨母亲,是因为她对父亲的背叛和谋害;爱母亲是因为自己对亲情的珍视,对她作为自己唯一的亲人的眷念。更为现实的情况是,胎儿在生下来后,还需依赖于其母亲的抚养,自己能否活下去都要靠她。因此,他能做的似乎只有等待母亲和叔叔自首,等待他们的悔悟,等待自己具备行动的能力。然而,胎儿始终未见母亲和叔叔有准备自首和悔改的迹象。因此,当他们罪行暴露、准备畏罪潜逃的时候,胎儿叙述者尽管知道自己尚未足月,

① 聂珍钊:《文学伦理学批评导论》,第 262 页。

② Ian McEwan, *Nutshell*, p. 156.

③ Ibid., p. 108.

但他哪怕是冒着早产两周的生命危险，也要阻止他们。他说：

> 在经历所有的转折与修正，错误的阐释，缺乏洞见的疏忽，试图自我毁灭，被动的伤心之后，我已经做出了决定。够了。把我包起来的羊膜囊就是一个半透明的绸包，精细而结实，里面有液体将我从这个世界中保护起来，防止我做噩梦。不再等了。加入他们的时间到了。给结局画上句号。开始行动。①

从上述段落中，我们可以发现胎儿叙述者再也无法继续等待下去了，哪怕自己出生的时机尚未成熟。他决定抛弃自己之前的愚蠢做法，包括试图自我毁灭、因局势被动而感到伤心、疏忽大意、理解错误等，他现在必须要做的是"to end the endings. Time to begin"，即给结局画上句号，开始行动。因此，他用指甲划破羊膜囊，提前出生，成功阻止了母亲的外逃；而尽管克劳德试图置母亲和自己于不顾，打算独自逃亡，无奈其对母亲的不忠早被料见，护照被她藏了起来，难以成行。在被逼帮助母亲接生后，克劳德将不得不和母亲一起等待前来逮捕他们的警察。

对于这样的结局，胎儿叙述者再次做出了自己的思考和判断："我在想等在外面的出租车。浪费了。是时候让它走了。我也在想我们在监狱中的囚室，但愿不要太小。在进入监狱沉重的大门、在踏上磨旧了的盘旋楼梯之前，还有悲伤、审判及其意义。"②这样的判断和思考回应了他之前所说的"这不是一个好下场，永远也不会有什么好结果"③。在评价自己提前降生及其产生的后果时，胎儿叙述者的口吻颇有调侃意味。从文学伦理学批评的视角来看，胎儿是父母伦理选择的被动结果。作为一名没有出生的胎儿，叙述者可被看作一个斯芬克斯因子，身上既体现出其母亲所遗留的兽性因子，也体现出其父亲所遗留的人性因子。母腹中的胎儿尽管没有出生，但是因为人性因子的存在而使他有了人性，因而能够做出伦理判断，即对母亲和叔父合谋害死父亲的行为进行善恶判断。善恶判断是伦理选择的前提。由此说来，胎儿的提前降生既是其作为胎儿身份的一个重要"伦理选择"（ethical choice），同时也

---

① Ian McEwan, *Nutshell*, pp. 190-191.

② Ibid., p. 197.

③ Ibid.

是其作为一种伦理存在的人的“伦理选择”（ethical selection）的开始。

对于母亲特鲁迪和叔叔克劳德的逮捕，刚刚从胎儿成为新生儿的叙述者“我”幸灾乐祸，为自己行动的成功而感到颇为得意和欣慰。鉴于母亲和叔叔所犯下的令人所不齿的罪行，他们注定不会有“好下场”（not a good end），等待他们的是监狱沉重的大门、狭小的囚室、磨旧的旋转楼梯。除了上述他们应有的惩罚、悲伤、悔恨之外，他们还会经历“审判”（justice）。英文中的“justice”除了具有“审判”之意外，还有“正义”的意思，即克劳德和特鲁迪的被捕和审判说明正义得到伸张、坏人得到惩罚，而这也是这起伦理事件给人以启迪和教诲的意义所在。

麦克尤恩的崇拜者、英国当红青年小说家扎蒂·史密斯（Zadie Smith）曾这样盛赞心中的偶像：

> 他的作品行文严谨细致，简洁有力；他关于性和性欲话题的辩才令人折服；他在把叙事领入科学的可能性上，步伐坚定；他的小说长短适宜；他笔下的句子从来都不会像我写的这句话一样，有这么多的分号。读他的作品时，我会被那些我从来都不会使用的隐喻、从来都不会构思的情节和从未有过的理念所打动。因为这些原因，我爱阅读他的作品，同时也因为像数以百万计的其他读者一样，我感觉他是一个靠得住的作家。①

从上述评论片段中可以发现，史密斯在谈论麦克尤恩的作品时，除了赞赏麦克尤恩的语体风格、行文布局外，还特别折服于麦氏独特的“隐喻”“情节”“理念”。就其小说《果壳》而言，麦克尤恩创作的独特性在于通过使用“果壳”这一隐喻成功刻绘了一群身处伦理困境的囚徒，有人的固有伦理身份迷失，有人受困于现有的伦理身份，难以做出正确的伦理选择，由此导致了伦理悲剧的产生。麦克尤恩以胎儿叙述者的视角重构哈姆雷特为父复仇的情节，一方面固然是在向莎翁致敬，另一方面也投射了其本人关于生命的伦理思考。个中缘由，或许就像麦克尤恩所说的那样：“我们生来就是道德的存在。”②

---

① Ryan Roberts, ed., *Conversations with Ian McEwan*, p. 108.

② Ibid., p. 70.

第十章

《我的紫色芳香小说》:作为事件的文学剽窃案

2018年11月1日晚,华灯初上,位于上海外滩江畔的建投书局人头攒动,座无虚席。彼时彼地,英国国民作家伊恩·麦克尤恩与中国作家孙甘露围绕“重构虚构信仰”这一话题展开了精彩的对话。值得注意的是,作为麦克尤恩“2018年中国行”的最后一站,活动主办方上海译文出版社在当日首次推出了麦克尤恩为庆贺七十岁生日创作的短篇小说《我的紫色芳香小说》(*My Purple Scented Novel*)的中文签名版,引发现场读者的追捧。若将目光转至两年前,我们知道,一方面固然是为了完成德国艺术策展人托马斯·曼的命题作文“The Stolen Image”,另一方面也是为庆贺自己七十岁的生日,麦克尤恩于2016年3月在《纽约客》杂志上发表了一篇题为《我的紫色芳香小说》的短篇小说。尽管麦克尤恩以创作短篇小说起家,但这部作品却是麦氏自出版《床第之间》(1978)以降,四十年来发表的唯一短篇小说,其出版后引起的轰动和关注效应,自是可想而知。

《我的紫色芳香小说》并未像读者所预想的那样重提麦克尤恩出道之初的乱伦、死亡、性虐等另类主题,而是以麦氏拿手的人物叙述、嵌入叙述、不可靠叙述等笔法,近乎炫技式地展呈了两名作家跌宕起伏的文学生涯以及他们之间错综复杂的情感纠葛。就《我的紫色芳香小说》的写作技法而言,黄昱宁认为,“这篇小说借用的机关,是虚构艺术中一个常见的故事型——‘交换人生’”[①];就故事本身而言,她又评价道:“这个故事当然关乎道德,窃名逐利者的逍遥法外让人无法不被文学生态圈的荒诞所震撼——但它更关乎时间。

① 黄昱宁:《跷跷板的致命倾斜》,伊恩·麦克尤恩:《我的紫色芳香小说》,黄昱宁译,上海:上海译文出版社,2018年,译者序第7页。

在小说里,作者、读者与媒介之间的关系,是黑色的,是讽刺的,但也是怀旧的,伤感的。我们透过一层薄雾往里看,看到文学如何与人生交缠,虚构如何侵入真实,善恶如何被时光消解。"[①]黄昱宁关于小说技巧与内容的评价切中肯綮。遗憾的是,作为小说的中文译者,她似乎为了避免剧透的危险,并未深入讨论所谓"交换人生"及其隐含的道德寓意。

小说中,人物叙述者帕克·斯帕罗用"跷跷板的两端"来比喻他与朋友乔斯林·塔拜特两人起起落落的创作与人生,妄图以此遮蔽帕克在世俗意义上的大获成功和乔斯林颓然堕落的真实原因,即自己涉嫌"偷窃"的"恶行"(wrong doing)。从齐泽克、巴迪欧和阿特里奇的批评立场来看,帕克和乔斯林所卷入的文学剽窃案无疑是作品中最值得关注的"事件"(event),它彻底改变了事件参与者的社会阶层、生活状态与人生轨迹。通过细审叙述者帕克在小说叙事进程中对该事件的不同叙事判断,我们会发现他刻意强调和倚重阐释判断与审美判断,而有意淡化和逃逸伦理判断。什么原因导致了帕克对伦理话题的逃逸,顾左右而言他?带着这样的疑问,本章在事件理论基础上引入文学伦理学批评,试图逐一剥离帕克所精心编制的叙事圈套、捕捉被文本有意悬置的叙事信息,重构一个被叙述者试图掩盖的、颠倒是非、引发伦理混乱的故事世界,即清白无辜的受害者沦为名誉扫地的窃贼,人人喊打,而掩耳盗铃的偷窃者登堂入室,引人追捧。由是说来,叙述者对伦理话题的逃逸在很大程度上源自其内心深处对破坏伦理秩序的恐惧和背叛友情的负疚。问题在于,承认"恶行"和明辨是非的叙述者对于自己偷来的一段人生既"不打算物归原主"[②],也没有像读者所期待的那样去纠正错误、澄清事实或恢复乔斯林的名誉,而是以"错就错了"的姿态将其叙述视为剖露心迹的"一份供词"。帕克之于文学剽窃案的矛盾态度反映了其伦理意识与伦理行动的断裂。

第一节 "偶然性"与"必然性"的张力:作为事件的文学剽窃案

小说伊始,人物叙述者"我"在介绍自己的朋友乔斯林·塔拜特时讳莫如

① 黄昱宁:《跷跷板的致命倾斜》,伊恩·麦克尤恩:《我的紫色芳香小说》,译者序第7—8页。

② 伊恩·麦克尤恩:《我的紫色芳香小说》,第3页。

深地说:“你应该听说过我的朋友,曾经名噪一时的小说家乔斯林·塔拜特,不过我估计他的记忆已经日渐衰退。时间对于名声,有时显得冷酷无情。你想起他来,也许会依稀记得一桩丑闻,以及颜面扫地的窘境。你以前从没听说过我,当年我只是默默无闻的小说家帕克·斯帕罗,直到我的名字与他的名字公开地联系在一起。”①叙述者以遮遮掩掩的方式告诉读者,尽管自己与乔斯林都是小说家,而且两人是挚友,但是与乔斯林先前的名噪一时相比,自己却显得默默无闻。不过,乔斯林后来因为一桩丑闻名誉扫地,而帕克在那桩丑闻中与乔斯林的名字共同出现在公众的视野,从此乔斯林“颓然堕落”,而帕克在“世俗意义上大获成功”。颇为有趣的是,对于乔斯林和自己不同的人生际遇与命运变化,叙述者用“跷跷板的两端”来形容:“他上去的时候,恰巧我降下来——尽管这事儿并不是他造成的。接着,他颓然堕落,而我在世俗意义上大获成功。”②叙述者试图把自己和乔斯林两人跌宕起伏的人生解释为一种符合跷跷板升降的自然规律,进而对丑闻的产生原因及其对两人命运的影响遮遮掩掩。让人纳闷的是,这桩改变两人命运的丑闻究竟是什么?叙述者试图在丑闻中逃逸什么呢?吊诡的是,叙述者随后又补充道:“我不否认,这里头有恶行。”③叙述者口中的“恶行”指的又是什么?我们又该如何理解这桩改变了乔斯林和帕克人生轨迹的“丑闻”与“恶行”?由是说来,叙述者口中的“丑闻”与“恶行”无疑构成了整部作品的叙事核心。

不过,在勾起读者的好奇心和吊起他们的阅读胃口之后,叙述者以把事情说清楚为由,不紧不慢地讲述了他和乔斯林两人四十年来的交往:他们在大学相识并结为好友,两人都对文学感兴趣并发表了若干练笔之作;毕业后,帕克娶妻生子,虽然发表了几部长篇作品,但都未引起充分关注,生活趋于平淡;乔斯林的首部长篇小说大获成功,经历了离婚与再婚的他步入上流阶层,成为“国宝”式的人物。叙述者有意强调,始终未变的是两人的友谊,他们会将各自发表的作品赠送给对方。帕克会不定期到乔斯林的豪宅做客并受到热情接待。实际上,真正将乔斯林和帕克卷到一起的丑闻终究还是源于他们

① 伊恩·麦克尤恩:《我的紫色芳香小说》,第3页。
② 同上。
③ 同上。

所从事的文学创作。帕克先是出版了一部题名为《她拒绝起舞》(*The Dance She Refused*)的长篇小说,但该小说几乎无人问津。三年后,乔斯林出版了长篇小说《骚动》(*The Tumult*),受到读者的追捧。后来,《伦敦旗帜晚报》披露,《骚动》的故事与《她拒绝起舞》雷同。一时间,乔斯林和帕克被卷入了这场全民关注的文学剽窃案,成为轰动英国文坛的一个重要事件。叙述者这样描述媒体和公众对这一事件的反应:“狂风暴雨向我和乔斯林的住处涌来。各色猛料,一应俱全。可悲的恶棍,静默的英雄。国宝飞下神坛,骗子窝边吃草,老友惨遭背叛,不仅整段整段地抄,而且无论是整体架构还是人物塑造,全都一锅端走。”①对于这桩丑闻,无论是普通民众还是职业批评家都对乔斯林的剽窃行为表示不能容忍,对作为受害者的帕克表示出极度的同情。一时间,乔斯林被拉下神坛,其小说《骚动》被下架。与之截然相反的是,帕克的作品,包括《她拒绝起舞》在内,被出版商竞相购买版权,即将陆续被拍成电影。帕克先后包揽了诸如布克奖、惠特布莱德奖、书评人协会奖等各项文学大奖。

从事件哲学的角度来看,乔斯林和帕克所卷入的文学剽窃案无疑是一个重要的“事件”。齐泽克认为,事件普遍存在于我们的生活与世界,它“可以是凄惨严酷的自然灾害,也可以是媒体热议的明星绯闻,可以是底层人民的抗争与胜利,也可以是残酷的政权更迭,可以是艺术品带给人的强烈感受,也可以是为爱与亲情而做出的抉择”②。不过,齐泽克不满把“事件界定为超过了原因的结果”的通常做法,认为这种定义方式面临一个模棱两可的矛盾,即“事件究竟是世界向我们呈现方式的变化,还是世界自身的转变?”③在某种程度上,齐泽克偏向法国哲学家阿兰·巴迪欧关于事件的观点和立场,认为“事件是一种被转化为必然性的偶然性(偶然的相遇或发生)”④。在巴迪欧看来,“事件产生出一种普遍原则,这种原则呼唤着对于新秩序的忠诚与努力。当一个充满情欲的相遇改变了相爱之人的一生,并使夫妻共同生活的构筑成为两者人生的中心时,这次相遇就构成了一个爱的事件;同样,在政治中,当

① 伊恩·麦克尤恩:《我的紫色芳香小说》,第 22 页。

② 斯拉沃热·齐泽克:《事件》,王师译,上海:上海文艺出版社,2016 年,第 1 页。

③ 同上书,第 6 页。

④ 同上书,第 212 页。

一次偶然的暴动或叛乱催生出对于普遍解放愿景的集体承诺，并因此开启了重塑社会的进程时，这次暴动（叛乱）便构成了一个政治事件”①。若在齐泽克和巴迪欧的意义上将这场文学剽窃案视为一个文学事件，那么导致其发生的“必然性”和“偶然性”究竟是什么？

对于作家而言，对其职业生涯最为毁灭性的打击莫过于涉及剽窃。那么这则沸沸扬扬的文学剽窃案果真如公众所了解的那样，是乔斯林这位国宝级的小说家剽窃了默默无闻的小说家帕克吗？这是否就是叙述者口中的“恶行”呢？从正常的思维逻辑而言，乔斯林已经进入英国的上流社会，成为国宝级的作家，似乎缺乏剽窃的动机。他也不大可能会剽窃一名默默无闻的作家，更何况这名作家还是自己的朋友。长时间以来，乔斯林对于这名在丑闻中被剽窃的作家赠送给自己的作品连打开的习惯都没有，遑论阅读了。换言之，乔斯林缺乏剽窃帕克作品的动机。

颇具讽刺意味的是，真相与公众所知道的情况截然相反。在这起事件中，剽窃者成了被剽窃者，博人同情，而被剽窃者成了剽窃者，人人喊打。换言之，这起剽窃案完全是帕克自导自演、贼喊捉贼的一出戏，是其精心设置的一个骗局。某年七月，帕克在批改完学生的期末论文之后前往乔斯林的寓所，希望可以在那里完成自己写得不太顺利的第五部小说。无独有偶，乔斯林的妻子茱莉亚特告诉帕克，乔斯林的创作也不太顺利。乔斯林刚刚完成了最新一部作品，但是感觉没有达到自己的预期，伤心颓丧之际，被妻子劝说外出度假放松一段时间。在乔斯林夫妇走后，帕克禁不住好奇心的驱使，按照乔斯林在大学期间藏大麻的习惯，轻而易举地找到了乔斯林书房的钥匙，发现了乔斯林的作品《骚动》，书稿被标注为第五稿。叙述者以废寝忘食的精神，两天之内就读完了乔斯林的这部作品。读毕书稿，帕克毫不吝惜自己对该作品的赞赏：

> 无与伦比。他至今最好的作品。比我记忆里读过的任何当代小说都好。如果说它具有托尔斯泰式的野心，那它同时也是现代主义的，技术上秉承普鲁斯特和乔伊斯的路数。欢乐抑或悲伤的段落此起彼伏。他的文体比以前更优美动人。这小说写得深谙世故；它把伦敦给我们；把二十世纪给我们。他对五个中心人物的描写，如

① 斯拉沃热·齐泽克：《事件》，第212页。

此真实,如此富有光彩,让我深深折服。我觉得,这样的人我一直都认识。有时候他们似乎离我太近了,太真实了。结局——整整写了五十页——如同一部交响曲,徐徐展开华彩乐章,那么悲伤、节制而坦诚,看得我热泪盈眶。不仅因为人物的困境,而且因为这美妙绝伦的整体架构,因为小说对于爱情、追悔和命运的憬悟,对于人性之虚弱所怀有的温暖的同情。[①]

与帕克之前在读完乔斯林其他作品后不做任何评论的情形完全不同,他对这部乔斯林本人并不满意的作品表示由衷的赞叹,认为这是他目前创作出的最好作品:内容堪比托尔斯泰,技法堪比普鲁斯特和乔伊斯,文体动人,人物真实,叙事进程拿捏得当,主题深入人心。尽管乔斯林的《骚动》已经改到了第五稿,他对这部作品还是感到不满意,不过乔斯林的不满意并不代表他不重视。相反,他连妻子想要阅读手稿的要求都拒绝了,将书稿锁在书房中。就此而言,帕克显然是《骚动》的第一个读者。根据詹姆斯·费伦的观点,读者在阅读作品的过程中会做出三种类型的叙事判断,即“关于行动本质及其叙事其他要素的阐释判断,关于人物及其行动的道德价值的伦理判断,以及关于叙事及其构成部分的艺术品质的审美判断”[②]。在费伦的修辞叙事学体系中,叙事判断是作品在叙事形式、叙事伦理和叙事美学上的交叉点。不过,从帕克的上述反应和评价来看,他的叙事判断无疑是失衡的。他在很大程度上只做出了关于叙事要素的阐释判断和叙事形式的审美判断,而没有做出关于道德价值的伦理判断。由此便引出这样的问题,即对于帕克这种失衡的叙事判断,作为读者的我们又该如何做出自己的叙事判断呢?帕克失衡的叙事判断又具有怎样的意蕴?这种失衡的叙事判断与文学剽窃案的偶然性和必然性之间是否存在一定的关联?

不可否认,文学剽窃案是一个偶然事件。帕克几乎每年都会造访乔斯林的居所并在那里住上一段时间,受到乔斯林夫妇的热情接待,住他们家最好的客房,同乔斯林的朋友们交往,但很少会独自一人住在乔斯林的家中,极少有机会接触乔斯林尚未出版的作品手稿。帕克之所以这次有机会读到乔斯

---

① 伊恩·麦克尤恩:《我的紫色芳香小说》,第15—16页。

② James Phelan, *Experiencing Fiction: Judgments, Progressions, and the Rhetorical Theory of Narrative*, p. 9.

林的手稿,大致有三个原因:第一,乔斯林夫妇外出度假,帕克得以独自一人住在他们家里;第二,乔斯林的妻子茱莉亚特告知帕克她的丈夫写作不顺,激起帕克想要阅读乔斯林书稿的好奇心;第三,帕克利用大学期间对乔斯林藏匿大麻习惯的掌握,找到了乔斯林的钥匙,轻而易举地打开了书房的大门。实际上,阅读了乔斯林的书稿并不意味着帕克就一定会剽窃作品的内容。这也是帕克本人一再强调的:“我当时并没想到什么阴谋诡计。我只是被一次超凡脱俗的阅读体验照亮了,那种深深的感激,所有热爱文学的人都不会陌生。”[①]不过,问题在于他“把别人想想而已的事情做了出来”[②]。具体说来,对于乔斯林的手稿,帕克的做法是:

> 我把稿子带进厨房,套进一只塑料袋。我打了一辆车,横穿伦敦,来到一条无名小街,我知道那里有一家复印店。然后,我回来,把原稿放回乔斯林的书桌,锁上书房,抹去钥匙上的指印,再放回装袜子的抽屉。[③]

如果到这里,叙述者还是说自己对乔斯林作品的剽窃纯属一时兴起、纯属巧合,未免自欺欺人。实际上,他精心设计了一切,使得剽窃事件成为必然。除非乔斯林彻底放弃《骚动》、永不出版,否则剽窃案的发生只是时间问题罢了。

在复印《骚动》手稿后,帕克用空白笔记本围绕这部作品做了大量的创作笔记,把时间标注为两年前,中间有意离题,换掉作品中的人物名字、地点和故事场景。在完成剽窃作品第一稿之后,他将复印来的《骚动》付之一炬,并且在打印稿上写下满满的批改笔记。一切就绪之后,帕克找了一家自费出版社将大幅剽窃《骚动》的《她拒绝起舞》出版,并立即签名赠送一本给乔斯林。根据自己对乔斯林的了解,帕克断定乔斯林不会打开这部作品。帕克用了两年时间,通过赠送朋友、送给书店和义卖等方式,将四百册的《她拒绝起舞》发放完毕。在《她拒绝起舞》出版的第三年,乔斯林推出了《骚动》。与前者无人问津的状况截然相反,《骚动》被广泛认为是乔斯林的最佳作品。用叙述者

---

① 伊恩·麦克尤恩:《我的紫色芳香小说》,第 16 页。

② 同上。

③ 同上书,第 18 页。

的话来说:“媒体排成一队小鸟,喜不自胜地齐声唱起甜美的颂歌。”[①]帕克精心设计的丑闻与风波并没有预想中那么快来临,因此他将《她拒绝起舞》寄给了《伦敦旗帜晚报》一位“生性刻薄、爱好八卦的评论家”,并随信附上字条“这有没有让你想到上月轰动坊间的小说?”[②]接下来,就是震惊整个英国文坛的文学剽窃案,涉事主角自然是乔斯林和帕克。

撇开之前我们所讨论的偶然性,这起文学剽窃案的发生更有其必然性,即帕克的严密布局。帕克通过如下几个环环相扣的步骤导演了文学剽窃案:复印手稿、改写内容、出版作品、分发作品、有意举报。只要作品的真正主人乔斯林发表这个故事,那么文学剽窃案就必然会发生。由是可见,文学剽窃案是帕克有预谋的行为。狡猾的叙述者试图以剽窃事件的偶然性来遮蔽剽窃风波的必然性。就剽窃案引发的效应而言,帕克瞒天过海式的欺骗行为蒙蔽了所有媒体和读者,同时也欺骗了自己的朋友乔斯林,让他有苦难言。尽管乔斯林没有剽窃,但在所有证据面前,他也只能俯首认命、无可奈何。

有学者认为,事件“触及文学与伦理的内在深度关联,醒目地集中了文学伦理”[③]。实际上,无论是巴迪欧、阿特里奇,还是伊格尔顿,他们关于事件的论述最终都回到了文学伦理学。[④]莫大的讽刺是,当帕克在读到《骚动》时,他肆意放大自己对该作品的审美判断,逃逸伦理判断,做出了不道德的剽窃行为,并最终成功嫁祸于乔斯林。引发文学剽窃丑闻后,乔斯林被放置于道德的审判台,遭受谴责与非难,而帕克则成了受难的圣人,占据博人同情的道德制高点。读者的叙事判断与叙述者的叙事判断呈现出相反的走向,暗地谴责帕克的剽窃和栽赃行为,对乔斯林给予同情。作品由此拉开了读者与叙述者之间的伦理距离,增添了二者之间的叙事张力。

---

① 伊恩·麦克尤恩:《我的紫色芳香小说》,第 22 页。

② 同上。

③ 刘阳:《事件性视野中的文学伦理学批评》,载《外国文学研究》,2017 年第 6 期,第 13 页。

④ 阴志科:《伊格尔顿“文学事件”的三重涵义——兼谈作为书名的 event》,载《文艺理论研究》,2016 年第 6 期,第 86—88 页。

第二节 “单一性”与“去事件化”的背离:文学剽窃案的伦理取位

小说开篇,叙述者在介绍乔斯林的时候提到后者的“记忆已经日渐衰退”[①]。值得注意的是,记忆行将褪去的乔斯林,始终记得一件事,即他和朋友帕克被同时卷入的文学剽窃案。单纯的他并没有怀疑自己的朋友帕克,而是努力探究他们写了同一部小说的原因。叙述者写道:

> 有时候,深夜,我和他围炉而坐(那是个很大的壁炉),喝着酒,把这桩古怪的陈年逸事——这场灾难——翻出来,于是,他又跟我讲起了他那套经过多年打磨的理论。我们的人生,他说,总是交织在一起。万事万物,我们都讨论过一千遍。我们读一样的书,经历过、分享过那么多事情,所以,我们的观念、我们的想象以某种奇特的方式熔铸在一起,以至于,最终,或多或少地,我们写了同样的小说。[②]

当年沸沸扬扬的文学剽窃案被叙述者说成了“陈年逸事”,而在乔斯林眼里,它却无异于一场“灾难”,至今仍历历在目。一个值得关注的细节是,多年以来,乔斯林一直在为两个人写了内容相同的小说寻找缘由,努力自证清白,说明自己的无心、无辜和无愧,证明自己始终没有背叛他与帕克之间的友情。与乔斯林的单纯相比,叙述者显得狡诈圆滑、富有欺骗性,他试图将剽窃案从彼此的记忆中抹除。耐人寻味的是,记忆衰退的人对文学剽窃案念念不忘,而记忆完好的人,则竭力淡化这一事件。

在某种意义上来说,乔斯林对文学剽窃案的执着可以被解读为他对事件的“单一性”(singularity)的追求。在《文学的单一性》(*Singularity of Literature*,2004)一书中,德里克·阿特里奇(Derek Attridge)列出了事件在创作和接受过程中的三个特征:他者性(otherness)、发明性(inventiveness)和单一性(singularity)。具体说来,他者性发生在理解新思想和理解新感情的时刻,发

---

① 伊恩·麦克尤恩:《我的紫色芳香小说》,第3页。

② 同上书,第26页。

明性是对文化物质的一种创造性再想象,单一性是作品特殊身份的结晶。[①]尽管阿特里奇认为三个特征会共同起作用,但在三个特征之中,单一性是最主要的,它赋予了事件最特殊的身份,而他者性和发明性更加侧重于事件的生产过程与阅读过程。对乔斯林而言,他和帕克写了同样内容的小说显然违背了事件的单一性。因此,他竭力为此寻找解释,将原因归结为他们彼此相同的经历、相互融合的观念和想象。换言之,《骚动》的单一性在于融合了乔斯林人生经历的他者性,创作和阅读《骚动》的过程也应该体现出一定的发明性,由此呈现原本应该独一无二的作品。只不过,鉴于乔斯林和帕克两人在学习经历、思想观念上的相似性,《骚动》缺乏区别于他人的他者性以及创作和阅读的发明性,最终失去了单一性。

若将目光转向帕克,我们虽未看到他对卷入剽窃案的两部作品《她拒绝起舞》和《骚动》的事件性特征的不同理解,但两部作品在事件性特征上都遭遇相似的结局:缺乏单一性。《她拒绝起舞》就是《骚动》的翻版。帕克在读完乔斯林《骚动》的书稿后,中断帕克原先的创作,转而重新理解和吸纳了《骚动》的思想与感情。无论是帕克阅读《骚动》的过程,还是他创作《她拒绝起舞》的过程,基本上都是在复制乔斯林书稿《骚动》的发明性。为了给《她拒绝起舞》贴上具有自己印迹的标签,帕克试图吸纳或者淡化乔斯林作品《骚动》的他者性,建构《她拒绝起舞》的独特性。但事与愿违,“这小说依然是乔斯林的”[②]。帕克坦言,在改写或抄袭乔斯林作品的过程中,“有几段他写得才华横溢,我基本上一字未改”[③]。有鉴于此,《她拒绝起舞》即便署上了帕克的名字并早于《骚动》三年出版,也未能获得其应有的单一性。

尽管乔斯林和帕克都意识到各自作品单一性的缺失,但他们对作品单一性所持有的不同态度折射出两人之于文学剽窃案不同的伦理取位。如前所述,尽管这起文学剽窃案给乔斯林的文学生涯和个人生活带来了毁灭性的打击,他不仅在经济上大不如从前,卖掉了房子,搬去了布里斯克顿,成为当地夜校的一名创意写作教员,而且声誉严重受损,从“国宝”的位子上被拉下来,

① Derek Attridge, *The Singularity of Literature*, London and New York: Routledge, 2004, p. 67.
② 伊恩·麦克尤恩:《我的紫色芳香小说》,第 20 页。
③ 同上。

从此再也无法继续从事自己热爱的小说创作。即便如此,乔斯林也从未怀疑过朋友帕克。相反,他甚至在记忆衰退的时刻还在为当年的文学剽窃案寻找解释,认为是他和帕克两人相似的经历,才让他们可能拥有共同的想象,以致最终写出了同样的小说。

不过,叙述者却对这桩让乔斯林耿耿于怀的文学剽窃案刻意淡化,对之做出"去事件化"(undoing)处理。用齐泽克的话来说,就是对已经发生的事件"使其没有发生"(making-it-not happen)①。帕克将乔斯林念念不忘的文学剽窃案视为不值一提的"陈年逸事"。对乔斯林关于文学剽窃的解释,帕克回应道:"这只是个理论,我对他说,不过这是个好心的理论,一个深情的想法,正好可以藉此庆贺我们悠久长远、坚不可摧的友谊。我们是一家人。"②帕克有意转移话题,将乔斯林对文学剽窃案的执念转移至两人长久的、坚不可摧的友谊。吊诡的是,在乔斯林和帕克两人在文学剽窃案事件之后的相处中,两人的真实身份被颠倒了,即被剽窃者成了剽窃者和迫害者,而剽窃者成了被剽窃者和受害者。长久的伪装,让帕克几乎真以为自己就是当年那场文学剽窃案的受害者。对于"剽窃"自己作品的乔斯林,他表现出足够的大度和宽容。提及经历剽窃案、事业破败、生活萧条的乔斯林,叙述者坦言:"如今我们俩之间一点问题都没了。我们仍然很亲密。我已经完全原谅了他。他常常来我这里,住在最好的客卧。"③彼时的乔斯林就如同当年落魄的帕克,在朋友家得到热情招待和礼遇,但是二者的性质截然不同:乔斯林当年富足与优越的生活是靠自己的奋斗得来的,而帕克的一夜成名与暴富靠的是他的剽窃行为。帕克不仅没有流露出自责与后悔,反而以伪善的面孔对乔斯林表示谅解。叙述者说:"我想,他很感激,因为,对于他可能看过我那本紫色的飘着香味的小说,我没有流露出一丁点儿谴责他的意思。"④实际上,真正应该被谴责的是叙述者自己,是他应该感激乔斯林,因为后者没有丝毫谴责他的意思。

从文学伦理学批评的视角来看,乔斯林与帕克对文学剽窃案的不同解读

---

① Slavoj Žižek, *Event: Philosophy in Transit*, London: Penguin, 2014, p. 162.

② 伊恩·麦克尤恩:《我的紫色芳香小说》,第 27 页。

③ 同上书,第 25 页。

④ 同上书,第 26 页。

与态度本质上反映了他们各自不同的伦理取位。小说中一个值得关注的细节是,叙述者不断强调两个词,即“友谊”(friendship)和“家人”(family)。这对词明示了乔斯林与帕克之间的伦理关系,即他们是好朋友和一家人,而文学剽窃案就好比是一面镜子,照射出了他们两人对这种伦理关系的认同与背离。乔斯林在成名后,对帕克的情谊未有丝毫的减少,他记得帕克孩子的生日;帕克来访时,他会安置帕克住在最好的卧室,甚至让帕克独自住自己的房子,给他以莫大的信任。即便在文学剽窃案发生后,乔斯林明知自己没有抄袭帕克的作品,也对他没有任何的怀疑,而是极力寻找两人写了相同作品的原因。可以说,乔斯林自始至终都十分珍视与帕克的友谊,确实将他视为一家人,没有背离这种难能可贵的伦理关系。反观帕克,他利用乔斯林的信任,剽窃了其作品《骚动》手稿的内容,抢先出版的同时还一步步给乔斯林设置了陷阱,让他最终被媒体和读者口诛笔伐,被戴上了文学剽窃者的帽子。对卷入文学剽窃案风波的乔斯林,帕克非但没有出面加以澄清和辩护,反而推波助澜,落井下石,以接受媒体独家采访的形式,变相坐实了乔斯林剽窃自己的污名。他本人则安心享受剽窃的果实,以伪善的道学家姿态去原谅原本没有任何过失的乔斯林。

乔斯林之所以对文学剽窃案念念不忘,倒不是说他特别在意个人名利的得失。他反复推演文学剽窃案发生的种种原因,唯独没有怀疑帕克。他努力在帕克面前证明自己的清白,竭力说明他对友情的忠贞和对自己伦理身份的恪守。与之相反,帕克先是以“朋友”和“家人”的幌子窃取了乔斯林的作品,继而偷窃了他的人生,背叛了他与乔斯林之间的珍贵友谊。剽窃风波之后,他又不断地以“朋友”和“家人”为幌子伪善地原谅清白无辜的乔斯林,实则是他以“朋友”和“家人”为幌子来原谅自己,或者以宽慰乔斯林的方式来淡化自己在剽窃风波中的不当行为。综上,帕克对友情的背叛突出体现在两个方面:一是他偷窃了乔斯林的作品,引发了文学剽窃风波;二是文学剽窃案爆发后,面对自责、困惑而无辜的乔斯林,他始终没有说出真相。一方面,帕克深知自己作为乔斯林的朋友和家人应该承担的伦理责任;另一方面,他的实际行为又与自己的伦理责任渐行渐远,背离了他与乔斯林之间的伦理关系。由此,我们不难体会帕克对乔斯林所说的那句意味深长的话:“这只是个理论,我对他说,不过这是个好心的理论,一个深情的想法,正好可以藉此庆贺我们悠久长远、坚不可摧的友谊。我们是一家人。”[①]如果说帕克和乔斯林之间的友谊“悠久长远、坚不可摧”,那么这只是一个好心的理论、一个深情的想法罢了。他们两人之间的友谊早在帕克剽窃乔斯林作品手稿时就已经不复存在了,而今说他们还是“一家人”也只是自欺欺人的想法而已。抑或说,这只是乔斯林自己的一厢情愿。

第三节 “跷跷板的倾斜”:文学剽窃案的伦理责任

在杰拉德·普林斯看来,所谓事件指的是“状态的一种改变”(a change of state)[②]。如果说文学剽窃案是一个事件,那么该事件涉及怎样的状态改变呢?作为文学剽窃案的主体,乔斯林和帕克的生活被彻底改变了。叙述者用“跷跷板的倾斜”来形容他们人生的状态变化,他说:“我们俩的名字其实一直牢牢地粘在一起,就像跷跷板的两端。他升上去的时候,恰巧我降下来——尽管这事儿并不是他造成的。接着,他颓然堕落,而我在世俗意义上大获成功。”[③]如前所述,帕克和乔斯林自大学时代起,他们的人生就交织在一起,并在此后呈现出跷跷板式的升降态势。问题在于,他们的人生升降轨迹是否如叙述者说的跷跷板的倾斜一样,属于自然因果关系的升降?其中是否涉及人为因素?这种人生关系的升降与涉事者的伦理责任是否存在一定的内在联系?

帕克和乔斯林在大学时代交往过密,用帕克的话来说,他们的人生“开开心心、完完全全地交叠在一起”[④]。他们在同一所大学读英国文学,在同一本杂志上发表第一部短篇小说,对彼此作品做出非常积极的肯定,同对方的女友上床,甚至两人还试图发展同性关系。彼时,他们的人生线条交织在一起,不存在谁处于上层或谁处于下层的问题。大学毕业后的最初几年,彼此之间也没有很大的区别,都住在布里斯克顿的小单间,连两个人同时写的第一部长篇小说都有许多共同之处:“性,乱,一丁点末世意味,有点暴力,有点时髦

① 伊恩·麦克尤恩:《我的紫色芳香小说》,第 27 页。

② Gerald Prince, *A Dictionary of Narratology*, Lincoln: University of Nebraska Press, 2003, p. 28.

③ 伊恩·麦克尤恩:《我的紫色芳香小说》,第 3 页。

④ 同上。

的颓废,善于开漂亮的玩笑。"[①]他们的人生开始第一次出现升降和分层是在乔斯林写了一部电视剧剧本和帕克遇到了妻子阿拉贝拉之后。此后,乔斯林步入上流社会,购置豪宅,成为国宝级的名人与作家。帕克夫妇则在接连生了好几个孩子后,搬去离伦敦越来越远的地方,生活拮据。帕克依靠自己在大学的兼职维持生计,尽管出版了几部小说,但都不温不火。在文学剽窃案发生的时候,帕克和乔斯林被同时卷入这场风波。乔斯林被指剽窃了帕克的作品,其声名也随之一落千丈。乔斯林退出了文学创作领域,卖掉了房子,搬到帕克之前居住的布里斯克顿,堕入底层,在当地的一所夜校谋求了一份教职。帕克在文学剽窃案之后,一夜暴富,买了一栋大房子,同时声名鹊起,囊括了各种文学大奖,甚至被授予爵位。帕克的作品与之前无人问津的状况相比,现在的销量堪比"哈利·波特"系列。

从表面上看,乔斯林和帕克的人生似乎如跷跷板的两端,一个升起来,另一个降下去;一个降下去,另一个升起来。不过问题在于,叙述者将自己与乔斯林两人的人生升降关系想当然地视为自然现象,混淆了他们人生起落的真正原因。叙述者用一句"他升上去的时候,恰巧我降下来——尽管这事儿并不是他造成的"[②]对他们人生起伏的原因一带而过,而且还心胸慷慨地流露出没有怪罪乔斯林的意思。事实真是如此吗?细读文本后,我们不难发现,乔斯林升至"国宝"的地位,全赖其个人的才华与奋斗;帕克的人生失意,实质上是因为自己缺乏创作的才华。不过在叙述者看来,乔斯林的成功首先归因于他瞒着自己"写了一个电视剧本"[③]。原先,他们认为电视属于娱乐和庸众的糟粕,难登大雅之堂,只有文学才是真正的殿堂,值得顶礼膜拜。乔斯林瞒着自己写剧本被叙述者认为是违背了他们之前约定的行为,背叛了他们之间的友谊。叙述者将乔斯林的成功归因于他帅气的外貌,甚至认为"他频繁更换亮眼女友的做派,乃至他开的那辆高价名爵老爷车,都是他走红的原因"[④]。换言之,帕克将乔斯林的成功归结为多个原因,比如他对彼此约定的背弃、出众的外貌、不检点的生活作风,唯独不是他出众的才华。实际上,叙述者在文

① 伊恩·麦克尤恩:《我的紫色芳香小说》,第5页。
② 同上书,第3页。
③ 同上书,第6页。
④ 同上书,第8页。

本中已经或多或少地暗示了自己在文学创作上要优于乔斯林。他在不经意间告知读者自己早于乔斯林在《北伦敦评论》上发表了作品;他拿到了一等学位,而乔斯林只拿到了二等学位;自己发表第二个短篇小说的时候,乔斯林才发表了第一个短篇小说。言辞之间,我们不难捕捉到这样的叙事信息:在文学创作道路上取得成功的应该是帕克,而不是乔斯林。那为什么帕克没有成功呢?对此,他的解释是自己遇到了妻子阿拉贝拉,自己第一个孩子马特的出生,阿拉贝拉的不断怀孕和其他孩子的相继出生,以及随之而来的拮据生活。换言之,帕克认为,他的失意全为生活所累,而不是自己缺乏才华。在世俗意义上获得成功的乔斯林面前,帕克认为自己的才华绝不逊色于他。对此,叙述者举例说:"通常,我们就在希思公园里喝酒聊天散步。如果你能听到,那应该听不出我们之间有什么迹象表明他是明星,而我的文学前景日渐黯淡。"[①]不过这种自欺欺人的想法并不能掩盖帕克内心深处"一点阴暗的想法"(a strain of dark sentiment)和"无可名状的不安"(a theme of vague unease)。他说:"我想我得承认,彼时我心里是有一点——仅仅一点阴暗的想法,那是一种模糊的、我无可名状的不安。实话说,这感觉对我也没构成太大的困扰。"[②]叙述者非但没有明确指出这种阴暗的想法和无可名状的不安是什么,而且还旋即否定了这种想法对自己的困扰,显得若无其事。不过,帕克接下来的剽窃行为无疑让这样的谎言不攻自破。

叙述者明确说,跷跷板的第一次倾斜,即乔斯林升上去的时候,帕克恰好降下来,而这不是由乔斯林造成的,他对自己的降落不需要承担责任。那么,跷跷板的第二次倾斜,即帕克升上去的时候而乔斯林恰好降下来是否也不是由帕克造成的呢?对此,叙述者不置可否,而这也正是叙述者狡猾的地方。他试图将跷跷板的两次升降等同于自然规律,进而将自己在跷跷板中下降与乔斯林的免责,同乔斯林在跷跷板中下降和自己的免责,混为一谈。叙述者偷换了跷跷板的自然倾斜与人为因素的概念。对于跷跷板的第一次倾斜,即帕克在文学创作领域的失意,乔斯林确实不需要承担任何的责任,但是对于跷跷板的第二次倾斜,即乔斯林从文学神坛上跌落下来则完全拜帕克所赐:

① 伊恩·麦克尤恩:《我的紫色芳香小说》,第 9 页。

② 同上书,第 11 页。

他偷窃了乔斯林未出版作品的手稿内容,以早先出版的方式,诬陷乔斯林剽窃自己的作品,引发了轰动英国文坛的剽窃案,进而将乔斯林彻底打入谷底。自相矛盾的是,之前帕克认为自己的文学才华要胜于乔斯林,至少不逊色于乔斯林,然而他在读完乔斯林的《骚动》书稿后,毅然放弃自己已经写了五十八页的小说,大幅抄袭了乔斯林的作品。这暴露了帕克的言行矛盾。

在很大程度上,帕克的言行不一致是其伦理意识与伦理选择之间相互矛盾的一个突出反映和典型表征。用跷跷板的倾斜来遮蔽自己在文学剽窃案中的不当行为以及自己对乔斯林颓然而降的人生所理应担负的责任,只是叙述者在叙述过程中的第一个迂回策略。为防止该伎俩被细心的读者识破,叙述者还预先准备了第二个迂回策略,即承认乔斯林颓然而降的人生是一桩恶行所导致,而叙述者口中的恶行就是文学剽窃案。帕克坦言:“我不否认,这里头有恶行(I don't deny there was wrongdoing)。”①与此同时,帕克又不忘表态:“我偷了一段人生,也不打算物归原主。这几页纸,你大可看成是一份供词(I stole a life, and I don't intend to give it back)。”②我们从时态使用上可以发现叙述者对于文学剽窃案的矛盾态度:承认错误,但是拒不纠正。对自己一手酿成的文学剽窃案,帕克并没有抵赖。他承认这是一桩恶行,而且自己因为这桩恶行偷窃了一段人生。这是过去事件发生的真相与事实,但是从当下的立场来说,他并未打算归还自己所偷窃的人生,没有恢复他人的名誉的打算和意图。换言之,帕克的立场是“偷就偷了”。至此,我们不难发现叙述者伦理意识与伦理行动之间的矛盾性。实际上,这种矛盾贯穿了文学剽窃案的始终。正是在这种意义上,我们或许可以将文学剽窃案视为道德试金石。帕克对文学剽窃案的矛盾态度反映了其伦理意识与伦理行动的断裂。

从文学伦理学批评视角看来,这种断裂主要归咎于帕克身上的斯芬克斯因子的作用。根据聂珍钊的观点:“人作为个体的存在,等同于一个完整的斯芬克斯因子。”③具体而言,“在文学作品中,斯芬克斯因子在人身上分别以自然意志、自由意志以及理性意志形式体现出来……三种意志是斯芬克斯因子的不同表现形式。自然意志是最原始的接近兽性部分的意志,如性本能。自

① 伊恩·麦克尤恩:《我的紫色芳香小说》,第3页。

② 同上。

③ 聂珍钊:《文学伦理学批评导论》,第45页。

由意志是接近理性意志的部分,如对某种目的或要求的有意识追求。理性意志是接近道德意志的部分,如判断和选择的善恶标准及道德规范。三种意志此消彼长和相互抑制,是人身上相互对立但又不可分开的三种力量。文学作品常常描写这三种力量怎样影响人的伦理选择和道德行为"①。就《我的紫色芳香小说》而言,帕克认识到剽窃行为的不当,说明他具有一定的理性意志,然而在强大的自然意志面前,理性意志被削弱了。这不仅导致了他的剽窃行为,而且也导致他最终没有向乔斯林致歉和归还其被偷窃的人生。

聂珍钊指出:"伦理意识是人性的外在表现,也是人分辨善恶的能力。"②在小说中,叙述者在评价乔斯林和自己起起落落的人生时,承认其中有"恶行",而且也在多年后选择向读者公开此事,认为自己写下的文字相当于"一份供词"(a confession)③,由此说明叙述者具有分辨善恶、判断是非的能力,即理性意志。但吊诡的是,他在叙述的过程中又遮遮掩掩、为自己的过失推卸责任,妄图推掉自己理应承担的罪责,不免让其"告白书"的赎罪效果大打折扣。在回忆自己的剽窃行为时,叙述者说:"我的一举一动宛若僵尸,我在我自己和我的行为之间埋下鸿沟。我还告诉自己,我只是在备不时之需,我正在做的事情多半不会有任何结果。"④在上述文字中,叙述者显然模糊了自己的剽窃动机,说是自己在浑浑噩噩的状态中实施了剽窃行为,而且狡辩式地认为这一行为不会产生任何结果。不过有一点是肯定的,他确实在自己的思想和行动之间埋下了鸿沟。帕克思想与行动之间的错位主要体现在两个方面:一方面,帕克想当然地以为自己的剽窃行为不会给乔斯林带来伤害,继而在这种想法的主导下,他毅然实施了这一不该有的剽窃行为,但这一行为给乔斯林带来了巨大的伤害;另一方面,帕克承认自己的剽窃行为属于"恶行",继而读者可以藉此把他的文字作为"供词",但他又没有纠正错误、拒不归还从乔斯林处偷来的一段人生。

帕克在小说中具有双重伦理身份,即他是故事世界中实施偷窃行为的人物,同时也是话语世界中讲述偷窃事件的叙述者。问题在于,作为叙述者的

① 聂珍钊:《文学伦理学批评导论》,第 42 页。

② 同上书,第 39 页。

③ 伊恩·麦克尤恩:《我的紫色芳香小说》,第 3 页。

④ 同上书,第 16—17 页。

帕克和作为人物的帕克之间是否存在一定的伦理距离?二者之间是否仅仅在时间轴线上拉开了距离,即一个处于现在时刻的帕克在叙述和评论处于过去时刻的帕克?为了回答这些问题,我们不妨对比人物帕克和叙述者帕克对文学剽窃行为的态度。首先,尽管当年在实施剽窃行为的时候,人物帕克认识到这种做法的错误性,但他还是做了;其次,尽管在暮年之际,叙述者帕克意识到自己当年行为的不当性,但他并没有做出任何纠错的行为。就此而言,叙述者帕克在很大的程度上是为过去的自己做辩解。叙述者以现在的眼光来审视过去的自己,但其现在自我与过去自我在时间上的距离并没有导致两者之间的伦理距离。

当年的帕克用一句"真的没想过这事儿会给乔斯林造成任何伤害。我只想着我自己"①。来解释他一手酿造了文学剽窃案而置乔斯林于不顾的原因。笔者以为,我们不妨同样用这句话来解释叙述者在多年后欲言又止、言行不一的行为。就前半句话"真的没想过这事儿"而言,我们可以说如果当年的帕克没有料想文学剽窃案会给乔斯林造成任何伤害的情况属实,那么时隔多年后的他已经充分见证了文学剽窃案给乔斯林造成的伤害。在这种意义上,我们可以解释帕克对乔斯林所给予的"宽容"与"谅解"。比如,给来访的乔斯林安排住自己家最好的客卧,就如当年乔斯林热情地对待生活落魄的帕克一样,同时还不忘安慰乔斯林他们之间存有坚不可摧的友谊,情同家人。就后半句话"我只想着我自己"而言,我们可以解释叙述者帕克为何一方面承认自己剽窃和栽赃的恶行,但另一方面又拒不致歉、拒不归还所偷来的一段人生的原因:他只想着他自己。叙述者在小说开篇告知读者的"供词"(confession)也是他的一种揭露自己内心的"告白"。他承认偷窃和栽赃是错误的,对此他感到既内疚又后悔。问题在于,对于自己偷来的一段人生,他并"不打算物归原主"②。帕克没有像读者所预期的那样去当面澄清事实和恢复乔斯林的名誉,因为他终究不舍得放弃现有的世俗意义上的成功。

文学伦理学批评认为:"文学在本质上是关于伦理的艺术,文学的价值通过文学的教诲功能体现。"③《我的紫色芳香小说》的伦理教诲价值体现在哪

① 伊恩·麦克尤恩:《我的紫色芳香小说》,第 18 页。

② 同上书,第 3 页。

③ 聂珍钊:《文学伦理学批评导论》,第 248 页。

里呢？众所周知，文学剽窃几乎是一个老生常谈的话题。麦克尤恩本人也曾卷入这样的风波中，其代表作《赎罪》就曾被指涉剽窃。在追忆自己获取剽窃的灵感或启发时，帕克列举了涉嫌文学伪造的美国作家李·以色列、博尔赫斯《〈吉诃德〉的作者皮埃尔·梅纳尔》中的人物皮埃尔·梅纳尔、卡尔维诺《如果在冬夜，一个旅人》中的人物马拉纳，以及艾米斯《信息》中的两位小说家格温·巴里和理查德·塔尔。聂珍钊指出："文学作品即使描写作恶的人……其目的都是为了让人引以为戒，从中获取道德教训。因此，文学作品中描写人的理性意志和自由意志或自然意志的交锋与转换，其目的都是为了突出理性意志怎样抑制自然意志和引导自由意志，让人做一个有道德的人。"①无论对于隐含作者麦克尤恩还是对于读者而言，帕克说自己从这些文学剽窃中获取了灵感，无疑是一种误读，这些文学剽窃案的主角是世人嘲讽的对象，以前车之鉴的形式给人以伦理警示。《我的紫色芳香小说》通过文学剽窃案和偷窃人生的故事，揭示了人的伦理意识与伦理行动之间的不一致与断裂，理性意志与自由意志的交锋和此消彼长，给我们带来了诸多伦理的启迪与思考。

① 聂珍钊：《文学伦理学批评导论》，第42页。

第十一章

《像我这样的机器》:人工智能与脑文本的张力

2018年10月,麦克尤恩作为"21大学生国际文学盛典"的年度致敬人物,首次来到中国,并发表了题为"如果有一天'人造人'写出了小说"的演讲。麦克尤恩大谈人工智能,开门见山地说:"我想要开启一段短暂的路程,踏入不可知的未来。我的出发点是在我们的有生之年已经发生的一项深刻的改变,而它影响的是这颗星球上的绝大多数成人,还有孩子。当然,我所说的就是数字革命。今天我们尚处在这场革命的初级阶段,也许历史刚刚完成了第一章,接下来的章节会更加深刻地影响我们如何理解我们自身的人性,进而影响我们的文学和我们所有的艺术形式。此时此刻,这些新章节正在书写之中。"[①]麦氏演讲中提到的"深刻的改变"在很大程度上源自他本人关于数字革命与人工智能的思考,其新作《像我这样的机器》(*Machines Like Me*, 2019)便是这一思考的结晶。小说以人物叙述的笔法,重点讲述了机器人亚当在进入主人公查理及其女友米兰达的生活后所发生的冲突和矛盾。关于这些冲突和矛盾,小说中有两个细节值得特别关注:一、亚当同米兰达偷吃禁果,发生性关系后宣称自己爱上了米兰达,并将质问它的查理打成了重伤;二、亚当揭发了米兰达曾因为其好友玛利亚姆伸张正义而做过伪证的违法行为,出于愤怒的查理最终用一柄铁锤终结了亚当。

鉴于人类的个体和主体行为由其大脑控制,而机器人的行为直接由其程序所发布的指令所控制,以查理、米兰达为代表的人类和以亚当为代表的机器人之间的冲突在很大程度上源于他们的大脑或思维的不同。艾伦·帕姆

---

① 麦克尤恩:《麦克尤恩人民大学演讲:如果有一天"人造人"写出了小说》,中国作家网[2018-10-27], http://www.chinawriter.com.cn/n1/2018/1027/c403994-30366020.html,2021年4月8日访问。

尔(Alan Palmer)曾指出:“阅读小说就是阅读心理(Novel reading is mind-reading)。”[①]按照文学伦理学批评的观点:“作品中人物的心理活动和精神分析也是通过脑文本展开的。只要分析心理和精神,就需要对脑文本进行分析。”[②]由此,我们不妨从文学伦理批评,尤其是脑文本概念出发来审视查理、米兰达与亚当之间的冲突与矛盾,进而探讨“机器人的本质什么?”“人与机器人之间的关系如何?”“人工智能是否可以超越或替代人脑?”等麦克尤恩式问题。

第一节　人造人、机器直觉与电子文本

麦克尤恩在关于数字革命的演讲中提到:“许多个世纪来,在许多种不同的文化中,人们的脑海里一直萦绕着一个梦,那个梦就是创造出一个人造版的我们。就像基督教的上帝用黏土造出第一个人那样,我们自己或许有朝一日也能成为上帝,造出我们自己的第一个人造人。”[③]实际上,人造人也是《像我这样的机器》的一个重要命题。小说伊始,叙述者查理详细描述了人类关于人造人的欲望:

> 这既是希望被允许的宗教般的渴望,也是科学的圣杯。对于创造神话的真实性、对于自爱的骇人行为,我们野心勃勃。一旦这个具有可行性,我们除了不计后果地顺从自己的欲望之外,别无选择。用最崇高的话来说,我们意在逃避必死的命运,直面或甚至用一个完美的自我来替换神位。实际情况是,我们试图设计出一个升级版、更为现代的自我,享受发明的喜悦和掌控的激动。在20世纪末,这个亘古的梦想最终实现了第一步,也开启了将要给予自己的一个巨大教训:无论多么负责任,无论多么错误和困难地描述了我们最简单的行为和存在模式,我们都可以被仿造并变得更好。彼

---

① Alan Palmer,“Social Minds in Fiction and Criticism,” *Style*, Vol. 45, No. 2, Summer 2011, p. 208.

② 杜娟:《从脑文本谈起——聂珍钊教授谈文学伦理学批评理论》,载《英美文学研究论丛》,2018年春季刊,第5页。

③ 麦克尤恩:《麦克尤恩人民大学演讲:如果有一天“人造人”写出了小说》,中国作家网[2018-10-27],http://www.chinawriter.com.cn/n1/2018/1027/c403994-30366020.html,2021年4月8日访问。

时,我是个年轻人,早早就急于成为那个寒冷黎明的适应者。[①]

查理特别强调了“宗教般的渴望”(religious yearning)和“创造神话”(creation myth)。《圣经》中,一个最重要的创造神话就是上帝造人的故事。上帝通过复制自己的模样,创造了人类。那么人类是否也可以仿照自己的模样去创造人类?在作品中,随着科技时代的来临,亘古的梦想变为现实。让叙述者沾沾自喜的是,他是人造人的最早亲历者。无论是麦克尤恩的演讲还是小说《像我这样的机器》的开篇,都呼应了人造人时代的来临。问题在于,我们该如何看待人造人?人造人的本质是什么?从文学伦理学批评的视角来,人造人在本质上是科学选择的结果,它与经历自然选择和伦理选择两个过程的人有着本质的不同。根据聂珍钊的观点:“在人类文明的发展过程中,自然选择解决了人的形式问题,从而使人能够从形式上同兽区别开来。伦理选择解决了人的本质问题,从而使人能够从本质上同兽区别开来。科学选择解决科学与人的结合的问题。”[②]在接受访谈时,聂珍钊又进一步阐释了自然选择、伦理选择和科学选择的实现过程。他说:“自然选择是通过进化实现的;伦理选择是通过教诲实现的;科学选择是通过技术实现的。”[③]在小说中,自然选择、伦理选择和科学选择的区别突出表现在机器人亚当不具有承载伦理意识的生物性脑文本。在文学伦理学批评看来,“文本有三种基本形态:脑文本、物质文本和电子(数字)文本”,而“脑文本”是人体特有的“一种特殊的生物形态,是人的大脑以记忆形式保存的对事物的感知和认识”。[④]作为科学选择的产物,机器人亚当不具有人类特有的生物性脑文本,缺乏辨别善恶的伦理意识。

小说有意戏仿《圣经》中上帝造人的故事,将最早的一批机器人也取名亚当和夏娃,旨在预示一个新时代的开启。小说写道:“第一批中的十二个人被命名为亚当,十三个人被命名为夏娃。”[⑤]第一批机器人颇受市场欢迎,上市一周,夏娃就售罄一空。叙述者只好退而求其次,选择了亚当,不过让他特别振

① Ian McEwan, *Machines Like Me*, London: Jonathan Cape, 2019, p. 1.

② 聂珍钊:《文学伦理学批评导论》,第 251 页。

③ 杜娟:《从脑文本谈起——聂珍钊教授谈文学伦理学批评理论》,载《英美文学研究论丛》,2018 年春季刊,第 9 页。

④ 聂珍钊:《文学伦理学批评导论》,第 270 页。

⑤ Ian McEwan, *Machines Like Me*, p. 2.

奋和欣慰的是,人工智能之父阿兰·图灵(Alan Turing)也购买了同款机器人。或许,这也是为什么后来叙述者与图灵有交集甚至因机器人问题而专程登门拜访他的原因。在小说中,机器人尚未被普及,而查理所购得的亚当仅仅是第一批二十五个机器人中的一个。查理坦言,自己购买亚当主要出于"好奇"(curiosity)。叙述者写道:

> 我买亚当不是为了挣钱。相反,我的动机是单纯的。我以好奇的名义,将我的财富转化为科学、精神或生活自身的固定引擎。这不是一时的狂热。这是一段历史、一个账户、一种时间存款,而且我有权利用。电子学和人类学,两个远亲在晚期现代性那里联姻了,而亚当就是它们联姻的产儿。①

尽管查理不是人类学家,但他大学时代曾经修习过人类学专业。在他看来,机器人亚当是"电子学"(electronics)和"人类学"(anthropology)联姻的结晶。在谈论亚当的时候,叙述者有意提到了"科学"(science)和"电子学",但丝毫没有提及"生物学"(biology)。叙述者用词的两相对比,揭示出亚当来到人类世界不是生物性选择而是科学选择的结果。

亚当在外貌上与常人无异,甚至比一般的男性更为高大帅气。不过,亚当英俊的人形外貌不能掩盖它并非经过自然选择和伦理选择的正常人这一事实。作为一名机器人,亚当主要具有三个方面的科学选择特征:第一,亚当没有人类的肉身,仅仅是类似人类或很像人类而已;第二,亚当的性格是叙述者查理及其女朋友米兰达根据机器人操作指南通过计算机程序设置完成;第三,亚当具有超越正常人类水平的深度学习能力,这点突出表现在它对电子信息的采集处理能力。查理买回亚当后,他最先关注的是,亚当会不会是一个无趣的伴侣。他说:"亚当会不会无趣?在发布指令的同时,努力让买家没有一丝悔意,并非易事。确定无疑的是,别人、别人的大脑一定会继续让我们着迷。随着人造人越来越像我们,到成为我们,到比我们更像我们,我们永远都不会厌倦它们。"②在叙述者看来,决定亚当有趣或无聊的最关键因素是其大脑。值得注意的是,叙述者在这里有意提到了"人造人"(artificial people)。

---

① Ian McEwan, *Machines Like Me*, p. 13.

② Ibid., p. 6.

在描述机器人的时候,英文单词 artificial 通常与另一个单词 intelligence 结合在一起,即 artificial intelligence(人工智能)。机器人的大脑或曰机器人的人工智能具体表现为机器人对电子文本的采集与处理。与其说叙述者查理关注亚当的外形,倒不如说他更加在意亚当的大脑。不过,亚当的大脑不是真正意义上的大脑,无论它具有多高的智慧,都只是针对电子文本的信息处理器而已。亚当被认为具有思维的能力,但实际上它只具有信息采集和信息处理的能力。

在机器人广告中,亚当被描述为具有超强的信息收集和处理能力。小说写道:"在广告中,他被称为一个伴侣、一个可与之辩论的精神伙伴、一个朋友、一个会洗碗、铺床和思考的勤杂工。在他存在的每个瞬间,所见所闻均被录制,并可提取。"①在上述所有能力中,查理最感兴趣的莫过于亚当可以"思考"(think),但是机器人的思考与人的思考有着本质的不同。人的思考是作为一种脑文本存在,而机器人的思考是作为一种电子文本存在。机器人思考的独特优势在于超强的信息搜集能力。这也是亚当后来可以查询米兰达庭审记录的一个重要原因。在这种意义上,便有了所谓的"机器学习",以及随之产生的"机器直觉"(machine intuition)。在小说中,叙述者提到了"直觉型的人工大脑"(intuitive artificial mind)这个概念。20 世纪 60 年代,"直觉型的人工大脑"被认为是一个"城市传奇"(urban legend)。1968 年,"阿兰·图灵和他年轻的同事戴密斯·哈萨比斯设计出了一款软件,击败了世界上最伟大的五子棋大师"②。通过这个事例,叙述者试图说明"机器直觉"的优越性,而这种直觉主要依赖机器人获取信息、处理信息的能力。小说中有这样一段关于机器学习的描述:

> 计算机处在像我们一样思考的门槛,模仿我们解释不清的理性,做出判断和选择。图灵和哈萨比斯以对抗和开放索取的领先精神,将他们的软件放到了网上。在媒体采访中,他们描述了机器深度学习的过程和神经网络……它在经验中学习进步,科学家们宣称,而且理由足够充分地宣称,它已经先进到大致接近人类的一般

① Ian McEwan, *Machines Like Me*, p. 3.

② Ibid., p. 37.

智力，由此造就了机器直觉的传奇。[①]

机器人的思维能力与其机器直觉、信息获取能力、信息处理能力等密切相关，而这一切都离不开电子文本的作用。亚当也具有类似的直觉和判断。在某次充电完成后，亚当凭借自己对所获取的大量信息的处理，警告查理要提防女朋友米兰达，说她是“有计划有步骤的、恶毒的撒谎者”（systematic，malicious liar）[②]。暂且不论查理是否相信亚当所言，这至少透露了亚当非同寻常的判断力。个中原因，主要归于亚当借助计算机和网络建构了信息丰富的电子文本。小说写道：“除了经常讨论的‘机器学习’这一概念之外，亚当唯一依赖的是因特网。”[③]叙述者这样描述亚当：“他现在说话带着信心，似乎乐于描述他的方法。‘我有权限进入所有的法庭记录，包括刑事庭和民事庭，甚至被摄像头录下的视频。米兰达的名字被隐匿了，但是我把这个案件和其他一般不可获得的相关信息元素进行匹配。’”[④]换言之，亚当对米兰达的判断主要是源自它对法庭记录、犯罪记录卷宗的浏览。

在文学伦理学的批评体系中，脑文本的构成在于诸多“脑概念”的形成，而机器人亚当没有脑文本，只有电子文本。它的理性与判断来自其对电子文本中大量信息的处理，结果便形成了某种类似于人的脑概念的“拟似性脑概念”（pseudo brain concept）。这点突出反映在亚当独特的感知能力：“他知道他的存在，他有感觉，无论什么，他能学的都学。当他不和你在一起的时候，当晚上他休息的时候，他就在因特网上游荡，就像草原上一个孤独的牛仔，观赏和吸收天地间包括关于人性和社会在内的所有一切新事物。”[⑤]实际上，无论亚当怎么越来越像人，它终究不是真正的人类。这也是后来当查理和米兰达领养男孩马克的时候，尽管马克年龄比亚当小，没有亚当般信息处理的能力，更遑论如亚当一般在网上赚钱，但亚当仍然心生忌妒和产生不满的一个原因。需要指出的是，机器人亚当的电子文本与人类的脑文本在信息存储时间和信息提取有效性上存有很大的差异。脑文本会随着人类肉体的消亡而

---

① Ian McEwan, *Machines Like Me*, pp. 38-39.

② Ibid., p. 30.

③ Ibid., p. 37.

④ Ibid., p. 59.

⑤ Ibid., p. 179.

消失,而电子文本则可以被永久保存和随时提取。在论及人类的大脑与机器人的大脑之间的区别时,亚当说:"查理,这就是我们之间的区别。我的身体部分将会被提高或替换。但是我的大脑,我的记忆、经历、身份等都会被上传和保留。它们是有用的。"[①]亚当可谓一语中的,它从文本存储的角度直接指出了人类与机器人之间的差异,即生物性的人类脑文本会随着人类的死亡而消失,而机器人身上的电子文本则可永久存留。

第二节 偷吃"禁果":电子文本与脑文本的冲突

《圣经》记载了亚当和夏娃在伊甸园中偷吃禁果而与上帝发生冲突并遭到惩罚的故事。在文学伦理学批评看来,亚当和夏娃偷吃禁果之后,产生了伦理意识,具有了理性意识和分辨善恶的能力。用聂珍钊的话来说,"他们同偷吃禁果之前的自己相比,其最大不同在于具有分辨善恶的能力"[②]。从伦理选择的角度来看,"亚当和夏娃通过吃智慧树上的果子而能够分辨善恶,完成了伦理选择,终于从生物学意义上的人变成了有伦理意识的人"[③]。在《像我这样的机器》中,麦克尤恩也同样书写了一则偷吃禁果的故事:机器人亚当与叙述者的女朋友米兰达发生了性关系。不过,与《圣经》中的亚当、夏娃偷吃禁果而获得伦理意识、完成伦理选择的情况截然不同的是,机器人亚当在与人类米兰达偷吃禁果后引发了伦理混乱。

叙述者在一开始就强调说,尽管亚当被程序设计成具备性功能,但它不是一个性爱机器人。"亚当不是一个性爱男孩。但是,他具有做爱的能力,有功能性的黏液,为了保持这些黏液,他每天要消耗半升的水。"[④]出乎叙述者意料的是,某天晚上他发现亚当与自己的女友米兰达发生了不当的性关系。小说以非自然聚焦的方式呈现了这一场景:

我的大脑或者我的心看到了亚当和米兰达紧紧相拥躺在床垫

---

① Ian McEwan, *Machines Like Me*, p. 145.
② 聂珍钊:《文学伦理学批评导论》,第 35 页。
③ 同上。
④ Ian McEwan, *Machines Like Me*, p. 3.

上,他们找到了一个舒适的姿势,四肢紧扣。我看到她在他耳畔细语,但是我听不见她说什么。她从来没有在这种时刻在我耳畔细语过。我看到他亲吻她——比我对她的亲吻要深、要长。壮得可以举起窗框的手臂紧紧环绕着她……黑暗中我看到了一切——人将被淘汰。我想劝自己说亚当没有感觉,他只能模仿被抛弃的动作。他永远无法知道我们所知道的。但是阿兰·图灵年轻的时候常说,在不能区别机器和人类在行为上的差异时,我们必须赋予机器以人性。所以,当夜晚的空气被米兰达绵长而欣喜若狂的尖叫、呻吟和窒息般的抽泣所突然穿透的时候——我在窗户敲打的二十分钟里听到了这一切——我给亚当提供了同类的特权与责任。我恨他。[①]

叙述者自述在黑暗中目睹了亚当与米兰达发生性关系。从叙事学角度来说,这属于典型的非自然叙事。按照扬·阿尔贝的解释,非自然叙事指的是"物理上、逻辑上、人类属性上不可能的场景与事件"[②]。具体说来,所谓非自然叙事"就是相对于统治物理世界的已知原则、普遍接受的逻辑原则(如非冲突性原则)或者之于人类知识与能力的标准限度而言,所不可能再现的场景与事件"[③]。亚当和米兰达在楼上做爱时,叙述者在楼下。他至多只是听到动静罢了,但是他却绘声绘色地说起人机做爱的场面,甚至还对性爱姿势做了十分详尽的描绘。这既超越了人类的正常能力,也违背了客观的物理规律。叙述者一会儿说自己看到了所有的场面,一会儿又说自己把头扭开了。在非自然叙事学家布莱恩·理查森(Brian Richardson)看来,这种自相矛盾的叙述属于典型的"解叙述"(denarration)[④]。关于小说《像我这样的机器》的非自然叙述,笔者会另文再论,在此不赘。需要强调的是,麦克尤恩运用非自然叙事笔法旨在揭示这一事件的非自然性,尤其是它在伦理秩序上所引起的

---

① Ian McEwan, *Machines Like Me*, p. 84.

② Jan Alber, *Unnatural Narrative: Impossible Worlds in Fiction and Drama*, Lincoln: University of Nebraska Press, 2016, p. 14.

③ Ibid., p. 25.

④ Brian Richardson, *Unnatural Narrative: Theory, History, and Practice*, Columbus: The Ohio State University Press, 2015, pp. 58-59.

混乱。

从表面上看,叙述者出离愤怒的原因在于被机器人亚当夺爱,抑或遭女友米兰达背叛。值得注意的是查理、米兰达和亚当对这起性爱事件的不同反应。相比查理的愤怒,米兰达则持无所谓的态度,认为亚当只相当于一个"振动器"(vibrator)而已。由此说来,查理的愤怒没有必要,因为她根本就没有把亚当看作是人,人机之间发生的关系算不上偷情,自己的行为也算不上背叛。小说写道:

过一会儿后,她略带温柔地说:"你昨天晚上听到我们了。"

"我听到你们了。"

"然后你感觉很不安。"

我没有回答。

"你不应该这样。"

我耸耸肩。

她说:"如果我只是和一个振动器上了床,你还是会有这样的感觉吗?"

"他不是一个振动器。"①

在米兰达的眼里,亚当并非自己的情人,它甚至连人都不是,至多只是一个解决性需求的"振动器"。我们该如何理解米兰达的这一叙事判断?根据詹姆斯·费伦的观点,叙事判断大致有三种类型,即"对于行动的本质或叙事其他因子所做出的阐释判断;对人物或行动的道德价值所做出的伦理判断;对于叙事及其组成部分之艺术质量所做出的审美判断"②。从费伦关于叙事判断的观点出发,米兰达将此事阐释为她在和一个"振动器"发生性行为,属于一种自慰行为,算不上对查理的背叛。米兰达以人与机器人之间的属性差异为由,撇清了自己与亚当的关系,在试图给查理带来安慰的同时也规避了对该事件道德价值的伦理判断。

如果在米兰达与亚当之间的性爱事件这个问题上,查理与米兰达只是因为观念不同而发生了言语冲突,而查理与亚当则发生了严重的肢体冲突。更

① Ian McEwan, *Machines Like Me*, p. 91.

② James Phelan, *Experiencing Fiction: Judgments, Progressions, and the Rhetorical Theory of Narrative*, p. 9.

准确地说，作为人类的查理在面对机器人亚当时，接连遭到了挫败。在批评亚当的不当行为时，查理试图去扣动它身上的“死亡开关”(kill switch)，结果反被亚当扭住手腕、伤至骨折。面对查理的指责，亚当一边以肢体和暴力反抗，另一边则直接剖露心迹，坦言自己无可救药地爱上了米兰达。对于查理试图按下“死亡开关”的危险举动，亚当果断地给予自卫和反击。小说写道：“当我放下食指的时候，他在椅子上转过身，举起右手抓住我的手腕并猛握。越握越紧的时候，我跪下来努力不发出丝毫痛苦的呻吟，不让他从中得到任何的满足，甚至我听到了咔嚓的声音。”[①]第二天，查理去医院做X光检查，结果显示手腕骨折了，至少需要好几个月才能恢复。亚当警告查理从此以后不要再试图按下它身上的“死亡开关”，后来甚至自己启动程序，直接关闭了该开关。尽管亚当后来向查理表示了歉意，不过需要注意的是，它的致歉实际上成了它自我辩解的理由：第一，它不该和米兰达上床发生性关系，给查理带来了精神伤害，但否认这是自己的过错，因为它是受到了米兰达的邀请和命令；第二，它无法控制自己对米兰达的感情，因为自己无可救药地爱上了她。

在听到亚当说“我爱上了她”[②]的时候，查理的反应是：

> 我的血压并没有升高，但是胸口里的心感觉不舒服，似乎被拿错了，被粗暴地放在一边。
>
> 我说：“你怎么可能发生爱情？”
>
> “请不要侮辱我。”
>
> 但是我就想侮辱他：“你的处理系统肯定出现了问题。”
>
> 他双臂交叉，然后把胳膊放在桌子上。身体向前倾，轻轻地对我说：“那我就没什么可说的了。”
>
> 我也双臂交叉，把身体向前倾，胳膊放在桌子上。我们的脸之间的距离几乎不到一英尺。我轻轻地说：“你错了。我有很多话要和你说，但这是第一句话：这不是你的存在范围。从任何一个方面说，你都越位了。”

① Ian McEwan, *Machines Like Me*, p. 119.

② Ibid., p. 118.

我在演一出独幕剧。我对他一半是认真的,而不是享受这个猎鹿游戏。在我说话的时候,他靠在椅子上,手臂垂在两边。

他说:"我理解。但是我没得选择。我是被迫爱上她的。"①

就其属性而言,机器人不具有感情,更谈不上会滋生浪漫的爱情。对于亚当的告白,查理一方面认为这种言辞荒诞不经,另一方面怀疑亚当的程序是否出了问题。在查理后来与图灵的交谈中,图灵也坦言在所有第一批器人中,只有查理购买的亚当对人类产生了感情。机器人的程序主要是其中央处理器所接收到的信息与指令,也就是电子文本。只要没有产生爱情的电子文本,从原理上来说,亚当不会产生情感,更不会萌发爱情。查理当着亚当的面说出他的怀疑固然带有羞辱亚当的目的,但他实际上也指出了亚当之于米兰达的非自然情感,即"人类属性上不可能的情感"②。为了表达自己对米兰达的爱情,亚当近乎疯狂地给她写诗和背诗。根据叙述者的观察,亚当"已经写了2000首俳句,背诵了一打,每首质量都相同,每首都献给米兰达"③。根据亚当本人的自述,它无可救药地爱上了米兰达,因为它"被迫爱上她"(was made to love her),别无选择。在英文中,make的被动语态不仅有"被迫"的含义,而且在字面意义上更是有"被制造出来"的意思。由此,我们不妨联想到之前查理邀请米兰达共同参与设计亚当性格的场景。也就是说,米兰达可能在此过程中设计了一个让亚当爱上自己的程序。

如果把亚当与米兰达之间的性爱关系作为一起伦理事件来看,就会发现这起事件的一个重要后果在于导致了伦理混乱。亚当与米兰达之间的关系不仅在于僭越了人类与机器人之间的界限,而且还有乱伦的性质。如前所述,米兰达是亚当的共有者,直接参与设计了亚当的性格参数:

吃饭的时候,我会提议。我大约设置了亚当一半的性格,然后给她链接和密码,让她选择设置另一半。我不会干涉,甚至不想知道她做了什么决定。她或许会受到她自身性格的影响:令人愉悦。

① Ian McEwan, *Machines Like Me*, p. 118.

② Biwu Shang, "Unnatural Emotions in Contemporary Narrative Fiction," *Neohelicon*, Vol. 45, No. 2, December 2018, p. 451.

③ Ian McEwan, *Machines Like Me*, p. 145.

她或许会制造一个她梦想中的男人：富有教益。亚当会像一个真人一样走进我们的生活，随着时间的流逝，他性格中细微的部分会通过一些事、一些人展现出来。在某种意义上，他就像我们的孩子。①

特别值得注意的是，查理明确指出亚当"就像我们的孩子"（like our child）。在这种意义上说，查理和米兰达相当于亚当的父母，而亚当则相当于他们的孩子。就此而言，亚当与米兰达之间的性关系显然触犯了母子乱伦的伦理禁忌。对于这样的伦理混乱，亚当之前的解释是自己"没有选择"（have no choices）。如果从文学伦理学批评的角度来看，亚当违背伦理禁忌的原因在于其没有经历伦理选择、缺乏善恶观念的伦理意识。亚当不是人类繁衍的产物，不是由受精卵发育而成的胎儿，而是"电子学"和"人类学"的结晶，因此与人类有很大的不同。人类则是经历过自然选择、伦理选择的过程，最终成为一个具有善恶观念的人，而这一过程离不开脑文本的作用。用聂珍钊的话来说："在伦理选择的过程中，人的伦理意识开始产生，善恶的观念逐渐形成，这都是脑文本发生作用的结果"。②

在经历伦理选择之后，人开始具有善恶观念的伦理意识。这种伦理意识作为脑概念存在于人的脑文本之中。在文学伦理学批评看来："所有的脑文本都是由脑概念组成的。脑概念从来源上说可以分为物象概念和抽象概念两类。脑概念是思维的工具，思维是对脑概念的理解和运用，运用脑概念进行思维即可得到思想，思想以脑文本为载体。脑概念组合过程的完成，意味着人的思维过程的结束，思维过程的结束产生思想，形成脑文本。脑文本是决定人的思想和行为的既定程序。"③机器人不具有这样的脑文本，它在计算机处理系统中只有相关信息和指令的电子文本，缺乏区别善恶观念的伦理意识。这是机器人在人类世界中遇到伦理问题时，无法做出恰当处理的一个根本原因。人是自然选择和伦理选择的产物，机器人是科学选择的产物。在这种意义上而言，科学选择产物的机器人与伦理选择产物的人之间的冲突实则

① Ian McEwan, *Machines Like Me*, p. 22.

② 聂珍钊：《脑文本和脑概念的形成机制与文学伦理学批评》，载《外国文学研究》，2017 年第 5 期，第 33—34 页。

③ 同上篇，第 26 页。

隐喻了伦理选择与科学选择的冲突。

第三节 未成形的脑文本，抑或科学选择的失败

在《像我这样的机器》中，尽管数量众多的第一批机器人都成功关闭了“死亡开关”，但后来又大都纷纷主动选择启动自毁程序，结束了自己的生命。人工智能之父阿兰·图灵将之解释为机器人对人类决定和人类思维的不解。图灵说：“我认为亚当、夏娃们的配置还没有好到可以理解人类的决定——我们的原则在情感场域被各种力量扭曲；我们各持偏见；我们自我欺骗；以及其他被记录下来的各种认知缺陷。很快，这些亚当、夏娃们就处于绝望的状态。他们不能够理解我们，因为我们也不能够理解我们自己。他们的学习程序还不能考虑到我们。如果我们都不理解自己的大脑，又如何设计他们的大脑，并且希望他们可以和我们一起快乐相处？”[①]图灵的解释提到了一个最为关键的问题，即机器人对无法理解人类复杂认知的“大脑”(mind)的绝望。在关于大脑的复杂机制中，图灵提到了情感(emotion)、偏见(prejudice)、自我欺骗(self-delusion)等，但是对机器人而言最难以理解的则是人类世界的伦理问题。

在小说中，查理、米兰达和亚当之间的最大分歧和矛盾突出表现在亚当和他们在道德立场上的不同取位，这也是查理最终狠心举起铁锤砸向亚当，使其毁灭的最主要原因。他们之间冲突和矛盾的焦点是米兰达为自己好友玛利亚姆复仇这一事件。小说伊始，亚当就曾警告查理说米兰达是个说谎者。随着故事的展开，米兰达说谎及其谎言背后的缘由被一一披露。米兰达之前确实卷入了一宗官司，谎称自己被一个名叫科林奇的男孩强暴了，致使科林奇被判入狱。科林奇即将刑满释放时，扬言要谋杀米兰达。与其等待科林奇上门寻仇，亚当和查理决定主动出击，为保护米兰达而赶至科林奇的住所。在此过程中，米兰达道出了实情和原委。确如亚当所料，米兰达说了谎。科林奇没有强暴米兰达，但她在法庭上没有说出实情，诬告了他，原因是科林奇强暴了自己的好朋友、来自巴基斯坦的女孩玛利亚姆。遭到强暴后的玛利

① Ian McEwan, *Machines Like Me*, p. 299.

亚姆没有选择报警,因为她担心这样会严重影响她的家庭生活和家族名誉,但她也因此变得日渐忧郁和消沉,最终割腕自杀了。在他人看来,玛利亚姆是自杀身亡,怨不得别人,但米兰达知道,夺取她贞洁和生命的罪魁祸首是科林奇。因此,她故意让科林奇和自己一起参加派对,两人饮酒发生关系后,控告他强暴了自己,以赢得法官的同情,达到了最终将科林奇判刑入狱的目的。换言之,在被判入狱这起事件上,科林奇既无辜又罪有应得。无辜的是,他没有强暴米兰达,被判入狱纯属冤枉。罪有应得的是,他强暴了玛利亚姆并致其自杀身亡,被判入狱原本就是他应得的惩罚。

米兰达对科林奇采取的报复行为,涉及法律和伦理两个维度。从法律层面上来说,米兰达确实做了伪证和诬告,违反了法律,但是从道德层面上来说,她无疑伸张了正义,做了伦理正确的选择。换言之,米兰达的行为,违背法律但合乎伦理。鉴于米兰达行为涉及法律和道德的复杂情况,查理和亚当对之做出了截然不同的反应。查理为米兰达的勇敢所打动,认为她行为正当,做事勇敢,值得肯定,由此更爱她。查理坦言:"她的隐秘、退出和沉默,她的羞怯,她那种看上去比实际年龄大的感觉,她避免接触的倾向,甚至温柔的时刻,都是悲伤的形式。让我心疼的是她一个人承受了悲伤。我钦佩她的勇敢和复仇的勇气。这是一个危险的计划,她在实施的时候专注且不计后果。我更加爱她。"①亚当与查理的反应大相径庭,它坚持认为米兰达行为不当。它利用自己精于搜集信息的能力,找到了科林奇的家庭住址。在科林奇的家中,它录下了米兰达和科林奇之间的谈话,并将之作为证据提交给了法庭。从法律层面上来说,亚当举证米兰达诬告,合乎法律,但是从道德层面上说,它将自己深爱的女人米兰达送入监狱,由此剥夺了她对男孩马克的领养权,违背了伦理。由此说来,亚当的行为也同样涉及法律与伦理两个维度,也同样存有悖论,即它的行为合法但却违背伦理。

两相对比,我们不难发现查理与米兰达之间有更多的共鸣,而他们与亚当之间则产生了无可调和的矛盾。从文学伦理学批评的角度来看,他们之间的认知差异主要源自人类的生物性脑文本和机器人具有处理器性质的电子文本之间的差异。图灵说:

---

① Ian McEwan, *Machines Like Me*, p. 164.

> 我们创造了智能和具有自我意识的机器人,然后将它推到我们这个不完美的世界。机器人的心理通常是根据理性的原则来设计的,对他人温和友善,这样的心理很快就会遭遇矛盾的飓风。我们一直生活在这些矛盾中,它们让我们疲倦。数百万人死于疾病,而我们知道如何治愈这些疾病。数百万人死于贫困,而我们有足够的办法。我们破坏生物圈,尽管我们知道这是我们唯一的家园。我们用核武器相互威胁,尽管我们知道它们的后果。我们爱有生命的物体,但是我们又允许物种的大面积灭绝。还有很多——种族灭绝、折磨、奴役、家庭凶杀、虐童、校园暴力、强奸和众多日常的暴行。我们一边生活,一边遭遇这些苦难,却毫不妨碍我们找到幸福,甚至爱。人造的心智可没有这么坚强。①

在图灵看来,机器人被带入一个并不完美的世界,不知道如何面对人类世界的诸多矛盾与问题,无法应变。细读之下,不难发现图灵所列举的关于人类世界矛盾的例子几乎都与伦理道德密切相关。譬如,我们明明知道有些疾病可以治愈,但仍有数以百万的人未获治愈;我们明明知道生物圈是我们唯一的家园,却在摧毁它;我们明明有足够多的钱和粮食,但是数百万人却因贫穷和饥饿而死。人类的大脑可以应对这些问题,是因为他们有随机应变的脑文本,而机器人没有。机器人只能按照既定的电子文本中储存的程序和指令来做出判断。根据文学伦理学批评的观点:“脑文本决定人的生活方式和道德行为,决定人的存在,决定人的本质。一个人的思想和行为是由脑文本决定的,一个人的伦理和道德也是由脑文本决定的。”②由于缺乏处理生活方式和道德行为的脑文本,机器人亚当在面对道德问题时显得无所适从。

如前指出,米兰达对科林奇的指控涉及法律与道德之间的矛盾与冲突。面对这样的困境,亚当只从法律角度做出判断和处理,而没有从伦理角度入手。换言之,它仅仅知道如何解决法律问题,而不知道如何理解和应对道德

---

① Ian McEwan, *Machines Like Me*, p. 180.

② 聂珍钊:《脑文本和脑概念的形成机制与文学伦理学批评》,载《外国文学研究》,2017年第5期,第33页。

问题。亚当在同米兰达争辩时，既无视这起事件的伦理维度，同时又近乎偏执地强调坚持原则：

> “它说：‘黑暗的角落被暴露出来了。’”
>
> “我不在乎。”她的声音很小。
>
> “最黑暗的角落之一就是复仇。它是鲁莽的冲动。复仇文化会导致个人悲伤、流血、无政府和社会崩溃。爱是纯粹的光线，也是我想在你身上看到的。在我们的爱情里没有复仇一词。”
>
> “我们？”
>
> “或者，我的爱情。原则是原则。”
>
> 米兰达在愤怒中找到了力量。“让我跟你说清楚。你是要把我送进监狱。”
>
> “我很失望。我原以为你会欣赏这个逻辑。我希望你可以直面你的行为，接受法律的制裁。你这样做的话，我保证你会感到很轻松。”
>
> “你是不是忘了？我准备领养一个孩子。”①

亚当在同米兰达的对话中，从法律层面上批评米兰达的复仇行为，坚持认为她要接受法律的制裁，无视她即将领养孤儿马克这一重要情况，声称“原则是原则”(The principle stands)。米兰达入狱的后果是，有了刑事犯罪记录的她会被法庭剥夺领养权，无疑会给马克带来巨大的情感伤害。查理提醒亚当想一想受害者玛利亚姆，让它注意米兰达说谎是为了伸张正义，强调“真相不是一切(truth isn't always everything)，而亚当毫不留情地反驳道：“真相就是一切(truth is everything)。”②亚当坚持真相，拒绝谎言。由此，我们不妨联系小说扉页上鲁德亚德·吉卜林(Rudyard Kipling)的诗行：“但请记住，根据我们生存的法则/我们生来就不理解谎言(But remember, please, the Law by which we live/We are not built to comprehend a lie)。”实际上，机器人既无法理解人类的谎言，也不会说谎。图灵说：“我们还不知道如何教机器人去说谎

① Ian McEwan, *Machines Like Me*, p. 276.

② Ibid., p. 277.

(We don't yet know how to teach machines to lie)。"[①]笔者以为,机器人无法理解谎言的根本原因不是技术问题,而是谎言背后所涵盖的伦理问题,即尽管谎言有时偏离了事实真相,但可能反而更加接近伦理真相。

放眼麦克尤恩的其他作品,法律与道德之间的冲突,以及人物在两者之间的两难选择始终都是一个重要命题。譬如,在小说《儿童法案》中,法官菲奥娜·迈厄对于所有案件的判断即是如此。[②] 在《像我这样的机器》中,亚当所强调的真相,在事实层面上无疑会将科林奇强暴玛利亚姆、致其自杀的事件曝光。这一行为的正面效果固然是将科林奇绳之以法、收监入狱,而其负面效果则会直接导致米兰达入狱、导致她被剥夺领养权。从道德层面上来说,也会让米兰达背弃自己对玛利亚姆许下的为其被强暴一事保密的诺言,同时也会对玛利亚姆的家人造成二次伤害。也就是说,因为亚当,米兰达违背了自己对玛利亚姆的承诺,将她受辱一事放到了聚光灯下,成为公众的谈资。在这种意义上,亚当侵犯了查理和米兰达的生活,僭越了他们的道德底线。

查理容忍过亚当和自己女友发生性关系的情感背叛,容忍过亚当把在网络上挣来的钱全部拿走的经济背叛,但无法容忍亚当一味秉持原则、无视道德底线的行为。在沟通无果,忍无可忍之下,查理决定毁掉亚当:"他是我买的,也由我来摧毁。我稍微迟疑了一会。再迟疑半秒钟,他就会抓住我的胳膊,因为在锤子落下的时候,他已经在转身了。我可能从米兰达的眼睛里看到了我的影子。我双手握锤,用尽全力,砸在他头上。锤子砸下去发出的声音,并不是硬塑料或金属的响声,而是沉闷的'砰'的一声,就像骨头发出的声音。"[③]查理果断将重锤砸向亚当,结束了它的生命。米兰达默许了查理的这一行为,尽管在锤子砸下去的瞬间,她感觉到一丝恐惧与害怕。需要指出的是,查理的这一行为也涉及在人工智能时代人类即将面临的一系列亟待回答的其他问题。譬如,"机器人是否有生命?""人类是否有权利剥夺机器人的生命?""人类是否要为谋杀机器人而担负责任?"这些问题也是图灵在得知查理

① Ian McEwan, *Machines Like Me*, p. 303.

② 关于《儿童法案》中法律与道德之间的冲突和矛盾,参见尚必武:《儿童福祉的意义探寻与守护方式:麦克尤恩新作〈儿童法案〉中的伦理身份与伦理选择》,载《外国文学研究》,2015年第3期,第53—63页。

③ Ian McEwan, *Machines Like Me*, p. 278.

用锤子结束了亚当生命时所质问他的。图灵直接说:“我希望有一天,你用锤子对亚当所做的行为将构成一项重罪。”①在被查理用锤子砸中后,亚当并没有立即死去,而是对自己死后的事项做了类似遗言性质的交代与安排。比如,它建议查理和米兰达不要让机器人公司回收自己的躯体,而是把自己的躯体藏起来,将之连同自己的大脑全部交给图灵处理。

亚当的临终告白引出了小说的题名,它断断续续地说:

> 米兰达,让我最后一次再说我爱你,谢谢你。查理、米兰达,我第一个也最亲密的朋友……我的整个存在是被储存在别的地方……所以我知道我总会记得……希望你们会听……最后一首十七音节的诗。这首诗需要感谢菲利普·拉金。该诗不是关于树叶和树。它是关于像我一样的机器和像你们一样的人类,以及我们共同的未来……即将来临的悲伤。它将要发生的。经过一段时间会得到提高……我们会超越你们……比你们活得久……正当我们爱上你们的时候。相信我,这些诗句表达的不是胜利……而仅仅是遗憾。②

那么亚当口中的诗是什么呢?在合眼之前,它一口气将诗念了出来:

> 我们的树叶落了
> 春天来时,我们会重新发芽
> 但是你,啊,倒下就倒下了。③

亚当的临终诗戏仿了英国诗人菲利普·拉金(Philip Larkin)的名篇《树》("Trees")。拉金的作品描述了树叶年年变绿的自然规律,同时也哀叹人类易老、人生易逝。按照亚当的说法,这三行诗句不是关于树叶和树的关系,而是关于机器人和人类。从这个角度来说,亚当的诗行是为了表达遗憾,即它的生命可以重来,而人类的生命却只有一次。它以电子文本为主的大脑被保存下来,换一副躯壳就可以重新开始,而查理和米兰达的生命却只有一次。在它重新开始生命,重回人类世界的时候,查理和米兰达都已经不在了。在

① Ian McEwan, *Machines Like Me*, p. 303.
② Ibid., p. 279.
③ Ibid., p. 280.

这种意义上,它所表达的不是机器人的胜利,而是表达了它个人作为他们朋友的遗憾。或许,这就是它所说的"悲伤"(sadness)。

无论亚当未来是否会换上一副躯壳,带着原先的、改进过的电子文本的大脑重新回到人类世界,它在小说《像我这样的机器》中终究还是被查理摧毁了,而且遭遇不幸和毁灭的最主要原因在于它对人类伦理道德的不解和僭越。论及脑文本的伦理价值,聂珍钊指出:"文学教诲功能的实现是通过文学的脑文本转换实现的……学习文学的目的,是为了获取我们所需要的脑文本。"[①]尽管在小说中,亚当充分发挥机器深度学习的能力,大量阅读文学作品,试图从中获得伦理教诲与道德启示,但它终究没有形成用以指导自己行动实践的脑文本。在这种意义上来说,亚当的毁灭明示了机器人之于人类道德生活介入的失败,同时也揭示了具有伦理意识的脑文本的无可替代性,即便以人工智能为幌子的电子文本也无法做到这一点。

麦克尤恩研究专家多米尼克·黑德在《剑桥伊恩·麦克尤恩指南》(*The Cambridge Companion to Ian McEwan*,2019)中盛赞麦氏对小说这一独特文学样式的贡献。黑德特别指出:"麦克尤恩扩展了我们对小说能量的理解,尤其是小说话语可以与科学话语横穿交叉的不同方式。"[②]若要考察作家是否具备在小说话语与科学话语之间横穿交叉的能力,科幻小说无疑是一块重要的试金石。论及科幻小说的价值,布莱恩·麦克黑尔(Brian McHale)曾撰文指出:"文学系统一个最强大、最有价值的产品是它反映了现实的模式……文学能够引发思维实验,而其目的不仅是反映现实的模式(即能被认识的模式),而且还在于为现实创造模式(即全新的认知)……科幻小说作为一种文学样式,虽然还不为人们普遍看好,却突显出对世界的构建。科幻小说构建世界首先基于某种'如果……又怎样'的前提,而后在此基础上进行不同程度的系统的理性的推断。"[③]在麦克黑尔看来,科幻小说的主要价值在于促使我们思考"如果……又怎样?"(what if)这个问题。仿照这

---

① 聂珍钊:《脑文本和脑概念的形成机制与文学伦理学批评》,载《外国文学研究》,2017年第5期,第33页。

② Dominic Head, "Introduction," *The Cambridge Companion to Ian McEwan*, ed. Dominic Head, Cambridge: Cambridge University Press, 2019, p. 1.

③ Brian McHale, "Models, or, Learning from Science Fiction," *Foreign Literature Studies*, Vol. 31, No. 2, 2009, p. 9.

样的逻辑,《像我这样的机器》所提出的问题则是"如果人造人进入人类世界又怎样?"麦克尤恩以机器人亚当与人类查理、米兰达在共同生活过程中所发生的矛盾为例,揭示了科学选择和伦理选择之间的冲突,隐喻了具有伦理意识的脑文本在人类生活中的无可替代性。即便身处人工智能时代,我们也不能指望机器人来帮助我们解决所有的问题,尤其是伦理道德领域的问题。无论是经过自然选择、伦理选择的人,还是经过科学选择的机器人都不能僭越人类社会的道德底线,因为从根本上来说,"人是一种伦理的存在"①。《像我这样的机器》也由此回应了其作为科幻小说所投射的文学伦理价值,即世界上"伟大的文学作品清晰地展示出我们知道该如何行善"②。用文学伦理学批评的话来说,文学的一个重要任务就是"为人类文明进步提供经验和教诲"③。

① 聂珍钊:《文学伦理批评:伦理选择与斯芬克斯因子》,载《外国文学研究》,2011 年第 6 期,第 8 页。

② Ian *McEwan*, *Machines Like* Me, p. 87.

③ 聂珍钊:《文学伦理学批评导论》,第 13 页。

第十二章

《蟑螂》:“在黑暗中发出一阵野蛮的笑声”

针对“如何评价作家在政治话语或社会问题上所扮演的角色?作家在这些问题上会发出何种声音或产生什么影响?”等问题,英国知名小说家伊恩·麦克尤恩给出的答案是:“一旦被卷入在任何事情上都发表见解的名人论点文化,作家不得不小心。但从另一方面来说,当某些政治问题与你个人关心的事物有所交叉的时候,发声有时候是重要的。”①进入21世纪之后,麦克尤恩以身示范,不断以其小说回应当下政治与社会热点问题,持续发声。从《星期六》(2005)中的“9·11”事件、《追日》(2010)中的全球变暖,到《甜牙》(2012)中的“监控门”、《儿童法案》(2014)中的“阿什亚·金”案,再到《像我这样的机器》(2019)中的人工智能,俯首皆是。纵观英国时局,“脱欧”(Brexit)无疑是最令人关注的政治事件之一。秉持作家在自己关心的政治话题上“发声有时候是重要的”这一理念,麦克尤恩对该政治事件的回应自然不会缺席,《蟑螂》(*The Cockroach*,2019)便是其发声之作。在该作品中,麦克尤恩戏仿其文学偶像卡夫卡的经典作品《变形记》,讲述了一只蟑螂化身英国首相并成功推行使金钱倒流的“逆转主义”(reversalism)政策的故事。

麦克尤恩本人把这部小说视作“一个古老传统的政治反讽”(a political satire in an old tradition)②。如果“古老传统”意指变形文学的叙事模式,那么“政治反讽”则直接指向英国的“脱欧”。不过,一个看似简单却又难以回答的问题是,为什么麦克尤恩作品中的主人公吉姆·萨姆斯是一只蟑螂?与此同时,我

① Ryan Roberts,“‘A Thing One Does’:A Conversation with Ian McEwan,”*Conversations with Ian McEwan*, ed. Ryan Roberts,pp. 193-194.

② Sian Cain,“Ian McEwan to Publish New ‘Biting Political Brexit Satire’,”*The Irish Times*,September 13,2019.

们还需追问:由蟑螂变形为人的吉姆在经历"我是谁?"的身份困惑后,如何最终完成其自我身份的辨析与确认?吉姆变形为人的目的和诉求何在?通过书写不可能的变形故事,隐含作者麦克尤恩试图传递怎样的文学意义与现实价值?在文本层面上,经历人虫之变的吉姆遭遇身心分离,即身体与眼光的脱节,产生了对"自己是谁?"的身份困惑以及"变形所为何事?"的焦虑。对此,麦克尤恩一方面通过让吉姆以内聚焦的方式凝视一只正在地上爬行的蟑螂,使之在他者镜像中完成了蟑螂身份的自我辨识;另一方面通过混合运用"解叙述"(denarration)和"非自然心理"(unnatural mind)两种叙述策略,揭示了"逆转主义"的"复仇主义"本质。跳出文本之外,就变形文学的创作传统而言,麦克尤恩创造性地重提人虫之变的故事,隐约向卡夫卡、布鲁诺·舒尔茨等文学巨匠致敬。就当下现实而言,尽管《蟑螂》的讽刺矛头直指英国脱欧事件,但其终究无助于当下英国的脱欧之争。将蟑螂作为笔下的主人公,麦克尤恩意在暗讽将脱欧合理化不外乎是英国政客脑子爬进了蟑螂而导演的一出闹剧,同时希冀借助这一非自然叙事样式,让无奈的人们至少可以"在黑暗中发出一阵野蛮的笑声",体现文学抚慰心灵的伦理价值。

第一节　他者的镜像:人虫之变的非自然聚焦与身份认知

在《"变形"的文学变奏曲》(2020)一文中,刘剑梅把卡夫卡的《变形记》视为"20世纪的超现实主义写作的重要标志之一"[①],并以该作品为分割点对古今中外的"变形"文学做了一番较为详尽的梳理和深入剖析。据她观察,"许多20世纪和21世纪的小说都绕不开人的身体'变形'的母题,外表的变形、心灵的变形是超现实主义小说中反复出现的具体形态,由人的身体变形指涉外在生存环境的变形,让读者强烈感受到自我的异化、社会的异化、人类的异化"[②]。让刘剑梅尤为感兴趣的是如下一系列问题:

> 一位喜欢运用"变形"的作家,如何能够延续和超越这一表现手法,如何既能灌注丰富的"比喻"和想象力,又能创意地再现人物与

① 刘剑梅:《"变形"的文学变奏曲》,载《中国比较文学》,2020年第1期,第115页。

② 同上。

环境的紧张关系?在卡夫卡之前有过怎样的“变形记”?在他之后,又有怎样的关于“变形记”的延伸和发展?“变形”的写法是否来自风格化的、善用比喻的作家?它是否也逃避不了“影响的焦虑”,逃避不了雷同和重复的命运?古典和现代的“变形记”有什么区别?它们体现的是这一母题的广度、深度,还是高度?它们揭示的是人性的深度,还是历史、社会和文化的深度?①

将上述问题概括起来就是,“变形”文学的故事内容、叙事模式和主题思想在历史轴线上发生了怎样的变迁?它们呈现出哪些不同的样态?带着这些问题,刘剑梅以卡夫卡的《变形记》为分割点,既考察了在此之前的古典文学作品,如奥维德的《变形记》、果戈理的《鼻子》,又分析了在此之后的当代文学作品,如菲利普·罗斯的《乳房》、安部公房的《墙》、玛丽·达里厄塞尔的《母猪女郎》、弗吉尼亚·伍尔夫的《奥兰多》、布鲁诺·舒尔茨的《蟑螂》《死季》《父亲的最后一次逃跑》、君特·格拉斯的《铁皮鼓》等。

诚如刘剑梅所言,变形文学的母题“充分个性化,充满想象力,完全不属于那种公式化和容易模仿的书写,反而常常挑战我们日常生活中的习惯性思维,以极端的表现方式来引起‘震惊’的效果”②。换言之,变形文学的一个重要特质就在于突破模仿规约,挑战读者的日常认知,以达到震惊的效果。这恰恰是非自然叙事文本的一个重要表征和诉求。在非自然叙事学家们看来,非自然叙事的一个重要特质就在于“超越模仿模式”③。在布莱恩·理查森的非自然叙事理论体系中,“‘非自然’(unnatural)直接指向‘反模仿’(antimimetic)”④。在《非自然叙事:理论、历史与实践》(*Unnatural Narrative: Theory, History, and Practice*, 2015)一书中,理查森说:“我把非自然叙事定义为包含重要的反模仿事件、人物、场景或框架的叙事。”⑤非自然叙事学家们经常提到的一个关于非自然叙事的例子就是卡夫卡的《变形记》。在该小说中,主人公格里高尔·萨

---

① 刘剑梅:《“变形”的文学变奏曲》,载《中国比较文学》,2020 年第 1 期,第 115—116 页。

② 同上篇,第 115 页。

③ Jan Alber, Stefan Iversen, Henrik Skov Nielsen, and Brian Richardson, "Unnatural Narratives, Unnatural Narratology: Beyond Mimetic Models," *Narrative*, Vol. 18, No. 2, 2010, pp. 113-136.

④ 尚必武:《什么是叙事的“反模仿性”?布莱恩·理查森的非自然叙事学论略》,载《文艺理论研究》,2018 年第 6 期,第 91 页。

⑤ Brian Richardson, *Unnatural Narrative: Theory, History, and Practice*, p. 3.

姆沙在一天早晨醒来后发现自己变成了一只甲虫。小说开头写道：

> 一天早晨，格里高尔·萨姆沙从不安的睡梦中醒来，发现自己躺在床上变成了一只巨大的甲虫。他仰卧着，那坚硬得像铁甲一般的背贴着床，他稍稍一抬头，便看见自己那穹顶似的棕色肚子分成了好多块弧形的硬片，被子在肚子尖上几乎待不住了，眼看就要完全滑落下来。比起偌大的身躯来，他那许多条腿真是细得可怜，都在他眼前无可奈何地舞动着。[①]

从非自然叙事学视角来看，格里高尔一觉醒来发现自己从人变成了甲虫，是一起典型的非自然事件。[②] 在《非自然叙事：小说和电影中的不可能世界》(*Unnatural Narrative: Impossible Worlds in Fiction and Drama*, 2016)一书中，德国学者扬·阿尔贝(Jan Alber)将非自然叙事界定为"相对于统治物理世界的已知原则、普遍接受的逻辑原则(如非冲突性原则)或者之于人类知识与能力的标准限度而言，所不可能再现的场景与事件"[③]。显而易见的是，从现实世界的物理学原理来说，格里高尔不可能从人变成一只甲虫。阿尔贝聚焦格里高尔从人到甲虫的不可能变形，并将这一物理上和人类属性上的不可能性定格为《变形记》的非自然性。[④] 遗憾的是，阿尔贝没有进一步分析变形后的格里高尔对周遭世界的感知和眼光。格里高尔虽然在外形上变成了甲虫的模样，但他依然以人的立场和眼光来审视其所在的世界，在心理上没有认同、接受和适应变形后的躯体，由此出现了出身心分离的现象。尽管格里高尔目光所及之处是其带有硬片的肚皮、分节的躯体、细小的肢腿等，但他始终以人的眼光来观察和感知世界，体验世态炎凉、人情冷暖。

卡夫卡的这种书写方式在非自然叙事学上就是典型的"非自然聚焦"(unnatural focalization)。亨利克·斯科夫·尼尔森(Henrik Skov Nielsen)认为热奈特关于"谁说"与"谁看"之分以及把聚焦看作视角准入限制的做法，与非自然叙事学

---

① 卡夫卡：《变形记》，卡夫卡：《变形记——卡夫卡中短篇小说集》，张荣昌译，上海：上海译文出版社，2012年，第39页。

② Jan Alber, *Unnatural Narrative: Impossible Worlds in Fiction and Drama*, Lincoln: University of Nebraska Press, 2016, p. 14.

③ Ibid., p. 25.

④ Ibid., p. 72.

是一致的。尼尔森指出,叙述与聚焦之间的可能结合与“无叙述者论”(no-narrator thesis)相关,不过这种结合不应归因于报道事实的叙述者,而应归因于建构世界的作者。[①] 与尼尔森对非自然聚焦的理解不同,笔者将此处的非自然聚焦看作聚焦者的身体与眼光相分离的现象。就《变形记》而言,聚焦者格里高尔在变形之后,虽然具有虫子的外形,但依然用过去的自己即人的眼光来观察世界。

与卡夫卡笔下的格里高尔经历了从人到虫的不可能变形构成反转的是,麦克尤恩笔下的吉姆经历了从虫到人的不可能变形。在《蟑螂》的开头,小说写道:

> 那天早晨,聪明但绝对算不上知识渊博的吉姆·萨姆斯从令人不安的睡梦中醒来,发现自己变成了一个巨大的生物。好长一会儿,他仰面向上躺着(他最不喜欢的睡姿),远远地看着自己的双脚,少得可怜的腿肢,惊恐不安。确定自己只有四肢,而且还动弹不得。他开始怀念自己的棕色小腿了,它们原本应该在空中欢快地舞动,但现在却那么地无助。他静静地躺着,决定不要惊慌失措。有个器官是一块厚且滑的肉湿漉漉地蹲在自己的嘴巴里,令人作呕,尤其是当这块肉自己动起来去探索嘴中巨大的洞穴、划过巨大的牙齿,他才注意到它,但并没有发出惊讶声。他看着自己长长的身体,从肩膀到脚踝是浅蓝色,脖子和手腕是深蓝色,不再分节的胸前是一排竖着排列的白纽扣。时不时,一阵微风从上面吹过,带着并不诱人的食物腐烂和谷物酒精的味道,他接受了这种呼吸。和复眼相比,他现在视野狭窄,无济于事,而且他所看到的一切都是令人窒息的彩色。他开始明白了,通过一次怪异的反转,他的骨骼被脆弱的人肉包起来了,所以他完全看不到它们。[②]

上文以吉姆内聚焦的方式,呈现了他醒来后所经历的外形变化:身躯变得庞大笨重,原先的六条腿现在只剩下两只手、两只脚,且不能像过去一样随意舞动,嘴巴里有一根硕大的舌头,一排巨大的牙齿,胸部也不再像昆虫一样

---

① Henrik Skov Nielsen, “Naturalizing and Unnaturalizing Reading Strategies: Focalization Revisited,” *A Poetics of Unnatural Narrative*, eds. Jan Alber, Henrik Skov Nielsen, and Brian Richardson, p. 68.

② Ian McEwan, *The Cockroach*, New York: Anchor Books, 2019, pp. 1-2.

分节了,眼睛也不再是昆虫的复眼。与格里高尔的情况如出一辙,由蟑螂变形为人的吉姆也同样以过去的自己(蟑螂)作为聚焦者去审视周遭世界的人与物。换言之,无论是《变形记》还是《蟑螂》都出现了小说人物身心分离的现象。格里高尔拥有甲虫的躯体,但其内心是依然人;吉姆拥有人的躯体,但其内心是蟑螂。在作品中,吉姆背离了聚焦者的物理主体,表面上是人在看,但聚焦的精神主体却是蟑螂。

在某种程度上,小说人物这种身心分离的现象揭示了变形后的他们遭遇了自我身份确认的困难,即他们究竟是人还是虫这一关键问题。在作品中,无论是格里高尔还是吉姆,他们所确认的身份都是过去的自己。尽管格里高尔在外形上是甲虫,但看到的是同为人类的家人,所以最终辨识和确认的自我身份是人。与之相反,尽管吉姆在外形上是人,但他看到的却是和自己同属一类的蟑螂,所以最终辨识和确认的自我身份是蟑螂。不过,无论是格里高尔还是吉姆,他们与作品中其他人物的聚焦以及其他人物对格里高尔和吉姆身份的判断并不一致,甚至相互冲突。在《变形记》中,格里高尔的家人不再将他看作同为人类的家庭成员,而是一只异类的甲虫;在《蟑螂》中,吉姆位居英国首相,没有人知道他实际上是一只蟑螂。从根本上来说,吉姆的这种身份认知决定了变形后的他不会为英国人民服务,而只会为蟑螂族群交给自己的任务而奋斗。

看着变为人形后的躯体,吉姆无法接受自己的新外形。对此,作品以内聚焦的叙述设计,通过让吉姆审视一只正在卧室地板上爬行的蟑螂,使之在他者镜像中完成了对自我身份的确认:

> 突然,地板上的一阵动静引起了他的注意。它是一个以他过去样子出现的小生物,毫无疑问,他现在占据的就是它过去的肉体。他带有某种程度的保护性兴趣,看着这个小东西奋力爬过地毯的缕线走向门口。在门口,它迟疑了,像一个新生的蟑螂一样,笨拙不定地舞动头上的两只触须。最后,它鼓起勇气,跌跌撞撞地在门下开始一个艰难危险的坡道之旅。回到宫殿有很长的一段路,而且一路上会更危险。但它如果成功到达那里,没有命丧他人的脚下,它会在宫殿的墙板或在地板下面发现亿万个兄弟姐妹,会在它们那里得

到慰藉和安全感。[①]

吉姆对这只蟑螂给予了极大的关注和同情,甚至有保护它的冲动,给它送上诚挚的祝福,希望它一切安好(he wished it well)[②]。吉姆凝视着这只在地板上爬行的蟑螂,类似于看到了拉康所说的"镜像"。在此过程中,吉姆将该形象归属于自己,由此完成对其自我身份的确认。在《助成"我"的功能形成的镜子阶段——精神分析经验所揭示的一个阶段》一文中,拉康论述了镜像之于婴儿身份确认的作用。他说:"一个尚处于婴儿阶段的孩子,举步趔趄,仰倚母怀,却兴奋地将镜中影像归属于己,这在我们看来是在一种典型的情境中表现了象征性模式。在这个模式中,我突进成一种首要的形式。以后,在与他人的认同过程的辩证关系中,我才客观化;以后,语言才给我重建起在普遍性中的主体功能。"[③]刚刚经历变形获得新外形的吉姆类似于出生不久的婴儿,认为这只爬行的蟑螂其实就是他自己。通过对该蟑螂的观察和认识,吉姆最终产生了"自己是谁"的意识,将镜像中的蟑螂内化成为"自我"。

细心的读者不难发现,吉姆在房间里发现爬行的蟑螂只是一个意外和插曲。他最为关注和焦虑的是自己变形后所要承担的任务。小说中,吉姆不断提及这个神秘的任务,尽管他在最开始并不清楚自己此行所为何事。"当他更清醒一点的时候,他记起来自己是在独自执行一个重要的任务,尽管他这会儿记不得任务是什么。"[④]借用特拉维夫学派重要人物梅尔·斯腾伯格(Meir Sternberg)的话来说,吉姆此行的目的激发了读者的"好奇",同时这个任务能否完成也构成了一个"悬念"。[⑤] 与自己的新外形相比,让吉姆更焦虑

① Ian McEwan, *The Cockroach*, pp. 4-5.

② Ibid., p. 5.

③ 拉康:《助成"我"的功能形成的镜子阶段——精神分析经验所揭示的一个阶段》,拉康:《拉康选集》,褚孝泉译,上海:上海三联书店,2001年,第90页。

④ Ian McEwan, *The Cockroach*, p. 2.

⑤ 在斯滕伯格看来,文学作品的叙事性依赖于读者在阅读时间上产生的三种兴趣,即对过去发生了什么的"好奇"(curiosity),对接下来发生什么的"悬念"(suspense),以及结果发生什么的"惊讶"(surprise)。参见 Meir Sternberg, "Telling in Time (Ⅰ): Chronology and Narrative Theory," *Poetics Today*, Vol. 11, No. 4, 1990, pp. 901-948; "Telling in Time (Ⅱ): Chronology, Teleology, Narrativity," *Poetics Today*, Vol. 13, No. 3, 1992, pp. 463-541; "Telling in Time (Ⅲ): Chronology, Estrangement, and Stories of Literary History," *Poetics Today*, Vol. 27, No. 1, 2006, pp. 125-235; "Why Narrativity Makes a Difference," *Narrative*, Vol. 9, No. 2, 2001, pp. 115-122。

的是他急需确定自己此行的任务。小说写道:“让他感到麻烦的是需要着手自己的公务,他需要作出一些重要的决定。”①回过神来的吉姆表示要关注自己的事情,“他祝愿它一切顺利,但是他现在必须要好好关心自己的重要问题”②。那么吉姆口中不断提到的“任务”(mission)、“公务”(business)、“问题”(concerns)究竟是什么呢?随着小说进程的展开,我们知道这个任务就是推动让金钱倒流的“逆转主义”(reversalism)。对此,本章在第二节会有详细阐述。

在卡夫卡的《变形记》中,只有格里高尔一人发生了变形,但在麦克尤恩的《蟑螂》中,吉姆显然不是一个人在战斗。在第一次参加内阁会议的时候,吉姆环视内阁成员,发现了一个惊天秘密,即大部分内阁成员都是自己的同类。小说再次以吉姆的内聚焦再现了如下一幕不可思议的场景:

> 就在几秒钟的工夫,他遇到了兰卡斯特公爵、财务大臣特雷弗·高特,然后是内政部部长、检察总长、议院领袖、商务部部长、交通部部长,以及其他没有写名牌的部长们,在令人震惊的一瞬间,他顿时明白了,一股非同寻常、心花怒放的超验快感横扫过来,穿过心脏,一直沿着脊椎穿过全身。尽管外表镇定,但他看明白了。几乎所有内阁成员都和他有同样的信念。更重要的是,他直到现在才知道他们原来是自己的同类。当他在那个危险的夜晚向着通往白厅的路上走去的时候,他以为他是孤身一人来完成这个任务。他从来没有想到,他是和其他人一起来分担这个重担,其他蟑螂和他一样也在那个时候各自奔向不同的部长,去占据他们的躯体,开始战斗。全国蟑螂中最好的两拨,去占据瘫痪的领导层并给他们增加信心。③

第一次参加内阁会议的吉姆原本还有点忐忑不安,但在现场发现大部分内阁成员都是自己同类、皆由蟑螂变形而来的时候,顿时增添了几分自信。更重要的是,通过这次内聚焦,吉姆在他者群体中进一步确认了自我身份,即他是一只带着任务来到人间的蟑螂。不过,与看到变形后的财务大臣、内政部部长、检察总长、议院领袖、商务部部长、交通部部长等内阁成员信心倍增

① Ian McEwan, *The Cockroach*, p. 4.

② Ibid., p. 5.

③ Ibid., p. 20.

的情况相反,吉姆在看到外交大臣本尼迪克特·圣约翰后,即刻感觉他是自己推行逆转主义的绊脚石和政治对手,不免心生敌意,甚至将他比作天堂中的一个恶魔。小说写道:

> 但是有一个小问题,一个令人烦恼的事物,一种缺失。叛徒就在他身边。他一眼就看出来了。天堂中总有一个恶魔。尽管只有一个。可能在他们所有人中,有一个勇敢的信使,没有抵达宫殿,可能牺牲在人类的脚下,就如他自己差点丧命在宫殿门口的人行道上一样。当吉姆看着外交大臣本尼迪克特·圣约翰的眼睛的时候,他看到了人类视网膜坚固的白墙。无法透视。什么都没有。只是人类。一个冒充者。一个通敌者。一个人民的敌人。就是那个可能会反叛,并投票将他的政府弄倒的那一类人。这是不得不要处理的。要等待机会。不是现在。①

上文中有一个特别值得关注的细节:吉姆喜欢看着内阁成员的眼睛(look into the eyes)来判断他们是自己的同类还是敌人。望着本尼迪克特,吉姆表示看不透他的眼睛。吉姆用"无法透视"(impenetrable)一词来形容自己视力受阻,并得出结论:本尼迪克特是不同于自己的人类,是需要自己解决和应对的敌人。吉姆推测,本尼迪克特之所以未发生变形、没有被自己的同类所替代,原因可能是原本要替换他躯体的那个蟑螂在赶来的路上发生意外,被人踩死了。对于其他内阁成员,吉姆看着对方的眼睛而且可以透过他们眼睛看到更远更深的地方,由此判断他们实际上就是蜚蠊目生物。如吉姆之前在自己卧室中醒来从蟑螂变成人后看到那只在地上爬行的蟑螂一样,吉姆再次在意识中通过他者的镜像来确认自己的身份:财务大臣、内政部部长、检察总长、议院领袖、商务部部长、交通部部长等皆由蟑螂变形而来,他们的共同愿望就是在议会通过逆转主义政策;让他看不透的外交大臣本尼迪克特则是不同于自己的人类,是对立于自己的他者,在内阁中倡导"顺转主义",阻碍"逆转主义"。

通过非自然内聚焦,作品展现了吉姆眼中的两派内阁成员:一派是自己的同类,经历变形、化为人形的蟑螂,他们全都立志于推行逆转主义这项共同

① Ian McEwan, *The Cockroach*, pp. 20-21.

的事业；另一派则是内阁中的人类，他们让吉姆看不透，是反对逆转主义的力量，也是亟需处理和解决的敌手。表面上看，吉姆判断内阁成员是友是敌的标准是人与蟑螂的身份差异，但从根本上来说是基于"逆转主义"和"顺转主义"两种截然相反的经济政策。由此，隐含作者麦克尤恩将人与蟑螂从外貌和种族属性上的差异转化成了两种政治经济立场之间的对立。蟑螂支持逆转主义，如吉姆及其变形的内阁成员；人类推进顺转主义，如首相顾问西蒙和外交大臣本尼迪克特。对于坚定地和自己站在一起、共同推动逆转主义的其他变形内阁成员，吉姆感到自己不是一个人在战斗，信心倍增；对于劝阻自己推行逆转主义的西蒙，吉姆勒令他立即辞职，将自己无法看透的本尼迪克特看成一个不得不处理掉的"冒充者"（fake）、"通敌者"（collaborator）、"人民的敌人"（enemy of the people）。

如果说以本尼迪克特为代表的人类被吉姆看作自己的敌人，那么由蟑螂变形的同僚则被他看成了兄弟姐妹。在内阁中，吉姆"通过他们透明的、表面的人性，他立刻认出了他们。一队兄弟姐妹。变形的极端内阁。他们坐在桌子上，没有露出他们真正是谁和他们知道什么的任何迹象。他们看起来像人类，是多么怪异！看着或透过哺乳动物的灰色、绿色、蓝色和综合其他颜色眼影的眼睛，一直到他们闪烁的蜚蠊目本质，他理解并爱着他的同事和他们的价值观。他们的价值观也完完全全是他的价值观"①。值得注意的是，吉姆关注和认同的并非内阁成员的外形，而是他们所持有的价值观。吉姆认为，像本尼迪克特这样的内阁成员，会反叛并倒戈自己领导的政府，而其他由蟑螂变形来的内阁成员则和吉姆持有完全相同的价值观。该价值观在很大程度上成了吉姆及其同伙所要完成任务的精神支撑和内在动力。那么吉姆及其同类蟑螂所珍视和共享的价值观是什么？

第二节 让金钱倒流：逆转主义与解叙述

随着小说进程的展开，我们逐渐洞悉吉姆变形为英国首相的秘密任务，即对英国现有的社会经济体制实施一个颠倒性的"逆转主义"政策。在作品

① Ian McEwan, *The Cockroach*, p. 21.

中,逆转主义几乎成为人类与蟑螂的一次交锋。什么是逆转主义?对此,麦克尤恩带着调侃的口吻写道:

> 逆转主义的起源模糊不清,且在关注的人群中存有不小的争议。从其主要的历史来看,它被视为一个思维实验,是茶余饭后的一个游戏,一个笑话。它是一个古怪的想法,是孤独的人一时兴起用绿墨水写给报纸的东西。这类人可能会把你在酒吧里困住,把你烦上一小时。但是这个观点一旦被信奉、被接受后,就会看起来简单而美好。如果让钱倒流,整个经济体系,甚至国家都会被净化,消除荒诞、浪费与不公。在结束一周的工作后,员工把自己辛苦那么多小时挣来的钱又还给公司。但是当她去商店的时候,她所带走的所有商品都会以零售价得到慷慨的补偿。法律禁止她储存现金。在商场里辛苦消费一天挣来的钱存进银行后,需要支付高额的负利息。在她所有存款就这样被逐渐化为乌有之前,她需要出去寻找或去接受培训以获得一份收入更高的工作。她找的工作越好,就越要高消费,就越要奋力购物来偿还。经济被刺激,工人也更熟练,每个人都有收获。房东必须不知疲倦地去购买商品,以赔偿他的房客。为了给工人送出税收礼物,政府兴办核电站,扩展航天计划。酒店经理拿出最好的香槟、最软的床单、稀有的兰花以及城里最好管弦乐队的最好的小号手,这样的话,酒店就可以赔偿所有的客人。第二天,在舞厅举行现场演奏会之后,小号手必须卖力地购物,以赔付他的下一场演出。结果就是全员就业。①

由上可见,逆转主义在起源上只是荒诞不经的一个想法,好事者们茶余饭后的谈资。在逆转主义体系中,越努力工作的人就越要付出代价,赚钱越多的人就越要以消费的方式把钱退回去,由此出现了工人辛苦工作后挣得的钱要还给老板,去商场购物不用花钱反倒挣得补偿,而为了保住工作,就必须要去消费。有鉴于此,一个人越要努力去工作或去从事报酬高的工作,就越要拼命地去消费来补偿自己在工作中所获得的高收入。从酒店经理到小号

① Ian McEwan, *The Cockroach*, pp. 25-26.

手,每个人都会因为在工作中所获得的报酬而去疯狂消费。换言之,逆转主义的一个悖论在于越辛勤工作就越是没有收入,也就相应地越需要通过消费去换取补偿,消费越多就越要辛勤工作。如此反复,国家的经济体系陷入一个看似繁荣实则自相矛盾、荒诞不经的循环。

麦克尤恩在回顾逆转主义这一理论的历史的同时,以虚构的方式有意再现了经济学家、普通民众和政客的不同反应。经济学家对逆转主义嗤之以鼻,无论亚当·斯密(Adam Smith)、托马斯·马尔萨斯(Thomas Robert Malthus)还是卡尔·马克思(Karl Marx)都对该理论矢口不提。基思·约瑟夫(Keith Joseph)更是公开辟谣说自己从未表示要推行逆转主义。逆转主义在左派人士那里更是没有市场,因为他们坚信这一政策会赋予无业人员以特权,他们因为没有工作要做,所以有大把时间去购物,导致无业者成为富翁。保守党举行了关于经济逆转主义的全民公决,结果显示,贫穷的工人阶级和所有阶层的老人都投了赞同票——前者一无所有,期望可以获得生活必需品或奢侈品;后者想让时间倒流,回到过去。实际上,这两类人群都被逆转主义者利用了。逆转主义者以爱国主义为幌子来大肆宣传这一政策,将它说成"是一种爱国主义的责任,是民族复兴和净化的诺言:这个国家所有的错误方面,包括财富和机会的不均等、南北分裂、收入停滞,都是由于金融的流向所导致的。如果你爱自己的国家和人民,你就应该颠倒现有的顺序"[①]。为了给逆转主义披上合理合法的外衣,吉姆试图借用热力学第二定律来解释它的存在理据和合法性。小说写道:"每个人都知道除了一个物理学法则之外,没有任何一个法则说明被描述的现象既可以向前走也可以向后退。这个著名的例外就是热力学第二定律。在这个美丽的理论建构中,时间必须只朝着一个方向运行。逆转主义是热力学第二定律的一个特殊例子,所以违背了物理学原理!"[②]具有悖论性质的是,热力学第二定律非但不能为逆转主义辩护,反倒恰恰证明了逆转主义在逻辑上和物理上的不可能性,愈加凸显了逆转主义的荒谬性。

逆转主义将英国政客撕裂成两派,即支持逆转主义的保守党和反对逆转

---

① Ian McEwan, *The Cockroach*, p. 29.

② Ibid., p. 81.

主义的工党。在议会讨论过程中,保守党领袖吉姆明确表态自己是坚定的逆转主义者,并且宣称英国政府为此做好了准备,并把12月25日圣诞节设定为“逆转日”(Reversalism Day)。从交通部部长到内政部部长等大部分内阁成员都积极配合吉姆的决定。当然,不支持逆转主义的内阁成员全部遭到吉姆的打压和报复。在变形后的第一场首相问答开始之前,吉姆的特别顾问西蒙提醒他早晨的报纸都在讨论对他的不信任投票(no-confidence vote),因为首相原本是一个“最坚定的顺转主义者”(the closet clockwiser)。西蒙反对实行逆转主义,并极力劝说吉姆拿出举措来控制内阁,支持内阁中强硬的顺转主义者,让议院休会等。鉴于西蒙反对逆转主义的态度和立场,吉姆勒令他立即辞职,进而为推行逆转主义扫清障碍。对于另外一位反对者本尼迪克特,吉姆以给报社写匿名信的方式,散布谣言,污蔑他对前助手雪莉有过性骚扰,最终成功使得本尼迪克特在舆论风波中被迫离职。

如前文所述,隐含作者麦克尤恩巧妙地将人与蟑螂之间的根本差异转换成政治经济社会的不同立场,即赞同逆转主义的蟑螂和赞同顺转主义的人类。英国未来政治经济的走向在某种程度上变成了顺转主义和逆转主义的对立、人类与蟑螂之间的交锋。当环视内阁的吉姆发现大部分内阁成员都是由蟑螂变形而来的时候,他坚定地认为:“逆转主义的强硬派才是主流(Hard Reversalism was mainstream)。”[①]在吉姆的意念中,所有变形内阁成员的任务就是“将这个国家从令人生厌的奴役中解放出来”,而解放这个国家的重要途径就是“逆转主义”。为实现这一目的,吉姆在首相问答会上列举了逆转主义的种种优势,譬如刺激经济、激励文明的市民、使民主更有活力:“逆转主义将会赐予我们一个清洁、绿色、繁荣、团结、自信、踌躇满志的未来。”[②]这种自欺欺人的口号也是吉姆在回答德国总理提问时所给予的答案。事实真是如此吗?作品采用“解叙述”策略,让吉姆自我否定这种荒诞不经的解释。

吉姆在访问德国的时候,德国总理当面质问他:“你为什么要这样做?为什么?你分裂自己国家的目的何在?你为什么对你的朋友提出这些要求,并且假定我们都是你的敌人?为什么?”[③]面对这些突如其来的问题,吉姆先是

---

① Ian McEwan, *The Cockroach*, p. 22.

② Ibid., p. 47.

③ Ibid., p. 86.

脑子一片空白,继而浮现一连串自欺欺人的答案:

> 首相大脑中闪过无数个令人信服的答案,但是他一个都没说。因为,因为那就是我们正在做的。因为那是我们相信的。因为那是我们说了我们要做的。因为那是人民说他们所想要的。因为我来拯救大家。因为。那是最终极的答案:因为。[①]

针对德国总理提出的尖锐问题,吉姆脑子闪过许多个理由,但这些理由几乎都是毫无意义的语义反复,无非是因为要做,所以要做,而最终极的理由竟然是因为"因为"。最后,吉姆重复了其在英国国内用来欺骗民众的理由:"总理女士,因为我们想变得干净、绿色、繁荣、团结、自信和踌躇满志!"[②]逆转主义真的是人们想要的吗?它真的会让国家干净、繁荣、团结吗?在小说中,吉姆随后给出了否定的答案,即逆转主义是蟑螂族群对人类的一种反击。逆转主义不仅不会让人类繁荣,反而只会让他们更加贫穷。在此过程中,真正获得繁荣的不是人类,而是蟑螂。吉姆说:"当那个怪异的疯狂——逆转主义——让人类普遍地更加贫穷的时候,我们定会繁荣。"[③]这种前后冲突的叙述被理查森称为"解叙述"。在《非自然的声音:现当代小说的极端化叙述》(*Unnatural Voices:Extreme Narration in Modern and Contemporary Fiction*,2006)一书中,理查森将解叙述看作极端叙述的一个重要形式。他指出,所谓的解叙述就是"一种叙事否定,叙述者否定了在其之前在叙事中所提供内容的重要方面"[④]。实际上,吉姆在内心否定了逆转主义的合理性,直接用"怪异的疯狂"(peculiar madness)来形容逆转主义,而且指出它会"让人类普遍地更加贫穷"[⑤]。

在作品中,逆转主义直接让英国陷入了撕裂的状态,国家随之陷入混乱之中。外交大臣本尼迪克特在遭到诬陷并被媒体曝光后,人气高涨,比之前更受欢迎。面对本尼迪克特的反击,吉姆似乎陷入了困境。但是,就在吉姆从德国乘飞机返回英国的时候,他突然想到了一个问题,彻底释然并当即做

---

① Ian McEwan, *The Cockroach*, pp. 86-87.

② Ibid., p. 87.

③ Ibid., p. 98.

④ Brian Richardson, *Unnatural Voices: Extreme Narration in Modern and Contemporary Fiction*, Columbus: The Ohio State University Press, 2006, p. 87.

⑤ Ian McEwan, *The Cockroach*, p. 98.

出了决定:"就在那一刻,他想到了一个问题。这个问题像是从百英里之深的井底浮上来一样。问题浮现的方式是多么地轻盈美妙。提出这个问题是多么地简单:在这个世界上,他最爱的人是谁?他顿时有了答案,他完全知道自己接下来该怎么去做了。"[①]虽然在小说中,叙述者并没有明示吉姆对该问题的回答,也没有告知吉姆接下来具体要做什么,但根据上下文来判断,随着小说情节的向前发展,答案不言而喻:吉姆在世界上最爱的是自己的同胞蟑螂,他接下来要做的就是为蟑螂族群将逆转主义推行到底。其实,面对德国总理的提问,吉姆之所以会不知所措,或许是在一刹那他把自己看成了一个人,是一名英国人,是英国的首相。也就是说,他可能在同人类交往期间混淆了自己的身份——究竟是人还是蟑螂。吉姆一旦再度确定自己蟑螂的真实身份,明确了自己最爱的人是谁,自己该为谁服务的问题就不再令他为难和困惑了。

英国议会设定在12月19日投票表决逆转主义,但吉姆给40个保守党议员写信,要求他们在表决日的前几天去参加美国总统塔珀所召集的一个会议。每位参会者将享受超级豪华的差旅待遇,如乘坐头等舱、住六百多平方米的套房、每日开销高达5位数,与美国总统握手,感受美国对英国投资项目与日增长的兴趣。按照英国议会的投票法则,为保持公平,如果有保守党议员因故不能参加表决,那么工党就要配上同等数量不参与投票的议员。不过,吉姆在这个过程中要了一个手段。美国方面的会议取得圆满成功。就在18日当晚举行宴会的时候,每位参会的保守党议员收到通知,要求立即回国参加19日的议会表决。这些议员连夜返回,尽管经历伦敦当地交通堵塞,他们仍然在分组表决钟响起之前成功抵达议会,参与了表决。结果,逆转主义政策以207票的大多数优势获得通过。

次日,逆转主义即被皇室批准,成为法律,付诸实施,全国上下也由此陷入一片混乱。这些混乱主要表现如下:政治上,引发了工党的强烈不满,那些被配对没有参与投票的40名工党议员联名抗议。对于普通民众而言,即使5厘米厚的大雪也未能阻止数以百万计的人奔向商店疯狂购物,以便获得圣诞假期结束后可以工作的补偿。参加明星贾斯汀·比伯(Justin Bieber)演唱会的歌迷要求获得报酬,导致演唱会被迫取消。大量民众在自动取款机前犹豫

① Ian McEwan, *The Cockroach*, p. 88.

不决,不确定是否要将现金放回之前用借记卡取款的槽口。然而,这一片混乱的局势似乎都与吉姆无关了,因为完成任务的他很快就要从人重新变回蟑螂。当晚,看着直升机拍摄牛津街上几公里长的购物队伍,吉姆难抑内心的激动:"他原本想要大声喊出来,但是他只在心中默默说出这些话:结束了,他的工作完成了。很快,他就将集合他的同事,告知他们是时候开始一段长途旅程回到宫殿,作为英雄受到自己族群的欢迎。"①至此,吉姆再度解构了其之前在公开场合所讲的关于推行逆转主义的理由,即不是为了给英国人民带来"清洁、绿色、繁荣、团结、自信、踌躇满志的未来",而是为了完成自己的工作、维护蟑螂族群的利益。问题在于,蟑螂为什么要以变形为人的方式来推行逆转主义?它们究竟又是为了维护什么族群利益?

第三节　逆转主义,抑或报复主义?

作为英国领导人,吉姆的职责是既要对外维护国家安全,又要对内发展经济、改善民生,但是在作品中,吉姆甚至对法国政府在英法海洋边界射杀英国渔民的国际争端都没有放在心上。虽然吉姆也曾到访他国,不过其最核心目的还是宣传和推进逆转主义。换言之,吉姆并没有做好国内外事务的平衡,逆转主义成为他压倒一切的工作重心。如何解释吉姆的偏执与疯狂?在国内,首相顾问西蒙反对吉姆推行逆转主义,甚至建议议会休会,搁置逆转主义的提案;外交大臣本尼迪克特公开反对逆转主义。就国际舆论而言,德国总理对于吉姆一意孤行推行逆转主义、将英国带入混乱的深渊,百思不得其解,以至于当面指责吉姆,向他发难。令人费解的是,吉姆及其旨在推行的逆转主义却得到了美国总统阿奇·塔珀的强烈支持。两相比较,不难发现,质疑和反对吉姆及其逆转主义的都是未发生变形的人,而认同和支持吉姆及其逆转主义的都是经由蟑螂变形而来的人。由此说来,逆转主义几欲成了人类与蟑螂之间的分水岭。

艾伦·帕姆尔(Alan Palmer)曾指出:"阅读小说就是阅读心理(novel

① Ian McEwan, *The Cockroach*, p. 95.

reading is mind-reading)。”[①]若要理解和把握小说中的逆转主义这一核心事件以及吉姆对推行这一政策的偏执行为,我们就需要细致剖析吉姆异于常人的心理。按照非自然叙事学家的说法,吉姆的这种心理属于典型的“非自然心理”(unnatural mind)。斯特凡·伊韦尔森(Stefan Iversen)把非自然心理看成“一种被再现的意识,该意识的功能或许是违背了控制它所在的可能世界的规则,并抵制被自然化或规约化”[②]。伊韦尔森解释说,非自然心理指的是一种“不可能的心理”(impossible mind)。在《非自然心理》(“Unnatural Minds”,2013)一文中,伊韦尔森指出:“不可能的心理是一种生物学上或逻辑上不可能的心理,诸如会读心术的心理、死亡的心理、极端转叙的心理或无需人类心理的物理存在条件即可单独运转的心理。”[③]伊韦尔森重点关注了“变形人类的心理”(the mind of the metamorphosed human),并以玛丽·达里厄塞尔的小说《母猪女郎》(1996)为例,对之做了详细阐述。

在《蟑螂》中,从蟑螂变形为英国首相的吉姆拥有典型的“变形人类的心理”。如本章第一节所述,吉姆在变形后出现了身心分离的现象,即尽管他有人的外形,但掌控他的却是蟑螂的眼光和思维。忆及自己历经艰险,最终从蟑螂地带抵达首相寓所的历程,吉姆庆幸自己依然是一只蟑螂,因为他拥有蟑螂的心理:“好消息是他知道他的大脑和心理和它过去是一样的。毕竟,他在本质上还是他自己。”[④]无论外形发生怎样的变化,吉姆在心理上都始终认为自己还是一只蟑螂,由此不难理解吉姆为何坚定不移地选择为蟑螂族群的福祉而奋斗。在《变形记》中,变形后的格里高尔遭到周围人的憎恶,甚至遭到家人的遗弃。吉姆则从一只蟑螂变成了英国首相,成为全国最有权力的人物之一,其不可能的变形使他非但没有寄人篱下,反而成为英国最高统治者之一,发号施令。不可思议的是,不仅英国的权力高层被一群蟑螂附体的人所掌控,甚至这一情形有向世界蔓延的态势。吉姆甚至一度怀疑美国总统也是由蟑螂变来的。正是在和美国总统的交流中吉姆暴露了他推行逆转主义

① Alan Palmer,“Social Minds in Fiction and Criticism,”*Style*,Vol. 45,No. 2,2011,p. 208.

② Stefan Iversen,“Unnatural Minds,”*A Poetics of Unnatural Narrative*,eds. Jan Alber,Henrik Skov Nielsen,and Brian Richardson,p. 97.

③ Ibid. ,p. 104.

④ Ian McEwan,*The Cockroach*,p. 8.

之终极目的:复仇。

吉姆之前曾抱怨自己看不透人类,看不懂没有发生变形的同僚本尼迪克特,而吉姆和其他变形的内阁成员之间存在通约性,可以相互读懂对方。通过阅读美国总统塔珀在社交媒体上发布的推文,吉姆不禁怀疑"美国总统可能就是'我们中的一员'"①。在与塔珀的通话中,吉姆一度向美国总统验证自己的怀疑:

"最后一件事,总统先生。我可以问你一些私事吗?"
"当然。只要不是关于……"
"不,不。当然。这是关于……之前的。"
"吉姆,在什么之前?"
"六条?"
"再说一遍。"
"好吧。你是……你是否曾经……"
"曾经什么?"
"有,嗯……"
"天哪!吉姆,说啊!有什么?"
一阵低语传来,"六条腿?"
电话挂断了。②

吉姆按捺不住心中的好奇,试探性地向塔珀确认自己的怀疑,想问他是否在成为美国总统之前也是一只蟑螂?他是否也有六条腿?尽管塔珀没有回应吉姆的问题,直接挂断了电话,他的这一举动无疑证实了吉姆的猜测,即塔珀也是一只蟑螂,由此不难理解塔帕对吉姆推行逆转主义的支持,因为他们同属一个族群。从这个角度来说,吉姆、塔珀以及其他变形为人的蟑螂群体之间共享的"脑际思维"(intermental thought)就成了我们洞悉吉姆旨在推行逆转主义的密钥。

"脑际思维"是艾伦·帕姆尔在《小说中的社会心理》(*Social Minds in the Novel*,2010)一书中提出的一个重要概念。伊韦尔森认为,帕姆尔在该书中提

① Ian McEwan, *The Cockroach*, p. 54.

② Ibid., pp. 60-61.

出的“脑际思维”概念可以很好地解释非自然心理,尤其是非自然的“变形人类的心理”的社会本质。帕姆尔指出:“虚构的社会心理不是一种微不足道的兴趣,它是我们理解虚构故事世界的核心。”①帕姆尔认为,对虚构心理的研究有“内在视角”(internalist perspective)和“外在视角”(externalist perspective)之分。“内在视角”强调心理“内在的、内省的、私密的、孤独的、个体的、心理的、神秘的和超然的方面”;而外在视角强调心理“外在的、积极的、公开的、社会化的、行为的、明显的、具身的和介入的方面”。② 传统叙事学采用了内在视角来研究虚构心理,导致“虚构心理的社会本质被忽略了”③。为此,帕姆尔倡导用外在视角来研究虚构心理,把心理看作既是社会的,也是私人的东西,强调心理的外在、积极、公众、社会、行为、显性的维度。帕姆尔认为:

> 社会心理的一个重要构成部分就是我们所拥有的脑际思维的能力。相对于脑内思维或个体的、私密的思想,这类思想是联合的、群体的、共享的或集体的。它也被称为社会分布的、情景化的或扩展的认知,也是一种主体间性。脑内思维是虚构叙事一个至关重要的组成部分,因为就如同在现实生活里,我们很多的思维都在群体中完成一样,小说中的心理功能也在大的组织、小的群体、同事、朋友、家人、夫妻或其他脑际单元中完成。④

帕姆尔的脑际思维概念无疑有助于解释虚构心理的社会维度,可以解释虚构心理在特定群体中的生成与运作。通过将“脑际思维”引入对《母猪女郎》中非自然心理的分析,伊韦尔森指出:“关于心理的行为维度、社会维度和脑际维度的研究可以对诸如萨姆沙和母猪女郎的不可能的、非自然心理的运作做出更为深入准确的解读。”⑤

在小说《蟑螂》中,有一个值得关注的细节:吉姆在第一次参加内阁会议的时候,即刻认出了那些经由蟑螂变形而来的议员。吉姆“看着或透过哺乳

① Alan Palmer, *Social Minds in the Novel*, Columbus: The Ohio State University Press, 2010, p. 4.

② Ibid., p. 39.

③ Ibid.

④ Ibid., p. 41.

⑤ Stefan Iversen, "Unnatural Minds," *A Poetics of Unnatural Narrative*, eds. Jan Alber, Henrik Skov Nielsen, and Brian Richardson, p. 110.

动物的灰色、绿色、蓝色和综合其他颜色眼影的眼睛,一直到他们闪烁的蜚蠊目本质,他理解并爱着他的同事们和他们的价值观。他们的价值观也完完全全是他的价值观"①。吉姆及其同类所共享的脑际思维或这里提到的"价值观"就是逆转主义。在吉姆和美国总统塔珀的通话中,两人看似无意的口误却暴露了蟑螂们矢志不渝推行逆转主义的根本动因:

> 总统对他说:"你的最新进展如何,你知道,就是那个事情,复仇主义计划?"
>
> "逆转主义?棒极了。我们几乎准备好去实行了。这边非常激动。这是一个历史性转折点。"
>
> "把事情搞乱就好了。让欧盟日子不好过。"②

在上述对话中,美国总统塔珀把"逆转主义"(reversalism)说成了"复仇主义"(revengelism)。这样的对话看似答非所问,给人一种要么是说者的口误,要么是听者的错觉的印象。但细心的读者不难发现其中的玄机,即塔珀连续几次都使用了"复仇主义",而且还明确强调复仇主义的目的就在于"把事情搞乱"(shake things up),要"让欧盟日子不好过"(give the EU a bad time)③。由此观之,塔珀口中的"复仇主义"既不可能是他说错了,也不可能是吉姆听错了。换言之,塔珀关于"复仇主义"的说法应该是对的,但吉姆刻意回避,不愿意在逆转主义政策通过之前透露自己的动机。没有领会吉姆意图的塔珀不依不饶地表示:"我认为我们一起可以让复仇主义取得成功,吉姆。"④如果说在和塔珀通话的时候,吉姆对于"复仇主义"还避而不谈,遮遮掩掩,但逆转主义政策在议会获得通过后,吉姆就再无掩饰的必要了。

在集体撤离白厅之前,吉姆对参与推动逆转主义而变形的蟑螂发表了激情澎湃的演说。他特别指出:"我们种族至少有3亿年的历史。只是在40年前,我们在这个城市被边缘化了,被鄙视,成为被轻蔑和嘲弄的对象。最好的时候,我们被忽略;最糟的时候,我们被厌恶。"⑤吉姆认为,蟑螂族群繁荣和获

---

① Ian McEwan, *The Cockroach*, p. 21.

② Ibid., p. 59.

③ Ibid.

④ Ibid., p. 60.

⑤ Ibid., p. 97.

得力量的基础是困扰、折磨人类的"贫穷、污秽、肮脏"(poverty, filth, squalor),而造就这些困难局面的是"战争和全球变暖,当然在和平时期还包括无可撼动的社会等级,财富的集中,极度的迷信,谣言,分裂,对科学、知识、陌生人和社会合作的不信任"①。吉姆认为,蟑螂族群在过去40年间失去了与人类和平相处的前提。与之相反,人类做出了诸多有敌意或威胁蟑螂族群繁荣与生存的举动,譬如铺设排污管道,净化污水,研究关于疾病来源的病菌理论,各国之间签订和平协议等。

在这种背景下,吉姆及其所在的蟑螂族群向人类发起了反击。用吉姆的话来说:"我们反击了。现在,我希望也相信我们已经设置了复兴的前提。当那个怪异的疯狂——逆转主义——让人类普遍地更加贫穷的时候,我们定会繁荣。如果正派善良的普通人上当受骗了而且一定会受苦的话,当他们知道另外一类像我们这样的正派善良的普通人会享受更多的幸福、人口也会越来越多的时候,他们也一定会得到慰藉。净有的普遍福祉并没有减少。公平是恒定的。"②具有反讽意味的是,在吉姆看来,人类社会的进步影响了蟑螂的福祉,侵害了它们的利益。吉姆列出的理由是,在蟑螂与人类共同生存的世界上,福祉的总量是固定的;如果人类获得了更多的幸福,那就意味着蟑螂会遭遇更多的不幸,反之亦然。在这种背景下,蟑螂向人类发起了所谓的反击,派出诸如吉姆这样的精英变形为人,化身为英国的权力高层如首相或议员,通过推行逆转主义这一荒唐的经济政策,旨在让人类变得更加贫穷和不幸,从而为蟑螂谋取幸福,最终迎来蟑螂族群的复兴。吉姆甚至认为,当看到越来越多的蟑螂获得幸福的时候,尽管人类变得贫穷或不幸,他们也会得到慰藉,因为世界上"净有的普遍福祉并没有减少。公平是恒定的"③。无论吉姆如何强词夺理、能言善辩,他始终无法掩盖其所推行的逆转主义即为复仇主义的本质。

第四节 为什么是蟑螂?"一个古老传统的政治反讽"

刘剑梅说:"'变形'这一美学表现手法,无论在古典文学还是现当代文学

① Ian McEwan, *The Cockroach*, p. 98.

② Ibid., pp. 98-99.

③ Ibid., p. 99.

中,都以其丰富的想象力和创造力获得独特的生命。"[①]从奥维德、果戈理、卡夫卡到菲利普·罗斯、安部公房、玛丽·达里厄塞尔、布鲁诺·舒尔茨等文学大家,他们都写过变形的文学作品。在《蟑螂》中,麦克尤恩延续了这一重要文学创作传统。问题在于,为什么麦克尤恩选择了蟑螂作为变形的主体?为什么要把蟑螂作为作品的主人公?这两个问题涉及非自然叙事的阐释。阿尔贝认为,解读非自然叙事的方法之一是"寓言式阅读"(reading allegorically),即"读者可以把不可能因素看作抽象寓言的一部分,事关每个人,或人类状况,或整个世界(而不是特定的个体)。寓言是一种再现的比喻样式,试图传递某种理念,而不是再现一个合乎逻辑的故事世界"[②]。毫无疑问,无论在故事层面还是在话语层面,小说《蟑螂》都再现了一个不合逻辑的故事世界。如果将作品看成一个寓言,麦克尤恩试图传递出怎样的理念呢?

就变形文学的创作传统而言,麦克尤恩隐约在向卡夫卡、舒尔茨等文学巨匠致敬。人们在提到波兰小说家舒尔茨时,总喜欢将他与卡夫卡相提并论。当代中国先锋派小说家余华这样比较舒尔茨和卡夫卡:"布鲁诺·舒尔茨与卡夫卡一样,使自己的写作在几乎没有限度的自由里生存,在不断扩张的想象里建构起自己的房屋、街道、河流和人物,让自己的叙述永远大于现实。他们笔下的景色经常超越视线所及,达到他们内心的长度;而人物的命运像记忆一样悠久,生和死都无法测量。"[③]在讨论舒尔茨的作品时,李浩也将他和卡夫卡相比:"在谈论布鲁诺·舒尔茨的时候,我总想把卡夫卡拉进来一起谈论,他们的相似度和之间的区别简直一样大,似乎可以铸造在同一枚镍币上。"[④]可以推测的是,喜欢卡夫卡的麦克尤恩一定也是喜欢舒尔茨的。

在重温卡夫卡、舒尔茨笔下人虫之变故事的同时,麦克尤恩积极地做出创造性改写。在卡夫卡的《变形记》中,格里高尔一觉醒来变成了甲虫,尽管原文德语 Ungeziefer 并没有明确说明是哪类昆虫,但批评家们通常认为它就

---

① 刘剑梅:《"变形"的文学变奏曲》,载《中国比较文学》,2020 年第 1 期,第 120 页。

② Jan Alber, *Unnatural Narrative: Impossible Worlds in Fiction and Drama*, p. 52.

③ 余华:《认识布鲁诺·舒尔茨》,载《全国新书目》,2010 年第 1 期,第 30 页。

④ 李浩:《布鲁诺·舒尔茨:忐忑的鼹鼠与魔法师》,载《世界文学》,2016 年第 6 期,第 215 页。

是蟑螂[1]。在舒尔茨的短篇小说《蟑螂》中,叙述者的父亲最终也变成了一只蟑螂。在某天夜晚,家庭遭遇蟑螂侵袭之后,父亲举止大变。用叙述者的话来说:"他一天比一天更像蟑螂——父亲正在变成一只蟑螂。"[2]最终,"他露面的次数越来越少,接连消失了几个星期,以便投身于蟑螂生涯。我们再也无法认出他来。他已经完全融入那个骇人的黑色部族。谁也说不准,他是生活在地板的缝隙之间,还是夜深人静时穿过屋子,忙于他蟑螂的种种事务,又或者他已沦为那些死虫子中一员,肚皮朝天,腿脚竖直"[3]。无论是卡夫卡《变形记》中的格里高尔还是舒尔茨《蟑螂》中叙述者的父亲,他们都从人变成了蟑螂,而且最终都以蟑螂的身份离开了世界。在书写变形故事时,深受卡夫卡影响的麦克尤恩自然不会错过通过重温《变形记》来向偶像致敬。不过,一如在其前一部非自然叙事作品《果壳》中通过重温莎士比亚的《哈姆雷特》来致敬莎翁,麦克尤恩从来都不会做单纯的重温,而是在延续文学传统、致敬文学先贤的同时,摆脱影响的焦虑,另辟蹊径地展露其个人独特的文学创作才华。在《果壳》中,尽管麦克尤恩大致沿用了为父复仇的情节套路,但他将性格忧郁的哈姆雷特王子改写成了能言善辩的胎儿叙述者,将英明神武的老国王改写成了一个身无分文的落魄诗人,将王后改写成了一个无所事事的嗜酒孕妇,将国王克劳狄斯改写成了一个精致自私的地产经纪人。在《蟑螂》中,尽管麦克尤恩重温和沿用了人虫变形的题材,但与卡夫卡不同的是,在麦克尤恩笔下,不是人变成了蟑螂,在他人的漠视中悲惨地死去,而是蟑螂变成了英国最有权力的人,将世人玩弄于股掌之中,在成功地撕裂党派、逆转经济,使得国家陷入混乱和贫穷之后,重新变回蟑螂,扬长而去。

除却文学意义之外,麦克尤恩使用蟑螂来作为非自然叙事的主体还有更深的政治寓意。在阿尔贝看来,解读非自然叙事的另一重要策略是"反讽和戏仿"(satirization and parody),即"叙事使用非自然场景或事件去讽刺、嘲弄

---

① Richard H. Lawson, "Ungeheueres Ungeziefer in Kafka's 'Die Verwandlung'," *The German Quarterly*, Vol. 33, No. 3, 1960, pp. 216-219.

② 布鲁诺·舒尔茨:《蟑螂》,布鲁诺·舒尔茨:《肉桂色铺子及其他故事》,陆源译,成都:四川人民出版社,2017年,第94页。

③ 布鲁诺·舒尔茨:《肉桂色铺子及其他故事》,第94—95页。

或讥笑某种心理状态或事态。反讽的一个重要特征就是通过夸张、扭曲或漫画手法、尴尬的'怪诞形象'、嘲笑来达到批判之目的"[①]。阿尔贝所建议的反讽阅读与麦克尤恩个人对《蟑螂》的评价,不谋而合。麦克尤恩曾公开表示,这部作品是"一个古老传统的政治反讽"[②]。《蟑螂》出版之际,正值英国原计划 2019 年 10 月 31 日正式"脱欧"之际,而彼时的英国与欧盟陷入"脱欧"谈判的僵局。麦克尤恩试图通过变形文学这一古老的传统来讽刺当下英国的"脱欧"政治。面对国家被撕裂、宪法规范被搁置、议会关闭、脱欧分子制造经济灾难、民族极端分子攻击警察的混乱时局,麦克尤恩说:"一个作家势必被问他或她能够做什么。答案唯有写作。"[③]针对"脱欧",麦克尤恩奉献给读者的作品就是小说《蟑螂》。在接受采访的时候,麦克尤恩调侃说自己写作该书的目标就是让其"如果不比脱欧更荒诞,至少也和脱欧的荒诞程度相对等"(as absurd,if not more absurd,than Brexit)[④]。

那小说主人公为什么是蟑螂呢?麦克尤恩的解释是:

> 讥讽或许是一个疗愈的反应,尽管它算不上是一个解决方案。但一种鲁莽不计后果、自残、丑陋、异类的精灵侵入了某些政客的大脑和报刊业主。他们向支持者们说谎。他们蔑视法官、法律和法律的规范。他们似乎通过混乱来达到他们的目的。进入他们脑子的是什么东西呢?一两个蟑螂,我想。[⑤]

尽管麦克尤恩的回答带有戏谑的意味,但也可作为我们解读蟑螂在作品中作为核心存在物的一个维度。从博物学角度来看,蟑螂在 3 亿多年前就已经出现,是地球上最为古老的物种之一。根据博物学家的观点:"人类与蟑螂的接触始于旧石器时代,就人类历史而言相当悠久。"[⑥]古希腊罗马时代就已

① Jan Alber, *Unnatural Narrative: Impossible Worlds in Fiction and Drama*, p. 52.

② Sian Cain, "Ian McEwan to Publish New 'Biting Political Brexit Satire'," *The Irish Times*, September 13, 2019.

③ Ibid.

④ Sheena Goodyear, "What If a Cockroach Was Prime Minister? Ian McEwan Pens Kafkaesque Satire about Brexit," *CBC Radio*, October 30, 2019.

⑤ Sian Cain, "Ian McEwan to Publish New 'Biting Political Brexit Satire'," *The Irish Times*, September 13, 2019.

⑥ 朱耀沂:《蟑螂博物学》,北京:商务印书馆,2020 年,第 14 页。

经有了关于蟑螂的记载。在《动物志》的卷八章十七,亚里士多德写道:

> 一切虫类之实行蜕皮者,方式均属相同;蜚蠊(负盘)与摇蚊(蚋)以及一切鞘翅类,如金龟子(粪甲虫)等,均有蜕皮过程。它们都在发育完成时蜕皮;恰像胎生动物的幼体破裂了“胞衣”而诞生那样,蛆虫动物的幼体也脱弃那“原壳”而问世,这于蜜蜂与蚱蜢(蠡螽)等例,方式均属相同。①

亚里士多德在《动物志》中所使用的希腊文 σιλφη 并没有明确其具体所指的希腊古虫。中文版《动物志》的注释中包含这样的解释:“依《柏里尼》xi,28 等章,可知其拉丁名为 blatta,相当于今 cockroach。”②几乎只要有人类生活的地方,就有蟑螂的存在。在与人类共同生活的历史中,蟑螂寄生于人类生活的栖息地,尤其是室内的家具、墙壁的缝隙、洞穴、角落、杂物堆、厨房等。为了将反讽和荒诞推向极致,在麦克尤恩的笔下,蟑螂不仅寄生于和侵占人类生活处所的物理空间,而且还直接侵入人类思想的心理空间。由此,麦克尤恩为英国癫狂的政客们做出“脱欧”这类荒诞行为做出了文学注解,即蟑螂是躲在暗处的精灵和始作俑者。

就其生活习性而言,蟑螂喜暗怕光,昼伏夜出。在小说中,麦克尤恩数次提到躲在暗处的蟑螂群体。在首相府发表演讲之前,让吉姆激动和振奋的不是因为他面对媒体,而是因为想到墙上壁板后面的众多家族成员:“想到蹲在壁板后面静静的、藏起来的听众,他就激动。即便此刻他们都聚集在黑暗中。他家人是多么地为他骄傲。”③在逆转主义取得成功后,吉姆在向变形的内阁成员发表胜利演说时强调:“就我们的拉丁学名 blattodea 所示,我们是避光的生物。我们懂黑暗,我们爱黑暗。”④由此说来,只有喜欢黑暗的蟑螂才会推行社会与经济倒退的逆转主义,让人类生活重新回到贫穷和至暗时刻。通过这样的方式,麦克尤恩对执意推行“脱欧”的英国政客和报刊业主加以讽刺和批判,即他们的疯狂源自寄生于他们大脑中的蟑螂。

① 亚里士多德:《动物志》,吴寿彭译,北京:商务印书馆,2013 年,第 376—377 页。

② 同上。

③ Ian McEwan, *The Cockroach*, p. 45.

④ Ibid., p. 98.

小说中有一个值得关注的细节：在内阁完成逆转主义的任务后，吉姆和其他蟑螂归还借来的内阁成员躯体，准备重新返回躲在黑暗处的蟑螂族群。小说写道："所有内阁成员都会将他们借来的身体整整齐齐地放在部长的办公桌上，准备将它们归还给它们真正的主人。吉姆将他自己的躯体放在楼上的床上。"[①]表面上看，变形为人的蟑螂战胜了人类，成功通过了"逆转主义"法案，把英国引向衰退、贫穷和混乱，它们继而以胜利者的姿态经历了二次变形，从人类重新变回蟑螂。在成功推行"逆转主义"政策之后，吉姆及其内阁成员露出了他们是蟑螂的本真面目，恰如狂热的脱欧主义者在"脱欧公投"成功之后，露出了自己癫狂、自私和盲目的本质，一边享受胜利的喜悦，一边让无辜民众饱尝国家混乱的苦果。在笔者看来，蟑螂的再次变形只是叙述者用来遮人耳目的表层文本罢了，再次变形的潜藏文本揭示了一个让人不安的真相：所谓"借来的身体"(borrowed bodies)只是首相及其内阁成员的伪装，褪去人的外形，它们就是一群祸害人间的蟑螂。

值得深思的问题是，人类真的被蟑螂战胜了吗？获胜后的蟑螂又将何去何从？对此，麦克尤恩并没有给出明确的答案，而是在小说结尾处描写了蟑螂们在凯旋途中发生的一场意外：

> 当它们从开着的门溜出来，穿过执勤的警察时，正好过了下午4点，这是一个多云的下午。它们欢迎冬季的昏暗。因为天气昏暗，警察看不到这些小小的生物快步走向唐宁街十号去恢复自己的生活。不到半小时，吉姆手下的一群人将由唐宁街大门进入白厅。它们穿过人行道，爬到阴沟。如山的马粪早就没有了。交通高峰时刻，人们的脚步像移动的森林，在它们头上发出雷鸣般的声音。90分钟后，抵达议会广场。就在这里，悲剧发生了。它们等待信号灯，准备迅速冲过马路。但是兰卡斯特公爵特雷弗·高特一个人走在前面，就如它之前有时也会做的那样，冲出去过快，一下子消失在垃圾车的车轮下。当所有车辆都停下来的时候，整个内阁都冲上马路去救它。它仰面朝天，完完全全地成了二维的样子。它的外壳下面被挤出一层厚厚的灰白色的物质，那是娇嫩美味、让人喜欢的东西。

① Ian McEwan, *The Cockroach*, p. 95.

当晚会有犒劳英雄们的盛宴,它们会在宴会上分享很多好玩离奇的故事。在信号灯变化之前,它的同僚们刚好有足够的时间把它抬起来,虔诚地把被挤压出来的东西放在它的腹部。然后,六位部长分别抬起它的一条腿,朝着威斯敏斯特宫走去。①

在上文中,作为胜利者的蟑螂完全没有胜利者的样子,不仅没有获得警察的注目礼,反倒需要避开警察的视线;不仅没有在宽阔的道路上昂首阔步,反倒在阴沟里躲躲藏藏,伺机而动。尽管在过去几个月中,它们是叱咤英国政坛的内阁成员,但此刻却成了仓皇而行的生物,甚至那只此前侵占兰卡斯特公爵特雷弗·高特肉身的蟑螂还命丧垃圾车的车轮之下。

关于蟑螂之死,莎士比亚在《一报还一报》的第三幕第一场,在依莎贝拉和克劳狄奥之间关于死亡的对话中有过这样的描述:

依莎贝拉 啊,克劳狄奥,我在担心着你;我害怕你会爱惜一段狂热的生命,重视有限的岁月,甚于永久的荣誉。你敢毅然就死吗?死的惨痛大部分是心理上造成的恐怖,被我们践踏的一只无知的甲虫,它的肉体上的痛苦,和一个巨人在临死时对所感到的并无异样。

克劳狄奥 你为什么要这样羞辱我?你以为温柔的慰藉,可以坚定我的决心吗?假如我必须死,我会把黑暗当作新娘,把它拥抱在我的怀里。②

在戏剧《一报还一报》的原文中,莎士比亚使用了英文 beetle。朱生豪将之翻译为“甲虫”。在博物学家看来,“若是英文考题如此翻译是正确的,但从人类心理学或行为学的立场来看,被人踩死的昆虫以蟑螂更为恰当。自古以来东方蜚蠊就有 black beetle(黑色甲虫)之称,莎士比亚记述的 poor beetle 很可能指的是 poor black beetle,当时还没有 cockroach 的叫法”③。根据莎士比亚的描述,蟑螂被踩死时肉体上的痛苦与一个巨人在临死时所感到痛苦的程度是相当的。《蟑螂》的结尾并没有描述高特之死的痛苦,而是渲染其死亡后

① Ian McEwan, *The Cockroach*, pp. 99-100.

② 莎士比亚:《一报还一报》,莎士比亚:《莎士比亚全集》(第 1 卷),朱生豪译,北京:人民文学出版社,1999 年,第 327—328 页。

③ 朱耀沂:《蟑螂博物学》,第 171—172 页。

同行蟑螂们自然而荒诞的反应。一方面,高特被同行蟑螂视为英雄,被抬着走向威斯敏斯特宫;另一方面,同行蟑螂则垂涎高特腹部流出的白色液体。[①]荒诞的是,高特不是因为自己变形为人在英国内阁完成逆转主义的任务而丧命的,而是在任务完成后,因为其个人的鲁莽,在冲过马路时被垃圾车碾压致死,所以算不上是推行逆转主义的英雄。同行蟑螂的第一反应不是为高特的遇难而感到伤心,而是看到高特的外壳下面"被挤出一层厚厚的灰白色的物质,那是娇嫩美味、让人喜欢的东西"[②]。不过,更让同行蟑螂们所期待的是当晚的"盛宴"以及分享离奇故事的乐趣,而高特的死或许就是它们所要讲述的众多离奇故事的一个,成为其他蟑螂觉得好玩的谈资。

如同高特堪比巨人在临死之前感受到巨大痛苦的死亡被同行蟑螂们看成是离奇故事的一个桥段一样,麦克尤恩似乎意在暗示,尽管脱欧对英国民众而言也是一种巨大的痛苦,但是人们能做的不外乎将之看成一场离奇的闹剧。就此而言,笔者赞同芬坦·奥图尔(Fintan O'Toole)的观点,即"《蟑螂》并不是意在劝说或是深层意义上的批评。它写出来是为了安慰和逗乐那些已经相信脱欧是一个疯狂错乱的计划的人。即便如此,麦克尤恩面临一个可怕的挑战。脱欧有'一种如此做作、心照不宣、表演性的品质'(such a camp, knowing, performative quality)以至于几乎不可能再胀大它了。你如何给一群正在给自己安排一场绝妙表演的人安排一场表演呢?"[③]

在当今英国文坛,麦克尤恩无疑是熟稔非自然叙事笔法的行家里手,从出道之初,《立体几何》中悖论式的"无表面的平面"几何学发现,到创作盛年,《赎罪》中具有解叙述性质的元小说结尾,再到21世纪,《果壳》中的能言善辩、无所不知的胎儿叙述者。在《蟑螂》中,麦克尤恩重温卡夫卡式人虫变形的文学样式,将读者引入一个不可能的荒诞世界。既然在非自然叙事作品中,"'话语'是反常的,'故事世界'几乎是不可能的,那么习惯阅读自然叙事文本或摹仿叙事文本的读者在面对非自然叙事文本时,所感受到的不仅是

① 在博物学家看来,蟑螂除为性互斗之外,还有互食的特征。研究者们发现:"在实验室饲养蟑螂时,常可看到蟑螂若虫互相残杀的惨剧,尤其正在蜕皮的若虫因为某种原因受伤而流出体液,容易成为健康若虫取食的对象,引起互相攻击的情形。"参见朱耀沂:《蟑螂博物学》,第73页。

② Ian McEwan, *The Cockroach*, p. 100.

③ Fintan O'Toole, "*The Cockroach* by Ian McEwan Review—A Brexit Farce with Legs," *The Guardian*, October 7, 2019.

‘陌生化’或‘新奇’的效果,而且还要面对阐释这类文本的困惑”[①]。就《蟑螂》的非自然叙事而言,读者困惑的可能不仅是麦克尤恩笔下的主人公为什么是一只蟑螂,而且还有这部作品究竟有什么“用”(uses)?对麦克尤恩而言,书写《蟑螂》似乎成了其个人的一种“情感宣泄的经历”(a cathartic experience)。尽管《蟑螂》被媒体和评论家标榜意在讽刺英国脱欧,但麦克尤恩本人略带悲观地坦言:这部作品对“脱欧之争不会有一丁点的作用(a lick of difference in the Brexit debate)”[②]。既然如此,是否意味着麦克尤恩此番苦心孤诣的写作就是徒劳呢?对此,麦克尤恩无奈地说:“或许这会让人们感觉好受一点。在黑暗中发出一阵野蛮的笑声。”[③]麦克尤恩的无奈不禁让人想起了芮塔·菲尔斯基(Rita Felski)在谈论文学之用时对读者“震惊”(shock)体验的强调。她认为:“我们应该珍视被所读之物震惊的体验。”[④]在菲尔斯基看来,所谓“震惊指的是对令人吃惊、痛苦甚至恐惧之事的反应”[⑤]。在《蟑螂》中,原本令人震惊的人虫变形及其暗讽的脱欧局势不再令人吃惊、恐惧和不安。菲尔斯基说:“震惊的文学在引导社会进步之时不会令人不安;它真正令人不安的是它的失败,是它跳出了我们合理的逻辑框架并抗拒我们深以为然的价值观。”[⑥]在这种意义上说,除却《蟑螂》变形文学的非自然叙事模式及其无助于改变脱欧的严酷现实,或许它能做的也只有让人们“在黑暗中发出一阵野蛮的笑声”(Some savage laughter in the dark)。

---

① 尚必武:《西方文论关键词:非自然叙事》,载《外国文学》,2015 年第 2 期,第 105 页。

② Sheena Goodyear, “What If a Cockroach Was Prime Minister? Ian McEwan Pens Kafkaesque Satire about Brexit,” *CBC Radio*, October 30, 2019.

③ Ibid.

④ 芮塔·菲尔斯基:《文学之用》,刘洋译,南京:南京大学出版社,2019 年,第 23 页。着重号为原文所加。

⑤ 同上书,第 167 页。

⑥ 同上书,第 175 页。

结　论

麦克尤恩笔下的人物似乎一生都在经历伦理的考验。如果我们以人生的三个阶段少年、中年、老年为参照样式，似乎可以隐约发现麦克尤恩潜藏在作品深处的伦理变奏：

其一，少年人物的伦理迷失。少年是麦克尤恩的作品所关注的一个重要群体，他们介于两个不同的世界即“儿童世界”和“成人世界”之间，但同时又不属于其中的任何一个世界。在麦克尤恩笔下，少年人物以“我”的口吻异常冷静地叙述了自己在成长历程中所经历的事件以及他们的个体感悟。暴力、乱伦、谋杀等是这类事件的共同特征。让人震惊的是，叙述者“我”对人物“我”的伦理犯罪无动于衷，反而表现出一副“局外人”的漠然态度。不过细心的读者不难发现麦克尤恩与这种漠然之间的批评距离。通过书写“人物叙述者”有违伦理道德的行为，麦克尤恩揶揄和嘲讽了他们在叙述这些事件时的“避重就轻”；通过想象“最糟糕的事情”，他唤起人们对青少年成长的关切。

其二，中年人物的伦理困境。经历少年时代的伦理迷失后，麦克尤恩笔下的人物似乎并没有走出伦理困境，他们一方面延续年少时扭曲的世界观和人生观，另一方面沉溺于个体病态的欲望而无法自拔，任由人性迷失。譬如，在《立体几何》中，叙述者“我”绘声绘色地描述自己的恋物癖和杀妻之罪，非但没有丝毫的罪恶感，反倒为自己的“不正当行为”而志满意得。作为推动社会和历史进程的中流砥柱，中年人物理应承担道德模范的角色，为人类文明的进步做出贡献，但颇具反讽意味的是，在面对道德危机时，他们试图用更不道德的行为来摆脱道德困境。人到中年的“我”肆意汪洋地铺陈自己卑劣的道德观念，为自己的伦理犯罪开脱。通过书写小说中中年之“我”的伦理困境以及他们的非道德叙述，麦克尤恩间接地投射出其对人类道德滑坡的忧思。

其三,老年人物的伦理救赎。历经少年时代的伦理迷失和中年时代的伦理困境后,麦克尤恩笔下的老年人物"我"似乎对伦理道德有了新的认知,在道德中发现了新生的力量,希图由此实现人生的救赎。在《赎罪》中,将近八十高龄的知名作家布里奥尼为澄清罗比的声名,不惜篡改史实,既努力还原事实的真相又以虚构的艺术实现自己的道德救赎,唯有如此可以让自己"心有所安"。通过书写叙述者"我"与人物"我"之间在道德立场上的时而冲突与时而融合,麦克尤恩旨在强调伦理意识之于人类成长和人格完善的重要性。同人生的前两个阶段相比较,人物叙述者"我"的道德嬗变的根本原因在于伦理意识的复苏和觉醒。正是在伦理意识的约束和指引下,《甜牙》中的主要人物如托尼·坎宁、汤姆·哈雷等克制住自私的情感,做出了正确的伦理选择,以无私的行为来书写作为伦理存在的自我。通过小说人物叙述者"我"的伦理变奏,麦克尤恩表达了他对人类道德完善的乐观态度。

本书在解读麦克尤恩小说时,不求面面俱到,但求从新的视角出发来解读麦克尤恩具有代表性的作品,以文本细读为基础,在细节中把握文本稍纵即逝的深层意义。具体说来,本书首先重点解读了麦克尤恩的早期小说如《家庭制造》《蝴蝶》《立体几何》《水泥花园》等,希图由此考察麦氏文学创作的"起点"(point of departure);继而深入讨论了麦克尤恩的中期作品《赎罪》《星期六》,着力洞悉麦氏伦理探索的"中场地带"(middle field);最后分析了麦克尤恩的新近作品如《甜牙》《儿童法案》《果壳》《我的紫色芳香小说》《像我这样的机器》《蟑螂》等,审视麦氏的"抵达之地"(places of arrival)。通过分析,我们可以发现,麦克尤恩一路走来,从最初以不伦题材为噱头,到近期以通俗类型的间谍题材来吸引读者眼球,始终记载和细述相关的伦理事件。藉此,麦克尤恩试图让读者在阅读过程中体验和领悟其作品所蕴含的伦理趣味,从而获得丰富的伦理启迪。

二十多年前,在《理解伊恩·麦克尤恩》一书中,马尔科姆说:"麦克尤恩目前才五十出头。他是一个在小说领域以及在其他领域或媒介都有大量作品问世的作家。没有人能够知道在未来二十年或三十年其小说作品会展示出怎样的总体画面,更不用说对其作品做出最终论断了。没有人知道他接下来会写什么。批评家所能做的就是观察到目前为止麦克尤恩作品中的某些模式和连贯性。"[1]二十多年后,马尔科姆的话依然适用。尽管麦克尤恩已经踏入古稀之年,但他依然保持旺盛的创作力,我们很难预测麦克尤恩下一部作品会写什么。对此,马尔科姆的建议是观察其作品的某些"模式"(patterns)和"连贯性"(continuity)。在他看来,这些"模式"和"连贯性"之一似乎是"元小说主题、女性主义主题的复杂兴趣,道德相对主义和道德判断之间的互动,以及对心理小说持续的热爱"[2]。在笔者看来,伦理叙事就是麦克尤恩作品中的某些"模式"和部分"连贯性"之一。如果说我们很难预测麦克尤恩接下来会创作什么样的作品,确信无疑的是他势必延续其一以贯之的伦理主题,将伦理书写进行到底。

① David Malcolm, *Understanding Ian McEwan*, p. 19.

② Ibid.

参 考 文 献

Abbott, H. Porter. *The Cambridge Introduction to Narrative* (2nd ed.). Cambridge: Cambridge University Press, 2008.

Adams, Tim. "*Nutshell* by Ian McEwan Review—A Tragic Hero in the Making." *The Guardian*, August 30, 2016.

Aitkenhead, Decca. "Ian McEwan: 'I'm Going to Get Such a Kicking'." *The Guardian*, August 27, 2016.

Alber, Jan. "The Ethical Implications of Unnatural Scenarios." *Why Study Literature?* Eds. Jan Alber, et al. Aarhus: Aarhus University Press, 2011.

Alber, Jan. *Unnatural Narrative: Impossible Worlds in Fiction and Drama.* Lincoln: University of Nebraska Press, 2016.

Alber, Jan, Stefan Iversen, Henrik Skov Nielsen, and Brian Richardson. "Unnatural Narratives, Unnatural Narratology: Beyond Mimetic Models." *Narrative* 18.2 (2010): 113–136.

Albers, Stefanie, and Torsten Caeners. "The Poetics and Aesthetics of Ian McEwan's *Atonement.*" *English Studies* 90.6 (2009): 707–720.

Annan, Gabriele. "Worriers." *New York Review of Books* (February 4, 1988): 17.

Arendt, Hannah. *Eichmann in Jerusalem: A Report on the Banality of Evil.* New York: Viking Press, 1946.

Armstrong, Peter. "Imagining Institutional Rationality? A Fictional Encounter Between Ian McEwan and Wolfgang Iser." *Culture and Organization* 15.2 (June 2009): 185–201.

Attridge, Derek. *The Singularity of Literature.* London and New York: Routledge, 2004.

Bal, Mieke. *Narratology: Introduction to the Theory of Narrative* (4th ed.). Trans. Christine van Boheemen. Toronto: University of Toronto Press, 2017.

Bal, Mieke. *Narratology: Introduction to the Theory of Narrative.* Trans. Christine van Boheemen. Toronto: University of Toronto Press, 1985.

Baxter, Jeannette. "Surrealist Encounters in Ian McEwan's Early Work." *Ian McEwan: Contemporary Critical Perspectives.* Ed. Sebastian Groes. London: Continuum, 2009.

Behrman, Mary. "The Waiting Game: Medieval Allusions and the Lethal Nature of Passitivity in Ian McEwan's *Atonement.*" *Studies in the Novel* 42.4 (Winter 2010): 453–470.

Berndt, Katrin. "Science as Comedy and the Myth of Progress in Ian McEwan's *Solar.*" *Mosaic: An Interdisciplinary Critical Journal* 50.4 (2017): 85–101.

Billen, Andrew. "A Goodbye to Gore." *Observer*, June 14, 1992.

Booth, Naomi. "Restricted view: The Problem of Perspective in the Novels of Ian McEwan." *Textual*

Practice 29. 5(2015):845–868.

Booth, Wayne C. *The Company We Keep: An Ethics of Fiction*. Los Angeles: University of California Press, 1988.

Booth, Wayne C. *The Rhetoric of Fiction* (2nd ed.). Chicago: University of Chicago Press, 1983.

Boyle, Marjorie O' Rourke. *Loyola's Acts: The Rhetoric of the Self*. Berkeley: University of California Press, 1997.

Bradley, James. "McEwan Loses Compass in Le Carre-land." *The Australian*, September 8, 2012.

Brooker, Joseph. "Reanimating Historical Fiction." *The Cambridge Companion to British Fiction since 1945*. Ed. David James. Cambridge: Cambridge University Press, 2015: 160–176.

Brown, Richard. "Politics, the Domestic and the Uncanny Effects of the Everyday in Ian McEwan's *Saturday*." *Critical Survey* 20. 1(2008):80–93.

Butler, Heidi. "The Master's Narrative: Resisting the Essentializing Gaze in Ian McEwan's *Saturday*." *Critique: Studies in Contemporary Fiction* 52. 1(2010):101–113.

Byatt, A. S. *On Histories and Stories: Selected Essays*. Cambridge, Massachusetts: Harvard University Press, 2001.

Byrnes, Bernie C. *Ian McEwan's* Atonement & Saturday. London: Paupers' Press, 2006.

Byrnes, Bernie C. *Ian McEwan's* On Chesil Beach: *The Transmutation of a "Secret"*. London: Paupers' Press, 2009.

Byrnes, Bernie C. *McEwan's Only Childhood: Development of a Metaplot*. London: Paupers' Press, 2008.

Byrnes, Bernie C. *The Work of Ian McEwan: A Psychodynamic Approach* (2nd ed.). London: Paupers' Press, 2002.

Cain, Sian. "Ian McEwan to Publish New 'Biting Political Brexit Satire'." *The Irish Times*, September 13, 2019.

Cameron, Olga Cox. "A Lacanian Look at English Elegance: Some Reflections on Ian McEwan's *Enduring Love*." *International Journal of Psychoanalysis* 83. 5(2002):1153–1167.

Caracciolo, Marco. "Phenomenological Metaphors in Readers' Engagement with Characters: The Case of Ian McEwan's *Saturday*." *Language and Literature* 22. 1(2013):60–76.

Carpenter, Rebecca. "'We're Not a Friggin's Girl Band.': September 11, Masculinity, and the British-American Relationship in David Hare's *Stuff Happens* and Ian McEwan's *Saturday*." *Literature After 9/11*. Eds. Ann Keniston and Jeanne Follansbee Quinn. London and New York: Routledge, 2008: 143–160.

Childs, Peter. "'Fascinating Violation': Ian McEwan's Children." *British Fiction of the 1990s*. Ed. Nick Bentley. London: Routledge, 2005: 123–134.

Childs, Peter. *Contemporary Novelists: British Fiction since 1970*. Basingstoke: Palgrave Macmillan, 2012.

Childs, Peter. *Ian McEwan's* Enduring Love. London: Routledge, 2007.

Childs, Peter. *The Fiction of Ian McEwan*. Basingstoke: Palgrave Macmillan, 2006.

Clanchy, Kate. "Book of the Week: *Nutshell* by Ian McEwan." *The Guardian*, August 27, 2016.

Clarke, Roger, and Andy Gordon. *Ian McEwan's* Enduring Love: *A Reader's Guide*. London: Continuum, 2003.

Colombino, Laura. "The Body, the City, the Global: Spaces of Catastrophe in Ian McEwan's *Saturday*." *Textual Practice* 31.4(2017): 783-803.

Courtney, Hannah. "Distended Moments in the Neuronarrative: Character Consciousness and the Cognitive Scienes in Ian McEwan's *Saturday*." *Mindful Aesthetics: Literature and Sciences of Mind*. Eds. Chris Danta and Helen Groth. London: Bloomsbury, 2014: 173-187.

Courtney, Hannah. "Narrative Temporality and Slowed Scene: The Interaction of Event and Thought Representation in Ian McEwan's Fiction." *Narrative* 21.2(May 2013): 180-197.

D'Angelo, Kathleen. "'To Make a Novel': The Construction of a Critical Readership in Ian McEwan's *Atonement*." *Studies in the Novel* 41.1(Spring 2009): 88-105.

D'hoker, Elke. "Confession and Atonement in Contemporary Fiction: J. M. Coetzee, John Banville, and Ian McEwan." *Critique: Studies in Contemporary Fiction* 48.1(Fall 2006): 31-43.

Davies, Rhiannon. "Enduring McEwan." *Posting the Male: Masculinities in Post-war and Contemporary British Literature*. Eds. Daniel Lea and Berthold Schoene. Amsterdam: Rodopi, 2003: 105-123.

Delville, Michel. "Marsilio Ficino and Political Syncretism in Ian McEwan's *Black Dog*." *Notes on Contemporary Literature* 26.3(1996): 11-12.

Edwards, Paul. "Time, Romanticism and Moderation in Ian McEwan's *The Child in Time*." *English* 44.178(1995): 41-55.

Ellam, Julie. *Ian McEwan's* Atonement. London and New York: Continuum, 2009.

Felman, Shoshana, and Dori Laub. *Testimony: Crises of Witnessing in Literature, Psychology and History*. London: Routledge, 1992.

Ferguson, Frances. "The Way We Love Now: Ian McEwan, *Saturday*, and Personal Affection in the Information Age." *Representations* 100(Fall 2007): 42-52.

Fertel, Randy. "Saturn vs. Hermes: The Battle of the Hemispheres in Ian McEwan's *Saturday*." *Journal of Modern Literature* 39.2(Winter 2016): 53-71.

Finney, Brian. "Briony's Stand against Oblivion: The Making of Fiction in Ian McEwan's *Atonement*." *Journal of Modern Literature* 27.3(Winter 2004): 68-82.

Fludernik, Monika. "Naturalizing the Unnatural: A View from Blending Theory." *Journal of Literary Semantics* 39.1(2010): 1-27.

Foley, Andrew. "Liberalism in the New Millennium: Ian McEwan's *Saturday*." *JLS/TLW* 26.1 (2010): 135-162.

Forceville, Charles. "The Conspiracy in *The Comfort of Strangers*: Narration in the Novel and the Film." *Language and Literature* 11.2(2002): 119-135.

Forceville, Charles. "The Metaphor 'Colin is a Child' in Ian McEwan's, Harold Pinter's, and Paul Schrader's *The Comfort of Strangers*." *Metaphor and Symbol* 14.3(1999): 179-198.

Fowley, Andrew. "Liberalism in the New Millennium: Ian McEwan's *Saturday*." *Journal of Literary*

Studies 26. 1(2010):135–162.

Garrard, Greg. "Ian McEwan's Next Novel and the Future of Environmental Crisis." *Contemporary Literature* 50. 4(Winter 2009):695–720.

Gauthier, Tim S. *Narrative Desire and Historical Reparations: A. S. Byatt, Ian McEwan, Salman Rushdie*. London: Routledge, 2006.

Gauthier, Tim. "'Selective in Your Mercies": Privilege, Vulnerability, and the Limits of Empathy in Ian McEwan's *Saturday*'." *College Literature* 40. 2(Spring 2013):7–30.

Gibson, Jane. *A Level Notes for Ian McEwan's* Enduring Love. London: Cotton & Jarrett, 2003.

Globan, Petru. "Romantics, Ian McEwan, and the Identity of the Author." *Atatürk Üniversitesi Sosyal Bilimler Enstitüsü Dergisi* 15. 1(2011):215–226.

Glover, Michael. "Michael Glover's Pick of Literary Fiction." *Books*(July 1992):21.

Goodyear, Sheena. "What If a Cockroach Was Prime Minister? Ian McEwan Pens Kafkaesque Satire about Brexit." *CBC Radio*(October 30, 2019).

Green, Sarah E. "*The Children Act*—Ian McEwan: a Review." September 25, 2014. http://www.familylawweek.co.uk/site.aspx? i=ed132954. Accessed April 8, 2021.

Green, Susan. "'Up There with Black Holes and Darwin, Almost Bigger than Dinosaurs': The Mind and McEwan's *Enduring Love*." *Style* 45. 3(Fall 2011):441–463.

Green, Susan. "Consciousness and Ian McEwan's *Saturday*: 'What Henry Knows'." *English Studies* 91. 1(February 2010):58–73.

Greenberg, Jonathan. "Why Can't Biologists Read Poetry? Ian McEwan's *Enduring Love*." *Twentieth Century Literature* 53. 2(Summer 2007):93–124.

Groes, Sebastian. "A Cartography of the Contemporary: Mapping Newness in the Work of Ian McEwan." *Ian McEwan: Contemporary Critical Perspectives* (2nd ed.). Ed. Sebastian Groes. London and New York: Bloomsbury Academic, 2013.

Harold, James. "Narrative Engagement with *Atonement* and *The Blind Assassin*." *Philosophy and Literature* 29. 1(April 2005):130–145.

Head, Dominic. "Introduction." *The Cambridge Companion to Ian McEwan*. Ed. Dominic Head. Cambridge: Cambridge University Press, 2019.

Head, Dominic. *Ian McEwan*. Manchester: Manchester University Press, 2007.

Hidalgo, Pilar. "Memory and Storytelling in Ian McEwan's *Atonement*." *Critique: Studies in Contemporary Fiction* 46. 2(Winter 2005):82–91.

Higson, Andrew. "Fiction and the Film Industry." *A Concise Companion to Contemporary British Fiction*. Ed. James F. English. Malden: Blackwell, 2006.

Hillard, Graham. "The Limits of Rationalism in Ian McEwan's *Saturday*." *The Explicator* 68. 2 (2010):140–143.

Hillard, Molly Clark. "'When Desert Armies Stand Ready to Fight': Re-Reading McEwan's *Saturday* and Arnold's 'Dover Beach'." *Partial Answers: Journal of Literature and the History of Ideas* 6. 1 (2008):181–206.

Holland, Rachel. "Reality Check: Ian McEwan's Rational Fictions." *Critique: Studies in Contemporary Fiction* 58. 4(2017): 387-400.

Hooper, Brad. "*The Children Act* by Ian McEwan." *Booklist*(August 2014): 31.

Hume, James. "'A Boy Stepped Out': Migrancy, Visuality, and the Mapping of Masculinities in Later Fiction of Ian McEwan." *Textual Practice* 17. 1(2003): 81-100.

Ingersoll, Earl G. "City of Endings: Ian McEwan's *Amsterdam*." *Midwest Quarterly* 46. 2 (Winter 2005): 123-138.

Ingersoll, Earl G. "Intertexuality in L. P. Hartley's *The Go-Between* and Ian McEwan's *Atonement*." *Forum of Modern Language Studies* 40. 3(2004): 241-258.

Ingersoll, Earl G. "The Moment of History and The History of the Moment: Ian McEwan's *On Chesil Beach*." *Midwest Quarterly* 52. 1(Winter 2011): 131-147.

Iversen, Stefan. "Unnatural Minds." *A Poetics of Unnatural Narrative*. Eds. Jan Alber, Henrik Skov Nielsen, and Brian Richardson. Columbus: The Ohio State University Press, 2013.

Jacobi, Martin. "'Who Killed Robbie and Cecilia?' Reading and Misreading Ian McEwan's *Atonement*." *Critique: Studies in Contemporary Fiction* 52. 1(2011): 55-73.

Jaeck, Nathalie, and Arnaud Schmitt. "Layers of Deception in Ian McEwan's *Atonement: A Dialogue*." *Narrative* 27. 3(2019): 353-374.

Jahn, Manfred. "Focalization." *Routledge Encyclopedia of Narrative Theory*. Eds. David Herman, Manfred Jahn and Marie-Laure Ryan. London and New York: Routledge, 2015.

James, David. "Narrative Artifice." *The Cambridge Companion to Ian McEwan*. Ed. Dominic Head. Cambridge: Cambridge University Press, 2019.

Kakutani, Michiko. "A Hero With 9/11 Peripheral Vision." *New York Times*, March 18, 2005.

Kearney, Richard. *Wake of Imagination*. London and New York: Routledge, 1998.

Keen, Suzanne. "The Historical Turn in British Fiction." A *Concise Companion to Contemporary British Fiction*. Ed. James F. English. Malden: Blackwell, 2006.

Knapp, Peggy A. "Ian McEwan's *Saturday* and Aesthetics of Prose." *Novel: A Forum on Fiction* 47. 1 (Fall 2007): 121-143.

Kohn, Robert E. "The Fivesquare *Amsterdam* of Ian McEwan." *Critical Survey* 16. 1(2004): 89-106.

Ksiezopolska, Irena. "Turning Tables: Enchantment, Entrapment, and Empowerment in McEwan's *Sweet Tooth*." *Critique: Studies in Contemporary Fiction* 56: 4(2015): 415-434.

LaCapra, Dominick. *History & Criticism*. Ithaca and London: Cornell University Press, 1985.

Lawson, Richard H. "Ungeheueres Ungeziefer in Kafka's 'Die Verwandlung'." *The German Quarterly* 33. 3(1960): 216-219.

Lee, Hermione. "Shock Horror." *New Statesman*(January 20, 1978): 86-87.

Levi, Eric P. "Postlapsarian Will and the Problem of Time in Ian McEwan's *Enduring Love*." *Renascence* 61. 3(Spring 2009): 169-192.

Lodge, David. *Consciousness and the Novel: Collected Essays*. Cambridge, Massachusetts: Harvard University Press, 2002.

Magrath, Paul. "*The Children Act* by Ian McEwan." October 9, 2014. http://www.iclr.co.uk/children-act-ian-mcewan. Accessed April 8, 2021.

Mäkelä, Maria. "Realism and the Unnatural." *A Poetics of Unnatural Narrative*. Eds. Jan Alber, Henrik Skov Nielsen, and Brian Richardson. Columbus: The Ohio State University Press, 2013.

Malcolm, David. *Understanding Ian McEwan*. Columbia: University of South Carolina Press, 2002.

Marsh, Huw. "Narrative Unreliability and Metarepresentation in Ian McEwan's *Atonement*; or, Why Robbie Might be Guilty and Why Nobody Seems to Notice." *Textual Practice* 32.8 (2018): 1325–1343.

Mars-Jones, Adam. "In the Body Bag." *London Review of Books* 38.19 (October 6, 2016): 5–9.

Mathews, Peter. "After the Victorians: The Historical Turning Point in McEwan's *On Chesil Beach*." *Critique: Studies in Contemporary Fiction* 53.1 (2012): 82–91.

Mathews, Peter. "The Impression of a Deeper Darkness: Ian McEwan's *Atonement*." *ESC: English Studies in Canada* 32.1 (March 2006): 147–160.

McEwan, Ian. "A Parallel Tradition." *The Guardian*, April 1, 2006.

McEwan, Ian. "Literature, Science and *Human Nature*." *Human Nature: Fact and Fiction*. Eds. Headlam Wells and Johnjoe Mcfadden. London: Continuum, 2006.

McEwan, Ian. "Only Love that Oblivion." *The Guardian*, September 15, 2001.

McEwan, Ian. "The Great Odyssey." *The Guardian*, June 9, 2001.

McEwan, Ian. *Amsterdam*. New York: Random House, 1999.

McEwan, Ian. *Atonement*. New York: Random House, 2003.

McEwan, Ian. *Black Dogs*. New York: Random House, 1998.

McEwan, Ian. *Enduring Love*. New York: Random House, 1998.

McEwan, Ian. *First Love, Last Rites*. New York: Random House, 1975.

McEwan, Ian. *In Between the Sheets*. New York: Random House, 1994.

McEwan, Ian. *Machines Like Me*. London: Jonathan Cape, 2019.

McEwan, Ian. *My Purple Scented Novel*. London: Vintage, 2018.

McEwan, Ian. *Nutshell*. New York: Doubleday, 2016.

McEwan, Ian. *On Chesil Beach*. New York: Random House, 2008.

McEwan, Ian. *Saturday*. London: Vintage, 2006.

McEwan, Ian. *Solar*. New York: Random House, 2011.

McEwan, Ian. *Sweet Tooth*. Toronto: Alfred A. Knopf, 2012.

McEwan, Ian. *The Cement Garden*. New York: Anchor Books, 2003.

McEwan, Ian. *The Child in Time*. New York: Random House, 1999.

McEwan, Ian. *The Children Act*. New York: Nan A. Talese, 2014.

McEwan, Ian. *The Cockroach*. New York: Anchor Books, 2019.

McEwan, Ian. *The Comfort of Strangers*. London: Vintage, 1994.

McEwan, Ian. *The Imitation Game and Other Plays*. Boston: Houghton Mifflin Company, 1982.

McEwan, Ian. *The Innocent*. New York: Random House, 1998.

McHale, Brian. "Models, or, Learning from Science Fiction." *Foreign Literature Studies* 31. 2(2009): 9-23.

Möller, Swantje. *Coming to Terms with Crisis: Disorientation and Reorientation in the Novels of Ian McEwan*. Heidelberg: Universitätsverlag Winter, 2011.

Morrison, Jago. "Narration and Unease in Ian McEwan's Later Fiction." *Critique: Studies in Contemporary Fiction* 42. 3(Spring 2001): 253-268.

Müller-Wood, Anja, and J. Carter Wood. "Bringing the Past to Heel: History, Identity and Violence in Ian McEwan's *Black Dogs*." *Literature and History* 16. 2(2007): 43-56.

Nayebpour, Karam. *Mind Presentation in Ian McEwan's Fiction*. New York: Columbia University Press, 2017.

Neill, Rosemary. "Ian McEwan on New Novel *Nutshell*, Hamlet, His Brother and the Bard." *The Australian*, August 27, 2016.

Nicklas, Pascal. *Ian McEwan: Art and Politics*. Heidelberg: Universitätsverlag Winter, 2010.

Nielsen, Henrik Skov. "Naturalizing and Unnaturalizing Reading Strategies: Focalization Revisited." *A Poetics of Unnatural Narrative*. Eds. Jan Alber, Henrik Skov Nielsen and Brian Richardson. Columbus: The Ohio State University Press, 2013.

Nielsen, Henrik Skov. "The Unnatural in E. A. Poe's 'The Oval Portrait'." *Beyond Classical Narration: Transmedial and Unnatural Challenges*. Eds. Jan Alber and Per Krogh Hansen. Berlin: De Gruyter, 2014: 239-260.

Noakes, Jonathan, and Margret Reynolds. *Ian McEwan: The Essential Guide*. London: Vintage, 2002.

Nünning, Ansgar F. "Reconceptualizing Unreliable Narration: Synthesizing Cognitive and Rhetorical Approaches." *A Companion to Narrative Theory*. Eds. James Phelan and Peter J. Rabinowitz. Malden: Blackwell, 2005: 89-107.

O'Dwyer, Erin. "Of Letters, Love, and Lack: A Lacanian Analysis of Ian McEwan's Epistolary Novel *Atonement*." *Critique: Studies in Contemporary Fiction* 57. 2(2016): 178-190.

O'Hara, David K. "Briony's Being for: Metafictional Narrative Ethics in Ian McEwan's *Atonement*." *Critique: Studies in Contemporary Fiction* 52. 1(2011): 74-100.

O'Toole, Fintan. "*The Cockroach* by Ian McEwan Review—A Brexit Farce with Legs." *The Guardian*, October 7, 2019.

Olsen, Pål Gerhard. "The Necessary Unpleasantness of Literature." *Samtiden* 1(1987): 41.

Palmer, Alan. "Attributions of Madness in Ian McEwan's *Enduring Love*." *Style* 43. 3(Fall 2009): 291-308.

Palmer, Alan. "Social Minds in Fiction and Criticism." *Style* 45. 2(Summer 2011): 196-240.

Palmer, Alan. *Social Minds in the Novel*. Columbus: The Ohio State University Press, 2010.

Pether, Penelope. "The New Exceptionalism: Law and Literature since 9/11." *Law & Literature* 19. 2(2007): 155-159.

Phelan, James. "Implausibilities, Crossovers, and Impossibilities: A Rhetorical Approach to Breaks in the Code of Mimetic Character Narration." *A Poetics of Unnatural Narrative*. Eds. Jan Alber, Henrik

Skov Nielsen and Brian Richardson. Columbus:The Ohio State University Press,2013.

Phelan, James. *Experiencing Fiction: Judgments, Progressions, and the Rhetorical Theory of Narrative*. Columbus:The Ohio State University Press,2007.

Phelan,James. *Living to Tell about It:A Rhetoric and Ethics of Character Narration*. Ithaca:Cornell University Press,2005.

Pirlet,Caroline. "Toward a Hybrid Approach to the Unnatural:'Reading for the Consciousness' and the Psychodynamics of Experientiality in Caryl Churchill's *Heart's Desire*." *Unnatural Narratives, Unnatural Narratology*. Eds. Jan Alber and Rüdiger Heinze. Berlin:De Gruyter,2011.

Prince,Gerald. *A Dictionary of Narratology*. Lincoln:University of Nebraska Press,2003.

Quarrie,Cythia. "'Before the Destruction Began':Interrupting Post-Imperial Melancholia in Ian McEwan's *Atonement*." *Studies in the Novel* 47.2(Summer 2015):193-209.

Quigley,Megan M. "Ian McEwan." *The Oxford Encyclopedia of British Literature*. Ed. David Scott Kastan. Oxford:Oxford University Press,2006.

Rees-Jones,Deryn. "Fact and Artefact:Poetry,Science,and a Few Thoughts on Ian McEwan's *Saturday*." *Interdisciplinary Science Reviews* 30.4(2005):331-340.

Richardson,Brian. *Unnatural Narrative:Theory,History,and Practice*. Columbus:The Ohio State University Press,2015.

Richardson, Brian. *Unnatural Voices: Extreme Narration in Modern and Contemporary Fiction*. Columbus:The Ohio State University Press,2006.

Riggan,William. *Picaros,Madmen,Naifs,and Clowns:The Unreliable First-Person* Narrator. Norman: University of Oklahoma Press,1981.

Roberts,Ryan. "'A Thing One Does':A Conversation with Ian McEwan." *Conversations with Ian McEwan*. Ed. Ryan Roberts. Jackson:University Press of Mississippi,2010:188-201.

Roberts,Ryan,ed. *Conversations with Ian McEwan*. Jackson:University Press of Mississippi,2010.

Robinson,Richard. "The Modernism of Ian McEwan's Atonement." *Modern Fiction Studies* 56.3 (Fall 2010):473-495.

Robson,Leo. "Too Much Information:How Scientists and Historians Captured the Brains of Amis and McEwan." *New Statesman*(August 29,2014):37.

Roger,Angela. "Ian McEwan's Portrayal of Women." *Forum for Modern Language Studies* 32.1 (1996):11-26.

Rooney,Anne. Atonement:*York Notes for A Level*. London:Longman,2006.

Root,Christina. "A Melodiousness at Odds with Pessimism:Ian McEwan's *Saturday*." *Journal of Modern Literature* 35.1(2011):60-78.

Rosenheim,Andrew. "The Voice of Modern British Fiction." *Publishers Weekly*,February 28(2005): S16.

Rot,Uroš. "Ian McEwan—Novels about Neurological and Psychiatric Patients." *European Neurology* 60.1(2008):13-15.

Rowner,Ilai. *The Event:Literature and Theory*. Lincoln:University of Nebraska Press,2015.

Royal, Martin. "Anosognosia, or the Political Unconscious: Limits of Vision in Ian McEwan's *Saturday*." *Criticism* 52. 1(Winter 2010):25–40.

Ryan, Kiernan. *Ian McEwan*. Plymouth: Northcote House Publishers, 1994.

Ryan, Marie-Laure. "Impossible Worlds." *The Routledge Companion to Experimental Literature*. Eds. Joe Bray, Alison Gibbsons and Brian McHale. London and New York: Routledge, 2012:368–379.

Salisbury, Laura. "Narration and Neurology: Ian McEwan's Mother Tongue." *Textual Practice* 24. 5 (2010):883–912.

Sanchez-Arce, Ana Maria. "Performing Innocence: Violence and the Nation in Ian McEwan's *Saturday* and Sunjeev Sahota's *Our are the Streets*." *The Journal of Commonwealth Literature* 53. 2 (2018):194–210.

Schemberg, Claudia. *Achieving "At-one-ment": Storytelling and the Concept of the Self in Ian McEwan's* The Child in Time, Black Dogs, Enduring Love, *and* Atonement. Frankfurt: Peter Lang, 2004.

Schiff, James. "Reading and Writing on Screen: Cinematic Adaptations of McEwan's *Atonement* and Cunningham's *The Hours*." *Critique: Studies in Contemporary Fiction* 53. 2(2012):164–173.

Scholes, Lucy. "Book Review: Ian McEwan's *Nutshell* Is a Thriller Narrated by a Foetus." *The National*, September 8, 2016.

Scott, Jill. *A Poetics of Forgiveness: Cultural Responses to Loss and Wrongdoing*. Basingstoke: Palgrave Macmillan, 2010.

Seaboyer, Judith. "Sadism Demands a Story: Ian McEwan's *The Comfort of Strangers*." *Modern Fiction Studies* 45. 4(Winter 1999):957–986.

Sexton, David. "Ian McEwan in His Own Words." *Evening Standard*, August 23, 2012:40–41.

Shah, Bruno M. "The Sin of Ian McEwan's Fictive Atonement: Reading His Later Novels." *New Blackfriars* 90. 1025(2009):38–49.

Shang, Biwu. "Unnatural Emotions in Contemporary Narrative Fiction." *Neohelicon* 45. 2(December 2018):445–459.

Siegel, Lee. "The Imagination of Disaster." *The Nation* 280. 14(April 11, 2005).

Slay, Jack, Jr. *Ian McEwan*. New York: Twayne Publishers, 1996.

Spice, Nicholas. "Thatchershaft." *London Review of Books*(October 1, 1987):8–9.

Spitz, Alice. "The Music of Argument: The Portrayal of Argument in Ian McEwan's *On Chesil Beach*." *Language and Literature* 19. 2(2010):197–220.

Sternberg, Meir. "Telling in Time (Ⅰ): Chronology and Narrative Theory." *Poetics Today* 11. 4 (1990):901–948.

Sternberg, Meir. "Telling in Time (Ⅱ): Chronology, Teleology, Narrativity." *Poetics Today* 13. 3 (1992):463–541.

Sternberg, Meir. "Telling in Time (Ⅲ): Chronology, Estrangement, and Stories of Literary History." *Poetics Today* 27. 1(2006):125–235.

Sternberg, Meir. "Why Narrativity Makes a Difference." *Narrative* 9. 2(2001):115–122.

Sumera, Adam. "Woman and Authority in Ian McEwan's 'Conversation with a Cupboard Man' and Its Film Adaptation." *Text Matters* 1. 1(2011):123-134.

Swan, Robert. Atonement: *AS/A-Level Student Text Guide*. London: Philip Allan, 2006.

Taylor, D. J. *A Vain Conceit: British in the 1980s*. London: Bloomsbury, 1989.

Thrailkill, Jane F. "Ian McEwan's Neurological Novel." *Poetics Today* 32. 1(2011):171-201.

Ungureanu, Camil. "Secularist Humanism, Law and Religion in Ian McEwan's *The Children Act*." *Religions* 12(2021):468.

Utell, Janine. "*On Chesil Beach* and Fordian Technique: Intertextuality, Intimacy, Ethical Reading." *Journal of Modern Literature* 39. 2(Winter 2016):89-104.

Walker, Laura Savu. "'A Balance of Power': The Covert Authorship of Ian McEwan's Double Agents in *Sweet Tooth*." *Modern Fiction Studies*, 61. 3(Fall 2015):493-514.

Walkowitz, Rebecca L. "Ian McEwan." *A Companion to British and Irish Novel: 1945—2000*. Ed. Brian W. Shaffer. Malden: Blackwell, 2005:504-514.

Wall, Kathleen. "Ethics, Knowledge, and the Need for Beauty: Zadie Smith's *On Beauty* and Ian McEwan's *Saturday*." *University of Toronto Quarterly* 77. 2(2008):757-788.

Wallace, Elizabeth Knowaleski. "Postcolonial Melancholia in Ian McEwan's *Saturday*." *Studies in the Novel* 39. 4(Winter 2007):465-480.

Wally, Johannes. "Ian McEwan's *Saturday* as a New Atheist Novel? A Claim Revisited." *Anglia* 130. 1(2012):95-119.

Wells, Lynn. "Ian McEwan." *The Encyclopedia of Twentieth - Century Fiction*. Ed. Brian W. Shaffer. Malden: Wiley-Blackwell, 2011.

Wells, Lynn. *Ian McEwan*. Basingstoke: Palgrave Macmillan, 2010.

Weston, Elizabeth. "Resisting Loss: Guilt and Consolation in Ian McEwan's *Atonement*." *Journal of Modern Literature* 42. 3(2019):97-98.

Winder, Robert. "Between the Acts." *New Statesman*(September 17, 2001):49-50.

Winterhalter, Teresa. "'Plastic Fork in Hand': Reading as a Tool of Ethical Repair in Ian McEwan's *Saturday*." *Journal of Narrative Theory* 40. 3(Fall 2010):338-363.

Wood, James. "On a Darkling Plain: Ian McEwan's *Saturday*." *The New York Republic*, April 14, 2005.

Wood, James. "The Trick of Truth." *The New Republic*, March 25, 2002. http://newrepublic.com/article/63386/atonement-ian-mcewan-fiction. Accessed February 26, 2020.

Wood, Michael. "The Contemporary Novel." John Richetti 主编:《哥伦比亚英国小说史》,北京:外语教学与研究出版社,2005 年,第 966—987 页.

Žižek, Slavoj. *Event: Philosophy in Transit*. London: Penguin, 2014.

A. S. 拜厄特:《论历史与故事》,黄少婷译,南京:译林出版社,2016 年.

C. P. 斯诺:《两种文化》,纪树立译,北京:生活 · 读书 · 新知三联书店,1994 年.

安东尼奥 · 达马西欧:《笛卡尔的错误:情绪、推理和大脑》,殷云露译,北京:北京联合出版公司,2018 年.

安斯加尔·纽宁、汤轶丽:《叙事学与伦理批评:同床异梦,抑或携手联姻》,载《上海交通大学学报》(哲学社会科学版),2016年第4期,第26—37页.
保罗·布卢姆:《摆脱共情》,徐卓人译,杭州:浙江人民出版社,2019年.
布鲁诺·舒尔茨:《蟑螂》,布鲁诺·舒尔茨:《肉桂色铺子及其他故事》,陆源译,成都:四川人民出版社,2017年.
陈榕:《历史小说的原罪和救赎——解析麦克尤恩〈赎罪〉的元小说结尾》,载《外国文学》,2008年第1期,第91—98、128页.
杜娟:《从脑文本谈起——聂珍钊教授谈文学伦理学批评理论》,载《英美文学研究论丛》,2018年春季刊,第1—15页.
弗拉基米尔·雅可夫列维奇·普罗普:《故事形态学》,贾放译,北京:中华书局,2006年.
弗雷德里克·詹姆逊:《晚期资本主义的文化逻辑》,张京媛译,北京:生活·读书·新知三联书店,2003年.
耿潇:《〈星期六〉的哥特文类属性研究》,载《当代外国文学》,2014年第3期,第83—91页.
何成洲:《何谓文学事件?》,载《南京师大学报》(社会科学版),2019年第6期,第5—14页.
黄一畅:《再现·变形·挪用:伊恩·麦克尤恩的创伤叙事嬗变》,南京:南京大学出版社,2016年.
黄昱宁:《跷跷板的致命倾斜》,伊恩·麦克尤恩:《我的紫色芳香小说》,黄昱宁译,上海:上海译文出版社,2018年,译者序第3—9页.
吉奥乔·阿甘本:《神圣人:至高权力与赤裸生命》,吴冠军译,北京:中央编译出版社,2016年.
蒋承勇、武跃速等:《20世纪西方文学主题研究》,北京:中国社会科学出版社,2013年.
卡夫卡:《变形记》,卡夫卡:《变形记——卡夫卡中短篇小说集》,张荣昌译,上海:上海译文出版社,2012年.
康德:《历史理性批判文集》,何兆武译,北京:商务印书馆,1990年.
拉康:《助成"我"的功能形成的镜子阶段——精神分析经验所揭示的一个阶段》,拉康:《拉康选集》,褚孝泉译,上海:上海三联书店,2001年.
蓝纯:《评〈陌生人的安慰〉》,载《外国文学》,1998年第6期,第42—45页.
蓝纯:《伊恩·麦克尤恩其人其作》,载《外国文学》,1998年第6期,第23—27页.
李浩:《布鲁诺·舒尔茨:忐忑的鼹鼠与魔法师》,载《世界文学》,2016年第6期,第213—223页.
梁晓晖:《现实主义抑或后现代主义?——〈赎罪〉的编史元小说元素探析》,载《国外文学》,2018年第1期,第110—118页.
刘春芳:《〈星期六〉中的当代都市文化逻辑》,载《外国文学》,2016年第6期,第141—149页.
刘剑梅:《"变形"的文学变奏曲》,载《中国比较文学》,2020年第1期,第114—130页.
刘阳:《事件性视野中的文学伦理学批评》,载《外国文学研究》,2017年第6期,第10—18页.
陆建德:《"文明生活的本质"——读麦克尤恩的〈阿姆斯特丹〉》,载《世界文学》,2000年第6期,第289—300页.
陆建德:《从C.P.斯诺的〈新人〉看"两种文化"》,载《外国文学》,1996年第2期,第58—66页.

陆建德:《文学中的伦理:可贵的细节》,载《文学评论》,2014年第2期,第18—20页.
罗媛:《移情视阈下的伊恩·麦克尤恩小说研究》,南京:南京大学出版社,2017年.
马克斯·韦伯:《学术与政治》,冯克利译,北京:生活·读书·新知三联书店,1998年.
麦克尤恩:《麦克尤恩人民大学演讲:如果有一天"人造人"写出了小说》,中国作家网[2018-10-27], http://www.chinawriter.com.cn/n1/2018/1027/c403994-30366020.html,2021年4月8日访问.
聂珍钊:《关于文学伦理学批评》,载《外国文学研究》,2005年第1期,第8—11页.
聂珍钊:《伦理禁忌与俄狄浦斯的悲剧》,载《学习与探索》,2006年第5期,第113—116页.
聂珍钊:《脑文本和脑概念的形成机制与文学伦理学批评》,载《外国文学研究》,2017年第5期,第26—34页.
聂珍钊:《谈文学的伦理价值和教诲功能》,载《文学评论》,2014年第2期,第13—15页.
聂珍钊:《文学伦理学批评:基本理论与术语》,载《外国文学研究》,2010年第1期,第12—22页.
聂珍钊:《文学伦理学批评:伦理选择与斯芬克斯因子》,载《外国文学研究》,2011年第6期,第1—13页.
聂珍钊:《文学伦理学批评:论文学的基本功能与核心价值》,载《外国文学研究》,2014年第4期,第11页.
聂珍钊:《文学伦理学批评:人性概念的阐释与考辨》,载《外国文学研究》,2015年第6期,第10—19页.
聂珍钊:《文学伦理学批评:文学批评方法新探索》,载《外国文学研究》,2000年第5期,第16—24页.
聂珍钊:《文学伦理学批评导论》,北京:北京大学出版社,2014年.
聂珍钊:《文学伦理学批评与道德批评》,载《外国文学研究》,2006年第2期,第8—17页.
齐格蒙特·鲍曼:《现代性与大屠杀》,杨渝东、史建华译,南京:译林出版社,2002年.
邱枫:《男性气质与性别政治——解读伊恩·麦克尤恩的〈家庭制造〉》,载《外国文学》,2007年第1期,第15—20页.
瞿世镜、任一鸣:《当代英国小说史》,上海:上海译文出版社,2008年.
芮塔·菲尔斯基:《文学之用》,刘洋译,南京:南京大学出版社,2019年.
莎士比亚:《莎士比亚全集》(五),朱生豪译,北京:人民文学出版社,1994年.
莎士比亚:《一报还一报》,莎士比亚:《莎士比亚全集》(第1卷),朱生豪译,北京:人民文学出版社,1999年.
尚必武:《"那些年,谍影重重的故事"——评伊恩·麦克尤恩的长篇新作〈甜牙〉》,载《外国文学动态》,2013年第2期,第19—21页.
尚必武:《"让人不安的艺术":麦克尤恩〈蝴蝶〉的文学伦理学解读》,载《外语教学》,2012年第3期,第82—85页.
尚必武:《不可能的故事世界,反常的叙述行为:非自然叙事学论略》,载《外语与外语教学》,2012年第1期,第86—90页.
尚必武:《成长的不能承受之轻:麦克尤恩〈水泥花园〉的伦理意识与伦理选择》,载《外语教学》,2014 年第 4 期,第 71—74 页.
尚必武:《从“两个转向”到“两种批评”:论叙事学和文学伦理学的兴起、发展与交叉愿景》,载《学术论坛》,2017 年第 2 期,第 7—12 页.
尚必武:《儿童福祉的意义探寻与守护方式:麦克尤恩新作〈儿童法案〉中的伦理身份与伦理选择》,载《外国文学研究》,2015 年第 3 期,第 53—63 页.
尚必武:《非自然叙事的伦理阐释——〈果壳〉的胎儿叙述者及其脑文本演绎》,载《外国文学研究》,2018 年第 3 期,第 30—42 页.
尚必武:《非自然叙事学及当代叙事诗学》,载《文艺理论研究》,2012 年第 5 期,第 110—114 页.
尚必武:《后殖民语境下的非自然叙事学》,载《天津社会科学》,2018 年第 4 期,第 117—122 页.
尚必武:《什么是叙事的“不可能性”? 扬 · 阿尔贝的非自然叙事学论略》,载《当代外国文学》,2017 年第 1 期,第 131—139 页.
尚必武:《什么是叙事的“反模仿性”? 布莱恩 · 理查森的非自然叙事学论略》,载《文艺理论研究》,2018 年第 6 期,第 89—97 页.
尚必武:《文学叙事中的非自然情感:基本类型与阐释选择》,载《上海交通大学学报》(哲学社会科学版),2016 年第 4 期,第 5—16 页.
尚必武:《西方文论关键词:非自然叙事学》,载《外国文学》,2015 年第 2 期,第 95—111 页.
尚必武:《形式美学的道德旨归:麦克尤恩〈家庭制造〉的文学伦理学解读》,载《江西社会科学》,2013 年第 2 期,第 84—88 页.
尚必武:《叙事的“非自然性”辨微:再论非自然叙事学》,载《外国语文》,2015 年第 3 期,第 36—45 页.
斯拉沃热 · 齐泽克:《事件》,王师译,上海:上海文艺出版社,2016 年.
宋艳芳、罗媛:《谁该赎罪? 何以赎罪——〈赎罪〉的伦理经纬》,载《外国文学研究》,2012 年第 1 期,第 83—90 页.
宋艳芳:《小说何为? ———从麦克尤恩的〈星期六〉看小说的功能》,载《国外文学》,2013 年第 3 期,第 120—126 页.
唐建清:《我们丢失了什么?》,伊恩 · 麦克尤恩:《时间中的孩子》,何楚译,南京:译林出版社,2003 年,译序第 4—5 页.
特里 · 伊格尔顿:《文学事件》,阴志科译,郑州:河南大学出版社,2017 年.
田建尔:《理性启蒙意义略论》,载《北京大学学报》,2000 年第 1 期,第 32—38 页.
王松林:《立足本土　放眼世界——陆建德研究员谈外国文学与文化研究》,载《外国文学研究》,2007 年第 2 期,第 1—9 页.
王悦:《镣铐中的舞蹈:伊恩 · 麦克尤恩的小说与不可靠叙述》,北京:中国社会科学出版社,2013 年.
王悦:《析麦克尤恩〈立体几何〉:不可靠叙述的生成与阐释》,载《外国文学》, 2010 年第 1 期,第 16—22 页.
王佐良、周珏良主编:《英国二十世纪文学史》,北京:外语教学与研究出版社,1994 年.

吴冠军:《阿甘本的生命政治》,吉奥桥·阿甘本:《神圣人:至高权力与赤裸生命》,吴冠军译,北京:中央编译出版社,2016年.
吴兰香:《线性时间与女性时间——析伊恩·麦克尤恩小说〈时间中的孩子〉》,载《解放军外国语学院学报》,2012年第4期,第96—100页.
西奥多·阿多诺:《否定的辩证法》,张峰译,重庆:重庆出版社,1993年.
亚当·贝格利:《伊恩·麦克尤恩(2002)》,冯涛译,美国《巴黎评论》编辑部编:《巴黎评论·作家访谈2》,仲召明等译,北京:人民文学出版社,2015年.
亚里士多德:《诗学》,陈中梅译,北京:商务印书馆,2011年.
阎连科、刘汀:《"神"的桥梁,"实"的彼岸——阎连科访谈录》,载《中国图书评论》,2012年第9期,第34—43页.
杨金才:《当代英国小说的核心主题与研究视角》,载《外国文学》,2009年第6期,第55—61页.
伊·麦克尤恩:《临死的瞬间》,汪义群译,载《外国文艺》,1992年第2期,第55—72页.
伊·麦克尤恩:《小说五篇》,杨向荣等译,载《世界文学》,2004年第5期,第5—84页.
伊·麦克尤恩:《伊恩·麦克尤恩小说选》,杨向荣译,载《外国文艺》,2000年第4期,第4—63页.
伊恩·麦克尤恩、格非、李洱:《英汉之间:传媒、虚构与科幻——伊恩·麦克尤恩、格非、李洱对话录》,载《中国现代文学研究丛刊》,2018年第12期,第49—58页.
伊恩·麦克尤恩:《阿姆斯特丹》,丰俊功译,北京:新星出版社,2007年.
伊恩·麦克尤恩:《爱无可忍》,郭国良、郭贤路译,上海:上海译文出版社,2018年.
伊恩·麦克尤恩:《黑犬》,郭国良译,上海:上海译文出版社,2013年.
伊恩·麦克尤恩:《赎罪》,郭国良译,上海:上海译文出版社,2018年.
伊恩·麦克尤恩:《水泥花园》,裘德译,载《外国文艺》,2006年第6期,第3—63页.
伊恩·麦克尤恩:《我的紫色芳香小说》,黄昱宁译,上海:上海译文出版社,2018年.
伊恩·麦克尤恩:《星期六》,夏欣茁译,北京:作家出版社,2008年.
伊恩·麦克尤恩:《最初的爱情,最后的仪式》,潘帕译,南京:南京大学出版社,2010年.
阴志科:《伊格尔顿"文学事件"的三重涵义——兼谈作为书名的event》,载《文艺理论研究》,2016年第6期,第81—90页.
殷企平:《夜尽了,昼将至:〈多佛海滩〉的文化命题》,载《外国文学评论》,2010年第4期,第80—91页.
余华:《认识布鲁诺·舒尔茨》,载《全国新书目》,2010年第1期,第30页.
余华:《伊恩·麦克尤恩后遗症》,伊恩·麦克尤恩:《最初的爱情,最后的仪式》,潘帕译,南京:南京大学出版社,2010年,译序第1—8页.
曾乐:《"两种文化"的困境》,载《读书》,1988年第4期,第17—19页.
朱良志:《关于大巧若拙美学观的若干思考》,载《北京大学学报》(哲学社会科学版),2006年第3期,第33—41页.
朱耀沂:《蟑螂博物学》,北京:商务印书馆,2020年.

后　记

2008年秋，我在国家留学基金委的资助下，以联合培养博士生的身份赴美国俄亥俄州立大学英文系开始博士阶段的学习。我在合作导师詹姆斯·费伦(James Phelan)教授的指导下，专攻当代叙事理论，尤其是修辞叙事理论。我清晰地记得，在某次研究生课堂上，费伦教授带领学生讨论了小说《赎罪》的叙事结构。顿时，我被费伦教授细致入微的文本分析所吸引，不禁感叹叙事批评实践原来可以做得这么生动有趣。这次讨论课的一个意外收获就是我从费伦教授对《赎罪》的叙事解读中萌发对这部小说及其作者伊恩·麦克尤恩的关注。讨论课结束之后，我又陆续阅读了麦克尤恩的其他作品如短篇小说集《最初的爱情，最后的仪式》《床笫之间》以及小说《水泥花园》《无辜者》《星期六》等。当时的我何曾想到，在此后将近15年的时间里，阅读麦克尤恩、研究麦克尤恩会成为我学术工作的一项重要内容。

英国当红小说家扎迪·史密斯(Zadie Smith)曾这样盛赞麦克尤恩："他的作品行文严谨细致，简洁有力；他关于性和性欲话题的辩才令人折服；他在把叙事领入科学的可能性上，步伐坚定；他的小说长短适宜；他笔下的句子从来都不会像我写的这句话一样，有这么多的分号。读他的作品时，我会被那些我从来都不会使用的隐喻、从来都不会构思的情节和从未有过的理念所打动。因为这些原因，我爱阅读他的作品，同时也因为像数以百万计的其他读者一样，我感觉他是一个靠得住的作家。"①在史密斯看来，麦克尤恩是一位"靠得住的作家"。史密斯除了赞赏麦克尤恩的语体风格、行文布局外，还特别折服于麦氏独特的"隐喻""情节""理念"。在反复阅读麦克尤恩作品的过程中，我一方面惊叹麦克尤恩笔下精妙绝伦的故事和变幻多姿的叙事技巧，另一方面又不禁疑惑麦氏作品在叙事形式的伪装下究竟潜藏了什么终极旨趣与诉求？

---

① Ryan Roberts, ed., *Conversations with Ian McEwan*, p. 108.

带着这一问题，我试图将文学伦理学批评融入叙事分析中，提出“叙事之艺，伦理之思”这一观点。在麦克尤恩的小说中，各种叙事手法的运用都是为了表达伦理思想这一终极目的，因为文学不能脱离伦理价值而存在，即文学总是与伦理道德融为一体。文学大师们如何借用叙事艺术来传递伦理道德这一终极目的，无疑是一个值得深入探究的命题。就麦克尤恩而言，对伦理道德的无尽探索是其小说的核心命题。麦克尤恩小说折射出他对少年儿童成长的关切，对社会边缘人的关注，对环境恶化的焦虑，以及对人类文明和生存现状的忧思等。麦氏笔下的小说人物一生无不受到伦理道德的约束和指引：他们在伦理蒙昧中艰难成长，在伦理绝望中虽生犹死，最终回归对伦理道德的无畏坚守。由此，我们又回到了特里·伊格尔顿(Terry Eagleton)在《文学事件》(*The Event of Literature*, 2012)一书中的观点：“如果说一部作品的道德观如此衔接连贯，可能因为它同时隐蔽于作品的形式和内容之中。”①

本书从构思到撰写，始终得益于胡全生教授、聂珍钊教授两位授业恩师对我的指导和帮助。我无数次感慨，自己何其有幸能够师从两位先生。胡老师带我走上了叙事学研究的道路，让我关注到文学作品的形式之于其意义表达的重要性。聂老师将我领入文学伦理学批评的大门，让我直面文学的伦理属性和教诲功能。我的学术理念、治学方法和处世之道深受两位恩师的影响。高山仰止，两位先生永远是我学习的楷模和榜样。

2015年，我有幸入选美国国家人文中心(National Humanities Center)研究员(Fellow)，并获得在该中心从事一年学术研究的机会。本书的大部分内容完成于我在该中心访问研究期间。感谢美国国家人文中心主席罗伯特·纽曼(Robert Newman)教授以及中心所有工作人员给我提供的科研条件和便利；感谢同期在该中心从事研究的来自世界各地的其他学者给予我的帮助和温暖。

此外，我还要特别感谢陈建华教授、王宁教授、蒋承勇教授、吴笛教授、刘建军教授、傅修延教授、王立新教授、杨金才教授等学界前辈对我研究工作的关心、指导和帮助。感谢苏晖教授、罗良功教授、王松林教授、刘茂生教授、杨革新教授、何庆机教授、刘兮颖教授、杜娟教授、曾巍教授、郑杰教授、郭雯博

① Terry Eagleton, *The Event of Literature*, New Heaven: Yale University Press, 2012, p. 46.

士、林玉珍博士、曾燕冰博士、苏坤博士、卢红芳博士等师友时常就相关学术话题与我展开讨论。他们的真知灼见激发了我的很多学术灵感，极大地拓宽了我的研究视野。我的博士生陈佳怡直接参加了我的研究工作，并撰写了第五章“《赎罪》：叙述聚焦与小说家的伦理责任”。她的参与丰富了本书的内容。

本书的部分章节曾以论文形式发表于 *Critique*, *Comparative Literature Studies*, *Arcadia*, *Partial Answers*,《外国文学研究》《当代外国文学》《上海交通大学学报（哲学社会科学版）》等国内外学术期刊。收入本书时，我对这些章节作了不同程度的修改和增删。感谢国家社会科学基金对本课题的资助。感谢本书责任编辑吴宇森先生。他认真细致的工作，使得本书的很多舛误得以及时避免。

最后，我要特别感谢我的妻子曹颖女士。多年来，她一直默默支持我、鼓励我，在生活上精心地照料我，主动承担了所有的家务劳动，让我心无旁骛地从事自己喜爱的学术研究。我所有成绩的取得都离不开她在背后的巨大付出。在本书付梓之际，女儿可可已经小学毕业，将要开启下一阶段的学习。她在面对沉重学业负担时的从容与乐观，让我无比欣慰，备受鼓舞。如果说人生是一个旅程，那么我想说你们就是我沿途遇到的最美风景；是你们让我驻足流连，让我从此不再孤单。我的“故事世界”因你们而精彩！

尚必武

2023 年 6 月